»LA GAJA SCIENZA«

VOLUME 1512

01552_25 Come due fiori di loto pefc l.19_corr - Sig:1

COME DUE FIORI DI LOTO

Romanzo di

JANE YANG

Traduzione di
KATIA BAGNOLI

LONGANESI

www.longanesi.it

ISBN 978-88-304-6172-7

Titolo originale
THE LOTUS SHOES

Realizzazione editoriale:
Studio editoriale Littera, Rescaldina (MI)

COME DUE FIORI DI LOTO

Alle pagine 351-355 il lettore troverà un glossario con le parole in cantonese utilizzate nel romanzo. (*N.d.R.*)

A mio marito, àncora della mia vita, e ai miei genitori,
i cui sacrifici mi hanno offerto un'esistenza in Australia
e opportunità che se fossimo rimasti nel nostro paese
d'origine non sarebbero mai state possibili.

PRIMA PARTE

1

Piccolo Fiore

Stavo seduta su uno sgabello basso nella cucina della nostra fattoria e tremavo. L'aria gelida mi pungeva le guance e avevo mani e piedi così ghiacciati che mi facevano male. Per scaldarmi, mi strofinavo le braccia e le gambe. Anche se nel sud della Cina non nevicava mai, quell'inverno del sesto anno di regno dell'imperatore Guangxu era di un freddo spietato. Di solito a quell'ora ero ancora rannicchiata sotto la trapunta, ma Aa Noeng mi aveva svegliata alle prime luci dell'alba.

«Oggi andiamo all'avventura» annunciò, avvicinandosi con una bacinella di acqua bollente. Per la prima volta da mesi, sul suo viso magro e pallido spuntava un sorriso. Non uno di quelli smaglianti che mi rivolgeva quando il mio Aa De era ancora vivo. Questo sorriso sembrava teso, con gli occhi che rimanevano spenti.

«Ti porto a Canton» continuò. «Il contadino Tang ci dà un passaggio sul suo carro.» Versò dell'acqua fredda nella bacinella.

Strillai, battendo le mani per la gioia. Non ero mai stata a Canton, ma ne avevo sentito parlare dai cantastorie. Si diceva che lì gli ambulanti vendessero prugne zuccherate, focacce dolci e caldarroste. Mi brontolò la pancia al solo pensiero, ricordandomi che non avevo mangiato niente dopo la ciotola di congee acquoso del giorno prima. I cantastorie narravano anche di acrobati itineranti, di uomini che ingoiavano serpenti vivi e di spettacoli di marionette.

«Viene anche il fratellino?» chiesi.

«È troppo piccolo» rispose la mamma. «L'ho mandato dalla vicina per un giorno. Questa è una gita solo per noi.»

«Perché andiamo?»

«Le bambine non devono fare troppe domande» mi rimproverò. «Le brave ragazze stanno zitte, seguono le regole e obbediscono agli adulti.» Mi aveva parlato con dolcezza, ma il suo viso era così triste che rimasi in silenzio.

Si inginocchiò davanti a me e prese tra le mani i miei loti d'oro.

«Ti ricordi perché ho iniziato a fasciarti i piedi quando avevi solamente quattro anni?» mi chiese.

«Perché... perché...» Scossi la testa.

Con un pesante sospiro me lo spiegò di nuovo: «In genere nel villaggio si aspetta che le bambine abbiano sei anni. Se hanno bisogno di due braccia in più per lavorare, alcune famiglie aspettano addirittura che la figlia ne compia sette o otto. Ma è rischioso. Sai perché?»

Scossi di nuovo la testa.

«Le ossa potrebbero essere già troppo dure per lasciarsi modellare. Ti voglio così bene che due anni fa ti ho fasciato i piedi, come se fossi una piccola signora. Voglio che tu abbia due loti d'oro perfetti, in modo che tu possa essere come Yao Niang. Ti ricordi la sua storia?»

«Sì!» Desiderosa di fare bella figura, recitai allegramente la favola della buonanotte che lei mi aveva raccontato tante volte. «C'era una volta, prima dell'invasione manciù e quando la Cina era divisa in tanti piccoli regni, tanti pezzi di terra come in una coperta di ritagli di tessuto, un imperatore di nome Li Yu. L'imperatore amava le novità. Un giorno chiese alle sue numerose mogli di sorprenderlo con una nuova danza. Ci provarono tutte, ma nessuna riuscì a stupirlo. Nessuna tranne Yao Niang, che si era avvolta i piedi a forma di mezzaluna e aveva danzato sulle punte!»

«E poi?» chiese lei.

Mi soffermai a riflettere, aggrottando la fronte.

«L'imperatore ne rimase così colpito che la nominò consorte imperiale...»

«Oh!» Con un inchino terminai la sua frase: «Quindi nessun'altra moglie poteva comandare Yao Niang, solo l'imperatrice. Tutte le dame di corte la imitarono, seguite ben presto dalle ragazze ricche di tutto il paese. Adesso tutte le ragazze rispettabili hanno i piedi fasciati. E le madri più amorevoli si assicurano che le loro figlie abbiano perfetti loti d'oro non più lunghi di dieci centimetri».

Mi aspettavo di ricevere un complimento per la mia risposta, soprattutto perché mi ero inceppata soltanto su due parole, invece ad Aa Noeng tremavano le labbra. Mi avvicinai per abbracciarla, ma lei scosse la testa e raddrizzò la schiena lisciandosi la tunica sbiadita.

«Anche il ragazzo più povero può sperare di superare gli esami imperiali e diventare mandarino, se è intelligente e studioso» disse, «ma per una ragazza l'unica possibilità di una vita migliore sono i suoi loti d'oro. Questo è il mio più grande dono per te. Qualunque cosa succeda, voglio che ricordi sempre quanto bene ti voglio. Sei la mia perla preziosa. Hai capito?»

«Ti voglio bene anch'io! Tanto così» dissi. Feci ruotare le braccia dietro la schiena fino a unire i palmi delle mani. Ma lei non ricambiò il mio sorriso.

«Perché è importante avere due perfetti loti d'oro non più lunghi di dieci centimetri?» mi chiese.

«Per fare un buon matrimonio» risposi con un cinguettio. «Alle sensali e alle suocere piacciono i piedi piccoli. I loti d'oro sono la prova del valore di una ragazza.»

«Proprio così» confermò lei. «Solo le ragazze con un'immensa resistenza e tanta autodisciplina possono ottenere dei loti d'oro perfetti. Questo è ciò che le suocere delle buone famiglie vogliono per i loro figli.» Mi strinse le mani e mi chiese: «Vuoi sposarti in una buona famiglia, quando sarai grande?»

«Sì.»

«Come si fa ad avere loti d'oro di dieci centimetri?» domandò.

«Devo stare fermissima quando tu mi pulisci i piedi e mi cambi le bende.»

«Cos'altro?»

«Non devo lamentarmi quando stringi i legacci.»

«È vero» rispose lei. «Però... adesso sei grande» aggiunse dopo una lunga pausa. «È ora che impari a prendertene cura da sola.»

«Sono ancora piccola!» protestai, allarmata dal suo tono grave.

«Guarda con attenzione» ordinò. Srotolò il bendaggio e mise

il mio piede sinistro nella bacinella con l'acqua calda. Massaggiò la pianta e le dita fino a staccare la pelle morta. Poi mi tagliò le unghie, mi tamponò il piede con un asciugamano e lo cosparse di allume.

«Devi usarne un bel po'» disse. «Serve per evitare il sudore e il prurito.»

Avvolse una striscia di cotone pulito color indaco intorno al mio piede. La pressione aumentava a ogni strato finché il piede non cominciò a pulsare e le lacrime trattenute a pungermi gli occhi. Dovetti ricorrere a tutta la mia forza di volontà per non gemere. Lei continuò ad avvolgere le bende, molto più strette del solito. Cercai di ritrarmi, ma lei serrò la presa. «Sta' ferma» ordinò.

«Aa Noeng!» gridai. «Fa troppo male.»

«Silenzio» mi rimproverò. «Un giorno grazie a questi loti d'oro avrai un buon matrimonio. Indosserai abiti di seta e vivrai in una casa con il pavimento piastrellato. E soprattutto non soffrirai mai più la fame.»

I miei mugolii si affievolirono mentre lei continuava a parlare del cibo gustoso che mi avrebbe riempito la pancia quando mi sarei sposata in una famiglia benestante. Poi mi infilò il piede in una delle mie migliori scarpe di cotone color indaco. Spinse la bacinella verso di me.

«Adesso fai lo stesso con il destro» disse.

Ci voleva un giorno di cammino per raggiungere Canton. Con i nostri piedi fasciati, io e mia madre non avremmo mai potuto percorrere tanta strada, perciò Tang ci accompagnò con il suo carro. Le ruote mescolavano grandine e fango in una poltiglia. Raffiche di un vento impetuoso ci sferzavano il viso e, nonostante mia madre mi tenesse stretta a sé, non riuscivo a smettere di tremare. A mezzogiorno ci fermammo e il contadino condivise con noi il suo pasto. Il *bao* di maiale mi punse le labbra screpolate dal vento, ma deliziò il mio stomaco. Solo dopo aver finito la mia parte, notai che Aa Noeng aveva toccato a malapena la sua, sebbene non avessimo più mangiato carne dalla morte di mio padre. Il contadino la esortò a mangiare, con uno sguardo pieno di pietà. Per educazione lei ingoiò qualche pezzetto, ma aveva un'aria afflitta, come nei giorni successivi alla morte di Aa De. Questo, insieme al suo strano comportamento della mattina, trasformò il *bao* in un macigno nella mia pancia.

Quando arrivammo a Canton il cielo era ancora più cupo. Durante il viaggio, a tratti avevo dormito. Battendo i denti per il freddo sempre più intenso, non riuscivo a prestare attenzione alle strane cose che vedevo intorno a me.

Mia madre, che era rimasta in silenzio dal pranzo, si riscosse e mi parlò in tono incalzante. «Tu sei una brava bambina, Piccolo Fiore. Devo farlo perché non c'è altro modo.»

Il contadino Tang si schiarì la gola. «Devi proprio dirglielo adesso?»

«Sì» rispose lei con decisione. «Deve saperlo.» Poi, rivolgendosi a me, continuò: «D'ora in poi vivrai in una bella casa di mattoni con i signori Fong. Sono una buona famiglia, molto ricca».

Io non riuscivo a capire bene il senso delle sue parole. «Quando torno a casa?» chiesi. «Domani?»

«Ti ho venduta alla famiglia Fong, come *muizai*» mi rispose lei, con un'espressione affranta. «La governante ha promesso che non sarai una schiava qualsiasi. La signora Fong ti vuole come cameriera personale di sua figlia, come Piccola Verde che si occupa della moglie e delle figlie del nostro capovillaggio. Non dovrai fare lavori pesanti.»

Alzai le braccia e le presi il viso tra le mani per guardarla negli occhi, ma lei li chiuse. «Piccola Verde è orfana» dissi, «ma tu verrai a trovarmi, vero?»

Mia madre aprì gli occhi, e scosse lentamente la testa.

«Quando torno a casa?» chiesi di nuovo. Mi si incrinò la voce e scoppiai a piangere.

«Non tornerai più. Una *muizai* non è come una serva che può decidere se rimanere o meno presso una famiglia. Tu apparterrai alla tua padrona, proprio come Piccola Verde, che non potrebbe andarsene nemmeno se i suoi genitori fossero ancora vivi. Neanche tu potrai lasciare la loro casa.» Fece un sospiro, e poi un altro, come se avesse qualcosa intrappolato nel petto e stesse cercando di liberarlo. «Devo farlo. Stiamo per essere sfrattati dalla fattoria e abbiamo bisogno di soldi per pagare l'apprendistato da falegname del fratellino. Soltanto così potrà avere una vita dignitosa.»

Non riuscivo a pensare di non rivedere mai più la mia casa, mia madre o mio fratello. «Mai» era un concetto che andava oltre la mia immaginazione. «Ma io non posso vivere con degli estranei» dissi. «Io devo stare con te.»

Lei continuò a parlare come se, oltre a me, volesse convincere se stessa. «Senza soldi moriremo tutti di fame. Allora chi porterà avanti il nome degli Yung? Devo fare la cosa giusta per onorare lo spirito di tuo padre e dei nostri antenati. Tu capisci che cosa ci è accaduto, vero?»

Scossi la testa. Cosa c'entrava la morte di Aa De con la famiglia Fong? Non capivo. Però ricordavo quello che era successo cinque mesi prima. Un giorno mio padre era tornato a casa dopo aver lavorato alle peschiere e si era messo a letto, lamentando crampi alla pancia. Non aveva appetito e il poco riso che mangiava gli tornava subito su. L'uomo con la forza e la resistenza di un bufalo d'acqua si era d'un tratto trasformato in un invalido smunto. Il *daai fu* del villaggio gli prescrisse delle erbe, che mia madre bolliva in un tè amaro e gli faceva bere a cucchiaiate, ma lui non riusciva a mandarle giù. Aveva la febbre alta ed era scosso dai brividi. Questo per quattordici giorni, poi morì. Aa Noeng usò i nostri risparmi per organizzargli un funerale decente.

Da allora la nostra vita si era sgretolata come un biscotto. Mia madre, da sola, non riusciva a mandare avanti la fattoria. Eravamo in ritardo con l'affitto, trascuravamo le peschiere e, siccome nessuno raccoglieva le foglie di gelso, i nostri bachi da seta morivano. Anche noi soffrivamo la fame, nonostante gli sforzi di Aa Noeng per far durare le scorte di riso annacquando il congee.

«È un'opportunità, figlia mia» disse. «Sarai una schiava, ma in compenso avrai da mangiare e un tetto sopra la testa. Vivrai meglio di noi.» Le labbra le tremavano come se nemmeno lei credesse del tutto alle sue parole. «Sii buona, riconoscente e paziente» continuò. «Esegui gli ordini e ricorda sempre qual è il tuo posto. Una *muizai* è l'ombra della sua padrona. Sei lì per obbedire al suo volere. Non dimenticarlo mai. Non devi discutere né disobbedire. La vita è più facile per chi sa ingoiare l'amarezza e accettare la propria sorte.»

«Sono una brava bambina!» protestai. «Non mandarmi via!» Mi strinse forte al petto. «Possiamo andare a casa?» chiesi, speranzosa.

Mia madre non rispose, continuò a tenermi stretta finché non arrivammo a una grande casa, la più grande che avessi mai visto. Un'enorme targa nera con due caratteri dorati era appesa sopra l'ingresso principale: una serie di cancelli rossi, alti più di due persone, ognuno sorvegliato da una testa di drago. I loro occhi dipinti di rosso mi fissavano mentre il nostro carro li superava, e parevano pronti ad attaccare con gli spessi anelli di bronzo che tenevano tra le zanne qualsiasi visitatore avesse osato avvicinarsi.

Sembrò passare un'eternità prima che il carro girasse intorno alla villa e Tang fermasse il cavallo davanti a un portone a doppio battente di dimensioni normali, come quello di casa, dove se salivo sulle spalle di Aa De arrivavo a toccare l'architrave. Tang aiutò Aa Noeng a scendere dal carro, poi mi sollevò e mi depositò accanto a lei. Mi aggrappai alla manica della mamma mentre bussava. Venne ad aprire una signora con una bella veste trapuntata che la salutò e ci fece entrare in un cortile con un tavolo di pietra.

«Io sono Rosso Ciliegia, governante e cameriera personale della signora Fong» disse a mia madre la donna, che aveva un grosso neo sul mento. «Immergi leggermente il pollice nell'inchiostro e premilo qui.» Le indicò un foglio rosso.

«Aspetta!» disse Aa Noeng. «Cosa c'è scritto?»

«È un normalissimo contratto d'acquisto.»

«Ti prego, dimmi.»

Rosso Ciliegia sospirò profondamente. «C'è scritto che accetti di vendere tua figlia alla signora Fenice Fong, prima *taai taai*. Tua figlia sarà la cameriera di sua figlia, la signorina Linjing, a meno che lei non decida di metterla al servizio di qualcun altro. La signora Fong ha anche il diritto di vendere tua figlia a un'altra famiglia.»

«C'è scritto se posso ricomprare la sua libertà?»

«Non so perché me lo chiedi» protestò Rosso Ciliegia. «Lavoro qui da oltre dieci anni e nessun genitore è mai tornato a riprendersi la figlia. Questo non è un banco dei pegni.»

«Per favore» implorò mia madre. «Voglio solo sapere.»

«Si dichiara che potrai ricomprare la sua libertà pagando il prezzo di vendita con un interesse del venti per cento per ogni anno in cui i Fong hanno dovuto nutrirla e vestirla» lesse Rosso Ciliegia. «E adesso potresti mettere l'impronta del tuo pollice?»

Rivolsi alla mamma uno sguardo speranzoso, augurandomi che avesse cambiato idea. Invece il suo viso era persino più cupo. Due lacrime le caddero dalle ciglia prima che lei potesse asciugarle con la manica della tunica. Le strinsi più forte l'avambraccio.

Il tono di Rosso Ciliegia si addolcì. «La signora Fong è buona e giusta. Tua figlia starà bene.»

«Ma le sarà permesso di sposarsi, alla fine?» chiese mia madre, in tono urgente ma dubbioso.

«Se una *muizai* è abbastanza fortunata da ottenere un'offerta di matrimonio, allora può essere liberata dalla schiavitù. Credo che la signora Fong le troverà un buon marito quando avrà più o meno diciotto anni, se sarà laboriosa e obbediente. Molte *muizai* scelgono di restare, anziché maritarsi con uno storpio o un sudicio raccoglitore di letame. Però, avendo i piedi fasciati, tua figlia potrebbe anche sperare di trovare un contadino decente.»

«Ma è garantito, il matrimonio?» la incalzò Aa Noeng.

«Nella vita non ci sono certezze. Comunque la signora Fong è onesta e buona. Adesso firma.»

Mia madre indugiò con la mano tremante sopra il contratto prima di decidersi a intingere il pollice nell'inchiostro e a premerlo sul foglio. Due lacrime caddero sulla carta, sbavando i tratti neri e spessi dei caratteri. Ma una volta firmato l'accordo, si asciugò il viso con la manica e si inginocchiò davanti a me con un'espressione decisa. «Ricorda le mie parole» disse. «Sii paziente e obbedisci. Le cose potrebbero andare molto peggio.»

Dal momento che non l'avrei più rivista, non riuscivo a immaginare in che modo le cose potessero andare peggio. Le gettai le braccia al collo e gridai: «Non lasciarmi qui a fare la schiava!»

Lei si sciolse dalla mia stretta e mi bloccò tenendomi per le spalle. Cercai di dimenarmi, nel disperato tentativo di aggrapparmi a lei, ma la sua presa salda me lo impedì.

«Ascoltami» disse, provando a blandirmi. «Per rivedermi devi essere molto obbediente. Ma soprattutto devi prenderti cura dei tuoi loti d'oro, così un giorno potrai sposarti. Me lo prometti?» Si sforzò di sorridere, ma il risultato fu una smorfia sbilenca.

«Ti prego, Aa Noeng. Ho tanta paura.»

«Se i tuoi piedi si rovinano, non mi vedrai mai più. Hai capito?»

«Abbracciami ancora» gridai, incespicando in avanti, con le braccia tese. «Solo una...»

Ma lei mi voltò le spalle e si allontanò a una velocità a cui non l'avevo mai vista muoversi.

Al cancello si girò a guardarmi per l'ultima volta, poi raddrizzò la schiena e sparì nel vicolo. Cercai di rincorrerla, ma la stretta di Rosso Ciliegia mi trattenne. «Lascia andare tua madre» disse. «Ora appartieni alla famiglia Fong. Fa' la brava e forse la rivedrai.»

Le morsi un braccio. Con un gemito mi lasciò andare, scioccata. Provai a scappare, ma traballai sui miei loti d'oro e caddi molto prima di raggiungere il cancello. Il dolore della caduta fu di gran lunga inferiore al bruciore del suo schiaffo.

«Togliti quell'aria insolente dalla faccia» ordinò. «D'ora in avanti sei una *muizai.*»

2

Linjing

Aa Noeng mi aveva detto che Piccolo Fiore era il suo regalo speciale per me. Sperava che da grandi saremmo diventate come lei e Rosso Ciliegia, che era la sua *muizai* da quando avevano entrambe sei anni. Avere una cameriera con i piedi fasciati rendeva zia Luminosità e cugina Eleganza molto gelose; anche la mite Seconda Aa Noeng mi guardava con invidia. Ma io odiavo il modo in cui mia madre stravedeva per quella schiava, paragonandomi addirittura a lei.

«Linjing!» esclamò in quel momento. «Guarda i punti raso di Piccolo Fiore. L'accostamento di carminio e magenta è incantevole. Sarei felice se il tuo lavoro fosse bello anche solo la metà del suo.»

Benché stesse parlando con me, il suo viso era rivolto alla mia *muizai*, e le loro teste quasi si toccavano mentre continuava ad ammirare i punti lisci e uniformi che sbocciavano sotto l'ago di Piccolo Fiore, riempiendo il disegno dei petali con una striscia verde muschio, più scura in alcune parti. Non capivo cosa intendesse Aa Noeng quando parlava di rossi o rosa, perché a me sembrava tutto un miscuglio di giallo, blu, verde spento o grigio, ma avevo troppa paura per dirglielo. Infilai l'ago nella seta e tirai fuori il filo dall'altra parte. Il punto raggrinzì il tessuto, trascinando con sé i punti più vicini. Seduta dalla parte opposta del tavolo rotondo, digrignai i denti mentre battevo il telaio da ricamo contro il legno lucido, aspettando che Aa Noeng si accorgesse di me. Piccolo Fiore alzò lo sguardo per prima e i nostri occhi si incontrarono; lei li abbassò subito mentre io stringevo i pugni.

«Linjing, smettila di comportarti come una selvaggia» mi rimproverò Aa Noeng. «Che razza di esempio stai dando alla tua *muizai*?»

«È lei la selvaggia!» protestai.

Mia madre corrugò la fronte alta. Mi avvicinai di corsa, tirai il bordo della manica di Piccolo Fiore, facendo attenzione a non toccare le macchie indurite, per mostrarlo ad Aa Noeng, che mi lanciò uno sguardo gelido. Siccome sembrava non capire, le spiegai: «Piccolo Fiore si pulisce il naso con le maniche».

La *muizai* arrossì e sottrasse il braccio alla mia presa. Nascose entrambe le mani sotto il tavolo, abbassando la testa fino a toccare il ricamo con la fronte. Invece di rimproverarla, mia madre disse: «Linjing, questo è scortese. È passata solo una luna da quando Piccolo Fiore ha lasciato la sua famiglia. Ci vuole pazienza perché disimpari le maniere del suo villaggio».

«E sbadiglia senza coprirsi la bocca» aggiunsi. «Una volta ha persino raccolto il mio *caa siu bao* dal pavimento e l'ha mangiato, come un cane. Nella sua famiglia dovevano vivere come maiali!»

Grosse lacrime scivolarono lungo le guance di Piccolo Fiore e caddero sui petali ricamati, bagnandoli. Le colava il naso e la sua mano si sollevò, poi si fermò a mezz'aria e andò a nascondersi di nuovo sotto il tavolo, facendomi provare un po' di rimorso. Presi il mio fazzoletto, ma Aa Noeng arrivò prima e, accarezzandole la schiena, le asciugò il viso con un quadrato di seta fresca di bucato. Lei spalancò gli occhi, facendo correre lo sguardo tra il sorriso di mia madre e il mio cipiglio. Avrei voluto darle un ceffone per aver rubato l'attenzione di Aa Noeng, ma temevo di farla arrabbiare ancora di più.

«Una padrona crudele genera infedeltà» mi avvertì lei. «Piccolo Fiore è disciplinata e paziente, qualità che dovresti imitare, se vuoi eccellere nel ricamo. È un vero peccato che una ragazza del genere sia nata in una famiglia di contadini. Se non ti impegni a fondo per migliorare i tuoi punti e le tue maniere, la gente potrebbe pensare che la *muizai* sia tu.»

«La vorresti come figlia al posto mio?» chiesi, con le lacrime agli occhi.

«Che assurdità!» rispose lei liquidando la mia domanda con un gesto della mano, come se fosse una zanzara.

«Davvero?» ripetei battendo un piede a terra, con un nodo di pianto in gola. Volevo che Aa Noeng mi abbracciasse, mi facesse sedere sulle sue ginocchia, mi dicesse che mi voleva bene. La Seconda Aa Noeng lo faceva con le mie sorellastre, quando erano tristi. Accarezzava loro i capelli, cullandole finché non si sentivano meglio.

«Linjing» disse invece mia madre in tono gelido. «Non sarai mai abile come la tua *muizai*, se non ti impegni come lei. Torna al tuo posto e prendi il telaio.»

«No!» gridai, con il busto proteso in avanti e le mani strette a pugno.

«Obbedisci» sibilò lei. Strinse le labbra in una linea sottile, gli occhi erano due fessure dure come il ghiaccio, il viso pallido e distante. Mi ero chiesta spesso se sotto quella pelle gelida ci fosse sepolta la mia vera madre e se, scavando, avrei trovato un'anima calda come quella della Seconda Aa Noeng.

«Questo è il mio ultimo avvertimento» mi ammonì. «Comportati come una signora.»

Non appena riuscii a sfuggirle, corsi nello studio di Aa De. Lui alzò lo sguardo dalle sue scartoffie con un'espressione accigliata. Ma vedendomi sorrise e mi fece cenno di avvicinarmi. Salii sulle sue ginocchia.

«Come sta la mia piccola birbante?» chiese mentre mi solleticava il naso.

«Aa Noeng mi ha rimproverato solo perché ho detto che la mia schiava ha le cattive maniere del suo villaggio. È tutta colpa sua, se sono nei guai. Voglio un'altra cameriera, una con i piedi enormi, così sarà pessima nel ricamo.»

«Se non sei contenta della tua cameriera, di' a tua madre di trovartene un'altra.»

«Non mi ascolta. Per favore, Aa De, puoi farle mandare via Piccolo Fiore?»

«Non è compito mio intromettermi nel regno femminile.»

Incrociai le braccia sul petto e misi il broncio. Lui mi fece il solletico finché non scoppiai a ridere, poi mi chiese: «Quand'è la cerimonia della fasciatura dei piedi?»

«Il mese prossimo.»

«Manca poco» disse. «Ti piacerebbe tenere i piedi naturali?»

Per accertarmi che non stesse scherzando, saltai giù dalle sue ginocchia e mi girai a guardarlo bene. Dall'espressione capii che voleva che rispondessi di sì. Il suo sorriso era così ampio che riuscivo a vedere il molare d'oro. Gli brillavano gli occhi. Eppure giocherellava con l'anello di giada che portava al pollice, girandolo a destra e a sinistra. Volevo accontentarlo, ma non potevo mentire.

«Solo le schiave hanno i piedi grandi. Non voglio essere come loro. Voglio essere come le mie madri.»

«Ti piace giocare a campana?»

Annuii.

«Ti piace anche arrampicarti sugli alberi, e corri veloce, non è vero?»

«Sì!»

«Non potrai più fare nessuna di queste cose quando avrai i piedi fasciati. Sei proprio sicura di volerci rinunciare?»

«No.» E aggiunsi rapidamente: «Però voglio anche i loti d'oro». Mi tormentavo le mani. Fino a quel momento avevo pensato alla cerimonia della fasciatura dei piedi come a una grande festa in cui sarei stata sommersa di regali e attenzioni da parte delle zie e delle cugine. Mia madre mi aveva promesso che sarebbe stato uno dei giorni più belli della mia vita, terzo solo al giorno del mio matrimonio e a quello della nascita del mio primo figlio. Avevo sempre desiderato che quel giorno arrivasse in fretta, ma non mi ero mai soffermata a riflettere che dopo avrei dovuto rinunciare ai miei giochi preferiti. E quella nuova consapevolezza mi faceva vedere la cerimonia sotto una luce diversa. Eppure, avere i piedi grossi era impensabile, perché tutte le signore avevano i loti d'oro. La gente avrebbe pensato che ero io la schiava, e Piccolo Fiore la padrona. Non potevo permetterlo.

Guardai Aa De in cerca di rassicurazioni.

«Non è più come una volta» disse lui. «Alcune famiglie eleganti hanno cominciato a permettere alle figlie di tenere i piedi naturali.»

«Ma Aa Noeng e Maa Maa dicono che i piedi grandi sono volgari.»

«Tua madre e tua nonna sono molto conservatrici. Ti faccio vedere una cosa.»

Aprì una scatola di pelle che conteneva la fotografia di una ragazza poco più grande di me, seduta su un'altalena, con i piedoni che spuntavano dall'orlo dei pantaloni ricamati. Invece di vergognarsi, sorrideva. Guardai Aa De con aria interrogativa.

«Questa giovane è la figlia di un ricco mercante. La sua famiglia è cristiana e non fascia più i piedi alle ragazze. Un giorno tutte le ragazze avranno i piedi naturali. Vuoi essere una ragazza moderna, come lei?»

«Non voglio sembrare una schiava.»

«Andiamo a parlarne con tua madre» disse lui, accarezzandomi la testa. «Le ho chiesto di raggiungermi nella sala di ricevimento di Maa Maa. Devo fare un annuncio importante.»

Temevo che stesse per succedere qualcosa di brutto: una visita agli appartamenti di Maa Maa significava sempre problemi per me e Aa Noeng. Dalla morte di mio nonno, quattro anni prima, Maa Maa si era trasferita in un'ala remota dove trascorreva i pomeriggi pregando per la sua anima. Sebbene avesse consegnato la châtelaine delle chiavi e passato la maggior parte delle responsabilità domestiche a mia madre, Maa Maa era ancora la signora indiscussa del regno delle donne.

Quando entrammo nella sala di ricevimento, mia madre era già arrivata. Con la testa china e le mani strette in grembo, sedeva su uno sgabello basso, benché su ogni lato della stanza fossero allineate delle sedie.

Mio padre salutò Maa Maa con un profondo inchino. Lei indicò con un cenno la sedia accanto alla sua. Non sembrò accorgersi di me che mi affrettavo a prendere posto accanto a mia madre. L'odore opprimente di sandalo sprigionato dalla gigantesca spirale di incenso mi fece venire voglia di tapparmi il naso, ma l'espressione di Maa Maa me lo impedì.

Quando la *muizai* di mia nonna ebbe finito di servire il tè agli adulti, mio padre si schiarì la gola e parlò. «Onorevole madre, ciò che sto per proporre ti sembrerà una follia. Ma, per favore, ti prego di mantenere una mente aperta.»

Maa Maa inarcò un sopracciglio, fissandolo con uno sguardo duro. Nonostante il freddo, il viso di Aa De era arrossito mentre si tirava il colletto.

«Procedi» gli disse.

«Dobbiamo annullare la cerimonia della fasciatura dei piedi di Linjing.»

Maa Maa e Aa Noeng lo guardarono sconcertate.

«Questa pratica è considerata crudele e barbara da tutte le nazioni occidentali» proseguì lui. «Fa sembrare la Cina un paese primitivo. Ti imploro di permettere a Linjing di mantenere i suoi piedi naturali.»

Mia nonna sbatté la tazza da tè sul tavolo con tanta forza da romperla. Lo guardò sgranando gli occhi. Non immaginavo che i suoi occhi strabici potessero diventare così tondi. Io e la mamma ci scambiammo uno sguardo angosciato. La *muizai*, che si era avvicinata per asciugare il tè, fissò Aa De, sbigottita dalle sue parole.

«Vuoi disonorare i nostri antenati?» chiese Maa Maa.

«Onorevole madre, ti prego di ascoltare...»

«Nessun figlio può fare una richiesta del genere.»

«Questo non ha niente a che vedere con il dovere filiale.»

«Caro marito» intervenne Aa Noeng, «Linjing deve avere i piedi fasciati o non riusciremo a combinarle un buon matrimonio. Abbiamo già aspettato fin troppo.»

«Fenice ha ragione» disse Maa Maa. «I loti d'oro sono il segno distintivo di ogni ragazza ben educata. Nessuna suocera perbene vorrebbe una ragazza con i piedi grossi. Vuoi che rimanga zitella portando la vergogna nella nostra famiglia?»

«I tempi stanno cambiando» rispose mio padre. «Negli anni a venire la maggior parte delle famiglie abbandonerà questa tradizione. Inoltre, ho già combinato un fidanzamento.»

Rimasi a bocca aperta.

«Cos'ha che non va il futuro sposo?» chiese Aa Noeng.

«È forse storpio o un po' matto?» chiese Maa Maa.

«È cattivo?» chiesi io con un filo di voce.

Aa De mi rivolse un sorriso rassicurante. «È un ottimo giovane gentiluomo... solo un pochino più grande di te. Mi dicono che è anche atletico. Avrete molte cose in comune.» Rivolgendosi a sua madre e alla mia, aggiunse: «Valoroso Li è il primo figlio del viceré di Tianjin».

«Perché una famiglia così importante dovrebbe volere una sposa dai piedi grandi?» chiese Maa Maa. «E perché proprio Linjing?»

«Onorevole madre, ti prego, prima di decidere permettimi di finire.»

Lei annuì a malincuore.

«Li è uno degli uomini di stato più influenti della Cina e uno dei più fidati ambasciatori e negoziatori dell'imperatore Guangxu. Un'alleanza matrimoniale con lui è fondamentale per la mia carriera. Una volta ufficializzato il fidanzamento, mi ha promesso la carica di vicegovernatore dello Shanxi. Ritiene che la sopravvivenza della dinastia Qing dipenda dalla modernizzazione. La Cina non deve solo aggiornare l'esercito e la marina con artiglieria moderna e navi a vapore, deve anche aprirsi a nuove idee. I piedi naturali sono una di queste. Lui è convinto che in futuro le mogli dei mandarini dovranno socializzare con le signore occidentali, e sarà impossibile per le nostre donne essere trattate alla pari, se avranno ancora i piedi menomati. Per questo motivo si è ripromesso di avere una nuora con i piedi naturali. Ma ha faticato a trovare una sposa di una famiglia adatta. Nonostante alcuni uomini influenti abbiano giurato di proibire ai loro figli di sposare ragazze con i loti d'oro, non riescono a convincere le loro madri e mogli ad accettare i piedi naturali. E questa è per me un'opportunità unica.»

«Lascia che Li continui a cercare» disse mia madre. «Nostra figlia non c'entra niente con questa assurda promessa. Il movimento contro la fasciatura dei piedi è destinato a fallire. Guarda la nuova *muizai* di Linjing, per esempio. Anche una povera contadina analfabeta capisce l'importanza dei piedi fasciati. Una famiglia del genere deve aver fatto notevoli sacrifici per fasciare i piedi alla figlia da quando aveva quattro anni. Che razza di madre sarei, io, se non potessi fasciare quelli di Linjing?»

«Fenice, queste convinzioni sono antiquate» ribatté mio padre. «Sono catene che impediscono alla Cina di progredire.»

« Gli occidentali non hanno a cuore gli interessi della Cina! » insistette mia madre. « Sanno che l'oppio fa male, eppure lo hanno scaricato sul nostro popolo, trasformando i mariti in drogati e distruggendo le famiglie. »

« Non è una questione di morale » replicò mio padre. « L'Occidente è prospero e potente. Dobbiamo assecondarli, imparare da loro, almeno finché non saremo alla loro altezza in termini di potenza economica e militare. »

« Smettila di discutere con Aa Noeng! » gridai io. « Non voglio avere i piedoni! »

« Fenice... » la rimproverò Maa Maa. « Tieni Linjing sotto controllo. Una bambina deve tacere, se non viene direttamente interpellata. »

Aa Noeng mi diede un pizzicotto sul braccio e mi intimò di stare zitta. « C'è molto argento nei nostri forzieri e i nostri affittuari sono affidabili » disse. « Non abbiamo bisogno del tuo stipendio. »

« Non ricevo una carica da circa quattro anni. Il mio ex assistente è stato promosso due volte e ormai ha un grado più alto del mio. È umiliante. »

« Sei stato in lutto per tuo padre per tre anni, ti era proibito lavorare. Di certo nessuno parlerebbe male di te per aver rispettato la legge. »

« Fenice, tu non conosci il regno degli uomini, quindi non metterti in imbarazzo con queste sciocche osservazioni. Il nostro paese è in subbuglio, sotto il costante assedio dei ribelli e degli stranieri. Hong Kong, Shanghai e Amoy sono state annesse alle potenze occidentali. Molti dei miei colleghi stanno lottando per mantenere l'incarico che hanno, figuriamoci se possono trovarne di nuovi. Sarei un pazzo a rifiutare questa opportunità. »

Maa Maa prese il suo rosario e mormorò un sutra. « Io sostengo mio figlio » dichiarò. « La sua carriera è fondamentale. Se dobbiamo sacrificare una figlia, tanto vale che sia Linjing. » Guardando Aa Noeng, aggiunse: « In ogni caso, Fenice, hai aspettato troppo. I piedi grandi in una ragazza sono indice di sregolatezza, insolenza e volgarità ».

«Maa Maa» le ricordai, «non è colpa di Aa Noeng. È stato il geomante a dirci di aspettare.»

«Zitta, Linjing!» sbottò mia madre. «Non devi mai contraddire Maa Maa.»

«Ma è vero. Il geomante ha detto...»

Aa Noeng troncò le mie parole con uno schiaffo secco. Guardai Aa De, sperando che confermasse a Maa Maa che avevo detto la verità, perché sapevamo tutti che il geomante aveva previsto che sarei morta precocemente, se mi avessero fasciato i piedi prima del mio settimo compleanno. Ma lui si voltò, fissando le opere appese alle pareti.

Maa Maa ci guardò come se fossimo feccia, e continuò a parlare. «Il peccato di una figlia è responsabilità della madre, così come il peccato di una madre è il fardello della figlia. Linjing è ribelle e disobbediente. I suoi lavori di ricamo sono scadenti. I punti sbilenchi raccontano di una ragazza disattenta e impaziente, superficiale. È troppo vivace. La colpa è tua. Se non riesci a domarla, ti toglierò la châtelaine e la darò alla tua sorella-moglie.»

Aa Noeng si inginocchiò e strisciò verso Maa Maa, premendo la fronte sui suoi loti d'oro. «Venerata madre, ti prego di ripensarci. Ti prego di avere pietà di lei. Sarà domata quando le avremo fasciato i piedi.»

Maa Maa sferrò un calcio alla fronte di mia madre con tale forza che il suo fermaglio d'oro a forma di fenice quasi volò via. Mi sfuggì un sibilo, ma gli occhi di Aa Noeng mi implorarono di trattenermi. Guardai di nuovo Aa De, desiderando che intervenisse in aiuto della mamma. Ma i suoi occhi erano duri e impazienti.

«Fenice, smettila di fare scenate» disse. «È un ottimo matrimonio. A Linjing non mancherà nulla e sarà una delle giovani donne che contribuiranno a trasformare la Cina in una nazione moderna. È un futuro luminoso!»

Sebbene desiderassi ancora che difendesse Aa Noeng, come potevo essere arrabbiata con mio padre per aver voluto per me la migliore delle vite possibili? Ma potevo davvero essere una signora senza i loti d'oro?

«E se succede qualcosa a Valoroso Li?» chiese mia madre. «Tra il fidanzamento e il matrimonio trascorrono anni. Se Valoroso Li morisse, nessun altro vorrebbe una ragazza con i piedoni.»

«È molto improbabile» insistette lui.

«Nella vita capitano tante malattie e tante disgrazie. Se gli succedesse qualcosa, sarebbe impossibile organizzare un altro matrimonio adatto a Linjing.»

«È un rischio che sono disposta a correre per il bene della carriera di mio figlio» dichiarò Maa Maa. «La mia decisione è definitiva.»

Nonostante il tono allegro e le promesse emozionanti di Aa De, io mi mordicchiai il labbro inferiore sentendomi assillata dai dubbi. I piedi grandi erano brutti e volgari. Aa De diceva che ero la sua figlia preferita, mentre per Maa Maa potevo essere «sacrificata». Se mio padre mi voleva tanto bene, perché non sacrificava una delle mie sorellastre?

3

Piccolo Fiore

La mia pancia era vuota e la fatica mi rendeva le gambe e le braccia pesanti come tronchi. Ogni mattina iniziavo la giornata all'alba, andavo a prendere l'acqua e la facevo bollire per il bucato della signorina Linjing. La cucina era talmente lontana dalla camera da letto che quando arrivavo alla sua porta i loti d'oro mi pulsavano di dolore e le braccia tremavano sotto il peso del bollitore di rame.

Mi brontolava lo stomaco, bramavo la prossima razione di congee acquoso e di *gaai laan* stracotto, che avrei potuto mangiare soltanto diverse ore dopo. Guardai una panchina di pietra, desiderosa di riposare i piedi doloranti, ma Rosso Ciliegia mi aveva detto che, se non fossi riuscita a conquistare rapidamente il favore della signorina Linjing, mi avrebbero venduta a una casa chiusa e non avrei più rivisto Aa Noeng. Al pensiero di mia madre, la tristezza mi schiacciò il petto come un macigno. Sforzandomi di non piangere, continuai a mettere un piede traballante davanti all'altro e mi arrampicai fino alla pagoda in cima a una collinetta artificiale. Forse, se fossi riuscita a essere all'altezza dei suoi giochi, la signorina Linjing avrebbe cominciato ad apprezzarmi. L'acquazzone aveva reso i gradini umidi e scivolosi. Lei saltellava davanti a me come una ranocchia. Una volta arrivata in cima lanciò dal cornicione della pagoda libellule di bambù che caddero a spirale. Quando scese a riprenderle mi disse: « Tu non puoi salire i gradini ».

« Sì che posso » ribattei, decisa a dimostrarle che si sbagliava.

« Per questo gioco bisogna essere forti e tu sei debole! »

« Tu sei molto brava in questo gioco, signorina Linjing » dissi. « Puoi insegnarmi a lanciare le libellule? »

Un guizzo di piacere le illuminò lo sguardo e un sorriso le arricciò gli angoli della bocca, ma le braccia rimasero incrociate sul petto.

«Ti prego, signorina Linjing. Vorrei davvero giocare con te.»

«Bene» disse lei. «Se riesci a salire fino in cima, possiamo giocare.»

Presi un respiro profondo e iniziai a salire, appoggiando con attenzione i piedi in modo da evitare le chiazze di muschio viscido e le pozzangherelle che si erano formate nelle fughe tra le lastre di pietra. A metà salita le cosce mi tremavano per lo sforzo e avevo il fiatone. Non c'era nessuna ringhiera a cui appoggiarsi. Dopo interminabili minuti, dovevo ancora salire una dozzina di gradini, mentre Linjing aveva già fatto due volte avanti e indietro, sorridendomi ogni volta che mi superava. Spinsi al massimo i muscoli tremanti e nella fretta di raggiungerla per poco non scivolai, rischiando di cadere all'indietro, ma agitando le braccia riuscii a gettarmi in avanti e ad atterrare sulle mani. Non osando alzarmi di nuovo per paura di perdere l'equilibrio e rompermi il collo, strisciai per il resto del percorso.

«Ce l'ho fatta» ansimai, alzandomi in piedi lentamente. «Possiamo giocare, adesso?»

«Ci hai messo troppo tempo. Non ho più voglia.»

«Ma sono appena arrivata!»

«Se mi rispondi un'altra volta così, dirò ad Aa Noeng di venderti a un posto orribile dove le ragazze prendono una malattia che fa marcire il naso.»

Mi inginocchiai e chiesi scusa, battendo la fronte contro la pietra fredda. «Scusami, signorina Linjing. Ti prego, non farlo.»

«Non sembri abbastanza dispiaciuta.»

Mi strinsi alle sue ginocchia e alzai lo sguardo, implorando perdono. Con un sorrisetto lei gettò le libellule di bambù in una pozzanghera e mi spinse via, avviandosi verso i gradini. Io afferrai una libellula e la lanciai lungo il sentiero del giardino. Se avessi avuto ancora i piedi grandi, se mio padre fosse stato ancora vivo, se fossi stata ancora una figlia, anziché una schiava, avrei rincorso Linjing e l'avrei presa a calci. Ma i «se» non valgono niente, e io ero stata abbandonata. Inoltre, continuavano a risuonarmi nelle orecchie i consigli di Aa Noeng: obbedisci agli ordini, ascolta e prenditi cura dei loti d'oro. Se avessi fatto tutto questo, forse presto l'avrei rivista.

Quella sera, quando mi ritirai nel mio dormitorio pronta a crollare sul paglierìccio, ero annebbiata dalla stanchezza e dalla nostalgia di casa. Ma prima dovevo lavare i miei loti d'oro, e avvolgerli con nuove fasciature, come mi aveva insegnato la mamma, o non l'avrei più rivista. Dividevo la minuscola stanza con due sguattere che mi trattavano male e con Pioggia di Primavera, la *muizai* che serviva la sorella-moglie della signora Fong... dovevo ricordarmi di chiamarla seconda taai taai Fong, anziché seconda signora Fong, o Rosso Ciliegia mi avrebbe tirato di nuovo le orecchie. Ansiosa di finire prima del ritorno delle altre ragazze, aprii in fretta il cassetto che conteneva le bende indaco di riserva, le uniche cose che mi erano rimaste di casa mia. Vacillai: erano sfatte, sporche di grasso ed emanavano un puzzo ripugnante, un misto di urina e verdure marce. Disperata, mi gettai sul mio giaciglio, seppellii il viso nel cuscino e singhiozzai, invocando mia madre. Piansi fino a quando la paglia sotto la federa non diventò un grumo bagnato. Al tocco di una mano sulla spalla, trasalii, aspettandomi uno schiaffo da Rosso Ciliegia. Ma era Pioggia di Primavera.

«Su, su, coraggio» mi disse, cercando di tranquillizzarmi. «Ti aiuto a lavarle.»

Temendo che si trattasse di una trappola, mi ritrassi. Anche se Pioggia di Primavera non si univa al coro delle sguattere quando mi chiamavano con nomi sgradevoli come «Piccola Erbaccia», «Nuvola Stupida» o «Verme Pigro», non mi aveva nemmeno mai rivolto una parola gentile.

«Le sguattere sono troppo cattive» mi disse.

«Perché mi odiano tanto?» chiesi.

«Loro sono...» Fece una pausa, poi si corresse. «Noi siamo invidiose dei tuoi loti d'oro. Le sguattere sono talmente verdi d'invidia che potrebbero trasformarsi in una prugna sottaceto. Ma le cameriere personali sono più importanti di chi lavora in cucina, e poi io sono la più anziana del nostro dormitorio. Vedrai che, se le sgrido, poi si comportano bene.»

«Ma non mi odi anche tu?»

Lei sospirò e fece un mezzo sorriso, rivelando due fossette grandi come fagioli, mentre sedeva sul bordo del mio letto.

« E tu? » chiesi di nuovo.

« Certo che sono invidiosa. Chi non lo sarebbe? Qualsiasi schiava ucciderebbe per avere i loti d'oro. Ma i tuoi occhi tristi mi ricordano troppo la mia sorellina. Mi manca. » Allungò la mano e mi ravviò i capelli.

Quella volta non mi ritrassi. « Dov'è? » chiesi.

« Probabilmente è stata venduta a un'altra famiglia per pagare i debiti che ha fatto mio padre per fumare l'oppio. » Aveva accompagnato la frase con un'alzata di spalle, ma nella sua voce si era insinuata un'amarezza che la faceva sembrare più vecchia di dieci anni.

« La mia Aa Noeng dice che la rivedrò quando mi sposerò. Forse, se ti sposerai, anche tu rivedrai tua sorella. » Avevo cercato di parlare con convinzione, ma la mia voce tremò, dubbiosa, perché sapevo che solo le famiglie più povere avrebbero accettato una sposa con i piedi grossi, sempre che la accettassero.

« Forse » disse lei, ma non sembrava convinta. Nel tentativo di farla sentire meglio, l'abbracciai forte come faceva mia madre con me quando i loti d'oro mi facevano male e durante la notte piangevo.

Pioggia di Primavera ricambiò l'abbraccio, poi mise una mano nella tasca interna della giacca e tirò fuori un *bao* ripieno di maiale. Era enorme. « Prendi » disse, offrendomene metà. « Una delle figlie della mia padrona l'ha fatto cadere per terra, ma l'ho ripulito. È ancora caldo. »

Lo infilai tutto in bocca, e sulle mie papille gustative esplose un sapore dolcissimo. Chiusi gli occhi, immaginando i puntini sulla mia lingua che saltavano e danzavano mentre masticavo.

« Fa' piano » disse Pioggia di Primavera, ridendo, « sennò soffochi. »

Pensai a Linjing e alle sue due sorellastre che sprecavano il cibo senza pensarci. « Perché non ci danno da mangiare qualcosa di più? Per lavorare bisogna avere la pancia piena. »

« Il più delle volte si dimenticano che siamo esseri umani. »

« Pensano che siamo animali? »

« Non proprio animali » rispose lei pensierosa. E, dopo aver deglutito la sua parte di *bao*, aggiunse: « Secondo loro siamo più che altro cose, oggetti, come una tazza, o un pettine. Utili ma non importanti. Possono sempre comprare un'altra schiava».

«Non voglio essere venduta di nuovo. Come posso fare per piacere alla signorina Linjing?»

«Quella mocciosa viziata è incontentabile» rispose Pioggia di Primavera, «ma almeno non ti fa del male.» Tirandosi su le maniche, mi mostrò dei lividi e, più in alto sul braccio, una serie di puntini rossi infiammati: bruciature fatte di recente.

Sussultai. «È stata la Seconda taai taai Fong a farti questo?» Non avrei mai potuto immaginare la signora Fong fare una cosa del genere, e anche la seconda moglie di padron Fong mi era sembrata gentile.

«È un lupo travestito da agnello! Ma un giorno me ne andrò.»

«E come?»

«Se riesco a sposarmi... oppure...» Mentre mi faceva alzare in piedi si interruppe. «Ma ora basta parlare di queste cose» disse. «Adesso ti mostro un trucco che ti aiuterà a sopravvivere.» Tornò seria, le labbra strette in una linea sottile, e a comando fece sparire la luce che le brillava negli occhi, rimanendo con uno sguardo spento. «Adesso prova tu.»

Cercai di imitare la sua maschera inespressiva.

«Non male» disse, «però gli occhi sono ancora tristi. Prova a pensare a qualcosa di noioso in modo che non esprimano niente. Non possiamo mostrare i nostri veri sentimenti alle padrone.»

Tre giorni prima padron Fong aveva annunciato alla famiglia il fidanzamento della figlia. Le altre schiave dicevano che Linjing era la sua preferita, quindi non capivo perché la punisse lasciandole crescere i piedi. Anche se sapevo che era egoista sentirmi felice a sue spese, mi rallegrai moltissimo. Nessuna donna con i piedi naturali poteva avere una *muizai* con i piedi fasciati.

«Aa Noeng vuole che tu diventi la *muizai* di cugina Eleganza, così potrai tenere i loti d'oro» mi disse infatti Linjing, mentre le pettinavo i capelli. Lo specchio ovale rifletteva il suo sorriso, la punta della lingua che sbucava tra le fessure di due denti mancanti. La signorina Eleganza sembrava molto più gentile di lei. Ma, prima che potessi rallegrarmi, aggiunse: «Invece io voglio tenerti. All'inizio la mamma ha detto di no, ma Aa De le ha spiegato che le schiave non meritano i loti d'oro, e quindi ha detto di sì. Stasera Rosso Ciliegia ti slegherà i piedi».

Il pettine mi sfuggì di mano e cadde con un gran frastuono sulle piastrelle del pavimento. Linjing si girò sullo sgabello, tendendo le labbra in un sorriso beffardo.

«Potrai giocare con me, quando avrai di nuovo i piedi grandi» disse. «Pensavo che lo volessi. Perché fai quella faccia?»

Mentre guardavo i miei loti d'oro mi salirono le lacrime agli occhi. «Ti prego, non portarmeli via.»

Lei si passò le dita tra i capelli, poi si mise a succhiare le punte di una treccia e mi fissò. Cercai di adottare un'espressione impassibile, ma non riuscivo a trattenere il tremito delle labbra. Alla fine lei si alzò, si mise le mani sui fianchi e disse: «No».

«Perché?»

«Sei una schiava. Non ti devo spiegazioni.»

«Ma io non ti piaccio» provai a ricordarle.

«Non importa.»

«Se divento la *muizai* della signorina Eleganza, starò seduta vicino a lei dall'altra parte della stanza del cucito, lontana da te e dalla signora Fong. Avresti di nuovo tua madre tutta per te.»

«Alla mamma piaci solo perché fai punti raso perfetti, ma quando avrai i piedi grandi questo cambierà: tutti sanno che senza loti d'oro non si è brave a ricamare. Se non posso averli io, non puoi averli nemmeno tu!»

Mi accasciai sulle ginocchia e mi gettai ai suoi piedi. «Ti prego, signorina Linjing» implorai. «Farò qualsiasi cosa, se mi lasci tenere i loti d'oro.»

Lei si girò e si sedette di nuovo sullo sgabello. Strisciai al suo fianco, le afferrai un polso e la supplicai: «Non ricamerò più. Ti prego, lasciami tenere i loti d'oro».

Lei si liberò dalla mia presa senza guardarmi. «Alzati e finisci di pettinarmi» disse. «Ho fame e siamo in ritardo per i ravioli del mattino.»

Avrei voluto colpirla, ma sapevo di non poterlo fare. Invece presi il pettine e mi alzai. Ricordando la lezione di Pioggia di Primavera, svuotai gli occhi e impietrii il viso mentre passavo i denti sottili del pettine tra i capelli aggrovigliati di Linjing, facendola strillare.

Rosso Ciliegia mi sbendò i piedi e li immerse in una bacinella con acqua e aceto. Mi massaggiò le ossa fratturate con l'olio prima di estrarre le dita dal loro nascondiglio, ma non appena le lasciò quelle tornarono di scatto sotto le piante, come molle.

«Non può essere peggio della fasciatura!» mi rimproverò Rosso Ciliegia nel sentirmi gemere. «Smettila di frignare.»

Io continuai a piangere e a invocare Aa Noeng. Per evitare che le dita dei piedi tornassero ad arricciarsi nella forma di loti d'oro, Rosso Ciliegia vi infilò sotto dei rotolini di cotone, e poi le avvolse con delle bende. Mi disse che, appena le dita avessero smesso di arricciarsi, avrei dormito senza fasciature per permettere al sangue di circolare. Annuii e accettai di seguire tutte le sue istruzioni.

Ripensai ai primi mesi di fasciatura dei piedi. Aa Noeng mi aveva mostrato una serie di scarpe di loto, ognuna mezzo centimetro più piccola rispetto al paio precedente. Le teneva in mano come se fossero un dono sacro. Mentre vi infilava dentro i miei piedi sempre più piccoli, mi confortava con delle promesse: «Via via che le tue scarpine diventano più piccole, il matrimonio dei tuoi sogni si avvicina», «Alla tua futura suocera basterà un'occhiata alle tue scarpette di loto per capire che sei una ragazza di buon carattere», «È sempre meglio soffrire l'amarezza quando si è giovani, così da poter godere della dolcezza negli anni del tramonto». Le sue parole erano un balsamo per il mio dolore. Quando i piedi mi pulsavano, recitavo le sue promesse come un incantesimo. Lei ripeteva le stesse parole mentre camminavo per la stanza, incoraggiandomi a muovere un altro passo, e poi un altro, e un altro ancora, per far sì che le mie ossa si rompessero e prendessero la forma di un grazioso loto. A volte, quando gemevo fino a tarda notte, mi cullava nel letto, descrivendomi la casa in cui sarei entrata come sposa. «I tuoi perfetti loti d'oro ti porteranno in una villa dove i pavimenti saranno ricoperti di tappeti. Non soffrirai mai la fame. Ogni giorno banchetterai con carne di maiale, pesce e pollo. I loti d'oro ti daranno una vita di benessere.» Le promesse di Aa Noeng mi avevano confortata nel sonno, dando tregua al dolore.

E adesso sapevo che non l'avrei mai più rivista, se non fossi riuscita a salvare i miei loti d'oro.

Quella notte, dopo che Pioggia di Primavera e le sguattere si furono addormentate, sfilai i rotoli di cotone che Rosso Ciliegia mi aveva messo sotto le dita e li buttai via. Al chiaro di luna, presi le mie bende di cotone indaco e avvolsi di nuovo i piedi nella forma di loti d'oro. Questa volta non sussultai per il dolore. Tirai e tirai le bende con tutte le mie forze finché non mi sembrarono strette come le voleva Aa Noeng. Infine crollai sul giaciglio. Mi rannicchiai su un fianco e immaginai mia madre che mi stringeva in un abbraccio, tenendomi al caldo e al sicuro. Respirai profondamente, cercando nella memoria l'odore di gelsomino e foglie di pomelo dei suoi capelli. Durante il giorno avrei obbedito. Ma di notte gli adulti non potevano impedirmi di fasciarmi i piedi di nascosto. Un giorno avrei rivisto mia madre.

4

Piccolo Fiore

Mi svegliai con Rosso Ciliegia che mi ispezionava i piedi. Scosse la testa e fece una smorfia.

Mi misi a sedere, portai le ginocchia al petto e cullai i miei loti d'oro, preparandomi a ricevere uno schiaffo. Davanti alla piccola finestra, oscurava la debole luce dell'alba, mentre l'ombra le nascondeva il viso.

« Sei tanto arrabbiata? » le chiesi.

Trasse un respiro profondo, gonfiò le guance ed espirò, poi si sedette sul bordo del letto e allungò le mani verso di me. Cercai di ritrarmi. « Vieni qui, bambina » disse, facendomi cenno di avvicinarmi.

Mi presi i loti d'oro tra le mani e scossi la testa.

« Vieni » ripeté.

« Non portarmeli via » singhiozzai. « Ne ho bisogno per rivedere Aa Noeng. »

Rosso Ciliegia si avvicinò, mi passò un braccio intorno alle spalle e mi appoggiò il mento sulla testa. Il suo corpo era morbido e rotondo, come quello della mamma prima che cominciassimo a soffrire la fame. Mentre lei parlava continuai a tenermi i piedi.

« Quello che stai facendo è molto sbagliato » disse, « ma è difficile arrabbiarsi con una bambina che desidera tanto rivedere sua madre. Non ti punisco perché mi fai pena. Però io non posso essere la tua nuova madre, quindi non abituarti a questo trattamento speciale. »

La respinsi. « Non voglio una nuova madre! » gridai. « Voglio tornare a casa mia! »

« Be', non puoi! » sbottò lei, alzando le mani in aria. « Smettila di desiderare l'impossibile e comincia a guardare agli aspetti positivi della tua vita. Se sei brava, obbediente e fortunata, quando sarai pronta per il matrimonio, una sensale potrebbe trovare una famiglia che vuole una sposa dai piedi grandi.

« E comunque la vita di una *muizai* non è brutta come pensi. Io preferisco essere la compagna della signora Fong per tutta la vita, piuttosto che essere tormentata da una suocera crudele. O, peggio ancora, morire di parto. Ho più libertà delle signore della casa. Tu e la signorina Linjing potreste essere come me e la signora Fong. E il promesso sposo della signorina è il figlio primogenito, il che significa che un giorno tu diventerai la governante, responsabile di tutte le *muizai*. Non sarebbe bello? »

« Preferisco vedere Aa Noeng. »

« Mi dispiace dirtelo » cominciò lei, con un sospiro, « ma è ora che tu sappia che tua madre ti ha mentito. Non per crudeltà, ovviamente, ma per proteggerti. »

« Lei non dice mai bugie! »

« Tu conosci il suo nome completo? »

« È Aa Noeng » risposi, accigliata, « e ci chiamiamo Yung. »

« E come si chiama il vostro villaggio? »

« È quello con un antico baniano nella piazza. C'è la faccia di Buddha in mezzo al grosso tronco. »

« Piccolo Fiore » disse Rosso Ciliegia dolcemente, « anche se riuscissi a tenerti i tuoi loti d'oro, anche se ricevessi un'offerta di matrimonio, tua madre non la rivedrai mai più. Senza il suo nome completo e il nome del tuo villaggio, trovarla sarà impossibile. »

« Ma Aa Noeng ha detto... »

« Lo so cosa ha detto: la maggior parte dei genitori dice cose simili quando vende le figlie, per rendere la separazione meno difficile. Di solito lascio che le bambine coltivino questa falsa speranza finché non sono abbastanza grandi da capire, ma tu adesso hai bisogno della dura verità. »

Mentre mi allentava i bendaggi continuò a parlare, ma io non l'ascoltavo. Avevo in mente un altro piano.

Più tardi quel giorno, tra il pasto serale e i compiti da svolgere prima di potermi coricare, sgattaiolai via dagli alloggi delle donne e percorsi il sentiero che girava intorno al giardino roccioso.

Il vento si insinuava tra le rocce grigie e frastagliate, fischiando fra gli angoli e le fessure.

Rabbrividii.

Una parte di me voleva tornare indietro, ma mi strinsi le braccia intorno al petto e proseguii zoppicando, perché sapevo che il cortile della tenuta dei Fong dov'ero entrata la prima volta con Aa Noeng si trovava appena oltre il giardino. Ricordavo anche che il carro del contadino aveva percorso un tratto lungo un fiume tortuoso, con la riva nascosta da molti salici piangenti. Magari qualche adulto gentile mi avrebbe portata a quel fiume. Poi lo avrei seguito fino all'enorme baniano del mio villaggio. Dovevo solo farmi forza, superare il cancello laterale e imboccare il sentiero. Con quell'obiettivo in mente allungai le braccia fin sopra la testa, ma non riuscii ad afferrare la sbarra di legno che chiudeva il portone. Allo scricchiolio di passi sulla ghiaia, sussultai e mi voltai di scatto.

«Dove stai andando?» chiese Pioggia di Primavera.

«Torno a casa.»

«Con quei piedi non puoi andare lontano. E comunque sarai rapita dalla padrona di una casa chiusa appena metterai il naso fuori di qui. A loro piace rapire le bambine, soprattutto quelle con la pelle chiara e le guance rosee come te.»

«Forse, se glielo chiedo gentilmente, una di quelle signore mi aiuterà a trovare mia madre. Per favore, Pioggia di Primavera *ze ze*, puoi aiutarmi ad aprire il portone?»

Chinandosi per guardarmi negli occhi e accarezzandomi una guancia, disse: «Quelle donne sono cattive. Le cameriere adulte dicono che preferirebbero morire piuttosto che finire imprigionate in una casa chiusa. Ci sono anche schiere di mendicanti che possono tagliarti un braccio o una gamba, o accecarti, per poi mandarti a chiedere l'elemosina». Vedendo che cercavo di divincolarmi per provare ancora ad aprire il portone, disse: «Se fosse così facile scappare, non credi che me ne sarei già andata?»

Non capivo perché quelle case fossero tanto temute, ma sapevo che Pioggia di Primavera era intelligente e mi fidavo di lei. Se diceva che non era sicuro andare, dovevo darle retta. Mi lasciai cadere a terra sconfortata, e la guardai.

«Questo significa che sarò la schiava di Linjing fino alla morte?» chiesi.

«Possiamo scappare insieme quando saremo più grandi» mi rispose lei.

«Ma hai detto che ci rapiscono.»

«Adesso siamo troppo piccole per riuscire a cavarcela, ma se aspettiamo finché saremo adulte, magari allora potremo trovare un modo per guadagnare soldi e vivere da sole, avere la pancia piena, ridere e piangere quando ci va, e non dovremo mai più nasconderci dietro una faccia vuota!»

L'ultima frase le uscì in un mezzo sussurro, mentre finalmente riprendeva fiato. Nonostante il crepuscolo intorno a noi, gli occhi di Pioggia di Primavera brillavano come monete di rame nuove. Le sue fossette erano profonde quando mi sollevò e mi abbracciò forte. Sorrisi anch'io, contagiata dalla promessa di una felicità futura.

SECONDA PARTE

5

Linjing

Il mio fidanzamento con Valoroso Li aveva assicurato ad Aa De la promozione a vicegovernatore dello Shanxi, una provincia settentrionale senza sbocco sul mare che si trovava a più di millecinquecento chilometri da Canton. Io, le mie madri, le sorellastre e le nostre *muizai* lo avevamo seguito. Nella prima tappa del viaggio risalimmo la costa orientale, da Canton a Tianjin, il porto più vicino allo Shanxi dove attraccavano i piroscafi, ma da lì mancavano ancora quasi cinquecento chilometri per arrivare a Taiyuan, la capitale fortificata della provincia e nuova sede di mio padre.

Ricordo poco di quel lungo e noioso viaggio in mare di dieci anni fa, ma l'incontro con la mia futura suocera, seppur breve, mi è rimasto impresso nella memoria. Di norma avrei dovuto vederla solo dopo aver varcato la soglia di casa Li indossando il mio *qun kwa* nuziale. Ma lei ci aveva convocato appena aveva saputo del nostro arrivo a Tianjin. Ci attendeva nella sua sala di ricevimento, una stanza con le finestre chiuse, gli sgabelli rigidi e senza nemmeno un cuscino. Mentre lei e Aa Noeng si scambiavano convenevoli, io la osservai: la mia futura suocera era una donna segaligna con gli occhi così distanti tra loro da arrivare quasi alle tempie del viso triangolare. Questo, unito ai lunghi incisivi, la faceva somigliare a una mantide, e mi sentii piccola e indifesa quando posò su di me uno sguardo di agghiacciante disgusto. In seguito confidai i miei timori ad Aa Noeng, ma lei li liquidò sbrigativamente, rimproverandomi per l'immaginazione irrispettosa e avvertendomi che avrei potuto tradire i miei pensieri avventati, dando l'impressione di una ragazza impertinente, inadatta a ereditare il ruolo di matriarca. Non osai più parlarne con lei, ma il volto della signora Li continuò a tormentare i miei pensieri e talvolta anche i miei incubi.

Trascorsi il resto della settimana a Tianjin temendo un'altra convocazione. Le mie paure non si avverarono, ma rimasi col fiato sospeso finché il nostro convoglio lasciò la periferia della città. Durante le tre settimane di viaggio verso ovest non vidi molto le mie madri o le mie sorelle, perché rimasero chiuse nei palanchini o nelle carrozze, mentre io viaggiavo per lo più con Aa De, che teneva le redini stringendomi tra le sue lunghe braccia. Imparai così il linguaggio dei cavalli: le froge vibranti erano segno di nervosismo, gli occhi socchiusi e il labbro superiore teso indicavano che l'animale si stava godendo una cavalcata entusiasmante, ma dovevo stare all'erta se ne vedevo uno abbassare la testa girando il collo da una parte all'altra. Tutto questo e altro ancora Aa De lo condivideva solo con me.

Avrei preferito che Maa Maa rimanesse nella casa dei nostri avi, invece aveva insistito per venire con noi, perché voleva essere presente quando le sue nuore avessero dato a mio padre un erede maschio. Nel corso degli anni aveva sottoposto le mie madri alle cure di innumerevoli *daai fu*; alcuni prescrivevano tonici, altri ricorrevano all'agopuntura, ma nessuna di quelle pratiche aveva portato alla nascita del tanto atteso erede. Maa Maa si era appellata anche agli dèi: oltre alle consuete offerte di incenso al sandalo e alle preghiere, quando io avevo tredici anni acquistò ottocentottantotto tartarughe e le liberò in un fiume, nella speranza che quell'atto di bontà convincesse finalmente le divinità a esaudire il nostro desiderio.

Tuttavia, nonostante Aa De avesse preso altre due mogli, non aveva ancora avuto un maschio e Maa Maa incolpava di questo le mie madri. La sua crescente rabbia nei loro confronti non faceva che alimentare le mie paure riguardo al matrimonio.

Ci sarebbero voluti altri due anni prima che il palanchino nuziale mi portasse dal mio promesso sposo, ma la signora Li popolava già i miei incubi e il panico mi stringeva il petto ogni volta che pensavo a lei. A parte lo spaventoso incontro avvenuto a Tianjin quando avevo sei anni, da allora le lettere di cortesia che scriveva alla mamma, tutte piene di commenti sprezzanti sulle donne moderne, suggerivano che fosse stata costretta dal marito ad accettare i miei piedi naturali, ma che continuasse a preferire i loti d'oro. Sarebbe stata come Maa Maa? Fin dai miei primissimi ricordi, Aa Noeng mi cantava una canzone popolare che conteneva un avvertimento, e le tre mogli minori di Aa De ne ripetevano il lugubre presagio alle mie otto sorellastre:

La vita da nuora è amara in diecimila modi; questo è il tuo destino.
Non importa a che ora ti alzi dal letto, tua suocera si lamenterà che è tardi.
Lacrime, sofferenza e fatica. Ineludibile è il nostro amaro destino.

Quelle parole mi riecheggiarono nella mente quando mi inginocchiai accanto alle mie sorellastre, tutte intrappolate nella camera di preghiera di Maa Maa. Le nostre madri erano in piedi in fila davanti a noi. Avevano le spalle curve e l'espressione di bambine colpevoli che aspettano di essere punite con un colpo di canna di bambù. Le labbra della Quarta Aa Noeng tremavano. Le nostre cameriere stavano attaccate al muro, con lo stesso sguardo abbattuto che avevo io. In ogni angolo ardeva un braciere e l'odore pungente della mirra mi soffocava. Avevo il naso imperlato di sudore; quando giravo la testa, vorticava anche la stanza. Maa Maa camminava davanti alle mie madri, sottolineando ogni frase con un colpo di bastone sul pavimento.

«La nostra famiglia ha bisogno di un erede» disse, «e nessuna di voi sembra in grado di compiere il suo dovere.» Passò il bastone sui fianchi di ognuna delle mie madri. «Siete tutte inutili. Valete meno di una scrofa!»

La figlia della Quarta Aa Noeng si trascinò in ginocchio verso la madre, singhiozzando. Maa Maa le diede uno schiaffo, e graffiandola le fece uscire un po' di sangue. Per un istante la mia sorellastra rimase in silenzio, poi ritrovò la voce e gridò. Sua madre si fece avanti a braccia tese e con il viso rigato di lacrime.

«Torna al tuo posto!» ordinò Maa Maa. «O picchierò la tua inutile figlia fino a scorticarle il sedere!»

La Quarta Aa Noeng indietreggiò fissando la figlia singhiozzante, che cercò di correre di nuovo verso di lei, ma la schiava della nonna la afferrò per le spalle.

«Porta via questa creatura molesta!» ringhiò Maa Maa all'amah delle bambine.

La balia prese in braccio la mia sorellastra e si affrettò a uscire dalla stanza.

Maa Maa si rivolse a me e alle altre. «Il peccato di una figlia è responsabilità della madre, così come il peccato di una madre è il fardello della figlia. Le vostre madri hanno mancato al dovere fondamentale di una moglie e voi dovete condividere la loro vergogna.» Agitò il bastone sulle nostre teste. «Vi sacrificherei tutte» dichiarò, «se questo significasse assicurarmi un maschio per portare avanti il nome dei Fong.»

Maa Maa tornò verso le nostre madri e si fermò davanti alla Seconda Aa Noeng, che istintivamente si abbracciò la pancia.

Maa Maa le allontanò le mani con uno schiaffo e punzecchiò la pancia tesa.

«La pancia è molto bassa» brontolò. «Non è un buon segno. Hai ancora voglia di cibo piccante?»

«Purtroppo sì, venerata madre.»

«Speriamo che presto ti venga voglia di cibi acidi e salati. In ogni caso, devi stare molto attenta a evitare di perdere un altro bambino. Non te lo perdonerò, se si ripeterà la disgrazia dell'anno scorso.»

La Seconda Aa Noeng barcollò. Un sapore amaro mi riempì la bocca mentre fissavo il volto spietato di mia nonna, che guardava con indifferenza Peonia scoppiare in lacrime. Ero sconvolta dalla fredda crudeltà di Maa Maa, perché non l'avevo mai immaginata capace di parole così feroci. La Seconda Aa Noeng meritava compassione, non minacce. Compiansi il suo duro destino. Tra parti prematuri e aborti, aveva perso quattro bambini. E l'ultimo bambino, apparentemente sano, era morto appena vista la luce. Peonia non aveva lasciato la camera da letto per sei mesi. Pensavo che non sarebbe più rimasta incinta, invece adesso era a metà della sua undicesima gravidanza. E Maa Maa, anziché apprezzare il suo stoicismo, continuava a incolparla della morte del neonato.

La vita di una nuora era ben peggiore di quanto diceva la canzone.

Mentre cominciavo a chiedermi se mia nonna avesse un'anima, la sua giovane *muizai* entrò con un vassoio. Lo posò e ne dispose gli oggetti sulla scrivania: un fermacarte sopra una pila di fogli gialli, un pennello, una barretta d'inchiostro con inciso un drago, una minuscola brocca d'acqua, una pietra concava che fungeva da calamaio e un coltello. Su ordine di Maa Maa, la schiava versò qualche goccia d'acqua nella piccola concavità del calamaio e cominciò a preparare l'inchiostro strofinando la barretta sulla superficie levigata. Ben presto il liquido rosso riempì il pozzetto.

«Fenice, avvicinati alla scrivania» ordinò Maa Maa.

Mentre Aa Noeng seguiva mia nonna, io incrociai il suo sguardo in cerca di una spiegazione, ma lei si limitò a scrollare le spalle, ignara.

«Questo è il miglior inchiostro rosso cinabro sul mercato» disse Maa Maa. «La famiglia imperiale lo usa per copiare i testi sacri per gli dèi. Da questo momento fino al parto di Peonia, copieremo cento pagine di sacre scritture e le bruceremo nel primo e nel quindicesimo giorno di ogni ciclo lunare. Con un po' di fortuna gli dèi si commuoveranno e ci concederanno finalmente un maschio.»

«Sarò felice di portare a termine questo compito» si offrì Aa Noeng. Le altre madri fecero eco al suo entusiasmo.

«Ho bisogno del tuo sangue» dichiarò mia nonna, afferrando il coltello. «Solo l'aggiunta del sangue all'inchiostro può dimostrare agli dèi la nostra sincerità, e sarai tu a sacrificarti, visto che sei quasi sterile come una mula.»

Mia madre sussultò e fece un passo indietro; i campanelli della sua châtelaine tintinnarono di spavento. Mi protesi in avanti, ma con un'occhiata lei mi ordinò di rimanere in ginocchio.

«Vigliacca...» sibilò Maa Maa. «Dammi la mano.»

Aa Noeng rimase impietrita.

«Prendi il mio!» sbottai. «Sono forte e non ho paura.»

Lei sogghignò. «Senza dubbio verrà il tuo momento, se il tuo *qi* della fertilità è debole come quello di tua madre. Ma non oggi.»

Con un cenno ordinò alla sua *muizai* di afferrare la mano di mia madre. Aa Noeng non si ribellò mentre la schiava la strattonava verso la scrivania e le teneva la mano sospesa sopra il calamaio. Maa Maa incise il lato del palmo di Aa Noeng, facendo colare il suo sangue nella boccetta. La schiava più giovane continuò a mescolare l'inchiostro mentre Maa Maa strizzava la mano di mia madre, facendo colare altro sangue. La testa di Aa Noeng scattò all'indietro, i rubini del suo fermaglio a forma di fenice scintillarono. Non gridò. Mentre la guardavo soffrire, strinsi le mani a pugno, conficcandomi le unghie nei palmi. La Quarta Aa Noeng svenne. La sua *muizai* si precipitò a soccorrerla e, con il pollice, fece pressione sul solco tra il naso e il labbro superiore per farla rinvenire. In pochi secondi aprì gli occhi e, con l'aiuto della *muizai*, si rimise in piedi. Le sue sorelle-mogli si coprirono la bocca con le mani; nessuna aveva osato correre in suo aiuto. Sembravano ipnotizzate. I volti delle schiave erano pallidi, e tutte tenevano gli occhi bassi. Solo Piccolo Fiore guardava la scena, addolorata, mordendosi il labbro inferiore. Perché osava comportarsi come se le importasse di Aa Noeng, come se Aa Noeng fosse sua madre, e non la mia? Più tardi, le avrei ricordato qual era il suo posto.

Intorno a me le mie sorellastre si stringevano l'una all'altra, come se la vicinanza potesse proteggerle dalla crudeltà di Maa Maa. Invidiavo la loro capacità di trovare conforto così, ma a sedici anni io ero troppo grande per credere in quelle consolazioni infantili. Sapevo che solo dei figli maschi mi avrebbero salvato dal destino di mia madre. Anche se detestavo Maa Maa, sapevo che la sua minaccia poteva essere una profezia: il rischio di seguire le orme di mia madre era all'origine della mia paura di sposarmi. Non solo lei non era riuscita a dare alla luce un maschio, ma dopo di me non aveva più concepito. La debolezza del *qi* della fertilità poteva essere ereditaria. Se Maa Maa la trattava in quel modo, nonostante i suoi rispettabili loti d'oro, che cosa avrebbe fatto la signora Li con me?

Quando Maa Maa ci congedò, mi precipitai in cerca di Aa De, perché volevo le risposte che aspettavo da tempo. Quando raggiunsi le scuderie, mi bruciavano i polmoni e i muscoli delle cosce ma avevo il cuore più leggero. Nonostante fossero grossi quanto quelli di un uomo, sentivo i miei piedi forti e vigorosi.

Siccome Aa De non era ancora arrivato, mi avvicinai a Perla della Notte. Quando mi vide nitrì e accostò il muso alla mia guancia. Le sorrisi e le diedi una zolletta di zucchero, mentre lo stalliere le fissava la mia sella all'amazzone sulla schiena. Una volta a cavallo, la tensione nel collo e nelle spalle si allentò e mi sentii meno infelice. La feci trotterellare nell'arena per scioglierle i muscoli e quando percepii la sua voglia di velocità le diedi qualche colpetto sui fianchi. Il cuore mi batteva all'impazzata mentre lei aumentava l'andatura e la gioia spazzò via le preoccupazioni; strinsi il pomello tra le cosce per mantenere il controllo mentre saltavamo oltre la prima siepe del percorso a ostacoli. Quando arrivammo alla fine del circuito ansimavamo di felicità. Ero sicura che avremmo potuto volare ad altezze ancora maggiori se mio padre mi avesse permesso di usare una vera sella, ma il signor Li gli aveva dato precise istruzioni di adeguarmi all'etichetta delle signore occidentali, e i miei insegnanti americani, passati e presenti, mi avevano confermato che nessuna signora di buona famiglia si metteva a cavalcioni. Mentre schieravo Perla della Notte per il secondo giro, Aa De comparve al cancello dell'arena.

Montava fieramente il suo cavallo bianco, tenendo le redini in una mano con la disinvoltura di chi è abituato a cavalcare e ha il pieno controllo dell'animale. Mi salutò con un sorriso radioso. Io mi accigliai ricordando la crudeltà a cui avevo assistito al mattino e in vista della spiacevole conversazione che mi aspettava.

«Chi ha osato contrariare la mia figlia preferita?» scherzò lui. «Dimmelo e lo faccio frustare.»

«È stata una mattinata piuttosto infelice.» Gli raccontai la scena nella stanza di Maa Maa. Mi ascoltò con lo stesso sguardo distaccato che assumeva ogni volta che era testimone della cattiveria di mia nonna o ne sentiva parlare da me. La sua indifferenza mi faceva arrabbiare, ma dirglielo sarebbe stato poco rispettoso.

«Sta facendo ciò che deve per assicurarmi un erede» commentò quando ebbi finito di parlare. «Forse un giorno anche tu farai lo stesso, quando sarai diventata matriarca.»

Sospirai. Perché prendersi il disturbo di parlargli della brutalità di Maa Maa, visto che lui si schierava sempre dalla sua parte? Eppure, ingenuamente, speravo ancora che un giorno avrebbe difeso Aa Noeng. Avrei voluto chiedergli se tutti i mariti lasciavano le loro mogli in balia delle madri crudeli, ma nemmeno io osavo avventurarmi in un argomento tanto indelicato.

«Vieni» mi invitò. «Allontaniamoci dalla città e cavalchiamo lungo il torrente. Ti aiuterà a ritrovare il buonumore.»

Vedendo che rimanevo in silenzio, mi offrì un pezzo di caramella mou alle arachidi come se fossi ancora una bambina. Il dolcetto non mi tentò, ma mi conquistò il suo sorriso affettuoso, ricordandomi che ero un gioiello prezioso, non una ragazza senza valore con piedi di cui vergognarsi.

Uscimmo a cavallo dall'arena e scendemmo lungo il vicolo, unendoci alla folla di pedoni e carri sulla congestionata Strada Principale Settentrionale, e ci dirigemmo verso la Porta della Verità, il più trafficato degli otto ingressi che separavano le strade e i vicoli della nostra città dalla natura selvaggia che si trovava oltre le impenetrabili mura di pietra. La folla si era radunata per assistere a un corteo nuziale: una coppia di musicisti guidava la sfilata, suonando una melodia assordante. Insieme alle grida dei venditori ambulanti – chi proclamava la qualità dei suoi coltelli, chi i benefici di un tonico a base di topi in salamoia di vino di riso –, tutto quel frastuono infastidiva Perla della Notte, che alzò le zampe anteriori, pronta a imbizzarrirsi. Mi chinai in avanti per sussurrarle all'orecchio qualche parolina tranquillizzante, ma l'ambulante non capì la situazione e mi sventolò la bottiglia davanti al naso. Impaziente di andarmene, spinsi il cavallo al trotto oltre l'orda di gente, e mentre infilavo la Porta della Verità mio padre mi affiancò.

Abbandonammo la strada lastricata, lanciandoci al galoppo verso est, con i cavalli che si aprivano un sentiero nell'erba folta e alta. Le recenti piogge avevano gonfiato il torrente. L'acqua gorgogliava sulle rocce e sui ciottoli, producendo un suono rilassante. Il sole tardo-autunnale ci scaldava il viso mentre procedevamo fianco a fianco, e i cavalli sbuffavano insieme, con le orecchie puntate in avanti in segno di soddisfazione. Sopra di noi uno stormo di oche volava verso le paludi a sud della città. In lontananza intravedevo la cima dell'Erlong *saan* che svettava nel cielo; avevo guardato spesso quelle montagne desiderando di poterle scalare, di vedere il mondo oltre Taiyuan. Ma quei pensieri erano soltanto voli di fantasia. Riportai la mente alla realtà, rallentai il passo e feci segno ad Aa De di fare lo stesso.

«Perché hai scelto di promettermi a Valoroso Li?» chiesi, quando ci fermammo sotto un grande olmo.

Lui si girò verso di me con un'espressione perplessa.

«La Seconda Aa Noeng aveva già due figlie all'epoca» incalzai. «Perché non hai scelto una di loro?»

«Sono troppo timide e di mentalità ristretta per diventare la nuora del signor Li. Fin dall'inizio mi ha rivelato la sua ambizione per il figlio. Vorrebbe che diventasse ambasciatore dell'impero. Questo accadrà molto dopo il vostro matrimonio. Valoroso deve fare esperienza prima che gli venga affidato un incarico di quel livello. Ma, quando partirà, sua moglie dovrà accompagnarlo nei viaggi all'estero e socializzare con gli occidentali. Riesci a immaginare le tue sorellastre vivere in Inghilterra o in America?»

Pensai alle mie sorelle, che avevano paura della fotografia, e capii che aveva ragione. Tutte le donne della famiglia, tranne me, credevano che le fotografie strappassero via frammenti di anima. Alcuni mesi prima Aa De aveva invitato un fotografo straniero a casa nostra, ma tutte si erano rifiutate di posare per un ritratto di famiglia; nella foto c'ero soltanto io accanto a lui.

«Sono spaventate dai modi occidentali» ammisi. «Ma all'epoca avevano solo quattro e due anni. Non potevi sapere come sarebbero state da grandi.» Esitai, incerta se esprimere il mio pensiero fino in fondo. L'avrei fatto arrabbiare? Decisi di continuare. «Questo fidanzamento è pieno di incertezze. Nessun'altra famiglia mi vorrà, se Valoroso Li dovesse morire prima del matrimonio o se la sua famiglia ritirasse l'offerta. Non capisco perché tu abbia deciso di rischiare il mio destino in questo modo, quando dici che sono la tua figlia preferita.»

« Hai ragione » ammise a malincuore. « Non potevo sapere che carattere avrebbero sviluppato le tue sorelle e il tuo fidanzamento comporta un certo margine di rischio. Ma non avevo dubbi sulla tua intelligenza, sul tuo coraggio e sul tuo spirito di avventura. Avevo bisogno di promettere una figlia che mi rendesse orgoglioso, e sapevo senza ombra di dubbio che tu avresti soddisfatto le mie aspettative. Una figlia di minor valore avrebbe fallito, infangando il nome della nostra famiglia e rovinando la mia carriera. »

« Ma tu mi vorrai ancora bene, se non riuscirò a fare il mio dovere? » *E se non riuscirò a mettere al mondo un figlio? E se la signora Li non accetterà i miei piedi naturali?* Avevo queste domande sulla punta della lingua, ma non potevo pronunciarle ad alta voce: erano questioni femminili e non andavano discusse con un uomo, nemmeno con mio padre.

Aa De ridacchiò, ma io non avevo voglia di scherzare.

« Mi vorrai ancora bene? » ripetei.

« Tu sei la prediletta del mio cuore » disse lui con un sorriso. « La perla nel palmo della mia mano e l'unica figlia che rispetto. So che non mi deluderai mai. »

Davanti al suo sorriso convinto le mie proteste si sgretolarono. Tuttavia non potevo mettere a tacere la voce dentro di me, quella che lo implorava di dirmi che mi avrebbe protetta sempre, a qualunque costo. Era il solo che mi apprezzasse. Piccolo Fiore poteva anche essere una schiava, ma agli occhi di mia madre era la discepola perfetta, e io soltanto una figlia inetta.

6

Piccolo Fiore

Il quindicesimo giorno di ogni mese, insieme a Pioggia di Primavera, avevo tre ore di libertà. Potevo fare ciò che desideravo e andare dove volevo, l'importante era tornare alla residenza dei Fong entro mezzogiorno. Taiyuan offriva molti svaghi a chi aveva i mezzi. In centro gli indovini – uomini ciechi che scuotevano monete d'ottone dentro gusci di tartaruga – affollavano il cortile del Tempio del Dio del Fuoco, offrendosi di predire la sorte. Nel padiglione lungo il Ruscello Occidentale si mettevano in scena vivaci spettacoli musicali. Dietro l'Accademia confuciana, file di botteghe nascoste nei vicoli che premevano contro le mura orientali della città vendevano tutti i ninnoli immaginabili, dai fermagli per capelli di giada a semplici cerchi d'oro o scintillanti pettini a forma di martin pescatore.

Quando eravamo ancora molto piccole, io e Pioggia di Primavera correvamo su e giù per strade e vicoli, eccitate da tutte quelle possibilità, immaginando ciò che avremmo comprato o fatto se fossimo state due signore. Ma, essendo sempre senza soldi, ci stancammo presto di quel passatempo. Negli ultimi anni ci eravamo sempre limitate a percorrere la Strada Principale Meridionale: passavamo davanti al mercato delle medicine e a quello del bestiame, svoltavamo a sinistra nel Vicolo della Prosperità e a destra sulla Via della Luna Luminosa, prima di uscire dalla città dalla Porta della Virtù. Da lì ci allontanavamo dalla strada commerciale, salendo per un ripido sentiero fiancheggiato dai pruni fino a raggiungere il santuario di Jyut Lou. Per fare in fretta e non rischiare di perderci nel labirinto di vicoli, raramente deviavamo da questo percorso.

Quel giorno, come sempre, il tempio era affollato e si sentiva il ronzio delle voci di un centinaio di ragazze che mormoravano preghiere alla divinità del matrimonio. Alta il doppio di un uomo, la statua di Jyut Lou teneva in una mano un sacco di fili rossi e nell'altra il libro dei matrimoni; le labbra rosse erano parzialmente coperte da una fluente barba bianca, e ci sorrideva con gli occhi a mezzaluna circondati dalle rughe.

Poiché da tempo avevo perso la speranza di rivedere mia madre, il ricamo, la promessa di un matrimonio e l'amicizia con Pioggia di Primavera erano le stelle nella notte senza fine che era diventata la mia vita dal giorno in cui ero stata venduta. A differenza di Pioggia di Primavera, che provava rancore nei confronti di suo padre, io non biasimavo Aa Noeng, perché mi aveva venduta nella convinzione che avrei potuto tenere i loti d'oro e, un giorno, sposarmi in una famiglia rispettabile e più agiata della nostra. Continuavo a sentire la sua mancanza. Anche se Linjing mi avesse trattata bene come la signora Fong faceva con Rosso Ciliegia, non avrebbe mai sostituito l'amore di una madre. Quando il dolore minacciava di esplodere, mi rifugiavo nel ricamo; appena l'ago scivolava sulla seta, un velo di serenità scendeva su di me. A ogni punto mi ritiravo sempre di più in un regno in cui niente contava oltre ai miei ricami. Riempivo lo spazio vuoto con sfumature di colore che andavano dal rosso fuoco al giallo, al cremisi, all'indaco, al muschio, al pino e al tortora: i colori delle anatre mandarine della mia trapunta da sposa, un bene prezioso che sarebbe diventato il pezzo forte del mio corredo nuziale... se mai fossi riuscita a ottenere un matrimonio.

Ma l'arte del ricamo, da sola, non sarebbe bastata a permettermi di superare i lunghi mesi in cui la perdita di Aa Noeng e dei miei loti d'oro mi faceva ancora male come un dente da strappare. In quel periodo Pioggia di Primavera mi abbracciava, e mi teneva stretta finché non smettevo di singhiozzare e il dolore si placava. Con il suo aiuto imparai anche a destreggiarmi nella mia posizione di schiava: tra tutti i suoi insegnamenti, il più prezioso rimaneva quello dello sguardo vuoto. Nei dieci anni al servizio della signorina Linjing avevo appreso una lezione cruciale sulla mia testarda padrona: un volto inespressivo era la mia migliore armatura perfezionata nel tempo, angoli della bocca piatti e occhi come specchi, capaci di riflettere solo ciò che lei si aspettava di vedere in una *muizai*. Purtroppo questo non bastava a proteggermi dalla sua invidia. Finché sua madre continuava a paragonarci, io rimanevo una spina nel fianco e non c'era niente che potessi fare per conquistare il suo affetto o la sua approvazione. Non saremmo mai diventate come Rosso Ciliegia e la signora Fong.

Con Pioggia di Primavera parlavo ancora di libertà, ma anche lei non credeva più alla fantasia di fuggire. Per delle giovani donne la vita in strada era troppo pericolosa: potevamo finire stuprate, rapite, forse persino uccise. Solo il matrimonio offriva una via di fuga sicura, ma io non sapevo quale famiglia avrebbe scelto una *muizai* come sposa, e in fondo non mi interessava. Volevo soltanto sfuggire alla schiavitù, avere la possibilità di essere trattata come un essere umano. La Seconda taai taai Fong aveva finalmente promesso di rivolgersi a una sensale per Pioggia di Primavera, nel nuovo anno, e la signora Fong ne aveva già contattata una per me, sebbene non avessi ancora compiuto i diciotto anni. Con mio grande sollievo, Linjing non aveva posto obiezioni. Attendevo la visita della sensale con un misto di speranza e trepidazione; dopo anni senza fasciature, i miei piedi avevano riacquistato la piena funzionalità, ma se lo sposo avesse visto com'erano deturpati forse mi avrebbe rifiutata.

Mi feci strada tra la folla, cercando uno spazio tra i mucchi di offerte per deporre un mazzo di crisantemi. Guardandomi alle spalle feci cenno a Pioggia di Primavera di seguirmi, ma lei indicò il ponte sul ruscello per dirmi che mi avrebbe aspettato lì. Prima che potessi interrogarmi sul suo strano comportamento, la folla di ragazze mi spinse avanti.

In confronto alle piramidi di cachi secchi, alle torte di fagioli rossi, alle ciotole di zucchero e agli gnocchi dolci, il mio banale tributo non sembrava degno dell'attenzione della divinità. Tuttavia mi inginocchiai tra le altre e sussurrai il mio desiderio: «Jyut Lou, anche se sono una povera *muizai*, mi metto sotto la tua protezione e ti prego di concedermi la tua benedizione. Ti prego di legare un filo rosso tra la mia caviglia e quella di un uomo buono com'era mio padre. Non m'importa se è butterato, se è un sempliciotto o addirittura storpio. Tutto ciò che chiedo è un matrimonio che mi porti via da quella casa». Appoggiai le mani a terra, con i palmi rivolti al cielo, e mi inchinai, con l'erba che bagnava i pantaloni e una pietra che mi si conficcava nel ginocchio. «Esaudisci questo desiderio, Jyut Lou, e ti onorerò per il resto dei miei giorni. Ti prego, fa' che la sensale sia una donna compassionevole, disposta a fare del suo meglio per me.»

Alle mie spalle una giovane donna si schiarì ripetutamente la gola facendo sbattere il suo cesto contro le mie spalle ogni volta che mi alzavo da un inchino. Le cedetti il posto e raggiunsi Pioggia di Primavera. Con i gomiti appoggiati sulla ringhiera del ponte, scrutava le increspature verdi e torbide del ruscello con aria determinata. Quando le sfiorai l'avambraccio, trasalì; senza dubbio sotto il tessuto della manica c'era una ferita infiammata. Dalla sua smorfia sospettai che fosse un taglio o una bruciatura inflitti dalla Seconda taai taai Fong.

«Fa tanto male?» le chiesi.

Lei scrollò le spalle. «Non peggio del solito. Comunque non ha più importanza, almeno non per molto.» Si voltò verso di me con un sorriso forzato, le labbra troppo tese, due fossette incise nelle guance arrossate dal vento. Quando riprese a parlare, la sua voce suonò troppo squillante, come se cercasse di convincere entrambe.

«Scappo durante il banchetto di compleanno della vedova Fong» disse. «Ci saranno almeno una ventina di attori, oltre ai servitori e a un centinaio di ospiti. È il momento perfetto per fuggire e sono sicura che il capo della compagnia mi offrirà un rifugio. Ho sentito dire che alle compagnie itineranti fanno sempre comodo un paio di braccia in più e io sono forte, disposta a guadagnarmi da mangiare. La vita insieme agli artisti sarà avventurosa e molto più libera di quella di una moglie.» Alzò il mento e raddrizzò le spalle, sfidandomi a contraddirla.

«Almeno aspetta un'offerta di matrimonio...» la esortai.

«Ormai ho deciso.»

«Non essere precipitosa. Te ne pentirai!»

«Io non sono come te!» ribatté lei, la voce amara come la bile. «Non ho il tuo talento nel ricamo e nemmeno la protezione della signora Fong.»

Per dieci anni eravamo state come sorelle, ci eravamo intrecciate i capelli ed eravamo rimaste sveglie a bisbigliare fino a notte fonda, condividendo sogni, segreti e avanzi di cibo. Finora non aveva mai pronunciato una sola parola che esprimesse invidia. Il dolore e lo shock mi colpirono. «La Seconda taai taai Fong ha detto che avrebbe chiamato una sensale per te alla fine dell'inverno» provai a ricordarle. «Mancano solo quattro mesi...»

Fece una smorfia leziosa e la sua mano ondeggiò come se tenesse un fazzoletto, prima di posarsi delicatamente sul mio braccio. La strana imitazione degli atteggiamenti della Seconda taai taai Fong mi innervosì. Feci un passo indietro, ma lei mi strinse forte il braccio, conficcando le unghie nella manica della tunica.

«Permettimi di darti una lezione, Pioggia di Primavera» disse, imitando il tono svenevole della sua padrona. «Se volevi sposarti, non dovevi farmelo sapere. Se io, una signora con dei perfetti loti d'oro, non posso ottenere ciò che voglio – avere un figlio maschio e diventare la prima moglie –, perché mai dovrebbe essere esaudito il desiderio di una *muizai*? Per punirti della tua stupidità e della tua presunzione, avevo pensato di continuare a illuderti con la falsa promessa del matrimonio. Ma sono stanca di questo gioco, quindi fai attenzione, perché te lo dirò una volta sola. Non ti lascerò andare mai.» Mi liberò il braccio e, tornando a parlare con la sua voce normale, continuò: «Me lo ha detto questa mattina. Più volte ho avuto l'impressione che mi stesse solo prendendo in giro, ma tu mi hai sempre consigliato di essere paziente, dicendo che non poteva essere così malvagia. Adesso nemmeno tu puoi più negarlo: non ho scelta. Unisciti a me o aiutami, ma non farmi la predica».

«Ti prego, Pioggia di Primavera *ze ze*...» dissi. «Non trattarmi come una nemica.» Le presi le mani. «Siamo sorelle. Cosa posso fare per aiutarti?»

Il suo viso si distese. «Mantieni il mio segreto. Aiutami a trovare dei soldi e prega per me.»

«Certo. Non lo dirò a nessuno. E troverò un modo per recuperare qualche soldo. Lo giuro sulla nostra amicizia.»

«Mi dispiace» disse lei attirandomi in un abbraccio, la guancia umida contro la mia. «Il mio destino infelice non dipende da te. Non dovrei essere arrabbiata con te. Dimentica le mie parole cattive.» L'odore pungente dell'unguento, mescolato al profumo terroso delle erbe medicamentose con cui si curava la ferita, mi riempì le narici. Dopo la sua fuga, il suo odore sarebbe rimasto nella mia memoria molto più a lungo del ricordo del suo viso, come il profumo di pomelo e gelsomino mi ricordava ancora Aa Noeng, benché i suoi lineamenti fossero sbiaditi da anni.

7
Linjing

Mancava ancora mezz'ora alla mia lezione di inglese e galateo occidentale, quindi rimasi sorpresa quando Piccolo Fiore accompagnò la signorina Abigail Hart nella sala del cucito privata di Aa Noeng.

La signorina Hart camminava spedita, con passi lunghi e determinati, la testa alta, la schiena diritta e il petto in fuori come Aa De. La differenza tra il suo incedere deciso e la fragilità dei loti d'oro di mia madre non poteva essere più evidente. Io e tutte le nostre *muizai* avevamo i piedi naturali, eppure nessuna di noi si muoveva con la stessa sicurezza, e la nostra presenza non riempiva la stanza come quella dell'americana. La sua voce squillante esigeva attenzione e persino i capelli – un nido disordinato raccolto alla meglio in cima alla testa – sfidavano le convenzioni, con i riccioli che sfuggivano alle forcine.

La signorina Hart si tolse il mantello umido, il cappello di pelliccia e i guanti, porgendoli a Piccolo Fiore con un rapido sorriso che rivelava denti piccoli e regolari, in contrasto con la sua corporatura robusta e la sua altezza eccezionale. Mi superava di una spanna, e io ero la più alta della famiglia.

«Spero che la mia visita improvvisa non vi rechi disturbo, signora Fong» disse in cantonese davanti al telaio da ricamo di Aa Noeng. Io abbandonai il mio telaio sul tavolino, ansiosa di vedere come l'avrebbe trattata mia madre: se fosse stato per lei, io non avrei avuto niente a che fare con i fantasmi bianchi, ma il signor Li aveva insistito che ricevessi un'educazione occidentale.

«Niente affatto, signorina Hart» rispose brusca Aa Noeng. Sebbene sembrasse irritata con lei, guardò accigliata me. «Siete forse venuta a esprimere qualche preoccupazione per il comportamento o i progressi di Linjing?»

Mi affondai le unghie nelle cosce. Dopo aver riposto il mantello della signorina Hart nella stanza per asciugare gli indumenti, Piccolo Fiore tornò al suo posto di fronte a mia madre, perché stavano lavorando insieme al ricamo di un paesaggio con i salici in riva a un lago. Non appena la *muizai* eseguì il primo punto nella seta, le sue spalle sembrarono rilassarsi e, quando alzò lo sguardo per cambiare filo, i suoi occhi erano concentrati solamente sul ricamo. Aa Noeng la guardò e sorrise, cambiando subito espressione quando si voltò verso di me. Quanto avrei voluto che Piccolo Fiore si infilzasse il dito con l'ago e macchiasse la tela...

Gli occhi della signorina Hart scintillarono dietro gli occhiali mentre mi fissava con un sorriso rassicurante. «Niente affatto» rispose ridendo. «Linjing impara in fretta, ed è la mia migliore allieva. Tra poco parlerà l'inglese alla perfezione.»

«Mia figlia manca di pazienza e disciplina» rimarcò Aa Noeng. «Vi invito a informarmi tempestivamente se non dovesse comportarsi con il più rigoroso decoro.»

Mi alzai di scatto. La signorina Hart mi batté una pacca sulla spalla; la sua mano ferma mi confortò e quell'inaspettata gentilezza placò la mia ira.

«Signora Fong, sono venuta a chiedere un favore. Sto cercando un'insegnante di cucito per le ragazze più grandi del nostro orfanotrofio. Niente di troppo elaborato, basterebbe un'infarinatura delle tecniche più semplici. È importante che imparino qualcosa di utile in previsione di quando non potranno più contare sulle nostre cure. Si tratterebbe giusto di un paio d'ore alla settimana. Ho pensato che Linjing potrebbe apprezzare il diversivo e che sarebbe stimolante per le nostre ragazze incontrare una signorina cinese con i piedi naturali.»

Io e mia madre ci scambiammo una smorfia di disappunto. Nonostante le nostre differenze, nessuna delle due considerava i miei piedoni un motivo di ispirazione, ma dirlo alla signorina Hart avrebbe offeso la sua sensibilità occidentale. «Temo che non sia possibile» rispose infatti subito Aa Noeng. «Linjing ha un difetto della vista che le impedisce di distinguere il rosso dal verde.»

«Aa Noeng!» protestai. «La mia maledizione è un segreto di famiglia!»

«La signorina Hart è la tua insegnante. Prima o poi se ne sarebbe accorta.»

Diventai paonazza per la vergogna e la rabbia.

«Eppure...» esordì la mia insegnante, con le sopracciglia chiare aggrottate in un'espressione perplessa. «Ho visto alcuni esempi di ricamo di Linjing, e in molti c'erano ricche sfumature di rosso e verde.» Indicò la peonia a cui stavo lavorando. «Se non riesce a distinguere i colori, come fa?»

Aa Noeng guardò Piccolo Fiore. «Prendi il libro dei modelli e delle sete» le disse, «e spiega alla signorina Hart il tuo sistema di codifica dei colori.» Alla signorina disse: «Il metodo di Piccolo Fiore è ingegnoso. Potrebbe tornarvi utile per aiutare Linjing in altri aspetti della sua educazione che richiedono la capacità di distinguere i colori».

Piccolo Fiore si fermò con l'ago a mezz'aria, facendo correre lo sguardo spento da mia madre a me, in attesa della mia approvazione. La fulminai con un'occhiata, sfidandola a eseguire l'ordine di Aa Noeng.

«Linjing» mi rimproverò mia madre, «non puoi incolpare Piccolo Fiore per la tua sfortuna.» Poi, con un tono completamente diverso, si rivolse a lei: «Fa' come dico, mia cara».

Piccolo Fiore si alzò, si inchinò davanti a me ma obbedì a mia madre.

Fissai la stoffa nel telaio: ogni parte del tessuto era liscia e uniforme; impossibile distinguere dove finivano i punti di Aa Noeng e dove cominciavano quelli di Piccolo Fiore. Quel loro lavoro tanto perfetto mi suscitò il desiderio di afferrare un paio di forbici e tagliarlo, di macchiare il paesaggio impeccabile con il tè pu'erh, di rovesciare il carbone ardente del braciere sulla seta delicata, riducendo in cenere i colori.

Piccolo Fiore tornò con gli oggetti richiesti da mia madre e li posò sul tavolo rotondo al centro della stanza. Aa Noeng sedette al tavolo e invitò la signorina Hart a fare altrettanto. Piccolo Fiore si mise alla sua sinistra. Io mi accasciai sullo sgabello rimasto libero.

«Spiega il tuo metodo» disse Aa Noeng a Piccolo Fiore.

«Assegno a ogni matassa di seta un numero» cominciò lei. «Il cinque per il rosso lacca, quattro il rosso melograno, tre il rosso fuoco, due il rosa loto e uno il rosa pallido.» Aprì il libro degli schemi e modelli al motivo della peonia su cui stavo lavorando. «La tavolozza è specifica per questo modello.» Lo indicò. «Il centro di ogni petalo deve essere riempito di rosso lacca, quindi ho messo il numero cinque. La sezione successiva è melograno, il numero quattro. Ogni parte diventa sempre più chiara, fino a riempire il bordo con il rosa pallido.»

«Posso?» chiese la signorina Hart, tendendo la mano.

Piccolo Fiore le porse il libro. Mentre la signorina sfogliava le pagine, il suo viso, che poco prima aveva sorriso a me, adesso esprimeva ammirazione per la mia schiava. Mi avvicinai e le strappai il libro dalle mani.

«Non c'è niente di straordinario in questo sistema!» esclamai. «Oserei dire che ci avrei pensato io stessa, se il ricamo mi interessasse.» Distolsi lo sguardo, incapace di incontrare la disapprovazione negli occhi di mia madre, dato che la mia affermazione non era del tutto vera. Anche se il ricamo ottundeva la mia mente come la fatica ottunde i sensi, era una virtù femminile seconda solo ai loti d'oro. Avrei dato qualsiasi cosa per avere la vista di Piccolo Fiore, per saper disegnare, dipingere e cucire con la naturalezza con cui i ragni tessono la tela, per scambiare le mie mani sgraziate con le sue tanto agili. Ma dirlo avrebbe significato cedere il potere a una schiava e ammettere la sconfitta. Il mio orgoglio non poteva sopportarlo.

«Hai pensato a questa soluzione da sola?» chiese la signorina Hart a Piccolo Fiore.

Lei annuì.

«È una creazione recente?»

«L'ho inventato quando avevamo dieci anni.»

Fino a quel momento Piccolo Fiore era stata insignificante come una formica per la signorina Hart, adesso invece la guardava come se la vedesse per la prima volta. Era la stessa espressione che avevo visto sul viso di Aa Noeng tanti anni prima, quando Piccolo Fiore aveva completato la sua prima fila di punti perfetti, mentre i miei sembravano denti storti. Prima ancora che la signorina Hart riprendesse a parlare, io avevo intuito che cosa stava per chiedere, e non ero intenzionata a darglielo.

« Lo proibisco » dissi.

« Come, scusa? » chiese lei, perplessa.

« Non potete avere Piccolo Fiore. Lei è la mia *muizai* e io ne ho bisogno. »

« Si tratta solo di un pomeriggio alla settimana » insistette la signorina Hart. « Non ti accorgerai nemmeno della sua assenza. » Poi, rivolgendosi alla mia schiava, chiese: « Riusciresti a svolgere lo stesso tutti i tuoi compiti anche venendo all'orfanotrofio ad aiutarmi una volta alla settimana? »

Piccolo Fiore chinò la testa e incurvò le spalle.

« Mi dispiace contraddirvi, signorina Hart, ma dovete capire che Piccolo Fiore non ha voce in capitolo. Lei è la mia schiava, è di mia proprietà, e io dico di no. »

Aa Noeng prese fiato per ribattere, ma la signorina Hart la anticipò.

« Linjing » disse con un tono teso come un ramoscello pronto a spezzarsi. « Le persone non sono oggetti, gli schiavi non sono macchine, persino una *muizai* ha il diritto di esprimere la sua opinione. »

« Signora Fong » intervenne Piccolo Fiore, con un'espressione improvvisamente vivace, come un cavallo che sta per saltare una siepe. « Lavorerò due volte più in fretta per portare a termine le mie faccende. La signorina Linjing non sarà disturbata, lo prometto. Vi prego, signora, mi piacerebbe tanto insegnare alle bambine. »

Stupita dalla sua audacia, rimasi ammutolita. La fissai, cercando di vedere dietro il volto impenetrabile che mi mostrava sempre, ma lei sembrava guardarmi da molto lontano. C'era un accenno di sfida nei suoi occhi? Si era acceso e spento come la scintilla di un fiammifero, troppo in fretta perché potessi esserne sicura. Forse interpretando il mio silenzio come un assenso, Aa Noeng disse: « Molto bene, allora, puoi andare. Saranno felici di imparare da te ».

Mi precipitai da lei e le scossi un braccio. I suoi braccialetti di giada tintinnarono l'uno contro l'altro. «Come puoi schierarti contro di me in questo modo?»

«Il comportamento di Piccolo Fiore è irreprensibile» mi rispose Aa Noeng. «Merita un po' di tregua. Non parliamo più di questo argomento triviale.»

«Una fanciulla veramente virtuosa, soprattutto una signora, non dovrebbe fare più di tre passi fuori casa» dissi, citando un adagio che lei mi ripeteva spesso quando chiedevo di esplorare Taiyuan a piedi.

Dietro di me, la signorina Hart parlò: «Che cosa c'entra questo con Piccolo Fiore?»

«Trattandosi della mia *muizai*, il suo comportamento rispecchia la mia reputazione e il decoro della nostra famiglia.» Mi raddrizzai e mi voltai verso la mia sprovveduta insegnante. «Abbiamo servitori di grado inferiore per le commissioni. Ci si aspetta che Piccolo Fiore sia la mia ombra, e se fossi la matriarca le vieterei le tre ore di permesso di cui già gode ogni mese.» Indicai il muro di cinta oltre la finestra aperta e aggiunsi: «Dovrebbe rimanere entro questi confini, e non mettere mai piede in città, mischiandosi agli orfani o peggio». Voltandomi, mi chinai su Aa Noeng e dissi: «Sicuramente ora sarai d'accordo con me».

«Ho già dato il mio permesso» mi zittì mia madre, rigida. «Non contraddirmi ancora o te ne pentirai amaramente.»

Avevo perso quella battaglia, ma avrei fatto pagare a Piccolo Fiore la sua insolenza, perché Aa De mi aveva detto che gli schiavi sono come le erbacce: al primo accenno di indulgenza, si propagano incontrollati. In tutti quegli anni la mia *muizai* era stata estremamente obbediente, ma quel giorno il suo comportamento aveva messo in dubbio la mia autorità, ricordandomi la necessità di trattarla con più fermezza.

8

Piccolo Fiore

Dallo studio della signorina Hart, una stanza adiacente al laboratorio dell'orfanotrofio, mi guardai alle spalle. Era la terza lezione che tenevo alle bambine e già erano in grado di destreggiarsi con due colori, il verde della zucca amara intrecciato al coriandolo. Erano concentrate come passeri alla ricerca di larve nella terra, alcune con la punta della lingua tra i denti, tutte decise a far scorrere ago e filo sopra e sotto i loro telai per formare una striscia continua di punti raso. Mi si stringeva il cuore a guardare le mie allieve. Cinque delle sei ragazze avevano un difetto fisico. La maggiore, una bambina di undici anni, portava i folti capelli sciolti con una riga laterale a destra per tentare di nascondere la voglia violacea che le macchiava metà della guancia e la tempia, fino all'attaccatura dei capelli. Le due gemelle avevano il labbro leporino, alla quarta bambina mancavano le sopracciglia – in quel punto la pelle era rosea e lucida – e la quinta aveva la schiena curva a guscio di tartaruga. Solo Bocciolo, la più piccola, era senza difetti, con la folta frangia che incorniciava un anonimo viso rotondo, e non le avrei dedicato particolare attenzione se non fosse stato per i suoi loti d'oro.

«Siediti, Piccolo Fiore.»

Mi voltai di nuovo verso la signorina Hart. Lei accarezzò il posto vuoto accanto al suo sul divano e con l'altra mano mi offrì una tazza di tè fumante. Il sole splendeva sulle ciocche dorate dei suoi capelli facendole brillare come il ferro rovente nella fucina di un fabbro. Avrei voluto abbozzare un suo ritratto e catturare quei riccioli ardenti in un ricamo, ma nessun filo metallico della mia scatola del cucito poteva eguagliare quei colori.

«Siediti» ripeté.

«Alle *muizai* non è permesso sedersi accanto a una signora.»

« Qui sei un'insegnante, non una schiava. Le ragazze se la caveranno da sole per qualche minuto. Prendi il tè con me. »

Strinsi le mani intorno alla tazza ma non mi sedetti, temendo che si trattasse di una specie di prova. Era un rischio andare all'orfanotrofio, e dovevo procedere con cautela. Le signore sono come i gatti selvatici: non si sa mai quando possono graffiarti. Per quanto fosse piacevole allontanarmi dalla mia padrona per un pomeriggio alla settimana, non avrei mai sfidato Linjing solo per quel motivo. L'avevo fatto soprattutto per Pioggia di Primavera. Volevo aiutarla a mettere da parte qualche soldo per la fuga e l'unica idea che mi era venuta in mente era di vendere qualche mio ricamo. Rivolgersi a un banco dei pegni avrebbe attirato troppa attenzione, perciò ero giunta alla conclusione che la nostra unica alleata poteva essere la signorina Hart. Sempre ammesso di potermi fidare di lei e di riuscire a convincerla ad aiutarci senza scendere nei dettagli del piano. Nonostante queste incertezze, un piccolo brivido di eccitazione – un sentimento nuovo – alleggeriva le mie paure. Avevo avuto la meglio sulla signorina Linjing, guadagnato un po' di tempo libero e soprattutto avevo la possibilità di aiutare Pioggia di Primavera. Per la prima volta da quando ero diventata una *muizai*, la scelta e il potere erano quasi a portata di mano, non più distanti come la luna.

« Siediti » ordinò la signorina Hart. « Insisto. »

Mi appollaiai sul bordo del divano e sorseggiai il tè, aspettando che lei parlasse. Sollevò il coperchio di una bella zuccheriera dagli orli dorati, e aggiunse alla sua tazza un cucchiaino di zucchero che mescolò con lenti movimenti circolari. Sembrava non aver fretta di parlare. Per calmare i nervi studiai l'illustrazione sulla parete opposta, dietro la scrivania. Non sapevo leggere, ma avevo visto molte volte quei caratteri sulle porte di Taiyuan e capii che era una cartina della nostra città. Da quella distanza, le strade e i vicoli sembravano confusi, e tutte quelle scritte aumentavano il mio spaesamento, ma i disegni dei punti di riferimento disseminati nella campagna oltre le mura mi impressionarono. Nell'angolo in basso a destra due alte pagode svettavano sopra una foresta, mentre un lago a forma di arachide dominava l'angolo opposto. Villaggi, campi e grandi tenute erano sparsi sugli altri lati della mappa, alcuni circondati da montagne. Avrebbe trovato un rifugio Pioggia di Primavera in quella vastità?

La signorina Hart taceva ancora. Mancavano solo sette settimane al banchetto della vedova Fong e dovevo conoscerla meglio in fretta, per capire se potevo fidarmi di lei e per conquistare la sua benevolenza, in modo che potesse concedermi un favore.

«Posso farvi una domanda?» le chiesi.

«Certo, chiedimi quello che vuoi.» Appoggiò il cucchiaino sul piattino, girando il busto verso di me. Io posai la tazza sul tavolo e feci lo stesso; le nostre ginocchia quasi si toccavano.

«Pensavo che agli occidentali non piacessero i piedi fasciati» dissi. «Perché Bocciolo ha i loti d'oro?» Avevo altre domande sulla punta della lingua, ma potevano risultare troppo impertinenti e provocatorie; meglio essere prudenti, come un piede sul sentiero ghiacciato.

«La fasciatura dei piedi è una mutilazione e una tortura» disse in fretta, sulla difensiva, «e la nostra chiesa è contraria. Ma il pastore, mio fratello, si lascia convincere dalla moglie e sostiene le sue opinioni sentimentali al posto delle ragioni della logica e del progresso. Sarah passa troppo tempo con le donne del villaggio, e ha acquisito alcune convinzioni che io ritengo retrograde. Le altre ragazze, povere anime, non si sposeranno mai, quindi i loro piedi vengono risparmiati. Ma Sarah pensa che per Bocciolo esista la possibilità di un matrimonio rispettabile, con i loti d'oro.» Fece una smorfia come se avesse addentato una prugna acerba. «Persino la definizione 'loti d'oro' è beffarda e ingannevole. Non c'è niente di bello nelle ossa rotte e nella carne martoriata dei piedi di una bambina o di una donna.»

Mi sforzai di rimanere impassibile. Avrei fatto qualunque cosa per salvare i miei loti d'oro, ma non dovevo contrariarla. Mentre cercavo la risposta giusta da darle – non una bugia, ma qualcosa che mi rendesse più simpatica –, premetti l'unghia del pollice in una vescica che avevo sull'indice, disegnando piccole croci. «La fasciatura dei piedi è dolorosa e ci sono bambine che muoiono per le infezioni» dissi. «Eppure senza i loti d'oro le possibilità di matrimonio per una ragazza sono molto poche, se non addirittura nulle. Essere una zitella non solo è vergognoso, ma condanna una donna alla povertà e probabilmente anche a non avere una casa.»

«Esattamente quello che dice mia cognata...» Una ruga profonda si formò tra le sue sopracciglia, le pupille si restrinsero fino a diventare punte di spillo. Si voltò a guardare fuori dalla finestra a grata. Cercai di trovare qualcosa di accettabile da dire, ma non venendomi in mente niente scelsi di essere franca. «Perché mi avete difesa?» chiesi.

Si girò di nuovo verso di me. «La fasciatura dei piedi è terribile, e la schiavitù un obbrobrio.»

«Non avete schiavi, nel vostro paese?»

«In America la schiavitù è stata abolita nel 1865.» L'orgoglio le illuminava gli occhi verdi. «Mio padre e i miei zii hanno combattuto nella guerra che ha contribuito a mettere fine a questa pratica barbara. La schiavitù è illegale anche nella maggior parte dei paesi occidentali. Ho sentito che alcuni membri della corte Qing stanno valutando di adottare una legislazione simile, e il signor Li è un sostenitore del movimento antischiavista. Vuole che la Cina sia rispettata dalla comunità internazionale. Linjing dovrebbe abbracciare opinioni più progressiste, prima di entrare nella famiglia Li. Ammetto di essere stata brusca con lei. Ma intendo parlarle di nuovo, magari in modo più pacato.»

«Vi prego, non contrastate la mia padrona.»

«Come futura nuora del signor Li, Linjing avrà il potere di contribuire a rovesciare il sistema delle *muizai*. Devo riuscire ad allargare i suoi orizzonti, a farle mettere in discussione i suoi pregiudizi, affinché ti veda come una persona.»

Le speranze erano poche: di fronte alla nostra causa Linjing era cieca come davanti alle sfumature di rosso e di verde. Tenni per me quei pensieri impertinenti e dissi: «Vi ringrazio per il vostro sostegno, ma questi discorsi renderanno ancora più difficile la vita di noi schiave. Senza contare che padron Fong vi licenzierà immediatamente, se vi sentirà sostenere il movimento antischiavista».

L'ostinazione le irrigidì il volto e la sua bocca si appiattì in una linea cocciuta. Mi ricordava la signorina Linjing e mi chiesi se non avessi sbagliato ad andare da lei. Tentai un'altra strategia.

«Vi prego, signorina Hart. Venire qui è la mia unica salvezza. Se fate arrabbiare di nuovo la signorina Linjing, lei troverà il modo di proibirmelo per sempre.»

«A volte il potere va strappato, non implorato» ribatté. Poi si alzò di scatto, allargò le gambe e picchiò il pugno destro sul palmo sinistro. Nei suoi occhi brillava la convinzione, ma sotto c'era anche una punta di biasimo, un filo di esasperazione, nei miei confronti. «Essere miti significa essere deboli. Linjing potrebbe rispettarti, se tu le tenessi testa.»

Mi alzai in piedi anch'io. «Io sono una schiava, non una straniera protetta da una nascita privilegiata e da una nazione potente che tiene in pugno il mio paese.» Un brivido di rammarico mi serrò la gola, stringendola come i lacci di un sacco chiuso troppo stretto, perché sicuramente il mio sfogo imprudente aveva rovinato l'unico mezzo di cui disponevo per aiutare Pioggia di Primavera.

La signorina Hart aprì la bocca e arrossì sulle guance e sul collo. Da un momento all'altro mi avrebbe rimproverato, forse addirittura colpito. Mi sentii avvampare quando invece strinse le mie mani umide nelle sue, calde e secche. «Perdonami, Piccolo Fiore. Sono stata sconsiderata e insensibile.»

Scossi la testa con veemenza. «La colpa è tutta mia. Non avrei dovuto perdere la calma.»

«Sei stata sincera. Non scusarti mai per questo.» Lasciò andare le mie mani e mi fece cenno di tornare a sedermi con lei sul divano. Scelse un pasticcino dal vassoio e lo posò sul mio piattino. Avrei voluto resistere, ma la fame ebbe la meglio e lo addentai. Lei sorrise. «Certo, non puoi sfidare apertamente Linjing. Ti prometto che non le parlerò più di questo argomento, perché mi dispiacerebbe troppo danneggiare te.

«Però non rimpiango i progressi imposti dai nostri trattati. Senza i trattati non potremmo diffondere il cristianesimo nel cuore della Cina, ma so che sono costati vite e risorse, e di questo mi dispiace. Ti ringrazio per aver avuto il coraggio di ricordarmi il lato oscuro dell'influenza occidentale. Puoi dare un'altra possibilità alla nostra amicizia?»

Annuii e le sorrisi.

Sebbene la signorina Hart mostrasse di non conoscere del tutto le condizioni di quelli come me e giudicasse con superiorità le nostre credenze e tradizioni, sembrava una persona disponibile e di buon cuore. Potevo convincerla ad aiutarci, ne ero quasi certa.

Quel pomeriggio, al mio ritorno, trovai la signorina Linjing nella squallida stanzetta che condividevo con Pioggia di Primavera. La mia padrona non aveva mai messo piede negli alloggi delle schiave. Mi aspettava seduta su una sedia vicino alla finestra. Sul tavolino c'erano un piatto di caldarroste e un paio di forbici. Aveva buttato le bucce per terra, e avrei dovuto pulire io. Quando mi vide si alzò. Con la punta dello stivaletto schiacciò le bucce, triturandole e spingendole nelle fughe tra le assi del pavimento.

«Eccoti qua, finalmente sei tornata...» La cattiveria risuonava nella sua voce, come nel miagolio di scherno di un gatto quando gioca con la sua preda un attimo prima di ucciderla. A differenza della povera Pioggia di Primavera, non avevo mai avuto motivo di temere fisicamente la mia padrona, ma in quel momento mi venne la pelle d'oca. Mi sforzai di restare impassibile, nella speranza che fosse solo la coscienza sporca per la conversazione con l'americana a farmi fraintendere il tono.

«Avete qualche compito per me, signorina?» chiesi.

«Oh, sì. E non ci vorrà molto.» Si guardò intorno, prima indignandosi alla vista di un lavabo di porcellana scheggiato e di un bollitore arrugginito, poi per un paio di pantaloni appesi a una rastrelliera di bambù, infine facendo una smorfia per la trapunta rattoppata, come se tutte quelle cose la offendessero. Fingeva insomma di cercare qualcosa, anche se dal suo mezzo sorriso sospettavo che avesse già trovato quello che voleva e recitasse soltanto per tenermi sulle spine. Alla fine i suoi occhi si posarono sul baule nascosto sotto il letto che dividevo con Pioggia di Primavera: il mio corredo nuziale, pieno di trapunte da sposa, lenzuola, sacchetti profumati e altri accessori che cucivo e ricamavo fin da quando avevo compiuto quattordici anni, in vista del matrimonio. Quei ricami richiedevano tempo, e lei mi permetteva di lavorarci solo prima che si svegliasse e dopo che era andata a letto, perché tutte le ore di luce erano dedicate al suo corredo.

«Tira fuori il baule e aprilo» ordinò.

Mi sentii serrare la gola da un oscuro presagio, ma speravo ancora di riuscire a dissuaderla. «Non c'è niente di interessante per voi, signorina, sono quasi tutti lavori incompiuti.»

«Deciderò io che cosa è interessante una volta che avrò visto.»

Rimasi inchiodata al pavimento.

«Obbedisci.» La sua voce mi sferzò come una frusta.

Mi avvicinai al baule e lo tirai fuori. Quando sollevai il pesante coperchio i cardini cigolarono, e una zaffata pungente di anice stellato mi colpì le narici. La mia trapunta nuziale era ripiegata in cima alla pila; al centro una coppia di anatre mandarine nuotava fianco a fianco. Usai il mio corpo per proteggerle dalla signorina Linjing. Lei mi spinse via, afferrò la trapunta e la gettò sul materasso.

«Quanto tempo ci hai messo a ricamarlo?» chiese, passando la mano sulle anatre mandarine, sugli otto pesci rossi in cerchio, sulle ninfee, sui fiori di loto e sulla ghirlanda di fiori di ciliegio.

«Due anni» risposi.

«Notevole...» commentò lei, ma il suo tono non era sincero. «La tua futura suocera sarebbe soddisfatta di un ricamo così raffinato. Diresti che questo è uno dei tuoi lavori migliori?»

«Non è stato facile.» Intuendo una trappola, cercai di mantenere un tono distaccato, però nella mia voce si era insinuata una nota di ansia. Chiusi le dita sul mio *ou*, stringendo forte la stoffa mentre aspettavo.

Linjing accarezzò i bordi di raso con la stessa tenerezza con cui si accarezza un coniglio. Avrei voluto strapparle la trapunta e infilarla di nuovo nel baule, ma non osavo muovermi. Forse, se fossi rimasta immobile, muta, lei avrebbe perso interesse e mi avrebbe risparmiato. Invece con un balzo raggiunse il tavolino e afferrò le forbici, brandendole come un pugnale. Me le porse.

«Tagliala» ordinò. «Voglio che la fai a pezzi.»

«Per favore, signorina, non...»

«Questo è il prezzo da pagare per la disobbedienza. Così ricorderai che non sono una padrona con cui si può scherzare.»

Mi inginocchiai e le forbici caddero sul pavimento.

«Accetterò volentieri un'altra punizione.» Mi inchinai tre volte, profondamente. «Vi prego, siate clemente. Risparmiate la trapunta.»

«No.»

«Mi dispiace tanto, signorina Linjing. Vi prego di perdonarmi.» Mi schiaffeggiai le guance. Una. Due. Tre. Quattro. Cinque volte. A ogni colpo la mia pelle diventava più rovente, ma io non sentivo il bruciore. «Non vi contraddirò mai più, lo giuro.»

Il suo volto era una stanza chiusa, sigillata alle suppliche e alla compassione. «Alzati.» Indicò la trapunta. «Distruggila e forse ti perdonerò.»

Non avendo altra scelta, presi le forbici e mi alzai, con le ginocchia doloranti e mi avviai zoppicando verso il letto. Accecata dalle lacrime, mi morsi l'interno di una guancia per trattenere i singhiozzi.

Linjing aveva esagerato. Mi sarei vendicata.

9

Piccolo Fiore

La crudeltà della signorina Linjing mi rese più determinata che mai ad aiutare Pioggia di Primavera. Se una di noi fosse riuscita a fuggire, sarebbe stata una vittoria per entrambe.

Quando la signorina Hart tornò a prendermi per portarmi all'orfanotrofio, mi infilai nella tasca interna della giacca una mezza dozzina di fazzoletti di seta della mia padrona. Erano tutti ricamati su entrambi i lati: al centro di alcuni fiorivano tralci di peonie o camelie, agli angoli di altri nuotavano coppie di anatre mandarine o carpe dorate. Linjing ne aveva tantissimi e li trattava con così poca cura che non si sarebbe nemmeno accorta della loro mancanza. Inoltre, li avevo ricamati tutti io, quindi non si trattava di un furto vero e proprio. Ogni fazzoletto poteva fruttare una, forse due stringhe di monete di rame per Pioggia di Primavera.

Una volta affidati i compiti alle ragazze, andai nella stanza adiacente dove la signorina Hart sedeva alla scrivania impugnando la penna d'oca, la mano macchiata d'inchiostro. Gli occhiali le erano scivolati sul naso lungo e sottile, con la punta all'insù come le scarpe di loto della Seconda taai taai Fong.

Nel mio cuore si agitava il dubbio: potevo fidarmi di quella signora occidentale?

Lei alzò lo sguardo, si sistemò gli occhiali con il dorso della mano e sorrise, il tipo di sorriso che si diffonde su tutto il volto illuminandolo.

«Entra» disse. «Qualcosa ti preoccupa, posso aiutarti?»

Nel vedermi esitare, lasciò a metà la lettera e si alzò per venirmi incontro e guidarmi verso il divano.

«Hai le mani gelate» commentò. Da un tavolino prese uno scaldamani a forma di pesca e me lo premette tra i palmi, e dalla bocchetta uscì una sottile voluta di fumo dall'aroma floreale.

Un sospiro mi sfuggì dalle labbra mentre avvolgevo le dita rigide intorno alla porcellana calda.

«Cosa posso fare per te?» domandò, accarezzandomi un ginocchio.

Appoggiai lo scaldamani sul tavolino e, voltandomi verso di lei, cominciai: «Vorrei chiedervi un favore. Però dovete promettermi che non ne parlerete con nessuno. Se la signorina Linjing lo scoprisse verrei punita, forse addirittura venduta». Deglutii e aggiunsi in fretta: «So che non ho il diritto di chiedervi nulla, tanto meno di mantenere un segreto con i miei padroni, ma una mia amica è in difficoltà. Per me è come una sorella».

Lanciò un'occhiata alla porta. «La nostra conversazione non lascerà questa stanza.»

Infilai una mano sotto la giacca e tirai fuori i fazzoletti. La signorina Hart inclinò la testa con aria interrogativa.

«Potreste aiutarmi a venderli?» chiesi. «La mia amica ha bisogno di soldi prima del 20 del mese prossimo. Vi sarei molto grata se ci aiutaste.»

Lei si chinò verso di me, una venuzza pulsava sotto il suo occhio sinistro allo stesso ritmo del mio cuore.

«Questa tua cara amica» disse con voce dolce e pacata, come una mano che tranquillizza un cavallo imbizzarrito, «è anche lei una *muizai*?»

«Sì.»

«Ed è infelice della sua situazione?»

Rallentai il respiro per consentire alla mia maschera impassibile da schiava di coprire i miei pensieri. Per me la felicità era una terra straniera: la vedevo da lontano senza mai poterla raggiungere.

«Che domanda sciocca, perdonami!» esclamò, battendosi il palmo della mano sulla fronte. «Chi mai potrebbe essere felice da schiavo? Volevo solo dire che, se la tua amica vuole andarsene, se vuole la libertà, la chiesa può aiutarla.»

«Signorina Hart, non è come pensate.» Mi tremava la voce e, prima di continuare, distolsi lo sguardo e mi tamburellai cinque volte sulla coscia. «La mia amica è fedele alla famiglia Fong, e grata della posizione che occupa. Lo siamo entrambe. Il denaro è per qualcos'altro, una questione privata.»

Con espressione solenne, la signorina strinse la piccola croce d'oro che portava al collo. « La schiavitù è una piaga che va contro gli insegnamenti del Redentore, e io non sono l'unica a combatterla. Qui non possiamo contare su una vasta rete di aiuti, ma possiamo far uscire la tua amica da Taiyuan e portarla in un luogo sicuro dove troverà riparo, cibo e lavoro.

« Questa soluzione è molto rischiosa, perché richiede un'organizzazione minuziosa e mette in pericolo i nostri cristiani cinesi, quindi la propongo soltanto a candidati meritevoli. »

Aggrottai la fronte.

« Giovani donne sveglie, abbastanza astute e tenaci da rischiare e sopravvivere » spiegò. « Non conosco la tua amica, ma credo che tu non faresti amicizia con una sciocca. Mi fido di te, quindi sono pronta a offrirle la nostra protezione. »

Avrei voluto saperne di più, ma tenni la bocca chiusa perché non ero ancora sicura di potermi fidare dell'insegnante della mia padrona. Eppure i suoi antenati avevano combattuto per abolire la schiavitù, senza contare che non aveva motivo di ingannarmi. Però la decisione di raccontarle tutta la storia spettava a Pioggia di Primavera, non a me, così abbassai lo sguardo e strinsi i fazzoletti. Lei mi posò di nuovo una mano sul ginocchio e disse: « In cambio della libertà chiediamo solamente la devozione a Cristo ».

Temendo di tradire la mia impazienza di affidare Pioggia di Primavera alla sua protezione, evitai di incrociare lo sguardo della signorina Hart mentre le premevo i fazzoletti in grembo e ripetevo la mia richiesta. Questa volta lei acconsentì, promettendo che avrebbe cercato di ottenere il miglior prezzo possibile. Mi scusai e feci per congedarmi. Prima che rientrassi nel laboratorio, lei aggiunse: « Se ho ragione sulla tua amica, torna da me ». Poi, a voce talmente bassa che non ero sicura di aver sentito bene, aggiunse: « Potrei salvare anche te ».

Quella sera, appena mi infilai nel letto che condividevo con Pioggia di Primavera, le parlai dell'offerta della signorina Hart. Anche se eravamo sole, tenni la voce bassa e le sussurrai all'orecchio. Ci abbracciammo strette, ognuna nella sua giacca di cotone imbottita, una trapunta avvolta intorno alle spalle appoggiate al muro di mattoni; senza un braciere il freddo di fine autunno si insinuava sotto tutti gli strati di indumenti, e mentre parlavo non riuscivo a smettere di battere i denti. La candela sul tavolino bruciava lenta, la sua luce fioca ci illuminava appena, ma riuscii comunque a vedere la smorfia della mia amica e il petto che le si alzava e si abbassava in respiri brevi e affannosi.

«Perché sei arrabbiata?» chiesi.

«Non accetterò mai la carità da quei diavoli stranieri» disse, picchiando un pugno contro il muro. La coperta le scivolò dalle spalle.

«L'offerta della signorina Hart sembra molto più sicura del tuo piano. Perché la rifiuti?»

«È colpa loro, dei fantasmi bianchi, se sono una schiava!» Il risentimento le imbruttiva il viso. La sua voce suonò tagliente come la lama di una falce.

«Ma sono stati i tuoi genitori a venderti, perché dai la colpa agli occidentali?»

«I diavoli stranieri sono ipocriti: persone come la signorina Hart vanno in giro a salvare 'i poveri cinesi' mentre i loro eserciti attaccano le nostre città, e le loro navi entrano nei nostri porti per vendere veleno nel nostro paese. Se non ci fossero state le fumerie di oppio, mio padre non avrebbe speso tutti i nostri risparmi, non avrebbe chiesto prestiti agli usurai, e io sarei ancora a casa, magari sposata e con dei figli.»

«Mi dispiace per tuo padre» dissi, «ma la signorina Hart non c'entra, e non è così. E poi non ci guadagna niente ad aiutarti.»

«Non mi fido di lei e non tradirò le nostre divinità» ribatté Pioggia di Primavera. Cercai di replicare, ma lei non me ne diede il tempo. «Ho visto le immagini di quell'uomo pelle e ossa sulla croce, quello che chiamano Figlio di Dio. Come può un uomo messo tanto male salvare i poveri e i deboli? Un dio potente avrebbe impedito al suo unico figlio una morte così orribile!» Saltò giù dal letto, si diresse verso le porte e le spalancò, facendo entrare una folata di vento mentre indicava le effigi appese sopra la sua testa, una coppia di corpulente e feroci divinità della soglia messe l'una di fronte all'altra, la prima con una spada, la seconda con una lancia. «Queste sono le divinità che rispetto e di cui mi fido.» Si inchinò a loro, mormorò una rapida preghiera, chiuse le porte e tornò nel nostro letto, sedendosi con una pesantezza che tradiva una certa rassegnazione.

«Il dio cristiano sembra impotente» ammisi, «ma questo non significa niente, visto che i suoi insegnamenti hanno ispirato persone come la signorina Hart a mostrare compassione nei nostri confronti. Per favore, metti da parte il tuo odio per gli stranieri e lasciati aiutare...»

«Ho deciso» rispose lei. Si tolse le scarpe e si sdraiò sul letto, tirandosi la trapunta fino al collo. «Ci resta così poco tempo» disse, guardandomi con occhi imploranti. «Non voglio litigare. Ti prego, lasciami fare a modo mio.»

Sapendo che non sarei riuscita a farle cambiare idea, le dissi che presto avrei avuto del denaro per lei, poi spensi la candela e mi sdraiai, premendo la schiena contro la sua. Ascoltai il suo respiro diventare sempre più lento e profondo man mano che scivolava nel sonno. Io, invece, non riuscivo a dormire e rimasi a fissare l'oscurità. Mi teneva sveglia la preoccupazione per lei, ma anche il pensiero della signorina Linjing: l'indomani avevo l'opportunità di vendicarmi. Avrei avuto il coraggio di agire?

10

Linjing

«Questo lavoro è pessimo persino per te, Linjing» mi rimproverò Maa Maa. Il disappunto scavò rughe ancora più profonde nel suo volto già molto segnato. Scosse il capo ed emise un lungo sospiro. Mi sforzai di non storcere il naso sentendo il suo alito cattivo.

Mancavano quindici giorni alla partenza per il nostro pellegrinaggio in un convento di monache di montagna, nel tentativo di assicurare un figlio alla Seconda Aa Noeng. Oltre a mia madre, Maa Maa avrebbe scelto una di noi per ricamare una sontuosa offerta per la dea che dona i figli: un lungo pannello di damasco con dei bambini di varie età che giocano in un giardino. Il disegno doveva essere incorniciato da un bordo di melograni maturi al punto di aprirsi e lasciar intravedere i semi. I piedi gonfi della Seconda Aa Noeng la costringevano a rimanere sdraiata per la maggior parte della giornata, e visto che tutte volevamo essere selezionate, Maa Maa aveva indetto una gara in cui ognuna di noi doveva ricamare un campione del frutto nel tempo necessario a bruciare un bastoncino d'incenso. Io volevo essere scelta affinché mia madre fosse orgogliosa di me, ed ero sicura che quello fosse il miglior lavoro mai uscito dalle mie mani: tutti i punti erano uniformi e delicati, cuciti con fili di seta più sottili dei miei capelli.

Maa Maa diede un'altra occhiata al mio melograno e mi lanciò addosso il telaio.

Io studiai il campione senza trovarvi alcun difetto evidente. «Cosa c'è che non va, Maa Maa?» chiesi.

«Un melograno deve sembrare fresco e maturo, deve far venire l'acquolina in bocca!» Puntò un dito nodoso sul mio lavoro. «Questo ha le sfumature di un sanguinaccio! Il tuo difetto dev'essere peggiorato. Che disonore sarà per il nome della nostra famiglia quando i signori Li scopriranno la tua maledizione!» Lanciò un'occhiata fulminante a mia madre. «In tutti questi anni hai messo al mondo solo una figlia inutile e persino difettosa. Oh, dèi, perché devo essere punita con una nuora così sfortunata?» Picchiò il bastone da passeggio sul tappeto, e le vene del collo si gonfiarono come se fossero sul punto di scoppiare sotto la pelle coperta di macchie. Si accasciò sulla sua sedia-trono, continuando a sbraitare.

Dall'altro lato della stanza, Aa Noeng lasciò il suo posto e si affrettò ad avvicinarsi facendo tintinnare le chiavi appese alla châtelaine. Mi strappò il telaio dalle mani. Aggrottò la fronte preoccupata mentre esaminava il mio ricamo. Avrei voluto la sua compassione, ma quando alzò lo sguardo vidi soltanto delusione.

«Non capisco...» balbettai. «Ho seguito i codici colore di Piccolo Fiore.» Mi girai pretendendo una risposta dalla mia cameriera, ma la vacuità dipinta sul suo volto rendeva impossibile leggerne i pensieri. Mi avvicinai con furia. «Che cosa hai fatto?»

Ormai le mie altre tre madri, tutte le mie sorelle minori e le loro *muizai* avevano smesso di ricamare e allungavano il collo verso di me come tanti avvoltoi. Piccolo Fiore scosse il capo, e spalancò gli occhi con aria innocente. Ma io sapevo che la colpa doveva essere sua.

Mi precipitai alla mia postazione. Lo schizzo che aveva tracciato Piccolo Fiore sembrava uguale al solito: i numeri di ogni segmento del melograno corrispondevano alle etichette delle matassine di filo che avevo usato. Ma certo che corrispondevano! Il problema non era nella numerazione. Piccolo Fiore doveva aver assegnato i numeri alle tonalità sbagliate di rosso, e io non avevo potuto cogliere la differenza. Mi sentii pungere gli occhi da lacrime di frustrazione. Che cosa avevo fatto per meritare quell'orribile maledizione? Mi ero fatta fregare da una schiava, ero una sciocca. Afferrai le matassine e tornai di corsa da mia madre e da Maa Maa.

«Maa Maa, Aa Noeng! Questi sono i colori che dovevo usare, secondo il modello di Piccolo Fiore.» Glieli misi sotto gli occhi. «Vedete, non è colpa mia. Sono stata ingannata!»

Maa Maa incurvò le labbra e poi sputò nella sputacchiera. Aa

Noeng mi guardò con commiserazione, ma adesso volevo vendetta, non pietà. Mi toccò il braccio e lo abbassò. « Non c'è niente che non vada in questi fili. »

« Ma sono gli stessi che ho usato per il mio campione! »

« Linjing, queste sono le tonalità giuste per il melograno, ma non sono quelle che hai usato per il tuo campione. » Aa Noeng indicò le matassine rimaste sul vassoio. « Tu hai usato quelle tonalità di rosso. »

« Ma non sono etichettate con i numeri! » Mi girai e afferrai le spalle di Piccolo Fiore. « Brutta serpe! Ammettilo, hai cambiato le etichette mentre non guardavo. » La sua testa si muoveva avanti e indietro mentre la scuotevo. « Quando l'hai fatto? »

Lei non rispondeva. Guardò con aria impaurita mia madre. Tra loro passò uno sguardo di intesa, un linguaggio segreto che mi escludeva. Aa Noeng disse: « Io credo a Piccolo Fiore. Lasciala andare ». Aveva parlato in tono gentile, ma si capiva da che parte stava.

Le altre madri e le sorelle mi fissavano, completamente rapite dalla scena. Alcune di loro tossicchiarono per nascondere una risatina eccitata. Rabbia e imbarazzo mi si agitavano nel petto, soffocandomi.

« Confessa! » strillai, affondando i pollici nella tenera carne di Piccolo Fiore. Lei trasalì per il dolore. « Parla subito oppure ordinerò a un domestico di frustarti! »

Mi aspettavo che si accasciasse, che si inginocchiasse, che implorasse pietà farfugliando parole di rimorso. Invece disse: « Per placare la vostra rabbia, mi sottometterò di buon grado alle frustate ». La sua voce era più ferma delle colonne che sostenevano la camera. Quando sollevò il mento per incontrare i miei occhi, vidi una determinazione che non avevo mai ritenuto possibile in una *muizai*, e capii che qualunque altra minaccia sarebbe stata inutile: Piccolo Fiore si sarebbe fatta scorticare, piuttosto che ammettere la sua colpa.

Un moto di rispetto si insinuò nella mia rabbia. Era colpevole, su questo non c'erano dubbi, ma non aveva più importanza, almeno non così tanta. La fissai con uno sguardo penetrante. Fin dall'infanzia l'avevo ritenuta troppo ottusa, docile, troppo debole e pur apprezzando il suo sistema di codifica dei colori l'avevo sottovalutata. A Canton avevo insistito per tenerla perché non potevo sopportare di vederla andarsene con i suoi loti d'oro a diventare la *muizai* di cugina Eleganza, visto che io avevo i piedoni, ma non mi ero mai affezionata a lei come mia madre a Rosso Ciliegia. All'inizio dell'anno, quando Aa Noeng mi aveva detto che un'altra *muizai* avrebbe sostituito Piccolo Fiore come ancella della mia dote, non ci avevo pensato due volte: avevo dato per scontato che la nuova schiava avrebbe potuto tranquillamente prendere il suo posto. Ma ora mi rendevo conto che Piccolo Fiore non aveva solo talento artistico: possedeva anche grinta e astuzia. Qualità che, se fossi riuscita a volgere a mio favore, mi sarebbero tornate utili per sopravvivere alla signora Li. Dovevo convincere Aa Noeng a lasciarmela tenere.

Guardai mia madre di sottecchi, cercando di valutare il suo umore, mentre passeggiavamo lungo i camminamenti coperti che collegavano l'ala nord all'ala sud della nostra dimora. Gli zigomi sporgevano dal suo viso lungo e pallido e la ruga tra le sopracciglia era diventata permanente. La fasciatura intorno alla mano era sporca di sangue, il taglio per alimentare l'inchiostro nel rito propiziatorio del mattino era fresco. A ogni passo le chiavi della sua châtelaine tintinnavano nervose. Condividevo la sua preoccupazione: che cosa le avrebbe fatto Maa Maa, se la Seconda Aa Noeng avesse messo al mondo un'altra femmina?

Una leggera pioggerellina cadeva sui vasi di *pun zoi* che costeggiavano il bordo esterno del camminamento. Benché fossimo ancora nell'undicesimo mese, la brina copriva già le foglie. Lei si soffermò a ispezionarle una per una, valutandole e verificando l'eventuale presenza di parassiti. Accigliandosi davanti a un olmo *pun zoi*, prese le forbici dalla châtelaine e tagliò diversi nuovi germogli. Io preferivo le alte querce e gli olmi svettanti, ma Aa Noeng adorava quei loro cugini rachitici.

«Devo ricordare ai giardinieri di fare più attenzione con la potatura e di spostare al più presto i *pun zoi* nella serra» disse, leggermente irritata. «L'inverno arriverà prima della fine del mese e credo che quest'anno sarà molto rigido.» Si raddrizzò, rabbrividì e infilò le mani nel manicotto.

Trassi un respiro profondo e il mal di testa si attenuò quando l'aria gelida mi riempì i polmoni. L'orizzonte a Tianjin era ampio come qui? Senza dubbio la signora Li mi avrebbe tenuta chiusa in casa finché non avessi partorito un maschio, e avrei avuto poche possibilità di vedere il cielo. Nonostante l'umore triste di mia madre, dovevo pensare al futuro.

«Aa Noeng» esordii quando lei riprese a camminare, «voglio Piccolo Fiore come ancella della mia dote. Puoi revocare i suoi diritti matrimoniali, per favore?»

«Ho già dato la mia parola» rispose lei. «Inoltre, ho parlato con la tua Quarta Aa Noeng, che ha accettato di permettere alla sua *muizai* di diventare la tua ancella della dote. Aa Sap è affidabile, una buona lavoratrice ed è già troppo vecchia per il matrimonio. Sarà un accordo ideale.»

«Aa Sap è tonta. Ho bisogno di Piccolo Fiore.»

«Aa Sap è più che adeguata.»

«Ma è scarsa nel ricamo, sa solo seguire gli schemi fatti da altri. Per me sarà inutile.»

«Aa Sap non è brillante come Piccolo Fiore» ammise mia madre. «Ma la lealtà e la disponibilità a servire sono molto più importanti di una mente acuta. Senza contare che un alleato forzato può trasformarsi in nemico.» Mi lanciò un'occhiata tagliente.

«Cosa?»

«So quello che è successo alla trapunta nuziale di Piccolo Fiore.»

Alzai gli occhi al cielo. «Ovvio, è venuta a raccontartelo...»

«Piccolo Fiore non ha detto una sola parola. Rosso Ciliegia ha sentito Pioggia di Primavera che ne parlava con le altre cameriere.» Si voltò verso di me, gli occhi socchiusi in un'espressione di rimprovero. «È stato infantile e crudele da parte tua. Un giorno dovrai dirigere una famiglia con mogli minori, cognate e *muizai*. Se non diventerai una donna matura e giusta nessuno ti rispetterà, e le tue sorelle-mogli potrebbero persino coalizzarsi per farti del male.»

«Maa Maa fa quello che vuole!»

«Vuoi diventare come lei?»

«Non sarò così spietata!» Raddrizzai le spalle. «Ma non sarò nemmeno come te. Non amerò mai una *muizai* più della mia unica figlia!»

Lei indietreggiò come se l'avessi schiaffeggiata, e le sue scarpette di loto scivolarono su un mucchio di foglie bagnate. Sarebbe caduta se non avessi allungato la mano per sostenerla, ma mi allontanai appena ebbe ritrovato l'equilibrio, mantenendo tra noi una certa distanza. Arrossii. Avrei dovuto fermarmi, ma non potevo. «Di certo non farei comunella con una schiava per svergognare il sangue del mio sangue. Lo sapevi benissimo che Piccolo Fiore era colpevole, eppure l'hai difesa. Perché?»

«L'ho difesa perché le ho creduto.»

Sbuffai e scossi la testa. «Il fatto che tu abbia creduto a lei anziché a me è persino peggio. Non lo capisci?»

Mia madre si strofinò le tempie ed emise un lungo sospiro. «Linjing» disse infine con voce esausta, «io agisco sempre nel tuo interesse. Non ho detto alla signora Li della tua maledizione per non offrirle un pretesto per annullare il fidanzamento. Naturalmente, una volta che vivrai sotto il suo tetto ci metterà poco a scoprire la tua infermità, ma...»

«Proprio per questo ho bisogno di Piccolo Fiore!» Saltai oltre una pozzanghera per precedere Aa Noeng e sbarrarle la strada. «Lei è l'unica che può aiutarmi a nascondere la mia maledizione il più possibile... forse fino a quando avrò messo al mondo un figlio.»

«Sarà impossibile nascondere il tuo difetto dopo il matrimonio» ribatté mia madre. «La casa dei Li avrà una camera per il cucito simile alla nostra. In una stanza così piccola non c'è spazio per i segreti.»

«Be', ricamo a parte, voglio Piccolo Fiore.»

«Ma non ti piace neanche...»

«Mi piacerebbe di più se tu la lodassi di meno!» sbottai. «Invece non fai altro che paragonarci. Non è giusto, visto il difetto con cui sono nata. Vorresti avere lei come figlia?»

La mia affermazione ebbe l'effetto contrario a quello che mi ero prefissata: invece del rimorso, la rabbia impietrì il volto di Aa Noeng e il suo sguardo divenne gelido come una bufera di neve. « Una madre indulgente rischia di distruggere il futuro della figlia. Io ti critico perché tu possa migliorare, diventando una donna impeccabile e al di sopra di ogni rimprovero. »

Temendo di aver esagerato, mi sforzai di parlarle con deferenza. « Per favore, Aa Noeng. Piccolo Fiore è intelligente e piena di risorse. Non c'è nessun'altra *muizai* come lei. Ne ho bisogno. »

La sua ira si placò con la stessa rapidità con cui era arrivata, e il suo volto si rilassò. Fece un passo verso di me. « Piccolo Fiore non è come Aa Sap o Rosso Ciliegia, che sono come canarini felici di restare in gabbia. »

« Non hai proibito tu a Rosso Ciliegia di sposarsi? »

« Certo che no! È una donna libera da quando abbiamo raggiunto l'età per il matrimonio, ma ha scelto di restare con me. Io ricompenso la sua fedeltà con uno stipendio e privilegi negati alle altre serve. »

Battei le mani con entusiasmo. « Non potresti offrire gli stessi vantaggi a Piccolo Fiore per convincerla? »

« Piccolo Fiore è un'oca selvatica » rispose lei, scuotendo la testa. « Ed è impossibile tenere un uccello selvatico in cattività per sempre. Se ci provi si ammalerà o ti attaccherà. Una *muizai* risentita potrebbe persino essere tentata di tradirti per ottenere favori dalle tue sorelle-mogli. A casa Li non potrò proteggerti, ecco perché devo metterti accanto un'ancella affidabile che sia disposta a rimanere in servitù. Solo così sarò tranquilla. »

Si avvicinò e mi posò una mano fredda sulla guancia. Il mio viso si irrigidì per la sorpresa: non eravamo abituate a scambiarci gesti affettuosi. Dopo un attimo infilò di nuovo la mano nel manicotto. Il calore e la preoccupazione che vedevo nel suo sguardo mi fecero rimpiangere il mio precedente sfogo, ma rimanevo convinta che volesse più esaudire il desiderio di Piccolo Fiore che proteggere me. Eppure aveva ragione. Era più saggio agire con tatto.

« Aa Noeng, se riuscissi a convincere Piccolo Fiore a cambiare idea, le permetteresti di rinunciare a sposarsi per restare con me? »

Mia madre sollevò il manicotto coprendosi il naso e la bocca mentre rifletteva, guardandomi fisso. Alla fine accettò, ma con un avvertimento: «Non permetterò a Piccolo Fiore di essere la tua *muizai* della dote, a meno che non sia lei a volerlo, cosa di cui dubito».

Le avrei dimostrato che si sbagliava: Piccolo Fiore poteva essere intelligente, ma era pur sempre una schiava. Di sicuro avrei trovato il modo di conquistare la sua fedeltà.

11

Piccolo Fiore

La signorina Linjing non mi frustò, ma avrei voluto che lo facesse. Ero stata sleale, l'avevo ingannata e messa in imbarazzo. La punizione, per quanto dura, sarebbe stata giustificata, e avrei preferito le rapide frustate al suo minaccioso sguardo indagatore. I suoi occhi erano come bilance, che mi assegnavano mezzo *gan* per la sfida e l'audacia, otto *loeng* per l'utilità.

Per calmarmi, concentrai tutte le mie speranze sulla sensale che entrava zoppicando nella sala di ricevimento della signora Fong, appoggiandosi pesantemente al suo bastone d'avorio. Uno dei suoi loti d'oro sembrava più lungo dell'altro, ma entrambi erano almeno di quindici centimetri. Una raffica di vento fece tremare i telai delle finestre e la pioggia si abbatté sui pannelli di garza. L'acqua entrò a spruzzi nella stanza, formando pozzanghere sulle piastrelle; dopo l'incontro, dovevo prendere un secchio e uno straccio per ripulire tutto. La corpulenta sensale si lasciò cadere sulla poltrona accanto alla signora Fong. Un fischio sommesso accompagnava ogni respiro, mentre si scaldava le mani grassocce sul piccolo braciere in mezzo al tavolo.

«Grazie, Madam Hung» disse la signora Fong. «Il fatto che siate venuta all'appuntamento nonostante la pioggia gelata la dice lunga sulla vostra serietà.»

«Oh, siete troppo gentile, signora Fong» rispose la sensale, lusingata. Sospirò. «Gli stenti sono inevitabili per la vedova di un fabbro, eppure ero figlia del contabile di un mercante. Non mi troverei in questa situazione se mia madre avesse avuto più cura nel fasciarmi i piedi.» Il suo tono era amareggiato, come se parlasse di un'ingiustizia recente. Dopo aver bevuto un sorso di tè, aggiunse: «Tuttavia, sono felice di avere questa attività. Non è molto. Ma mi dà da mangiare». Aveva una pancia enorme sotto la giacca di broccato, e un doppio mento esagerato che si ripiegava sul colletto, premendo i bottoni della chiusura.

«Siete troppo modesta» disse la signora Fong. «Non c'è famiglia che non sappia che siete una delle migliori sensali della città.»

Madam Hung sorrise.

Andai a prendere le gelatine di castagne d'acqua e le servii. Lei ne addentò una con gusto, mentre le mie padrone non le toccarono neppure. Mi venne l'acquolina in bocca mentre tiravo in dentro la mia pancia vuota.

La signora Fong mi indicò. «Piccolo Fiore è la *muizai* di Linjing da quando aveva sei anni» disse. «Oggi ne ha sedici ed è una ragazza capace e obbediente. Vorrei che la aiutaste a trovare un marito adeguato, ma dovete negoziare un lungo fidanzamento. Non possiamo liberarla prima di due anni.»

Madam Hung disse: «Vieni qui, ragazza».

Feci un passo avanti per lasciarmi ispezionare.

Appoggiandosi al bastone, si alzò e mi arrivò vicinissima. Mi scostò la frangia. «Grazie al cielo non hai la fronte ampia!» commentò. «Nessuna suocera vuole una ragazza volitiva. La bocca è larga, ma non tanto da far temere a una suocera che tu possa svuotare la dispensa.» Poi i suoi occhi si posarono sui miei piedi. «Togliti scarpe e calze.»

Allarmata, lanciai un'occhiata alla signora Fong. «È necessario?» chiese lei.

«Le famiglie contadine esigono una descrizione approfondita dei piedi della ragazza. Non potrei accettare l'incarico, se la ragazza avesse difetti o deformità che la rendono inabile al lavoro nei campi.»

La signora Fong mi ordinò di obbedire.

«*Aiya!*» esclamò Madam Hung. «Questo è mille volte peggio dei piedi naturali!» Il suo triplo mento tremolò per lo stupore. In effetti i miei piedi erano due enormi radici nodose. Avevano riacquistato la loro funzionalità e le dita non si nascondevano più sotto la pianta, però sembravano rametti spezzati e puntavano ciascuno in una direzione diversa. Frettolosamente li infilai nei calzini e nelle scarpe, con le guance che bruciavano per la vergogna e l'amarezza. Fissai il tappeto mentre mi sforzavo di nascondere il furore dietro la solita maschera di impassibilità, così come per ottenere un risultato perfetto nascondevo le estremità dei fili tra i punti dei miei ricami doppi.

«È senza speranza?» chiese la signorina Linjing, con voce carica di pietà, mentre si avvicinava a noi, disperdendo un po' della mia rabbia con la sua inaspettata compassione.

Madam Hung fissò i grandi piedi della signorina Linjing e aprì e chiuse le labbra più volte come un pesce boccheggiante. La curiosità lottò con la cortesia mentre guardava interrogativa la signora Fong, ma non fece la domanda che doveva avere sulla punta della lingua. Un moto di irritazione e imbarazzo attraversò il volto della signorina Linjing. Anche la signora Fong faticò a rimanere composta mentre raccontava a Madam Hung del fidanzamento della figlia. La sensale atteggiò le labbra a un sorriso educato, ma non riuscì a trattenere la nota di commiserazione e incredulità nella sua voce. «Sono profondamente dispiaciuta per voi» disse. «Dovete essere...»

«Se pensate di non riuscire a trovare un marito per Piccolo Fiore» la interruppe la signorina Linjing, «dovreste dirci subito la verità per evitare che si illuda su un sogno impossibile.»

Punta nell'orgoglio, Madam Hung raddrizzò la schiena. Aprì la bocca per parlare, ma Linjing la interruppe di nuovo: «Sospetto che nemmeno il contadino più povero vorrebbe una ragazza con i piedi conciati in quel modo». Poi, rivolgendosi a me, aggiunse: «Non preoccuparti. Con me avrai sempre una casa». Le sue parole suonarono calde come un abbraccio, e il sorriso era rassicurante. Ma, per quanto fossi tentata di crederle, non potevo dimenticare la mia trapunta a brandelli.

«Non direi proprio così» obiettò Madam Hung. «Sono sempre riuscita a combinare un matrimonio a chi si affida ai miei servizi.»

Nel mio cuore si accese una fiammella di speranza. «Per favore, aiutatemi» implorai. «Ve ne sarei eternamente grata e accetterò chiunque. Spero soltanto di trovare una casa.»

«Vorrei aiutarti» rispose lei tentennando. «Ma la signorina Linjing potrebbe avere ragione. Sono preoccupata che le suocere siano scoraggiate dai tuoi piedi.»

«Sono più forti di quello che sembrano. Posso stare in piedi e camminare tutto il giorno.»

«Sarebbe difficile convincere le famiglie che ho in mente per te. Hanno bisogno di spose forti e sane.» Alla signora Fong disse con rammarico: «Mi dispiace molto. Forse dovrei rinunciare a questo incarico. Il guadagno di una sensale dipende dalla sua reputazione, e le mie concorrenti riescono sempre a trovare una proposta di matrimonio ai loro clienti. È questo che ci distingue dalle sensali di livello inferiore. Se non riuscissi a fare altrettanto, la mia attività ne risentirebbe».

La signora Fong annuì pensierosa.

«Se non sono adatta a una famiglia di contadini» azzardai, «forse potrei essere utile a una famiglia di sarti, o di tappezzieri.»

Madam Hung si schermì. «Sono ancora più selettivi. È più facile che il sole sorga a occidente che una famiglia di quel genere ti accetti.»

Toccandomi il braccio, la signorina Linjing disse: «Piccolo Fiore, anche se sei delusa, sii realista, ti prego. Desiderare l'impossibile ti farà soltanto soffrire».

Continuai a perorare la mia causa. «Sono molto abile nel ricamo. Sarò una risorsa per gli affari di mio marito.»

«Ma non hai nemmeno i piedi fasciati» obiettò Madam Hung, «e tutti sanno che i loti d'oro vanno di pari passo con l'eccellenza nel cucito. Non dubito che tu possa avere una certa abilità, ma il talento di una *muizai* ha dei limiti.»

Mi guardai intorno nella stanza finché i miei occhi non si posarono sul ritratto ricamato di Gun Jam che avevo completato l'estate precedente. Mi precipitai verso l'armadio aperto e presi la cornice circolare, sussurrando una preghiera di aiuto alla dea della misericordia.

Con il cuore che batteva all'impazzata, tornai al tavolo e la mostrai a Madam Hung. «Ecco una prova delle mie capacità» dissi.

«Ma questo non è un ricamo!» protestò la sensale. «Il soggetto è cinese, ma è stato dipinto con la tecnica dei fantasmi bianchi. Guarda il chiaroscuro sul viso di Gun Jam. La pelle sembra vera. Nessun ricamo può ottenere un effetto così realistico!»

«Piccolo Fiore dice il vero» intervenne la signora Fong. «Sono rimasta altrettanto stupita quando me l'ha mostrato la prima volta.» Prese il ritratto e lo porse a Madam Hung. «Toccatelo. Sentirete con le vostre stesse mani la trama sottile del suo lavoro.»

Con diffidenza, la sensale passò l'indice sul ritratto di Gun Jam. L'incredulità si trasformò in gioia quando esclamò: «Non ho mai visto niente di simile! Siete sicura che sia opera di una schiava?»

Di fronte allo stupore della sensale, la soddisfazione mi impedì di trattenere un sorriso orgoglioso. Benché Madam Hung non mi credesse ancora fino in fondo, i suoi occhi spalancati mi bastarono come complimento. Potevo essere una *muizai* analfabeta con due brutti piedoni, ma nel ricamo superavo persino la signora Fong. Nessuno poteva privarmi di questo risultato.

La signora guardò Madam Hung. Non disse niente, ma il suo sguardo penetrante mise l'altra a disagio.

«Perdonatemi, mia signora. Non intendevo mettere in dubbio le vostre parole.»

«Ha ottimo gusto e mani abili» disse la signora Fong in tono gelido. «Questa tecnica è una sua invenzione.»

«Come ti è venuto in mente?» chiese Madam Hung.

«Padron Fong ha una collezione di dipinti a olio stranieri» spiegai. «Le persone e gli animali in quei quadri non sembrano piatti. C'è voluto molto tempo, ma alla fine sono riuscita a creare un effetto simile con un misto di punto raso sfumato, punto raso obliquo e punto spino. La chiamo pittura ad ago.»

«Pittura ad ago! Che idea! Mai sentita prima!» Dalla tasca interna della manica tirò fuori un paio di occhiali senza stanghette e se li appoggiò sul naso mentre continuava a esaminare il ritratto.

«Pensate che l'abilità nel ricamo di Piccolo Fiore possa compensare i suoi piedi?» chiese la signora Fong.

«Oh, non posso garantirlo...» Madam Hung sembrava allarmata. «Mi sono lasciata trasportare da queste nuove tecniche di ricamo, ma non sono sicura di poter rischiare la mia reputazione per una *muizai*. E se nessuna suocera accettasse la mia proposta? Cosa succederebbe? Diventerei lo zimbello delle mie concorrenti.»

« Mio padre mi dice spesso che ci vuole una vita intera per costruire una buona reputazione » disse in tono serio la signorina Linjing, « ma basta un solo gesto per distruggerla, soprattutto quella di una donna. »

Le guance della sensale tremolarono quando annuì con convinzione. Era diventata inquieta e allontanò la tazza di tè, preparandosi a prendere congedo.

« Madam Hung » balbettai. « I vostri zigomi sporgenti testimoniano uno spirito combattivo. Una donna come voi è destinata al successo. » Mi inginocchiai e le abbracciai i loti d'oro. « Vi prego, vi supplico di accettare questa sfida. Solo una donna forte come voi può aiutarmi. »

Mi fissò per qualche attimo. « Molto bene » disse, quasi suo malgrado. « Ma tieni basse le aspettative. Cercherò un figlio minore che abbia i piedi storti o il labbro leporino. Nemmeno i poveri vogliono che le loro figlie sposino un uomo che potrebbe trasmettere qualche difetto alla generazione successiva. Comunque non ti garantisco niente. »

12

Linjing

Il debole sole di fine autunno non riusciva a bucare la spessa coltre di nubi opprimenti. Nel cortile centrale del Tempio dell'Eterna Tranquillità, una spolverata di neve fresca ricopriva già il suolo. Il monastero ospitava una celebre statua di Sung Zi Gun Jam, la divinità su cui mia nonna aveva riposto tutte le sue speranze affinché concedesse un erede maschio alla famiglia. Le probabilità sembravano scarse, perché l'insaziabile appetito della Seconda Aa Noeng per il cibo piccante suggeriva che aspettasse un'altra femmina. Però nessuno osava spegnere le speranze della matriarca e tutte pregavamo per un miracolo.

La dea di giada bianca era seduta su un trono a forma di loto, con una gamba ripiegata sull'altra e un piede nudo che faceva capolino dalle pieghe della veste. Sulle sue ginocchia sedeva un neonato grassottello, sorridente e nudo. La statua, montata su una piattaforma rialzata, incombeva su di noi. Maa Maa ci spiegò che quella statua miracolosa era in prestito solo per due stagioni, poi avrebbe fatto tappa nel tempio di un'altra città. A sentir lei, Sung Zi Gun Jam aveva esaudito almeno diecimila preghiere da quando aveva iniziato il suo viaggio attraverso la Cina, e dovevamo ringraziare il cielo che fosse arrivata in tempo per la gravidanza della Seconda Aa Noeng.

Ma sotto le palpebre pesanti la divinità sembrava guardarci con indifferenza e io temetti che fosse ormai insensibile alle innumerevoli suppliche che riceveva. Per il bene di noi tutte speravo che le avanzasse un po' di compassione per esaudire ancora un desiderio.

Il gelo mi distraeva dalle preghiere. Le monache avevano coperto le finestre con una stoffa spessa e la trapunta pesante appesa all'ingresso teneva fuori un po' di freddo e il vento, ma le fiamme delle candele tremolavano ancora, come volti nervosi.

Decine di grosse bobine d'incenso pendevano dal soffitto, liberando nell'aria dense spirali di fumo che profumavano la sala di agarwood e olibano. Quelle fragranze inebrianti avrebbero dovuto calmarmi, invece ero irrigidita dalla tensione e dal disagio. L'aria gelida penetrava sotto la mia giacca di cotone imbottita, un rivolo di sudore freddo mi pungeva la schiena e il naso mi colava. Appena arrivate, Maa Maa aveva ordinato alla badessa di confiscare le nostre giacche e i mantelli foderati di pelliccia. Sentivo Aa Noeng battere i denti e le altre madri tirare su col naso. Un piccolo braciere a carbone ardeva tra le sedie di Maa Maa e della Seconda Aa Noeng, ma il suo calore non riusciva a raggiungere il resto di noi, inginocchiate al centro della sala cavernosa. Mia madre si trovava proprio di fronte all'altare, la Terza e la Quarta Aa Noeng formavano un triangolo dietro di lei e io ero inginocchiata in terza fila, accanto a Meilian, la mia sorellastra tredicenne. Le nostre cameriere erano allineate su ogni lato della sala, e vidi che Piccolo Fiore teneva le mani infilate nelle maniche della giacca. Colpi di tosse e sospiri si susseguivano in un'ondata di infelicità generale.

La sessione di preghiera era appena cominciata, ma avevo già male alle ginocchia sulle dure piastrelle. Guardai l'orologio che portavo appeso a una catenella e mi sentii invadere dallo sconforto: mi aspettavano ancora due ore di devozione prima del pasto serale, che sarebbe stato servito alle cinque. Desideravo il calore dello scaldamani, però Maa Maa ce lo aveva proibito e aveva rifiutato l'offerta delle monache di accendere il braciere centrale.

«Fenice, spogliati e rimani solo con l'*ou* di cotone» ordinò Maa Maa.

Mia madre afferrò i lacci della giacca, ma non si mosse.

«Togliti le giacche» disse Maa Maa. «Siamo qui per pregare per un maschio. Sung Zi Gun Jam darà la sua benedizione solo a chi è fedele. La sofferenza è una prova di devozione. Come prima moglie devi soffrire di più e dare un esempio di forza d'animo.»

Al segnale di Maa Maa, la sua *muizai* più giovane si precipitò a drappeggiarle sulle spalle un'altra stola di pelliccia.

Ipocrita.

«Se mi costringi a ripeterlo, pregherete fino all'alba» aggiunse Maa Maa.

Con mani tremanti, Aa Noeng sciolse l'allacciatura del mantello intorno al collo. Il naso le colava e tremava come una foglia. Con la coda dell'occhio vidi il viso di Piccolo Fiore irrigidirsi per l'ansia, mentre tratteneva il respiro e non osava parlare.

Mi alzai in piedi, raddrizzando a fatica le ginocchia irrigidite, e mi diressi verso il trono di Maa Maa. Una mano mi sfiorò la gonna e abbassando lo sguardo vidi che mia madre scuoteva la testa, intimandomi in silenzio di fermarmi. Ma io dovevo proteggerla. Mi inchinai davanti alla nonna. «Maa Maa, ti prego, risparmia Aa Noeng e lascia che prenda io il suo posto.»

Quando la bastonata mi colpì sulla coscia, non riuscii a trattenermi e mi sfuggì un grido. Resistetti all'impulso di toccare il punto dolente.

«Questo è per esserti alzata senza il mio permesso» sibilò la nonna.

«Ti prego» riprovai, «fa troppo freddo per mia madre. Io sono più giovane e in migliore salute.»

Maa Maa arricciò il labbro superiore. «Come ti ho già detto, arriverà il tuo momento, se ti dimostrerai sterile come lei. Ora, fatti da parte.»

Mi inginocchiai. «Sung Zi Gun Jam è misericordiosa» dissi. «Si commuoverà per il mio sacrificio filiale.»

«No.»

Alle mie spalle Aa Noeng cercò di parlare, ma batteva così forte i denti che le sue parole risultarono incomprensibili.

Piccolo Fiore si precipitò al mio fianco. Si prostrò sul pavimento, allargò le braccia e picchiò la fronte sulle lastre di pietra tre volte. Quando si rialzò in ginocchio, sulla fronte le era fiorito un livido scuro. Maa Maa la guardò con disgusto.

«*Lou taai taai*» disse Piccolo Fiore. «Voi siete tanto saggia. Non si ottiene niente senza sacrifici. Ma temo per la salute della signora Fong. Potrebbe essere di cattivo auspicio per la nascita di vostro nipote, se si ammalasse o...» Lasciò in sospeso la frase, ma alzò lo sguardo verso la divinità con i palmi delle mani all'insù, poi tornò a guardare mia nonna. La Seconda Aa Noeng si strinse le braccia intorno al ventre e fissò Maa Maa con aria spaventata.

«La dea si arrabbia, se una vita viene messa in pericolo nel suo nome» mi affrettai ad aggiungere.

La fermezza di Maa Maa vacillò. Fece passare lo sguardo dal pancione della Seconda Aa Noeng – così teso da rischiare di far saltare i lacci del mantello di pelliccia – a mia madre, che nel frattempo si era tolta la giacca. Era bianca come la neve, e il suo naso continuava a gocciolare.

«Maa Maa, ti prego, abbi pietà.» Allungai la mano e strinsi uno dei suoi loti d'oro. Seguendo il mio esempio, Piccolo Fiore avvolse le mani intorno all'altro. Ci scambiammo uno sguardo di solidarietà.

«La sfortuna arriva a coppie o a tre» disse Piccolo Fiore, con voce calma e cupa. «Se lo spirito indebolito della signora Fong evocasse un demone dalla testa di vacca e dal muso di cavallo, anche loro potrebbero essere tentati di...» Questa volta il suo sguardo cadde sulla Seconda Aa Noeng.

Maa Maa afferrò il rosario e chiuse gli occhi, mormorando una serie di invocazioni. Quando li riaprì, disse: «Fenice, copriti e vieni qui». Alla sua *muizai* più anziana ordinò: «Porta un'altra sedia e chiedi alle monache di avvicinare un braciere».

Le mie spalle si rilassarono per il sollievo. Lasciai il piede di Maa Maa e nello stesso istante Piccolo Fiore lasciò l'altro. Le sorrisi. Forse sorpresa dalla mia benevolenza, mi fissò. Non importava, presto l'avrei convinta che ero una padrona degna della sua devozione per tutta la vita. Non avevo alcun controllo sulla mia fertilità, e davo per scontata la crudeltà di mia suocera, ma le difficoltà sarebbero state più sopportabili se fossi riuscita a portare con me Piccolo Fiore, soprattutto adesso che eravamo sulla buona strada per diventare amiche.

13

Piccolo Fiore

Portai una bacinella d'acqua calda vicino alla sedia dove la signorina Linjing era seduta in attesa che le lavassi i piedi. Puzzava di cavallo, di erba bagnata e di sudore, ma i suoi occhi brillavano di gioia: passare del tempo all'aria aperta la metteva sempre di buonumore. Dopo averle tolto stivali e calze, le misi i piedi nell'acqua e cominciai a strofinarli con un telo morbido. Cercai di concentrarmi sul compito, ma ero preoccupata. L'indomani sarebbe stata la festa della vedova Fong e Pioggia di Primavera aveva pianificato di fuggire durante la parte finale dello spettacolo. Era sempre convinta che il direttore della compagnia le avrebbe offerto rifugio, ma io, pur augurandomi che i cinque tael ricavati dalla vendita dei fazzoletti contribuissero a convincerlo, non riuscivo a condividere il suo ottimismo.

Uno schizzo in faccia mi riportò al mio lavoro. Il piede nudo della signorina Linjing colpì di nuovo la bacinella, spruzzando dell'acqua sul mio *ou* e sul tappeto. Mi fissava.

« Piccolo Fiore » disse, con una punta di impazienza che però cercò di mascherare sotto una rapida risata, « ti ho chiamata tre volte... »

« Chiedo scusa. »

Stesi un asciugamano sul tappeto e lei vi appoggiò i piedi. Mentre glieli asciugavo, mi aspettavo che continuasse a rimproverarmi, invece disse: « Ho un regalo per te ». Indicò il suo mantello di pelliccia di volpe drappeggiato su una rastrelliera ad asciugare davanti al braciere. Rimasi a bocca aperta. « Perché non lo vai a prendere e lo indossi? »

Spesso avevo affondato le mani in quella pelliccia morbida, e una volta me l'ero persino posata sulle spalle. Ma quella sensazione di calore mi aveva gettato nello sconforto, perché mi aveva riportata al tempo in cui potevo rannicchiarmi accanto a mia madre, avvolta nella sua protezione. Da allora avevo evitato il mantello, toccandolo solo per pulirlo o per vestire la signorina Linjing.

« È troppo bello per una schiava » dissi.

Liquidò il mio commento con un gesto della mano. « Sciocchezze, voglio che tu sia l'invidia di tutte le *muizai* » ribatté. « Non sarebbe bello? » Applaudì con gioia, come se fosse lei a ricevere un dono tanto prezioso.

Io però rimasi immobile e allora mi afferrò per il polso e mi trascinò con sé. Prese il mantello e me lo buttò sulle spalle. Mi rannicchiai sotto il suo peso, mentre lei mi faceva ruotare per mettermi di fronte alla sua toeletta.

« Ecco, non è bellissimo? » mi chiese, dandomi una pacca sulle spalle. Lo specchio annerito mi restituì il riflesso del suo sorriso e degli occhi scintillanti. Si aspettava che anch'io fossi felice come lei.

« Questa è la vostra pelliccia più bella » dissi. « Perché volete darla a me? »

Mi fece girare. « Voglio che questo regalo segni l'inizio della nostra nuova amicizia, così potremo essere come Aa Noeng e Rosso Ciliegia. » Liberai una spalla, ma lei fissò il nastro intorno alla chiusura con un doppio nodo.

« Non ne ho bisogno » dissi. « Un capo così raffinato appartiene a una signora. » Cercai di allentare il nodo. Era un cappio.

« Tienilo, insisto. » La signorina Linjing aveva aggrottato la fronte con aria perplessa, e io lottavo per rimanere calma, mentre la frustrazione minacciava di incrinare la mia maschera. « Piccolo Fiore, ti voglio come ancella della mia dote. »

Presa dal panico, lottai di nuovo con il nodo, ma più tiravo, più si stringeva. « Ma io mi voglio sposare » dissi.

« Anche se la sensale riuscisse a combinarti un matrimonio, sarebbe un pessimo affare per te. Vuoi davvero passare tutta la vita a spezzarti la schiena nei campi? »

Il carbone crepitava nel braciere.

« Sarebbe molto meglio se rimanessi come mia cameriera. »

Restai in silenzio mentre cercavo di districare i lacci, e finalmente riuscii a sciogliere un nodo.

«Con me vivi nell'agio.» Aprì i lembi del mantello come se fossero due tendine e indicò con un gesto l'*ou* e i pantaloni che indossavo quasi fossero capi di gran lusso e non vecchi abiti scartati dal suo guardaroba che erano passati dal color pesca al beige. Mi ballavano sulle spalle, perché ero molto più minuta di lei, e avevo dovuto accorciare gli orli di diversi centimetri. Nonostante le modifiche, sembravo un gattino che affoga nella pelle di una tigre. «La moglie di un contadino non porta indumenti di seta» continuò. «Una creatura così miserabile sarebbe già fortunata a indossare cotone filato in casa e rattoppato.» Mi afferrò le mani e le alzò. «Queste mani morbide si riempiranno di calli entro la prima luna del tuo matrimonio, e non avrai più tempo e modo per ricamare. Solo una sciocca scambierebbe la vita facile di una cameriera per una vita di fatiche, e tu non sei una sciocca!»

«Desidero comunque sposarmi» risposi.

«Perché sei così cocciuta?»

«Perché voglio essere libera.»

«Ma tu sei libera! L'unica cosa che devi fare è prenderti cura di me.»

«Qui sono una schiava.»

«La cameriera di una signora non è una vera e propria schiava, soprattutto non con me» disse lei con una risatina altezzosa. «Non ti tengo in catene, né ti rinchiudo. Non ti ho marchiata a fuoco e non ti picchio. Sei la mia preziosa ancella. Potremmo essere come mia madre e Rosso Ciliegia. Quando diventerò la matriarca della famiglia Li, ti promuoverò a governante. Non sarebbe meraviglioso?»

Linjing era un cavallo di razza con i paraocchi, capace di vedere solo la strada sicura e privilegiata che percorreva. Come poteva capire che la vita per una schiava era sempre appesa a un filo? Poteva essere sprezzante quanto voleva, ma non era lei a dover prendere ordini da mattina a sera. Avrei voluto dirglielo, invece controllai l'impulso e ingoiai le parole.

Provai a cambiare strategia. «Aa Sap prenderà il mio posto. Posso addestrarla in tutto e per tutto.»

«Io ho bisogno di te!»

«Mi dispiace molto, ma non posso cambiare idea e la signora Fong ha accettato di lasciarmi sposare.»

Alla fine ero riuscita a sciogliere i lacci. Mi liberai della pelliccia e la rimisi sull'attaccapanni. La signorina non mi fermò, ma non riuscii a decifrare l'espressione dei suoi occhi scuri.

14

Piccolo Fiore

Pioggia di Primavera era scomparsa da una settimana. Come aveva pianificato, era fuggita la sera del banchetto della vedova Fong. Dopo aver dato l'allarme, la Seconda taai taai Fong aveva avuto una crisi di nervi e implorato padron Fong di riportarla indietro. «Nessun'altra *muizai* può sostituire Pioggia di Primavera! La amo come una figlia. Deve accudirmi durante la quarantena dopo il parto...» Le sue bugie mi disgustavano. Evitai il suo sguardo: il mio odio sarebbe risultato trasparente quanto il vetro. Come bambine ingenue, la signorina Linjing e le altre donne compiangevano la Seconda taai taai Fong, commiserandola e assecondandola con parole dolci. Per calmarle i nervi, la signora Fong le diede persino da mangiare cucchiaiate di polvere di perle mescolata al miele.

Intanto le guardie di padron Fong setacciavano la città, alla ricerca della fuggiasca. Ogni giorno che passava la preoccupazione allentava la morsa e il battito del cuore rallentava un po'. Il quinto giorno osai sperare che fosse riuscita a lasciare la città. Eppure ogni notte mi intrufolavo nella camera di preghiera e mi inginocchiavo davanti all'altare della dea della misericordia. Non avendo niente da offrire, mi pungevo le dita e spremevo il sangue nella cenere, una goccia per ogni giorno in cui Pioggia di Primavera era rimasta lontana. Avrei continuato quel sacrificio finché padron Fong non avesse sospeso le ricerche.

Al successivo viaggio all'orfanotrofio con la signorina Hart ero quasi rilassata.

Lei saltò in cassetta e mi tese la mano. «Vieni con me.»

Mi accomodai al suo fianco. Diede un leggero strattone alle redini e un comando sommesso, e dopo un allegro nitrito il cavallo partì al trotto. Il sole di mezzogiorno brillava sopra le nostre teste, ma io infilai le dita gelate tra la giacca e i pantaloni. Le orecchie mi facevano male per il freddo. Vidi che la signorina Hart rabbrividiva nonostante il mantello, la punta del naso paonazza.

«Sembra che Pioggia di Primavera sia riuscita a scappare» commentò. «Immagino che ti manchi.» Mi lanciò un'occhiata di sottecchi.

«Mi manca, però sono felice per lei. Sapevamo che ci saremmo separate dopo il mio matrimonio.»

«A proposito di questo...» L'americana fece fermare il cavallo e si girò verso di me. Prese tra le mani guantate le mie dita intirizzite e per la preoccupazione il verde dei suoi occhi si incupì nel colore delle foglie di gelsomino secche. Il cuoio freddo non mi offrì alcun conforto. «A proposito di questo» ripeté. «Linjing mi ha detto che vuole tenerti.»

«Non dipende da lei» risposi. «Almeno spero. La signora Fong ha assunto una sensale e se trova un marito adatto entro due anni sarò libera.» Raccontai la visita della donna, aggiungendo: «Madam Hung tiene molto alla reputazione. Credo che non mi deluderà».

«Non sembra promettere niente di buono» disse, «e tu sai meglio di me che Linjing non si arrenderà mai.» Abbassando la voce a un sussurro, aggiunse: «C'è un posto libero in uno dei nostri rifugi. Dovresti rimanere lì solo per una settimana. Poi riuscirei a organizzarti un passaggio per farti lasciare la città. Ti aiuteremo a trovare un impiego in uno dei nostri orfanotrofi, oppure potresti lavorare come amah di cucito. Potresti essere libera come Pioggia di Primavera. Forse potremmo anche trovare il modo di riunirvi».

Faticai a nascondere la sorpresa e il fastidio: ero arrivata a fidarmi e a rispettare quella straniera, a considerarla una confidente, e lei mi stava chiedendo di abbandonare la sicurezza del matrimonio... per cosa? Mi guardai le mani e non risposi, perché non riuscivo a pensare a niente che non suonasse offensivo.

«Il matrimonio è un altro tipo di schiavitù, soprattutto in Cina» continuò lei. «Per le donne l'unica vera libertà è l'indipendenza. Questa è un'epoca moderna. Molte donne si guadagnano da vivere e riescono a mantenersi da sole. Io, per esempio. Il salario da insegnante è generoso, e non ho bisogno di un marito che si prenda cura di me. Vado dove voglio e non devo rendere conto a nessuno.»

Alzai di scatto la testa e la fissai. «Volete rimanere zitella?»

«Mi sposerò soltanto se incontrerò un uomo meritevole.»

«Un uomo meritevole?» ripetei stupita.

«Uno che mi tratta da pari a pari» spiegò lei, da vera idealista. «Un amico con cui conversare per ore o stare in silenzio, quando si preferisce il silenzio. Soprattutto un uomo che mi consideri una persona e non una sua proprietà.»

«Esiste un uomo del genere?»

«Mio padre era così, e anche mio fratello tratta sua moglie con grande rispetto. Finché non incontrerò qualcuno come loro, non mi sposerò. Anche tu dovresti aspirare a un uomo che ti meriti.»

«In Cina le donne non possono essere indipendenti» risposi. «Solo alle vedove è permesso vivere sole. Le zitelle devono stare con la famiglia, e io non ho più una famiglia. Se lasciassi casa Fong, non avrei più un tetto sopra la testa.»

«Avrai sempre la chiesa! La carità cristiana non ha limiti. Noi ti ospiteremo e ti terremo al sicuro.»

«Vi ringrazio per l'offerta. Ma dovete capire che per me un contratto di matrimonio è una garanzia maggiore.»

«Ti chiedo soltanto di pensarci. La mia offerta rimane valida. Non è mai troppo tardi per cambiare idea. E non devi avere paura. Dall'inizio di quest'anno ho già aiutato otto *muizai*. Sono tutte al sicuro e sistemate nelle loro nuove case.»

Il suo viso sembrava offrire un mare di possibilità e i suoi occhi brillavano di speranza e ottimismo. Invidiavo la sua indipendenza e ammiravo il suo coraggio, ma pensavo che quelle idee mi avrebbero con ogni probabilità fatto uccidere. Lei viveva in un mondo di fiumi e torrenti sconfinati, dove ogni corso d'acqua confluiva in un altro fino a sfociare in un vasto oceano di opportunità. Io, invece, abitavo in uno stagno poco profondo e delimitato da un alto argine, e la mia unica speranza era Madam Hung.

«Perché ci hai messo tanto?» mi domandò la signorina Linjing, appena entrai nella stanza del cucito. Mise da parte il suo lavoro e scattò in piedi, tutta agitata. Prima che potessi rispondere, mi afferrò per un gomito e mi trascinò fuori. «Le guardie hanno trovato Pioggia di Primavera. Tutte le schiave sono nel cortile sul retro, manchi solo tu. Maa Maa è furibonda e...»

Il mio cuore precipitò in un pozzo di terrore e non riuscii ad ascoltare il resto delle sue parole. Mi liberai dalla presa e partii di corsa, senza fermarmi finché non raggiunsi il gruppo di schiave e vidi Pioggia di Primavera accasciata a terra, affiancata da due guardie. Mi affrettai verso di lei, ma Linjing, che mi aveva seguita, mi trattenne. «Non puoi fare niente per lei. Ti prego, sta' lontana dai guai. Maa Maa costringerà mia madre a decidere una punizione e non posso sopportare che facciano del male anche a te.»

A malincuore le diedi retta. Il viso di Pioggia di Primavera era coperto di graffi, aveva le labbra spaccate e gonfie e il colletto aperto. Cercai di incrociare il suo sguardo, ma i suoi occhi erano persi nel vuoto.

«Questa schiava infedele sarà punita secondo il *Gaa Faat* dei Fong» annunciò la vedova Fong. Tagliò l'aria con un movimento brusco del *Libro ancestrale delle regole domestiche*, e poi lo consegnò alla nuora. «È responsabilità della prima moglie pronunciare la sentenza.»

La signora Fong esitava.

«Aprilo» ordinò la suocera.

La prima moglie consultò il *Gaa Faat* e sbiancò.

«Agisci con fermezza» disse Maa Maa. «Dimostrami che sei degna della posizione che occupi.»

La signora Fong chiuse gli occhi e fece un respiro profondo. Quando li riaprì io vi lessi dentro soltanto il vuoto, come se la sua anima fosse fuggita.

«Prendile l'occhio destro» disse rivolta a Rosso Ciliegia. Le due donne si scambiarono uno sguardo cupo e la *muizai* si allontanò a passo svelto. La vedova Fong guardò la nuora con un'espressione che rasentava il rispetto. La signorina Linjing si coprì la bocca e spalancò gli occhi.

Mi aspettavo una frustata, seguita da qualche giorno di segregazione in cantina, magari senza cibo, ma non quello. Persino la

Seconda taai taai Fong sembrava a disagio. Pioggia di Primavera implorò pietà e anch'io chiesi che venisse risparmiata.

La signora Fong non vacillò. Per punirmi di aver osato parlare, la vedova Fong ordinò a un servo di tenermi ferma, costringendomi ad assistere al terrore di Pioggia di Primavera. Rosso Ciliegia tornò portando una corda che aveva un nodo al centro. Posizionò il nodo sopra l'occhio destro della mia amica e le legò la corda sulla nuca, poi infilò un bastoncino sotto il nodo. Guardavo stupefatta, incapace di cogliere completamente la scena che si stava svolgendo davanti a me. Prima che potessi dare un senso alle azioni di Rosso Ciliegia, la mia amica perse uno dei suoi occhi gentili e intelligenti. Per fortuna svenne. Io vomitai e caddi a terra.

La signorina Linjing mi fissava a bocca aperta. La sua voce era flebile come la nebbia. « Io... io non sapevo che potesse succedere una cosa del genere... »

Mi allontanai da lei, mi asciugai il mento con la manica e incespicando raggiunsi Pioggia di Primavera. Un amaro rintocco mi risuonò nel cuore, avvertendomi che tutte le *muizai* erano sacrificabili, anche per una padrona di buon cuore come la signora Fong.

Infilai una moneta di rame dentro un uovo sodo caldo che avvolsi in un fazzoletto. Con delicatezza lo feci rotolare sulla palpebra gonfia e tumefatta di Pioggia di Primavera. La sua pelle livida aveva il colore violaceo delle foglie di perilla calpestate. Lei trasalì e strinse l'occhio buono, con le lacrime che le rigavano la guancia.

« Come ti senti oggi? » chiesi. Era una domanda stupida, ma volevo incoraggiarla a parlare e non ero riuscita a farmi venire in mente nient'altro.

Lei si strinse nelle spalle. Sollevai l'uovo che si stava raffreddando e lo misi da parte, accanto alla ciotola di congee avanzato. « Vuoi il resto della cena o un po' di tè? »

Non rispose. Il suo occhio buono mi guardò, svuotato di speranza e di aspettative. Quello danneggiato sbatté la palpebra e l'orbita cava sussultò. Mi alzai e mi allontanai da lei. Mi sfuggì un respiro tremulo e soffocai un singhiozzo con la mano. Non avevo il diritto di abbandonarmi al pianto. No, Pioggia di Primavera non aveva bisogno di una piagnucolona, ma di una persona forte, capace di sostenerla. Raddrizzai la schiena e mi rivolsi a lei con quello che speravo fosse un sorriso convincente. «Il sonno ti aiuterà a guarire più in fretta.» Sollevai l'angolo della trapunta e le feci cenno di sdraiarsi.

Lei scivolò sul materasso e io la coprii per bene. In pochi istanti si addormentò. Dopo la cosa orribile che le avevano fatto, si rifugiava nel sonno volentieri. Sussurrai una rapida preghiera, ringraziando le divinità per quella piccola indulgenza. Rimasi seduta a guardarla. Fremevo di rabbia, ma non potevo sfogarla.

Come sempre dovevo resistere, aspettare il momento giusto... ma fino a quando? Non ne ero più così sicura. Se anche Madam Hung mi avesse trovato un marito, chi mai avrebbe amato una moglie con i piedi deformi come i miei? Quale famiglia avrebbe accettato una schiava come nuora? Sarei stata per sempre come un sassolino nella scarpa, un assillante promemoria della loro povertà, dell'incapacità di assicurare al figlio una sposa rispettabile. Nel migliore dei casi potevo aspettarmi che mi venissero assegnati i lavori peggiori – pulire le latrine o lavare le ossa dei loro antenati –, ma era più probabile che la loro delusione mi trasformasse nel bersaglio perfetto per pugni, graffi, bastonate o peggio. Eppure sarei stata più libera di quanto ero in quella casa, o no? La vita di una schiava era buio senza fine. La vita da nuora sarebbe stata dura, ma in lontananza si poteva intravedere la luce: se avessi partorito un maschio, i miei ultimi anni sarebbero stati comodi e sicuri. Come una naufraga, mi ero sempre aggrappata a questa speranza, ma le correnti della disperazione minacciavano di trascinarmi alla deriva.

Quando Pioggia di Primavera gridò agitando le braccia, sobbalzai. Sollevò di scatto il busto, poi crollò sul materasso. Mi fissava e sul fondo del suo occhio vedevo il panico bruciare, ma non era veramente sveglia. Le appoggiai una mano sul petto. «Adesso sei al sicuro. Torna a dormire.» Chiuse gli occhi e si riaddormentò.

Ripensai all'offerta della signorina Hart. Dovevo accettare il suo aiuto? E portare con me anche Pioggia di Primavera? No, era troppo fragile per tentare un'altra fuga. E poi, che tipo di vita ci aspettava? Avrei voluto credere alle parole fiduciose dell'americana, ma noi eravamo donne cinesi, vincolate alle nostre regole.

Sentii bussare e la signorina Linjing si affacciò sulla soglia. Avrei dovuto alzarmi e accoglierla con un inchino, ma non lo feci. Rimasi a guardarla avvicinarsi in punta di piedi e a tentoni al letto, mentre gli occhi si adattavano alla penombra.

«Come sta?» chiese.

«Non si lamenta.»

«Poverina.» Estrasse dalla tasca un pacchettino di carta quadrato, legato con un cordoncino rosso, e me lo avvicinò al naso. «Indovini dall'odore?» Un sorriso le spuntò sulle labbra, come se si aspettasse un applauso.

Rimasi in silenzio.

«Sono fiocchi di ginseng» disse, e la sua voce ebbe un fremito. «Così Pioggia di Primavera si rimetterà presto. Però Maa Maa non deve saperlo.»

Presi il pacchetto e me lo posai sulle ginocchia. «Grazie, signorina. Vi siamo molto grate.»

Si sedette su uno sgabello vicino al letto e sospirò. «Piccolo Fiore, sono turbata e sconvolta dal nostro *Gaa Faat*. È di una crudeltà terribile e l'avrei impedito, se avessi potuto, ma sono impotente come te. Lo capisci, vero?» Si chinò in avanti. Aveva lo sguardo convinto: non stava mentendo per ottenere il mio perdono, credeva davvero alle sue bugie. Voleva che lodassi la sua premura, che le dicessi che non era come loro, ma non riuscii a mentire.

«Maa Maa è stata deplorevole, forse anche Aa Noeng, anche se stava solo eseguendo degli ordini. Ma io non sono come loro, e quando anch'io diventerò matriarca tu sarai sotto la mia protezione. Giuro che non ti verrà mai fatto del male.»

«Come dite voi, signorina.»

«Piccolo Fiore.» Il disappunto rendeva la sua voce più stridula. «Sto chiedendo la tua amicizia. Perché ti opponi?»

«Apprezzo molto la vostra visita, grazie.» Mi alzai in piedi e mi inchinai profondamente.

Anche lei si alzò. «Guardami.»

Raddrizzai la schiena e sollevai il mento.

«Sarò sincera con te.» Incrociò le braccia. «Ho bisogno che diventi ancella della mia dote, ma Aa Noeng non darà mai il consenso, se tu non sei d'accordo. Che cosa posso darti per convincerti a occuparti di me?»

«Mi dispiace, signorina. Io voglio diventare moglie e madre. Non cambierò idea.»

«Nemmeno io!» gridò lei allargando di scatto le braccia, le dita come artigli che si chiusero a pugno prima di sfiorarmi le spalle. Abbassò le mani lungo i fianchi. Senza un'altra parola si voltò e uscì sbattendo la porta. La sua ostinazione non fece che rafforzare la mia determinazione. Anche se mi dispiaceva l'idea di abbandonare Pioggia di Primavera, dovevo fare l'impossibile per sfuggire a Linjing.

15

Linjing

Piccolo Fiore era nata nell'anno del maiale, ma era testarda come un bue. Le avevo mostrato compassione, pazienza, avevo persino tenuto a freno il mio temperamento, ma niente era bastato a farle abbandonare l'idea del matrimonio. E visto che Aa Noeng si rifiutava di cambiare la sua decisione, dovevo trovare un altro modo per convincerla. Meglio ancora, se la sensale non fosse riuscita a procurarle un fidanzamento, avrebbe dovuto accettare il suo destino con me. A quel pensiero ebbi un accenno di senso di colpa che mi affrettai a reprimere.

Madam Hung arrivò zoppicando con un cesto al braccio nella sala di ricevimento di Aa Noeng. Scrutai il suo viso gonfio e imbellettato, sperando di leggervi segni di sconfitta. Ma non riuscii a decifrare la sua espressione assorta mentre fissava la nuova lanterna di legno di rosa appesa alla trave del soffitto. Dalle teste di drago a ogni angolo dell'esagono pendevano nappe rosse.

Inclinò la testa, ipnotizzata dalle immagini floreali dipinte sui vetri smerigliati. Alla fine si ricordò delle buone maniere e si rivolse a mia madre.

«Signora Fong, che oggetto delizioso!» Continuò a indicare la stanza. «Le decorazioni di carta rossa sono a dir poco splendide!» esclamò. «Specialmente questa coppia di carpe e il bocciolo di loto. Sono così realistiche e intagliate con tanta precisione... Ma è troppo presto per le decorazioni di Capodanno. Qual è la felice occasione?»

«La Seconda taai taai Fong ha dato alla luce un maschio» disse mia madre.

«Oh, congratulazioni! È davvero una bellissima notizia!» Madam Hung congiunse le mani e si inchinò tre volte, obbligando mia madre e me ad alzarci e a ricambiare l'inchino.

«La signorina Linjing è la vostra unica figlia, quindi suppongo che sarete voi a crescere il figlio della Seconda taai taai Fong.»

«La questione non è ancora stata decisa.»

«Ah, ma dovete insistere! Noi prime mogli senza figli maschi dobbiamo proteggere il nostro futuro prendendo possesso dell'erede. Inoltre, è un nostro diritto legale. Io ho fatto così con i due figli della mia sorella-moglie. Dovete prendere il bambino il prima possibile e crescerlo nei vostri appartamenti.»

Il volto di Aa Noeng si irrigidì, mentre si toglieva dalla manica una lanugine invisibile. «Che notizie ci portate?»

«Le migliori che possiate immaginare!» esclamò Madam Hung con un sorriso. «Ho ricevuto ben tre offerte!»

Uno sguardo compiaciuto passò tra Piccolo Fiore e mia madre, con buona pace delle rassicurazioni di Aa Noeng nei miei confronti.

«All'inizio non ho avuto fortuna» riprese Madam Hung rivolgendosi a Piccolo Fiore. «Non appena spiegavo le tue condizioni, le prime famiglie di sarti cui ho fatto visita interrompevano l'incontro, senza nemmeno darmi il tempo di mostrare il tuo lavoro. Ma la fortuna è girata quando ho cambiato strategia e presentato un campione di ricamo prima ancora di dire come ti chiamavi.» Dal cesto tirò fuori il ritratto di Gun Jam. «Avresti dovuto vedere gli occhi della signora Wang» continuò. «Erano grandi come una luna piena! Voleva sapere se l'autrice di una simile meraviglia fosse di stirpe nobile. È diventata un po' dubbiosa quando le ho parlato della tua situazione, però ha acconsentito al matrimonio con il suo terzo figlio. Zoppica, non è molto sveglio, ma ha tutti i denti. Gli Wang sono una famiglia di sarti molto rispettabile, una delle più affermate della Via dei Cento Nipoti. L'appartamento sopra il loro negozio è un po' angusto, ma comunque accogliente.»

«Questa è una notizia meravigliosa» disse Piccolo Fiore. «Grazie...»

«Aspetta che ti parli delle altre due offerte. L'attività della famiglia Sung è due volte più grande di quella degli Wang, e non vivono sopra il negozio. La famiglia possiede una casa con due cortili alla periferia della città. La signora Sung è rimasta talmente colpita dalle tue capacità che si è offerta di prenderti come seconda moglie del suo primogenito.»

Piccolo Fiore aprì la bocca per parlare, ma la sensale la zittì alzando una mano. Se avessi potuto, avrei imbavagliato Madam Hung e l'avrei mandata via.

«Ma non è tutto» continuò eccitata. «Non ti ho ancora riferito la notizia migliore. Quasi per caso ho avvicinato una famiglia di banchieri con un primo figlio ancora celibe, aspettandomi un cortese rifiuto. Sua madre avrebbe potuto ridermi in faccia, ma non mi importava: il successo mi aveva talmente incoraggiato che volevo testare i limiti della tua fortuna.

«Gli Zhu sono banchieri da sei generazioni. E si sono convertiti al cristianesimo qualche anno fa. Non riesco a capire perché una stirpe come la loro debba adottare i costumi dei fantasmi bianchi. Comunque... considerando che non molte famiglie rispettabili vorrebbero uno sposo cristiano per le loro figlie, ho colto l'opportunità. Dovresti ringraziare il cielo che ho corso il rischio!

«La signora Zhu ha detto che solo una fanciulla di eccezionale virtù, intelligenza e forza d'animo può concepire e portare a compimento un'opera così sorprendente. E si è commossa quando ha saputo delle tue origini. Per la signora Zhu la forza di carattere è molto più importante della discendenza e una nuora capace di superare le difficoltà della vita è destinata a trasmettere grande forza morale ai suoi futuri nipoti. Ha subito accettato di farti sposare il suo primogenito come prima moglie. Cosa ne pensi?»

Batté una mano sul tavolo con aria trionfante. Ci guardò tutte e tre aspettandosi lodi e applausi.

Avrei voluto cancellarle quel sorriso dalla faccia. Se solo si fosse arresa dopo la prima serie di rifiuti, tutto sarebbe andato per il verso giusto...

Aa Noeng sorrise e la riempì di complimenti. Lacrime di felicità rigavano il viso di Piccolo Fiore. A me pulsava la testa per la rabbia: la mia *muizai* non avrebbe mai rinunciato a un'offerta così allettante. E senza di lei io non sarei mai riuscita a far fronte alla signora Li.

Su indicazione della signorina Hart, due domestici portarono nel mio studio un baule che sistemarono accanto al tavolino rotondo. In un altro momento sarei stata impaziente di vederne il contenuto, ma ora la frustrazione superava la curiosità. Piccolo Fiore aprì il coperchio e cominciò a rovistare tra stoviglie e posate occidentali. Passò ogni oggetto alla signorina Hart, che li impilò sul tavolo coperto dalla tovaglia. C'erano due piatti, una zuppiera, tre bicchieri da vino, un bicchiere per l'acqua e coltelli, forchette e cucchiai, oltre a una saliera e a un portaburro. Una volta finito, Piccolo Fiore si allontanò per preparare il tè del pomeriggio.

«Oggi ho pensato di assegnarti un compito pratico» annunciò la signorina Hart. «Hai dieci minuti di tempo per apparecchiare la tavola per una persona, secondo i consigli del *Ladies' Home Journal*. Ma non puoi consultarlo. È una prova di memoria.»

«Non sono dell'umore adatto per giocare» dissi.

La signorina Hart mi studiò con occhi attenti. «Sediamoci un momento» suggerì, attirandomi verso il divano. In tono cauto disse: «La signora Fong mi ha raccontato della proposta di matrimonio per Piccolo Fiore. Vuole che ne parli con te».

«Aa Noeng vi ha arruolato per perorare la causa della mia *muizai*?» Incredulità e rabbia mi strinsero la gola.

«Tua madre è animata dalle migliori intenzioni.»

«Nei confronti della mia schiava, indubbiamente.»

«Ascolta...»

«No. Risparmiate il fiato. Non ho bisogno che ripetiate le solite scuse di mia madre. Non mi faranno cambiare idea. Ho bisogno di Piccolo Fiore.»

«Ti prego di stare calma, non sono qui per convincerti a lasciarla andare.» Le lanciai uno sguardo scettico. «So che Piccolo Fiore è molto utile e importante per te» continuò, «e capisco i tuoi timori riguardo alla signora Li. Ma... forse...» Si schiarì la gola e ci riprovò. «Hai mai pensato di non sposarti?»

«È questo che mia madre vi ha chiesto di propormi?»

«No.» Si lasciò sfuggire una risatina nervosa. «Certo che no. Lei voleva che ti aiutassi ad accettare la fortuna di Piccolo Fiore.

Ma io desidero che tu sappia che non sei obbligata a sposarti contro la tua volontà.»

«Non c'è vergogna più grande per una donna che rimanere zitella. Una donna non sposata non può nemmeno morire nella sua casa natale per paura che il suo disgraziato fantasma torni a perseguitare la famiglia. La cosa peggiore è che non avrà una tavoletta ancestrale. Sapete cosa significa?»

«No.»

«Lo spirito di chi non ha avuto una tavoletta non può ricevere offerte dai vivi. Perciò è condannato a diventare un demone affamato, che vagherà sulla terra finché non sarà svanito in vapore, e nemmeno allora potrà entrare nel ciclo delle reincarnazioni. Non voglio subire un simile destino.»

«Ma credi davvero a queste superstizioni?» domandò la signorina Hart sforzandosi di non suonare irrispettosa, benché il suo volto esprimesse un vago disprezzo e si capisse che considerava primitive le mie credenze.

«Insultarmi non è il modo migliore per guadagnare la mia simpatia» la avvertii.

«Ti chiedo scusa» disse lei. «I preconcetti hanno di nuovo influenzato il mio giudizio. Tuttavia, ti prego di considerare le mie parole.»

Aprii la bocca per protestare, ma lei alzò una mano e mi interruppe. «Siamo all'alba di un nuovo secolo» disse con fervore. «Sempre più professioni si aprono alle donne. Possiamo diventare insegnanti, infermiere, segretarie e giornaliste. Molte di noi hanno i mezzi per mantenersi, quindi possiamo sposarci per amore, e desiderio di compagnia, non solo per la sicurezza. Possiamo permetterci di aspettare un uomo meritevole, che ci tratti bene. Riconosco che le donne cinesi non hanno ancora tutte queste possibilità, ma è questione di tempo. Hai soltanto sedici anni. Puoi aspettare, e cercare la tua strada.»

«Questo matrimonio combinato è la mia unica strada» replicai io.

«Non è vero!» ribatté lei. «Forse tra qualche anno potrai andare a Shanghai a lavorare come interprete alla Concessione internazionale. Potrei presentarti delle persone. Ci sono così tante possibilità! Inoltre sei più fortunata di molte tue coetanee. Di tutti i padri delle mie studentesse, il tuo sembra il più aperto. La prova è nei tuoi piedi naturali.» Li guardò senza ritegno. «Inoltre tu dici spesso che sei la sua figlia preferita. Io credo che accetterebbe la tua scelta di non sposarti, se gli parlassi dei tuoi timori e delle tue preoccupazioni.»

Il suo sguardo era convinto. Mi afferrò le mani come se con quel gesto potesse trasmettermi la sua passione rivoluzionaria. Dolce e sprovveduta signorina Hart... Era la mia insegnante e aveva parecchi anni più di me, ma la sua idea della società cinese era ingenua come quella di un bambino. Forse negli Stati Uniti le sue opinioni erano progressiste e razionali, ma qui da noi rasentavano la follia. Però era animata da buone intenzioni, e per questo le promisi che avrei riflettuto seriamente sulle sue parole. Ma la verità era che non potevo nemmeno immaginare di rimanere zitella. La vergogna avrebbe ucciso me e macchiato la reputazione di Aa Noeng. Maa Maa ci avrebbe spedite entrambe in un monastero. Inoltre, la carriera di Aa De dipendeva dalla mia unione con Valoroso Li. Chiedergli di sacrificare un tale legame era impossibile. Ma la mia insegnante mi aveva ricordato il posto che occupavo nel cuore di mio padre e adesso avevo chiaro che cosa dovevo fare. Sapendo che raramente interveniva nelle questioni domestiche, non l'avevo avvicinato prima, ma ora Aa De era la mia unica speranza.

I miei genitori sedevano vicini sul divano accanto al letto a baldacchino di Aa Noeng. A quanto pareva, mia madre aveva seguito il consiglio di Madam Hung. Pur non potendo allontanare mio fratello dalla madre naturale fino allo svezzamento, aveva fatto sistemare una culla nella sua stanza e si prendeva cura di lui nel pomeriggio. La Seconda Aa Noeng aveva tentato di opporsi, però Maa Maa si era schierata con mia madre, ricordando alla puerpera che doveva sottostare alle regole che disciplinavano i privilegi della prima moglie. Avevo provato pena per lei, ma per una volta mi ero trovata d'accordo con la nonna. Presto sarei stata una prima moglie anch'io e non volevo certo essere trattata allo stesso modo delle mogli minori di mio marito. La gerarchia e la differenza di status davano un senso e un ordine alle nostre vite, mantenendo la stabilità della società.

Mia madre stava cullando il neonato. La vedevo per la prima volta senza le protezioni per le unghie e notai che quelle lunghe qualche centimetro di anulare e mignolo erano state tagliate e limate. Una manina paffuta era sfuggita alla stretta fasciatura del bambino. Aa De avvicinò l'indice e Fei lo afferrò, stringendo.

« È forte! » esclamò mio padre con entusiasmo. Il neonato mandò un vagito.

« Sa che stai parlando di lui » disse Aa Noeng, « ed è d'accordo. »

Entrambi risero. Il tono scherzoso della voce di mia madre apparteneva a un'estranea, una donna che non portava il fardello della mancata fertilità. Gran parte della tensione sul suo viso era svanita; persino la linea tra le sopracciglia sembrava essersi appianata. Mio padre non riusciva a smettere di sorridere. Nonostante fossi vicino a loro, nessuno dei due parve accorgersi di me. Aa De avrebbe continuato a tenermi in considerazione, ora che aveva un erede maschio? Come una vicina indiscreta, mi aggiravo ai margini della loro intimità. Tuttavia vedere il loro sollievo e la loro gioia mi ricordò la mia situazione. Dovevo assolutamente mettere al mondo un maschio, ma non ero sicura di farcela visto che nelle mie vene scorreva il sangue di mia madre.

« Aa De » cominciai, « ho bisogno del tuo aiuto. »

Mio padre non rispose.

« Devo parlarti » insistetti.

Lui alzò lo sguardo. Un moto di impazienza gli fece aggrottare la fronte.

« Vorrei che Piccolo Fiore fosse l'ancella della mia dote » dissi d'un fiato.

Mia madre sollevò la testa, accigliata.

« Prendi chi ti serve » fece lui.

Volevo catturare il suo sguardo, ma aveva già girato la testa per dedicarsi a Fei.

« Ma lei non vuole. »

Senza distogliere gli occhi dal mio fratellastro, disse: « Il dovere di una *muizai* è quello di obbedire. Lei va dove vai tu ».

« Ho acconsentito a lasciarla libera al compimento del diciottesimo anno» intervenne Aa Noeng. «Si sposerà poco prima di Linjing. Ho disposto che un'altra cameriera accompagni Linjing a casa Li.»

«Vedi» incalzai, «Aa Noeng si rifiuta di lasciarmela tenere. Piccolo Fiore è intelligente e piena di risorse. Nessuno può sostituirla!»

Mi ero sforzata di mantenere la calma, ma la mia voce tradì una punta di frustrazione. Fei fece una smorfia e cominciò a frignare. Mia madre lo cullò senza successo.

«Hai fatto piangere il piccolo Fei!» sbottò Aa De, fulminandomi con un'occhiata. Il suo tono tagliente mi colpì come uno schiaffo. Era la prima volta che perdeva le staffe con me.

Quando il pianto del neonato diventò un urlo, Aa De ordinò a Rosso Ciliegia di riportarlo dalla Seconda Aa Noeng perché lo allattasse. La *muizai* lanciò un'occhiata a mia madre in cerca di approvazione e lei le fece un cenno rassegnato.

«A proposito di Piccolo Fiore» azzardai, «potresti...»

«Basta parlare della tua *muizai*!» mi interruppe Aa De. «Una schiava è una proprietà, non diversa da un mobile. Non merita nemmeno un briciolo della nostra attenzione.» Rivolgendosi a mia madre, disse: «Lasciagliela portare. Non voglio più essere disturbato per queste sciocchezze!» Si alzò in piedi. Sollevata per aver ottenuto il suo appoggio e desiderosa del suo affetto, mi avvicinai, ma il fastidio nel suo sguardo mi fece ritrarre. Mio fratello aveva riempito lo spazio nel suo cuore che prima apparteneva a me?

«Ma Linjing ha bisogno di un'alleata fedele» insistette Aa Noeng, «e...»

«Basta! Io sono il capofamiglia e ordino che questa schiava faccia parte della dote di nostra figlia.»

16

Piccolo Fiore

Con un bollitore di rame appeso al braccio arrancai verso il pozzo. Quando lo raggiunsi, avevo scarpe e calze di cotone inzuppate di neve. Dopo aver posato la lanterna e il bollitore a terra, presi il lungo bastone appoggiato al muro. Le mani mi dolevano per il freddo mentre afferravo il bastone, immergevo l'estremità appuntita nel pozzo e frantumavo la crosta di ghiaccio fino a raggiungere l'acqua. Avevo le dita intorpidite. Le premetti contro le labbra e vi soffiai sopra finché non tornò la sensibilità. Stavo tirando su un secchio d'acqua quando l'avvicinarsi di una lanterna mi distrasse.

Riconobbi l'andatura decisa di Rosso Ciliegia, ma quando si avvicinò vidi che aveva un'espressione desolata. L'impugnatura dell'argano mi sfuggì e il secchio precipitò nel pozzo.

La *muizai* rabbrividì e si strinse il mantello sul petto. «Non mi dà gioia essere portatrice di cattive notizie» cominciò con un sospiro. «Ma devo compiere il mio dovere, anche quello più sgradevole.» Mi toccò su una spalla. «La signora Fong ha scritto alla sensale per annullare il tuo fidanzamento. Sei diventata parte della dote della signorina Linjing e la seguirai a casa Li.»

La sua mano rimase sulla mia spalla. Era come se una roccia mi stesse schiacciando. Avrei voluto scrollarmela di dosso, ma la disperazione mi paralizzava.

«Che cosa è successo?»

«La signorina Linjing ha parlato con padron Fong. È un suo ordine. La signora Fong non può fare niente per te.»

Sii buona, riconoscente e paziente. Esegui gli ordini e ricorda sempre qual è il tuo posto. Le parole di commiato di mia madre mi riecheggiavano in testa. *Una* muizai *è l'ombra della sua padrona. Sei lì per obbedire al suo volere.* Nonostante avessi seguito alla lettera le sue indicazioni, avevo perso i miei loti d'oro e adesso era svanita anche l'unica via per uscire dalla schiavitù. Il tempo dell'obbedienza era finito. Rosso Ciliegia apriva e chiudeva la bocca, ma la mia rabbia ribolliva troppo forte per sentire le sue parole.

Sapevo che Linjing avrebbe fatto di tutto per non lasciarmi andare, perché le ero indispensabile. L'avevo vista trattare il suo cavallo Perla della Notte con più gentilezza e considerazione di quanta ne avesse mostrata a me. Per lei ero uno strumento, un oggetto d'uso che non poteva né pensare né sentire. Mi avrebbe tenuta in schiavitù finché le fossi stata utile. E padron Fong avrebbe dato alla mia padrona viziata ed egoista tutto ciò che voleva. I miei occhi erano secchi come la cenere. Guardai oltre Rosso Ciliegia, nell'oscurità.

Lei scosse la testa, raccolse la lanterna e si voltò per andarsene. Anche se non avevo sentito quello che aveva detto, potevo immaginare i suoi sentimenti. Di certo aveva ripetuto le stesse rassicurazioni di quando mi aveva slegato i piedi. Voleva che considerassi il mio destino una fortuna. Ma io non potevo abbracciare una vita da *muizai* come aveva fatto lei, non con una padrona come la mia. La schiavitù potevo sopportarla, ma non accettarla. La schiavitù aveva marchiato l'anima di Rosso Ciliegia e lei aveva accolto di buon grado quel segno di appartenenza. Per me invece quella vita era sempre stata come una fuliggine da ripulire e dimenticare una volta guadagnata la libertà con il matrimonio.

La vita da *muizai* era stata segnata da fame, sofferenza e umiliazione, e avevo sopportato ogni cosa. Per tutti quegli anni avevo relegato la mia rabbia e i miei desideri in un angolino della mia anima, perché contavo sul fatto che fosse tutto temporaneo. La mia mente era una cantina nella quale avevo stipato dolore e tristezza. Potevo ancora chiudere la porta e far scorrere il chiavistello per tenere a bada l'angoscia. Finché quella cantina rimaneva chiusa, riuscivo a portare a termine i miei compiti e sottostare ai capricci della signorina Linjing; mi mordevo la lingua e piegavo la mia volontà. Ma ora quel tempo era finito. I miei sentimenti erano esplosi e non volevo più trattenerli. Dovevo fuggire. E la signorina Hart era la mia unica alleata.

Quel giorno, nel tardo pomeriggio, avrei dovuto vederla. L'impazienza e la rabbia facevano passare il tempo troppo lentamente, ma per evitare che mi impedissero di vederla non permisi alla rabbia di intaccare la mia maschera di indifferenza.

Sistemai i capelli della mia padrona in una treccia stretta, poi appuntai un cuscinetto di crine a forma di mezzaluna su ogni orecchio e vi pettinai sopra alcune ciocche.

Dalla sua collezione di gioielli Linjing scelse un fermacapelli d'argento a forma di farfalla, intarsiato con piume di martin pescatore. Mi disse di fissarlo sopra l'orecchio destro. Dovetti fare appello a tutto il mio autocontrollo per non piantarglielo nella carne. Le mie guance arrossirono per la rabbia repressa. Desideravo farle del male, farle pagare il furto del mio fidanzamento. Ma dovevo rimanere calma. Mi concentrai sul respiro e iniziai a contare. In quel modo riuscii a rallentare il battito impazzito del cuore e a mantenere un'espressione impassibile.

«L'hai presa meglio del previsto» commentò Linjing. «Pensavo che saresti stata più dispiaciuta. Mi aspettavo che ti ammalassi e ti mettessi a letto per un paio di giorni.»

Dispiaciuta? Dal suo tono leggero sembrava che mi avessero tolto qualcosa di banale, come una mezza giornata di riposo. Preferii rimanere in silenzio, limitandomi a un'alzata di spalle rassegnata.

«Be', sembra che Rosso Ciliegia sia riuscita a farti capire che è meglio così. Ne sono felice. Non c'è da stupirsi che mia madre la apprezzi tanto. È un tesoro, proprio come te.»

La sua attenzione tornò al vassoio di velluto su cui erano disposti gli accessori per capelli. Esitò tra due fermagli: uno con un grappolo di rubini a forma di peonie e l'altro con cinque pipistrelli intarsiati con piume di martin pescatore, che terminavano con cinque fili di perle e perline di corallo. Li prese e li tenne sotto la luce della finestra. Dopo aver rimesso sul vassoio quello con i rubini, mi porse l'altro.

«Spero che questo ti piaccia di più del mantello di pelliccia» disse. «Si abbina a quello che indosso io. È un segno del nostro nuovo inizio. Diventiamo alleate e amiche, anziché padrona e *muizai*.»

Non mi mossi.

«Prendilo» mi esortò. «Non pensare che sia troppo prezioso per te.»

Per evitare di insospettirla, forse avrei dovuto accettare il dono e fingere gratitudine. Ma non potevo. Respinsi la sua mano.

«Capisco» fece lei. «Sei arrabbiata con me, dopo tutto. So che ci tenevi a sposarti. Ma credo davvero che questa strada ti porterà più libertà e felicità. Pensa solo che non avrai mai una suocera a terrorizzarti. Non è un sollievo?»

«La signora Zhu sembrava gentile.»

Si alzò e mi infilò il fermacapelli nelle trecce. «Col tempo capirai che ho preso la decisione migliore per te.»

Avrei voluto spezzare il fermacapelli in due e tirarglielo addosso.

«Ti sta benissimo» disse. Nel suo sorriso compiaciuto, vidi la soddisfazione di chi credeva di aver agito con generosità disinteressata.

«Devo finire un lavoro di cucito» tagliai corto.

Senza aspettare che mi congedasse, uscii in fretta dalla sua camera da letto. Se non me ne fossi andata subito, avrei detto o fatto qualcosa che avrebbe potuto costarmi la vita. Non andai nella stanza del ricamo, ma al cancello laterale che dava sul vicolo. Alti muri rossi delimitavano i lati del Viottolo del Drago Verde; il perimetro della proprietà dei Fong saliva sulla destra e le piccole case a corte dei vicini confinavano a sinistra. Le due entrate del vicolo si aprivano su vie trafficate. Camminai fino alla Strada delle Cinque Prosperità, dove le carrozze sferragliavano nella neve. Il freddo teneva in casa la maggior parte delle persone e i pochi che si erano avventurati fuori si erano avvolti in cappotti imbottiti che li facevano sembrare gonfi.

Sotto la grondaia di una bottega che preparava noodle, una mendicante e la sua figlioletta, in giacche logore e rattoppate, si tenevano strette. Grumi di imbottitura di cotone spuntavano dalle cuciture del giromanica della bambina. Le sciarpe intorno ai loro visi lasciavano scoperti solo gli occhi e le punte arrossate delle orecchie. Forse era una piccola grazia che il rigido inverno avesse indotto in loro uno stato di torpore. Forse il sonno eterno le avrebbe accolte, liberandole dalle sofferenze.

Vedendole ripensai a mia madre e mi balenarono davanti i ricordi del nostro ultimo giorno insieme. Speravo che fosse avvolta in un cappotto spesso e imbottito, seduta accanto a un braciere. Mio fratello doveva avere tredici anni ormai, era quasi un adulto in grado di prendersi cura di lei. Forse un giorno avrebbe aperto una falegnameria e fornito a nostra madre che invecchiava abiti caldi e cibo in abbondanza. Mi confortava il pensiero che il mio sacrificio ci aveva risparmiato la sorte di quella mendicante e della sua figlioletta. All'improvviso, provai l'impulso di scappare. Volevo andarmene subito. Potevo sparire per le strade di Taiyuan e affrontare il mondo. Ma se non volevo fare la fine di Pioggia di Primavera, dovevo ricordarmi che non potevo permettermi di essere impulsiva. Dovevo aspettare, e pianificare la fuga con la signorina Hart. Con grande sforzo mi voltai e tornai nella proprietà.

« Siete ancora disposta ad aiutarmi a scappare? » chiesi alla signorina Hart.

Lei mise da parte i fogli. I suoi occhi brillavano per l'emozione e un sorriso impaziente le balenò sul viso. Tutto quell'entusiasmo non mi faceva stare tranquilla: era in gioco la mia vita e avevo bisogno che fosse prudente. Ma aveva già salvato altre ragazze prima di me.

Inoltre non avevo scelta.

« È meraviglioso! » esclamò. « Sono così fiera di te! Che cosa ti ha fatto cambiare idea? »

Le raccontai della decisione di padron Fong.

« È un ipocrita » commentò lei. « Tra i valori occidentali sceglie quelli che gli fanno comodo. Posso arrivare a comprendere l'egoismo di Linjing, perché è davvero terrorizzata dal suo matrimonio. Ma lui dovrebbe avere più compassione! Se non mettessi in pericolo la tua fuga, gliene direi quattro. »

« Se mi trovano, mi cavano un occhio. Come pensate di proteggermi? »

« Non ti troveranno, te lo prometto. Tutte le nostre precedenti missioni di salvataggio hanno avuto successo. Non c'è da preoccuparsi.»

«Voglio partire il prima possibile. Si può fare?»

«Verrai battezzata appena sarai fuori da questa città» disse, stringendo la piccola croce che aveva al collo. «Sei d'accordo?»

«Se il Dio cristiano può portarmi alla libertà, dedicherò la vita ad adorarlo.» Alzando le tre dita centrali della mano destra e puntandole verso il cielo, dissi: «Lo giuro sulla mia vita».

«Non ho bisogno che impegni la tua vita, ma ti chiedo una devozione assoluta al nostro Redentore. Sei in grado di abiurare tutte le false divinità cinesi?»

«Offrirò la mia anima al Redentore in segno di gratitudine per l'aiuto ricevuto.»

Mi afferrò le mani, le strinse nelle sue e mi sorrise. «Ci sono diverse case sicure in città» mi spiegò. «Appartengono a famiglie cristiane che sostengono la causa antischiavista. Hanno fatto voto di segretezza. Ma per evitare di insospettire i vicini, ogni famiglia può ospitare solo un fuggiasco all'anno.»

«Significa che non c'è posto per me?»

«Sei fortunata. La famiglia Tung può ospitarti. Abitano in una casa a due piani con cortile in Vicolo Germoglio di Soia, dietro il tempio di Shengmu. Conosci la zona?»

«È quella dietro un grande ponte di pietra e un lago ornamentale?»

«Proprio quella.»

«Ma i vicoli sono un labirinto...»

«Non preoccuparti. Ti troverò una guida. Dobbiamo affrettarci e portarti fuori mentre la luna è ancora calante. Più la notte è buia, meno rischi correrai.» Slacciò l'orologio da tasca dalla cintura, me lo mise in mano e chiese: «Puoi farti trovare all'angolo tra Viottolo del Drago Verde e Viale del Padiglione di Bronzo alle due di domani notte?»

«Domani?» Ero senza fiato. Pur volendo andare via il prima possibile, non avrei mai immaginato che sarebbe stato così presto.

«È meglio sbrigarci. Più aspettiamo, più è probabile che tu perda il coraggio. O, peggio, che la signorina Linjing intuisca qualcosa.»

Annuii.

«Non portare niente con te, a parte quello che indossi» disse. «È più facile muoversi senza bagagli. Resterai dai Tung per un paio di settimane, tre al massimo. Ti porteremo via di nascosto con il prossimo convoglio di mercanti diretto a sud. Anche loro sono cristiani cinesi e viaggerai sicura. La nostra chiesa sorella si trova a circa cinque giorni di cavallo. Ti accoglieranno, ti battezzeranno immediatamente e ti terranno nascosta finché non ti troveremo una sistemazione definitiva.»

Mi girava la testa. Riuscivo a malapena a seguire le sue parole, ma mi costrinsi a concentrarmi. Dovevo essere lucida e attenta.

«Come farò a riconoscere la guida?»

«Ti farà una domanda: 'Quando è stata l'ultima volta che sei stata felice?' Dovrai rispondere: 'Quando si è asciugato l'inchiostro sul mio contratto di fidanzamento'. Ripeti le frasi tre volte. Devo essere sicura che te le ricorderai.»

Obbedii. Mi strinse di nuovo le mani e poi mi guardò intensamente negli occhi. «Spero che ci incontreremo di nuovo, un giorno. Ma temo che passerà del tempo.»

«Oh, non credevo che oggi sarebbe stato il nostro ultimo incontro. Pensavo...» Mi interruppi, perché nemmeno io sapevo cosa avevo pensato. Solo che non ero pronta a separarmi da quella gentile amica.

«I miei tratti occidentali attirano l'attenzione ovunque vada» spiegò lei. «I vicini si insospettirebbero. Preghiamo perché tu possa metterti in salvo al più presto.»

Recitò una preghiera e io ripetei le sue parole dopo di lei.

17

Piccolo Fiore

Stringendo l'orologio della signorina Hart, mi guardai intorno nel buio. La paura mi faceva battere il cuore come un tamburo, ma trassi coraggio dalla determinazione: ero pronta a oppormi agli avvertimenti di Aa Noeng, a prendere in mano il mio destino e a spezzare le catene della schiavitù. Pioggia di Primavera gridò più volte nel sonno, ma non si svegliò. Di solito dormiva come un sasso, invece quella notte si rigirava nel letto quasi percepisse la mia partenza imminente, anche se non le avevo rivelato il mio piano. Meno sapeva, più era al sicuro. I miei nervi erano sul punto di saltare.

All'una e mezza mi alzai e mi vestii, indossando quanti più strati di indumenti potevo. Sussurrai un addio alla mia amica. Se il destino me ne avesse dato i mezzi, avrei comprato la sua libertà. Le premetti le labbra sulla fronte e le augurai tranquillità e buona salute.

Nel cortile mi sentii schiaffeggiare da mille aghi, ma era solo la neve fresca sollevata dal vento, che sembrava ululare avvertimenti terribili. Nonostante tutti i vestiti che avevo indosso, tremavo come una foglia. Ma quel freddo pungente era una benedizione, perché avrebbe tenuto tutti gli altri al riparo nei loro letti. Temendo che il rumore di passi frettolosi sul selciato potesse attirare l'attenzione, tenni a bada il panico e attraversai lentamente una porta rotonda dopo l'altra fino a raggiungere l'ingresso laterale.

Dal vicolo mi giunse lo scricchiolio di un paio di stivali, poi il tintinnio metallico del gong di un guardiano notturno trafisse il suono lamentoso del vento. Si fermò dall'altra parte del cancello. Mi bloccai e trattenni il respiro.

«Attenti al fuoco!» farfugliò. «Chiudete a chiave le porte! Attenti ai ladri!»

Sbatté il pugno contro i battenti del cancello e imprecò. *Oh, no, un pazzo ubriaco.* Con voce ancora più alta, biascicò più volte le stesse frasi di avvertimento. Mi irrigidii e aspettai. Una puzza acre di vomito filtrava dalla strada. Altri due conati e infine si allontanò barcollando.

Ma il danno era fatto.

Le sue grida avevano svegliato una delle guardie dei Fong nel suo alloggio, che si trovava a poca distanza dal cancello. Qualcuno aveva acceso una lanterna. Chiunque fosse aprì la porta e si incamminò nella mia direzione. Mi aveva vista? Mi precipitai sotto un tavolo di pietra, accovacciandomi con le braccia strette intorno alle ginocchia per farmi piccola, e sperando che la spessa gamba esagonale del tavolo mi nascondesse. Vidi con terrore gli orli dei suoi calzoni avvicinarsi all'altro lato del tavolo. Mi premetti le mani contro la bocca tremante, mentre le lacrime mi cadevano sulle dita congelate. La guardia posò sul tavolo la lanterna che gettò un fascio di luce intorno a me. Da un momento all'altro avrebbe abbassato la mano e mi avrebbe tirato fuori. Invece si slacciò la cintura. Io ansimavo e il suono mi avrebbe tradito se non mi fossi tappata la bocca. Urinò contro l'albero accanto al tavolo, maledicendo il freddo. Con uno sbadiglio rumoroso raccolse la lanterna e tornò barcollando verso il suo alloggio. Quando finalmente spense la fiamma, io mi lasciai sfuggire un lungo sospiro. Con le gambe che vacillavano, mi alzai e a fatica tornai al cancello.

Una volta fuori dal vicolo mi sforzai di camminare lentamente fino all'angolo dell'appuntamento. Ormai il sudore freddo mi impregnava la schiena e le ascelle. Per calmare lo stomaco sottosopra mi accasciai contro un muro, appoggiando la fronte umida sull'avambraccio.

Una mano enorme mi chiuse la bocca, soffocando il mio grido. «Quando è stata l'ultima volta che sei stata felice?» ringhiò una voce maschile. «Parla piano.»

Io annuii e lui tolse la mano.

«Qua...» balbettai. «Qua... quando si è asciugato l'inchiostro sul mio contratto di fidanzamento.»

«Prendimi la mano e fa' come ti dico.»

Vedendo che esitavo mi afferrò una mano e si incamminò, trascinandomi con sé. Molte volte inciampai sui sentieri sconnessi, ma la sua stretta feroce mi sostenne. La luna era una scheggia sottile che entrava e usciva dalle nuvole. Tutti i negozi e le case erano avvolti da un'oscurità fitta come la pasta di sesamo nera. Non riuscivo a orientarmi, e presto mi sentii completamente perduta. Poteva essere un'altra città, tanto era il mio spaesamento. Ma la mia guida sembrava avere la vista di un gufo, e accendeva una torcia solo di rado per confermare che eravamo ancora sulla strada giusta.

«Fermati.» Ci accovacciammo contro una recinzione mentre un altro guardiano notturno si avvicinava.

«Chi è?» chiese la guardia. «Fatti vedere.»

Il tono era aspro e vigile. In pochi istanti si parò davanti a noi. Il mio accompagnatore si alzò, costringendomi a fare altrettanto. Il sorvegliante ci puntò la lanterna in faccia. Strinsi le labbra per contenere il panico.

«Cosa ci fate qui fuori?» chiese.

Mi voltai verso la mia guida, aspettandomi di vedergli un'aria spaventata e sconfitta, invece la sua faccia squadrata e rugosa rimase indecifrabile. Frugò nella tasca della manica, estrasse una piccola moneta d'argento e gliela offrì.

«Per il vostro silenzio» disse.

Il guardiano soppesò la moneta con sguardo critico. «Non basta» brontolò.

«Tre tael sono una cifra generosa.»

La mia guida era placida come l'acqua di uno stagno, mentre io quasi me la facevo sotto dalla paura. I due uomini si scrutarono. Alla fine la guardia ci fece cenno di passare. Continuammo a percorrere la città, svoltando in molti vicoli, procedendo in salita e in discesa. Non riuscivo a farmi un'idea della distanza, mi sembrava di camminare da ore.

Finalmente giungemmo davanti a una casa a due piani. Lui batté cinque colpi sul portone nel retro, seguiti da un colpo e poi altri due. Il portone si aprì.

«Che il Signore ti protegga» disse. Con quelle parole mi spinse dentro e scomparve.

Non mi aspettavo di dormire, la prima notte dai Tung. Ma non appena la mia testa toccò il cuscino, la stanchezza mi fece sprofondare in un abisso di incubi. Quando mi svegliai, la prima cosa che vidi fu il volto di una donna che mi sorrideva. Aveva le occhiaie scure e la sua pelle secca assomigliava a una fragile foglia d'autunno. Nel suo sguardo, però, brillava una luce caritatevole e accogliente.

«Io sono la signora Tung» si presentò. «Ti trovi nella stanza della servitù. Qui sei al sicuro. Ti chiedo solo di dare una mano nelle faccende domestiche e di nasconderti qui, se qualcuno bussa alla porta.»

Annuii.

«Rimarrai tutto il tempo necessario alla signorina Hart per organizzarti un viaggio sicuro. Non appena sarai fuori città verrai battezzata e diventerai parte del nostro gregge. Sei certa di essere pronta ad accettare il Redentore?»

«Non ho dubbi.»

«Bene» disse lei, e mi accarezzò una mano.

«Perché mi aiuti?» chiesi.

«Perché la schiavitù va contro i nostri valori cristiani. Mio marito e io facciamo il possibile per contribuire a sradicarla. Sono orgogliosa di dire che non abbiamo nessuna *muizai*. Le nostre due serve ricevono un salario e possono andare e venire a loro piacimento.»

Le sue parole mi commossero. Forse il Dio cristiano era più compassionevole delle divinità cinesi, che chiedevano tributi e sacrifici in cambio di protezione. Ancora una volta giurai di dare il mio cuore a questo dio straniero, se fossi riuscita a mettermi al sicuro.

Nei giorni successivi mi sentii come un relitto arenato su una spiaggia, esposto agli occhi di tutti. Sapendo che il mattino seguente avrebbero scoperto la fuga, ero molto ansiosa di avere notizie delle ricerche.

«Signora Tung» dissi, «la famiglia Fong mi sta cercando?»

«Non preoccuparti di questo. Finché rimani qui sei al sicuro. Taiyuan è una grande città. Le guardie dei padroni non possono cercare in tutte le case.»

«Per favore, ho bisogno di sapere.» Visto che lei esitava ancora, continuai: «La mia padrona è determinata a tenermi con sé come schiava, e suo padre la appoggia. Non sapere cosa stanno facendo mi tiene sveglia la notte».

«Hanno affisso in giro dei manifesti con uno schizzo del tuo volto» rispose la signora Tung con riluttanza. «Ma la somiglianza è scarsa. Nessuno potrebbe mai riconoscerti.»

«Hanno offerto una ricompensa per la mia cattura?»

Lei annuì.

«Quanto?»

«Cinquanta tael.»

Sussultai.

«Non avere paura. Qui sei al sicuro. Non tradiremmo mai la fiducia della signorina Hart.»

Parlando mi fissava con occhi sinceri.

Pensando che la signorina Hart non mi avrebbe mai affidato a una famiglia pronta a tradirmi per avidità, non feci altre domande. Per ripagare i Tung del loro aiuto, mi feci carico dei compiti più sgradevoli. Facevo il bucato, lavavo i pannolini dei bambini e pulivo persino la latrina. L'altra domestica, un'orfana della missione cristiana, accolse con gioia la mia presenza, perché faticava a occuparsi di tutto. Era l'unica domestica della casa, a parte la cuoca. Le mie mani si screpolarono e diventarono rosse, ma non mi importava.

All'inizio ero troppo spaventata per guardarmi intorno, ma dopo una settimana cominciai a chiedermi se negli ultimi anni i miei benefattori avessero avuto problemi economici: la loro dimora non aveva conservato molto del suo antico splendore. La vernice rossa si staccava da pilastri e travi. La casa era composta da due ali, che comprendevano un grande salone, due studi e sette camere da letto, ma le stanze erano spoglie e i tappeti logori. La signora Tung indossava vesti scolorite e gli indumenti dei bambini erano rattoppati. Solo gli abiti di padron Tung sembravano passabili.

Una dimora così grande aveva bisogno di almeno altri due domestici. Ma nessuno parlava di assumere altro personale. Al contrario, la signora Tung aiutava a rammendare i vestiti e a preparare le verdure da mettere in salamoia. Insegnava a leggere e a scrivere ai due figli più grandi, anche se con il loro status sociale avrebbero dovuto frequentare una delle accademie della città. Pur essendo curiosa, mi trattenni dal ficcare il naso nei loro affari; né la domestica né la cuoca offrirono spiegazioni, così tenni le mie domande per me, grata che avessero accettato di aiutarmi nonostante le loro difficoltà. Ricordai a me stessa che, se avessero voluto mettere le mani sui soldi della ricompensa, a quell'ora mi avrebbero già denunciata, e che la signorina Hart era brava nel giudicare il carattere delle persone. Eppure non potevo fare a meno di pensare che cinquanta tael erano una somma notevole, sufficiente a ridipingere la casa, pagare le tasse scolastiche e comprare vestiti nuovi per tutti.

Malgrado le mie perplessità non feci domande alla signora Tung quando una mattina, quindici giorni dopo il mio arrivo, mi fece salire su un carretto. Mi disse che il conducente mi avrebbe portata fuori città. Aveva preparato un cestino con dei biscotti e della carne secca per il viaggio. Mi mise in mano anche una fiaschetta di tè caldo e mi diede una coperta pesante di cui, secondo me, non avrebbe dovuto privarsi. Cercai di ringraziarla, ma lei tagliò corto e si affrettò a rientrare in casa.

Il conducente del carro mi disse di non aprire i finestrini finché non fossimo arrivati a destinazione. Annuii, la prudenza non era mai troppa. A prescindere da ciò che la signora Tung aveva detto sul manifesto con il mio ritratto poco somigliante, non potevo rischiare di essere identificata. Mi sistemai sulla panca preparandomi a un lungo viaggio. Mi sentivo soffocare così al chiuso e gli scossoni della strada accidentata mi diedero la nausea. Aprii la fiaschetta per bere un sorso, sperando di calmare lo stomaco con un po' di tè. Sentii il sapore agrodolce del ginseng. Non riuscivo a capire perché la signora Tung mi avesse offerto una bevanda tanto costosa. La sua eccessiva generosità mi metteva a disagio. Comunque la bevanda placò la nausea e calmò i miei nervi. Rivolsi l'attenzione ai rumori della strada. Solo l'occasionale nitrito dei cavalli quando il nostro carro passava accanto a un altro si aggiungeva al ritmico ticchettio degli zoccoli sul selciato. Mi appoggiai in un angolo e chiusi gli occhi, sperando di addormentarmi e di risparmiare le energie per quello che mi aspettava a destinazione.

Un attimo dopo il carro si fermò. Il conducente aprì lo sportello e mi ordinò di scendere. Benché frastornata, obbedii. Lui mi trascinò per un polso nella luce accecante del sole. Battei le palpebre e riconobbi i leoni di pietra a guardia della residenza dei Fong.

Due guardie mi trascinarono nel cortile posteriore, lo stesso in cui avevo assistito al ritorno e alla punizione di Pioggia di Primavera. Mi sferrarono un calcio dietro le ginocchia e caddi di schianto sul selciato. La neve ghiacciata non riuscì ad attutire il colpo. Sebbene non tentassi nemmeno di opporre resistenza, le guardie mi tennero ferma con la forza, facendomi male alle spalle. Credevo di aver provato il vero terrore la notte della fuga, invece mi ero sbagliata.

Il terrore vero era adesso, e intorpidiva i miei sensi creando una spaccatura tra me e la realtà. Anche se respiravo ancora e il cuore mi batteva nel petto, il mio spirito si era allontanato. Vidi i momenti successivi come si guardano gli orrori che colpiscono un'altra persona. *Non sta succedendo a te*, mi consolava la mente. Per sopportare quello che sarebbe accaduto dopo, dovevo credere a un'illusione.

Ero un animale sacrificale dentro un cerchio di orrore. Quelli che si erano radunati per guardare avrebbero dovuto essere volti familiari, perché erano le *muizai* e le serve con cui avevo lavorato tutta la vita. Invece mi erano tutte estranee. Il terrore le aveva trasformate in creature preoccupate di essere la prossima vittima. Non uno sguardo amichevole o gentile. Erano tutte strette insieme e alcune si tenevano per mano. Ma tutte stavano alla larga da me. Cercai tra la folla Pioggia di Primavera e trovai il suo occhio buono premuto contro la spalla della *muizai* appartenente alla Terza taai taai Fong. Si aggrappava alla compagna come un animale ferito. L'altra palpebra era chiusa, quasi che l'orbita contenesse ancora un occhio. Un fiotto di panico mi sfuggì dalla vescica e mi inondò i pantaloni.

Gli occhi rapaci della vedova Fong brillavano nel vedere una preda avvicinarsi; con mani nodose come artigli, impugnò il bastone e venne verso di me. Provai ad allontanarmi, ma le guardie me lo impedirono. Dietro di lei, il volto pallido della signora Fong era una maschera di tristezza. La signorina Linjing si accovacciò davanti a me e mi scrollò le spalle.

« Sciocca, sciocca! » gridò. « Perché sei scappata? »

« Mi avevate tolto ogni speranza. »

« Sono una padrona gentile e rispettabile... La vita come mia ancella non è difficile... Perché hai fatto una scelta così stupida e pericolosa? »

Non riuscivo a pensare a niente da dire che potesse risultarle comprensibile.

« Perderai un occhio » disse. « In che modo può esserne valsa la pena? »

Rimasi in silenzio. La vedova Fong e la signora Fong ci raggiunsero.

Gettandosi a terra, Linjing premette la fronte sulla neve e strinse i piedi fasciati della nonna. « Ti supplico, Maa Maa » disse, « ti prego di risparmiare la mia *muizai*. Ha bisogno dei suoi occhi. Frustala o falle patire la fame. Ti prego, abbi pietà. »

Con la punta del bastone, la vecchia la spinse via. La signora Fong fece rialzare la figlia. « È troppo tardi » disse. « Non assillare la nonna. »

« Ma... »

« Smettila, prima di farla arrabbiare ancora di più. Nemmeno io posso salvare Piccolo Fiore. »

Rosso Ciliegia si avvicinò con la stessa corda che aveva usato su Pioggia di Primavera. Le fibre erano ancora sporche di sangue secco.

« Portala via » ringhiò la vedova Fong. Si chinò fino a farmi sentire il suo alito mefitico. « Ho in mente altro per te » sibilò con un sorriso crudele.

Il terrore mi fece girare la testa e vacillai. Una delle guardie mi diede uno schiaffo sulla guancia che mi fece riprendere. Cercai di alzarmi in piedi, ma mi costrinsero a rimanere a terra.

La vedova Fong ordinò alle sue schiave: « Portate gli attrezzi ».

Si avvicinarono di corsa, una portando un ceppo, l'altra un

martello e un legnetto. La *muizai* più anziana mi mise la mano destra sul ceppo. Cercai di formare un pugno, ma lei premette il pezzo di legno sopra le tre dita centrali, lasciando il pollice e il mignolo scoperti. Capii la loro intenzione.

«No, no, no!» implorai. «Prendetemi l'occhio. Vi prego, è tutto ciò che mi resta per sopravvivere.»

«Fallo» ordinò la vedova Fong.

La serva alzò il martello. Chiusi gli occhi.

18

Piccolo Fiore

Dopo il castigo non tenni il conto del passare dei giorni. Rannicchiata sulla branda, perdevo i sensi, rinvenivo, li perdevo di nuovo. A volte Pioggia di Primavera mi parlava con voce ferma e rassicurante, ma la medicina per il dolore mi avvolgeva in una coltre di nebbia che le sue parole non riuscivano a bucare. Tuttavia, vederla mi faceva sentire al sicuro.

La signorina Linjing veniva a trovarmi tutti i giorni nel primo pomeriggio. Cosa voleva? Non mi interessava saperlo. La sua presenza era un pungolo che mi tormentava, mentre io volevo solo l'oblio. Ogni volta giravo la faccia verso il muro e chiudevo gli occhi. Ma lei tornava. Non potevo impedirglielo, però non poteva obbligarmi a parlare. Era la nostra battaglia di volontà. Mi dava soddisfazione il fatto che a ogni visita il mio silenzio la logorasse un po', costringendola a ritirarsi.

Ancora una volta fu Pioggia di Primavera a proteggermi e curarmi. Più volte al giorno mi faceva scendere dal letto e mi accompagnava al vaso da notte. Poi mi imboccava con qualche cucchiaio di zuppa seguita da un infuso sedativo.

Un giorno mi svegliai per il dolore. Mi girai su un fianco, cullando la mano ferita in quella buona. Per un attimo pensai di essere tornata al momento del castigo. Vidi che le tre dita erano fasciate e tenute ferme con una stecca.

Confusa, guardai Pioggia di Primavera.

«Mi dispiace tanto» disse lei. «La vedova Fong è venuta a sapere delle tisane antidolorifiche. La signora Fong non riuscirà più a fartele avere.»

«Ma ne ho bisogno...»

«Sono passati quindici giorni. La vedova Fong dice che devi riprendere a lavorare.»

La fissai, incapace di concepire il pensiero di lasciare la stanza.

«Ti aiuterò io» disse lei. «Dovrai allenare la mano sinistra a fare i lavori pesanti. Posso aiutarti a trasportare l'acqua per i bollitori e a sistemare i capelli della signorina Linjing.»

«La mano è paralizzata?»

«La signora Fong e la signorina Linjing volevano chiamare l'aggiustaossa. Ma la vedova Fong lo ha proibito.» Guardò la mia mano e aggiunse: «Ho fatto quello che potevo, ma non aspettarti di tornare a usarle. È un miracolo che non siano andate in cancrena. Almeno non è stato necessario amputarle».

Mi fissò, in attesa, ma le sue parole non mi avevano consolata. Volevo solo strisciare di nuovo nell'abisso del sonno e dimenticare il dolore. Lei si avvicinò con una bacinella d'acqua e cominciò a slacciarmi la casacca.

«Devi lavarti e cambiarti.»

Non protestai mentre mi aiutava a spogliarmi. Mi mise nella mano buona un asciugamano insaponato e mi ordinò di strofinarmi. Fui felice di obbedire. Eseguire gli ordini mi confortava; non volevo pensare da sola. Piegai la testa e lasciai che lei versasse l'acqua sui miei capelli sporchi. Le sue dita delicate mi ricordarono il tocco materno di Aa Noeng. Di colpo mi sentii travolgere dalla desolazione: il dolore per mia madre che non avrei più rivisto, l'amarezza per la libertà che mi avevano rubato e l'angoscia per la perdita della capacità di ricamare, l'unica cosa che poteva consolarmi e darmi un mezzo di sostentamento.

Scoppiai a piangere, accasciandomi su Pioggia di Primavera; singhiozzavo così forte che faticavo a respirare.

«Tutto tornerà a posto, te lo prometto» mi tranquillizzò lei. Incapace di crederle, continuai a piangere.

L'inverno lasciò il posto alla primavera, e presto sulla nostra città scese il caldo estivo, ma io ero ancora congelata nella mia disperazione. La gratitudine nei confronti di Pioggia di Primavera era l'unica motivazione che mi spingeva ad alzarmi dal letto. Imparai a spazzare e a spolverare usando la mano sinistra. Anche se le mie dita fratturate erano guarite, le tenevo fasciate perché non riuscivo a sopportarne la vista. Per versare l'acqua nella teiera sollevavo il bollitore con la mano buona e con l'avambraccio destro avvolto in un asciugamano ne sostenevo il peso. All'inizio Pioggia di Primavera mi imboccava, ma dopo un mese mi costrinse a usare le bacchette con la sinistra. Lasciata a me stessa, avrei rifiutato di nutrirmi, perché persino i dolci sapevano di cenere e non avevo più appetito. Mi sforzavo per la mia amica, per non affliggerla. Svolgevo tutti i miei compiti con la sinistra, riuscendo addirittura a fare e disfare i nodi. Per quanto possibile, cercavo di tenere nascosta la mano storpia.

All'apparenza ero di nuovo abile, ma dentro di me ero un abisso di disperazione. La signorina Linjing continuava a sperare che mi scrollassi di dosso lo sconforto, come ci si scrolla di dosso la polvere. Per lei una *muizai* doveva essere semplice come una bestia da soma, troppo stupida per provare un dolore dell'anima. Avrei dovuto reagire, invece ero apatica. Non mi interessava nemmeno sapere in che modo la famiglia Tung mi avesse tradito, e nemmeno avrei potuto scoprirlo, visto che padron Fong aveva licenziato la signorina Hart e non l'avevo mai più vista.

La stanchezza era la mia compagna costante e avrei attraversato il resto della mia esistenza in quello stato. Ma una sera, all'inizio dell'estate, i miei piedi mi condussero al pozzo, quello dove Rosso Ciliegia mi aveva dato la brutta notizia dell'annullamento del mio fidanzamento. Mi ci appoggiai, premendo i palmi delle mani contro i mattoni caldi. Per la prima volta dal giorno del castigo mi sentii invadere il cuore da un senso di pace. Mi arrampicai e rimasi in piedi sul muretto. Le punte delle scarpe sporgevano oltre il bordo. Un passo, uno solo, e sarei stata libera dal dolore, dalla perdita e dalla disperazione. Alzai il viso verso il sole che tramontava, chiusi gli occhi e mi preparai al salto.

Due braccia mi afferrarono alla vita e mi tirarono indietro. Caddi a terra. Prendendomi le spalle, Pioggia di Primavera mi scrollò con forza. «Perché non mi hai detto niente?» chiese.

«Non ce la faccio più.»

Lei allentò la presa e io mi lasciai cadere. Si inginocchiò davanti a me e mi afferrò di nuovo le spalle, trattenendomi come se temesse di vedermi fuggire verso il pozzo.

«Non possiamo lasciarli vincere!» disse. «Possiedono i nostri corpi, ma non avranno mai le nostre anime. Quelle sono nostre, per sempre. La tua disgrazia mi ha svegliata. Vederti soffrire è stato come guardare il mio riflesso allo specchio. Mi hai fatto capire che non dovevo subire gli abusi della Seconda taai taai.» Tirò fuori dall'*ou* una bambolina. «L'ho riempita con i suoi capelli e le sue unghie.» Indicò le macchie scure sul petto e sulla fronte. «Questo è il mio sangue, il mio pagamento ai signori della magia nera» spiegò. «La fortuna non sarà sempre dalla sua parte. Presto mi sorriderà. Otterrò la mia vendetta e vincerò. È così che dovresti pensarla anche tu.»

«Hanno già vinto» risposi io. «Abbiamo perso ogni speranza di futuro quando i nostri genitori hanno firmato il contratto. Non avrei dovuto cercare di fuggire, e nemmeno tu. La libertà è per i fantasmi bianchi, non per noi. Una schiava deve sopportare, sopportare e soffrire per sempre. Non ho niente per cui vivere. Perché non dovrei affrettare la fine?»

«Hai me. Resta per me.» La sua voce supplicante tremava. L'occhio buono era colmo di lacrime. «Promettimi che non cercherai più di toglierti la vita.»

Non ero certa di poter mantenere la promessa. Mi aspettavano tanti anni di schiavitù, ognuno vuoto come il letto di un fiume in secca. Bastava un passo per mettere fine alla mia infelicità. L'acqua fresca in fondo al baratro oscuro mi chiamava, promettendo l'oblio. Non volevo abbandonare Pioggia di Primavera e forse avrei potuto sopportare un'esistenza da schiava, ma il ricamo era stato la mia ragione di vita. Non potendo più ricamare, la mia anima era diventata una terra desolata e grigia, priva di quelle sfumature di colore che un tempo mi riempivano di gioia.

Come se mi leggesse nel pensiero, Pioggia di Primavera afferrò la mia mano destra, srotolò la benda e me la spinse davanti agli occhi. Io girai il capo. Con l'altra mano lei mi costrinse a voltarlo di nuovo. La vista delle mie dita sfigurate mi spaventò. Avrei voluto chiudere gli occhi, ma il suo sguardo autoritario mi obbligò a fare il punto della situazione. Fino a quel momento avevo evitato di osservare la mia deformità, cambiando i bendaggi sempre in gran fretta. Ora vedevo l'entità della mia menomazione. L'ultima falange dell'indice era piegata a uncino, l'anulare era ripiegato sul medio e gli ossicini fratturati intorno alla falange centrale si erano saldati male formando una massa che assomigliava a uno scoglio coperto di conchiglie. Non potevo più chiudere il pugno, perché quelle tre dita rimanevano rigide come un cadavere.

Cercai di allontanare la mano, ma Pioggia di Primavera strinse la presa sul mio polso.

« Perché non mi lasci in pace? » gridai.

« Devi affrontare la tua nuova situazione. »

« Lasciami andare. »

Lei rispose stringendo di nuovo la presa. « Hai ancora pollice e mignolo. Usali. »

« Questa mano non serve più a niente. »

« La vedova Fong vuole vederti distrutta. Si nutre dell'infelicità degli altri. Non assecondarla. » Vedendo che non rispondevo, aggiunse: « Se non riesci a trovare la volontà di vivere per il mio bene o per il tuo, allora cerca almeno di rimanere in vita per fare un dispetto a quella strega senza cuore. Meglio ancora, devi fare tutto ciò che è necessario per tornare a ricamare. Questo sì che rovinerà la sua gioia! Se invece è la signorina Linjing che detesti di più, trova un modo per farle del male. Dimostra a queste persone che la tua determinazione è più forte della loro cattiveria ».

Comprendevo la sua sete di vendetta. Chiunque avesse visto le ferite, i lividi e le bruciature sul suo corpo quando l'avevano catturata avrebbe capito il suo bisogno di pareggiare i conti. Ma l'odio era una belva con lo stomaco senza fondo, una bestia che alla fine avrebbe banchettato anche con la sua gentilezza e generosità; l'avrebbe divorata fino a farla diventare assetata di sangue come la Seconda taai taai e la vedova Fong. Il volto di Pioggia di Primavera aveva già cominciato ad assumere tratti duri e malevoli e, sebbene la sua ostilità non fosse rivolta contro di me, mi faceva accapponare la pelle. Per quanto le fossi grata per le cure e l'affetto, non volevo diventare come lei. Inoltre, io non odiavo la signorina Linjing. Sì, detestavo il suo egoismo, la incolpavo del mio destino e non l'avrei mai perdonata, ma non desideravo che soffrisse, almeno non per mano mia.

Nonostante le nostre differenze, le parole di Pioggia di Primavera riuscirono a motivarmi e il peso che mi opprimeva il cuore si alleggerì.

Quella sera stessa tirai fuori il mio cestino da ricamo e lo posai sul tavolino della nostra stanzetta. A distanza di mesi dall'ultima volta, aprii il coperchio e ne esaminai il contenuto. Le matassine di seta riposavano tra strati di carta di riso: non se ne era sciupata nemmeno una. Un paio di aghi mostravano segni di ruggine, ma le forbici erano in buono stato. Un pezzetto di damasco di seta bianca aveva cominciato a ingiallire ai bordi. Poco male, lo avrei usato per fare pratica. Prima di iniziare mi guardai a lungo le mani. Dovevo addestrare il pollice e il mignolo a tenere l'ago, oppure ripiegare sulla mano sinistra? In entrambi i casi sospettavo che il percorso sarebbe stato faticoso. Chiesi a Pioggia di Primavera il suo parere. Lei posò il rammendo e alzò lo sguardo. La luce della candela tremolava sul suo viso pensieroso. Alla fine disse: « Essere mancine porta sfortuna. Per sopravvivere, in questa vita, avrai bisogno di quanta più fortuna possibile. Sforzati di usare la mano ferita ».

Sapendo che aveva ragione, presi un ago nella mano sinistra e provai a infilare il filo con il pollice e il mignolo. Ci riuscii al primo tentativo e quel successo mi diede un piccolo brivido. Ma l'eccitazione passò in fretta quando provai a ricamare tenendo l'ago con quelle due dita. Non abituato a quei movimenti, il mignolo faticava a tenere l'ago e dopo tre semplici punti aveva i crampi, mentre il pollice cercava istintivamente di ricongiungersi con l'indice, suo compagno naturale. Molte volte tirai troppo il filo, sfilandolo dalla cruna dell'ago. Infilarlo di nuovo si rivelò molto più difficile di quanto mi era sembrato al primo colpo. La candela si consumò fino allo stoppino prima che riuscissi a fare una decina di punti, ognuno storto come i primi passi di un poppante. Mi ripromisi di perseverare. La libertà era fuori portata, ma avevo del tempo libero e non avrei mollato. Vivere al massimo delle mie possibilità entro i confini della schiavitù sarebbe stata la mia migliore vendetta. Anche senza la certezza di riacquistare la padronanza di ago e filo, dovevo andare avanti e continuare a provare. Una vita senza la mia arte non valeva la pena di essere vissuta.

Per quanto riguardava la signorina Linjing, non avevo alcun desiderio di farle del male, ma il nostro rapporto doveva essere più equo. Dovevo trovare il modo di farmi trattare da lei con lo stesso rispetto con cui la signora Fong trattava Rosso Ciliegia. Soltanto allora la mia vita in schiavitù sarebbe risultata sopportabile.

TERZA PARTE

19

Linjing

Negli ultimi due anni i miei timori in vista delle nozze non avevano fatto che crescere. Mancava un mese alla cerimonia nuziale che si sarebbe svolta nella tenuta del signor Li a Tianjin. Sarebbe stato più facile arrivare direttamente lì, dato che Tianjin era molto più vicina allo Shanxi che a Canton. Ma siccome Aa Noeng desiderava vedere la sua famiglia d'origine e Maa Maa voleva sfoggiare il mio fratellino davanti ai parenti, avevano deciso di ospitare i festeggiamenti prematrimoniali nella città dei nostri avi.

Aa Noeng aveva invitato la sua unica sorella a precedere le altre zie e le cugine, che sarebbero arrivate l'indomani per rimanere tutto il mese dei festeggiamenti fino alla mia partenza per Tianjin. Io e la mamma aspettammo zia Zaffiro sotto il padiglione in riva al lago, dove la brezza avrebbe dovuto rinfrescarci. Anche la vista di una grassa carpa che nuotava con movimenti languidi intorno alle ninfee avrebbe dovuto tranquillizzarci. Eppure, nonostante la sottoveste di maglia di bambù che indossavo per stare fresca, il sudore mi imperlava le ascelle e la schiena.

Avevo chiesto a Piccolo Fiore di preparare degli asciugamani imbevuti di acqua alla menta, ma non era ancora tornata. Mi contorcevo sullo sgabello, senza riuscire a trovare una posizione comoda. Invidiavo la serenità della Seconda Aa Noeng che allattava Fei seduta su una sedia a dondolo in fondo al padiglione. Sembrava fresca come un piatto di ghiaccio tritato; di tanto in tanto faceva il solletico sulla pancia al piccolo, strappandogli un risolino. Fei avrebbe dovuto essere svezzato già da tre mesi, per il suo secondo compleanno. Ma quando faceva le bizze l'unico modo per calmarlo era attaccarlo al seno, così Maa Maa aveva permesso che continuasse fino alla mia partenza per Tianjin.

Temeva che i suoi capricci potessero metterci in cattiva luce davanti ai parenti.

Il cambiamento nell'aspetto della Seconda Aa Noeng mi stupiva. Da quando aveva partorito e per tutto il viaggio di ritorno a Canton era sembrata esausta: la sua pelle cerea era coperta di chiazze e aveva due mezzelune grigie sotto gli occhi, ma adesso, dopo appena due settimane, sembrava rifiorita. C'era una nuova energia nei suoi movimenti e negli occhi luminosi brillava un'insolita sicurezza di sé. Non riuscivo a capacitarmi di quella metamorfosi, perché dopo il mio matrimonio avrebbe dovuto consegnare Fei a mia madre, ragion per cui mi sarei aspettata che avesse un'aria smagrita e depressa, invece era l'immagine della buona salute. Forse sperava ancora in un miracolo.

Quando il piccolo si allontanò dal petto della madre, Aa Noeng gli fece cenno di avvicinarsi mostrandogli un trenino nuovo e un pezzetto di marzapane. Fei strillò di gioia, le corse incontro e le si arrampicò sulle ginocchia. Lei gli infilò il dolce in bocca e gli accarezzò i capelli lanuginosi mentre lui spingeva il trenino avanti e indietro sul tavolo.

Senza voltarsi a guardarla, mia madre disse alla Seconda Aa Noeng: « Ora puoi andare, Peonia. Rosso Ciliegia ti riporterà Fei quando sarà pronto per il pisolino ».

« No. Preferisco restare. »

Mia madre alzò la testa di scatto. Le lanciò un'occhiata che avrebbe potuto fermare un cavallo lanciato al galoppo, ma l'altra non indietreggiò. « Rimango » ripeté.

Gli angoli della bocca di mia madre sussultarono appena mentre guardava la sorella-moglie, che ricambiò lo sguardo con un sorriso cortese e distaccato. Ero sbalordita: le mogli minori di mio padre non avevano mai sfidato la mamma apertamente. E sembrava che lei non sapesse come ribattere. La Seconda Aa Noeng doveva essere stravolta dallo sforzo di nascondere la sua infelicità, mentre contava i giorni che la separavano dalla rinuncia al figlio. La compassione mi spinse a parlare in suo favore.

« Perché non lasciarla restare? » chiesi ad Aa Noeng. « Può tranquillizzare Fei se fa i capricci, e tu puoi parlare in pace con la zia.» Mia madre avrebbe voluto obiettare e rimproverarmi per l'impertinenza, ma in quel momento zia Zaffiro si avvicinò dal sentiero del giardino, accompagnata da Rosso Ciliegia. Aa Noeng mise Fei a terra, dove lui cominciò a spingere il trenino lungo il perimetro del padiglione, e si alzò per andare incontro alla sorella.

Nonostante i loti d'oro, la zia riusciva ancora a camminare con passo fermo e sicuro. A differenza di mia madre, che indossava sempre gonne lunghe e ampie di seta colorata, l'abito nero di zia Zaffiro era composto da una tunica lunga fino al ginocchio e da un paio di pantaloni abbinati. Un motivo di foglie di bambù argentate si stagliava sul tessuto nero, brillando come un'armatura nella luce del mattino. La zia era una versione molto più alta e robusta di mia madre. Accanto alla sorella, Aa Noeng, che avevo sempre considerato l'immagine della compostezza e della regalità, ondeggiava come una fragile canna di bambù. Prima che ci trasferissimo nello Shanxi l'avevo incontrata spesso, ma non la vedevo da quando avevo sei anni. La ricordavo come una persona schietta, sempre vestita di nero. Non sapevo molto di lei, solo che era la direttrice di una confraternita di donne che vestivano sempre di nero, non si sposavano e tessevano la seta per lunghe ore in una fabbrica. Sembrava una vita infelice.

Una bacchetta di giada decorava la crocchia grigia di zia Zaffiro. I piccoli campanelli d'argento appesi alla châtelaine di Aa Noeng tintinnarono mentre stringeva la sorella in un abbraccio. Quando alla fine si lasciarono, si studiarono a vicenda tenendosi per mano.

«È passato troppo tempo!» gridò la zia. «Un mese non basta per recuperare dodici anni.»

«Quanto mi sei mancata, cara Zaffiro *ze*!» esclamò mia madre. «Sono così felice che tu abbia trovato il tempo di allontanarti dai tuoi doveri. Sentiranno la tua mancanza, le consorelle?»

«Oh, non preoccuparti per me» rispose la zia, con una risata allegra. «Non c'è nessuno che mi dà ordini. Vado e vengo come mi pare.» Strinse un braccio e la vita di mia madre. «Sei dimagrita. Non hai perso solo le guanciotte paffute della gioventù, sei proprio deperita... C'è qualcosa che ti angoscia?»

«Cara sorella, non ti posso nascondere niente. Sono preoccupata per i preparativi del matrimonio di Linjing.»

«Ci sono problemi?» chiese la zia, accorgendosi finalmente di me. Mi alzai per salutarla con un profondo inchino. Lei mi rivolse un sorriso caloroso poi si girò di nuovo verso mia madre. «Questo è un mese di festa!» gridò. «È l'ultima occasione per godere della compagnia di Linjing prima che vada in un'altra famiglia. Ed è un'occasione per cucire, mangiare e chiacchierare con le zie, le cugine e le nipoti. Perché hai un'aria così triste?»

«La signora Li mi preoccupa» spiegò Aa Noeng. «Avrebbe dovuto inviarci i modelli di scarpe o dei campioni almeno sei mesi fa.»

«E perché mai?» chiese zia Zaffiro.

«È la loro usanza nuziale» risposi. «La signora Li si aspetta che il giorno del matrimonio io offra a lei e a ogni signora della casa un paio di scarpette di loto ricamate. Durante la cerimonia, le scarpe saranno esposte su cuscini di seta per essere ispezionate.»

«Sono felice che da noi non ci sia questa usanza» intervenne la Seconda Aa Noeng. «Le scarpe sono la prova più difficile per dimostrare il talento nel ricamo e le virtù femminili di una sposa.»

«Scarpe come regalo di nozze?» strillò la zia inorridita. «Ma è di cattivo auspicio!»

«Al nord parlano il mandarino» le ricordò mia madre. «In cantonese il carattere che indica le scarpe suona come un sospiro, mentre in mandarino non ha nessuna accezione negativa.»

«Capisco» commentò zia Zaffiro. «Ma non lo approvo.»

«Non c'è niente da fare» disse la Seconda Aa Noeng. E citò un adagio: «Sposi una gallina, vivrai come una gallina. Sposi un cane, vivrai come un cane. Il destino di una donna è quello di cedere ai capricci del marito e della suocera».

Mia madre non poté fare a meno di annuire.

«Se è così importante per loro, perché la signora Li non ha fornito i modelli delle scarpe?» chiese zia Zaffiro.

«È proprio questo che mi preoccupa. Le ho scritto tre volte per sollecitarla.»

«E lei come ha giustificato il ritardo?»

«Non l'ha proprio spiegato» rispose Aa Noeng. «Cioè, ho

ricevuto da lei almeno una mezza dozzina di lettere sulle questioni più banali, ma neanche una parola su questi modelli.»

«Non sappiamo nemmeno quante paia gliene servano» aggiunsi io.

La zia aggrottò la fronte. «La signora Li è una suocera dispettosa. Sono certa che questo atteggiamento ha a che fare con i piedi naturali di Linjing. Non mandandovi i modelli, fa in modo che lei non possa cucire e ricamare le scarpe.»

«Hai dato voce ai miei peggiori timori» disse mia madre. «Ho sempre sospettato che la signora Li non avesse approvato il matrimonio. Cara Zaffiro *ze*, che cosa dobbiamo fare?»

«C'è poco da fare» sospirò mia zia con tono grave. «Linjing farebbe meglio a imparare a ingoiare il boccone amaro. L'aspettano anni difficili. È il destino delle mogli.»

Mi guardò con compassione. Mia madre si accasciò sullo sgabello e io mi lasciai cadere accanto a lei.

L'indomani mattina Piccolo Fiore entrò trafelata nella mia camera da letto, portando con sé una cassetta rettangolare.

«È appena arrivata» disse. «È stata consegnata da un servitore che ha detto di lavorare per la signora Li.» Posò la cassetta sul tavolo.

«Oh, Piccolo Fiore, ho un brutto presentimento.»

«Se la situazione è grave, meglio scoprirlo al più presto. Volete che guardiamo?» La sua voce calma e le sue parole ragionevoli mi tranquillizzarono, e sul viso le vidi una genuina preoccupazione per me, non la maschera dietro cui si era nascosta per tanto tempo. Negli ultimi due anni eravamo diventate quasi come Aa Noeng e Rosso Ciliegia, e la nostra amicizia mi dava coraggio. Sapendo che lei avrebbe trovato una soluzione, a prescindere dalla trappola che mi aspettava nella scatola, le feci cenno di aprirla.

Strinsi forte tra le mani una tazza da tè, mentre guardavo la mia *muizai* togliere le due metà del coperchio e posarle sul tavolo, per poi aprire gli sportelli. Adesso il bauletto sembrava una piccola vetrina. Sul ripiano superiore c'erano quattro pacchetti avvolti nella seta rossa, e altri quattro identici erano sul secondo.

Lei aprì gli involucri e comparvero otto minuscole paia di squisite scarpette di loto. Tutte avevano tacchi di legno arcuati ricoperti di seta color avorio e le tomaie ricurve verso il basso come il becco di un pappagallo. Piccole decorazioni dorate ornavano la punta del paio più grazioso: scarpini di seta nera, con una ninfea in fiore al centro della tomaia, affiancata da anatre mandarine. La qualità dei ricami sarebbe bastata da sola a intimidirmi, ma a questo si aggiungeva il fatto che le calzature potevano stare nei palmi delle nostre mani. Mia suocera e tutte le signore della casa avevano loti d'oro non più lunghi di dieci centimetri!

«Un paio di loti d'oro di dieci centimetri potrebbe portare fortuna» gemetti. «Ma otto coppie perfette?»

«Qualcosa che si ottiene soltanto con un'immensa forza di volontà e con tanto coraggio» rispose Piccolo Fiore.

«Come farà una famiglia così ad accettare i miei piedoni?»

«C'è una lettera di accompagnamento» disse lei solennemente.

La presi con mani tremanti.

«Forza» mi incoraggiò Piccolo Fiore con dolcezza. «Apritela.»

Le mie dita si strinsero intorno al foglio, ma non riuscii a costringermi a rompere il sigillo di ceralacca.

«Abbiamo già visto il peggio. Perché siete ancora così spaventata?»

Aprii la bocca ma non riuscii a parlare, come se dare voce alle mie preoccupazioni potesse farle avverare. Le misi in mano la lettera. «Ti prego, leggila tu» dissi.

«Ma, signorina, io conosco solo pochi caratteri.»

«Già, hai ragione.»

Ruppe il sigillo di ceralacca, aprì la lettera e me la porse.

Prima nuora,
mi scuso per la consegna tardiva di questi campioni di scarpe. Ahimè, non è stato possibile evitarlo, perché i loti d'oro della mia quarta figlia hanno raggiunto la lunghezza definitiva di dieci centimetri solo poco tempo fa. Viviamo a Tianjin, ma la mia famiglia d'origine è della provincia dello Shandong. Diamo la massima importanza ai piedi fasciati; anche le povere

contadine che lavorano nei campi hanno loti d'oro di quindici o venti centimetri.

Ora anche la mia figlia più giovane si è guadagnata questa essenziale virtù femminile, proprio come tutte le sue sorelle e le sue zie. Non volevo quindi che sprecassi tempo ed energie per fare scarpe che sarebbero state troppo grandi alla tua cognata più giovane.

Non vedo l'ora di ammirare il frutto del tuo lavoro. Il mio servitore rimarrà a Canton e ritirerà le scarpe da te prima che inizi il viaggio per Tianjin. Precederà il convoglio nuziale per consegnarmi le scarpe prima che tu varchi la nostra soglia. Un mese non è molto tempo; non indugiare.

Cordiali saluti,
Signora Li

Alzai gli occhi dalla pagina e trovai Piccolo Fiore sbigottita quanto me.

« La signora Li non mi accetterà mai! » gridai. « Il suo rimprovero è esplicito: disprezza i piedi grandi. Mi tratteranno come una lebbrosa! » La mia voce stridula si incrinò. Strinsi le labbra per arginare il panico. Dovevo calmarmi, invece continuavo a tremare di paura.

Per la prima volta nella mia vita, l'alta opinione che Aa De aveva di me mi sembrò una maledizione, ben peggiore del mio difetto visivo. I loti d'oro delle mie sorellastre le avrebbero protette dall'inimicizia delle future suocere. La lettera della signora Li confermava invece il mio peggior timore. Doveva essere risentita della decisione del marito di imporre alla famiglia una nuora dai piedi naturali, eppure non poteva opporsi. Una volta entrata nella sua sfera di potere sarei rimasta senza difese. Se fosse stato possibile annegare nel panico, sarei morta. Mi coprii il viso con le mani e lottai per rallentare il respiro. Piccolo Fiore mi accarezzò la schiena finché non mi calmai. Lasciai cadere le mani e mi girai verso di lei.

« Non possiamo fare niente per i vostri piedi » disse. « Però ho un'idea che potrebbe aiutarci a finire le scarpe in tempo. »

« E come? Ci vuole almeno una settimana per farne un solo

paio!» protestai. «Abbiamo...» Feci una pausa e contai. «Abbiamo ventotto giorni prima del ritorno del servitore della signora Li. E io non posso passare le giornate a cucire. Devo anche intrattenere gli ospiti. Non c'è abbastanza tempo! E sono sicura che lei si accorgerà se le scarpe sono fatte da mani diverse.»

«Non sarà facile» ammise, «ma dobbiamo provarci. La signora Li vuole umiliarvi nel giorno del vostro matrimonio. Non possiamo dargliela vinta senza almeno tentare di fare qualcosa. Volete sentire il mio piano?»

Benché dubbiosa, annuii.

«Dobbiamo fare di necessità virtù e tenere un ritmo serrato» cominciò. «Se riusciamo a confezionare quattro paia di scarpine a testa, potremo farcela. Posso imitare i vostri punti, e per non complicare le cose preparerò solo due modelli. Un motivo a crisantemo per le scarpe della signora Li, perché tutte le signore anziane apprezzano un simbolo di longevità, e dei fiori di loto per le altre sette paia. È una scelta sicura che non offende nessuno. Cosa importante: tutti i fiori e le foglie devono essere ricamati a tinta unita. Il risultato finale non sarà molto sofisticato, ma renderà più difficile distinguere tra i nostri lavori. E il vostro difetto non vi sarà di ostacolo. Cosa ne pensate?»

Che tesoro era Piccolo Fiore!

Avevo fatto bene a tenerla con me. Mi stava dimostrando il suo valore ancora una volta. Nessun'altra avrebbe potuto prendere il suo posto: era creativa e piena di risorse e, anche se non fosse più stata in grado di ricamare come prima, la sua ingegnosità sarebbe stata preziosa per me. Ma ero sollevata che avesse riacquistato le sue capacità.

Una punta di rimorso mi trafisse ricordando quanto ero stata vicina a perdere il suo talento. Maa Maa aveva dimostrato tutta la sua crudeltà nel punirla. Sospettavo che alla maggior parte delle persone perdere tre dita in cambio di un occhio sarebbe sembrato un buon affare. Però mia nonna sapeva che per la mia *muizai* il ricamo era la cosa più importante. Nei mesi successivi al suo folle tentativo di fuga, avevo cominciato a pensare di aver commesso un errore costringendola a rimanere come ancella della mia dote. Avevo messo in pericolo la sua vita e l'avevo ridotta a una schiava qualsiasi come Aa Sap. Forse avrei dovuto chiedere ad Aa Noeng di salvare il suo fidanzamento. Ma nessun'altra ancella poteva eguagliare la sua ingegnosità, così mi ero aggrappata alla speranza che riacquistasse l'abilità di un tempo.

Un giorno, circa sei mesi dopo la punizione, ero andata nella sua stanza. L'avevo trovata sola, intenta a cucire seduta sul bordo del letto. Il tessuto era coperto di punti rudimentali. Non avevo mai visto una persona ricamare solo con il pollice e il mignolo, ma se c'era qualcuno che poteva farlo, era lei.

«Piccolo Fiore» le dissi, «sono molto contenta che tu abbia ripreso a ricamare. Devi credermi. Non volevo farti del male.»

Mi sedetti sul letto e aspettai. Dopo diversi minuti, finalmente, posò telaio e ago e mi guardò. «Stiamo parlando come padrona e schiava?» chiese. «O come due persone?»

Per un attimo non seppi cosa rispondere, poi dissi: «Ora siamo legate per la vita, destinate a vivere fianco a fianco. Spero che ci vedrai come amiche, come mia madre e Rosso Ciliegia».

«Loro non sono amiche.»

«Certo che lo sono!»

«La signora Fong è una padrona gentile, ma Rosso Ciliegia rimane una serva.» Il suo commento fece sembrare sciocca la mia affermazione.

«Perché sei scappata?» le chiesi. Le avevo fatto quella domanda molte volte, senza mai ricevere una risposta soddisfacente. Vedendo che rimaneva muta, le chiesi: «Pensi che io sia crudele come Maa Maa?» Esitava ancora. «Parliamo come due persone» dissi infine. «Come pari, anche se solo per questa volta. Ho bisogno di sapere la verità.»

«Vostra nonna ha il cuore nero come un demone» disse. «Voi non siete come lei.»

«Perché sei scappata?»

«Perché volevo la libertà.»

«La vita con me sarà di gran lunga migliore della falsa libertà che avresti guadagnato come moglie. Guarda Rosso Ciliegia. La sua vita è facile, e comanda tutta la servitù. Non gode forse di più libertà delle mie madri?»

«La signora Fong non costringerebbe mai Rosso Ciliegia a

fare qualcosa contro la sua volontà. Voi non mi trattate con la stessa considerazione.»

La sua voce era calma e ferma quanto la mia. La sua audace affermazione mi ammutolì. Cercai di distogliere lo sguardo, ma l'espressione di condanna nei suoi occhi me lo impedì.

«È vero, non sempre ti ho trattato bene» dovetti ammettere. Mi fermai qualche istante per valutare quanto dovessi espormi. Dire troppo poteva minare la mia autorità, ma per ottenere la sua lealtà dovevo mostrarmi sincera. «A volte è difficile per me vedere Aa Noeng trattarti come una figlia» continuai. «Mi addolora essere paragonata a te. Ma ti prometto che non ti punirò più. D'ora in avanti troverai in me una padrona giusta e premurosa, hai la mia parola. Possiamo ricominciare, per favore?»

Piccolo Fiore rispose con un mezzo sorriso, e quando la abbracciai non oppose resistenza.

Nei due anni trascorsi da allora l'avevo osservata da vicino ed ero quasi certa che non mi portasse rancore. Aveva continuato ad applicarsi al ricamo con feroce determinazione e la sua tenacia aveva conquistato il mio rispetto. Avevo bisogno di un'alleata incorruttibile in casa Li. Mi aspettavano molti ostacoli e difficoltà, ma era improbabile che Piccolo Fiore fosse tra questi.

20

Piccolo Fiore

Da quando avevo parlato apertamente con Linjing, avevo messo da parte il dolore per le perdite subite, seppellendolo nei recessi della mente. Avevamo raggiunto una sorta di armonia, mentre cercavo di accettare il destino di una vita di servitù. Però i festeggiamenti nuziali minacciavano di riaprire la ferita. Ritagli di carta scarlatta decoravano le pareti, le finestre a grata e gli stipiti delle porte in tutta la residenza dei Fong. Ovunque mi girassi, trovavo immagini di buon auspicio: i caratteri della «doppia felicità» ritagliati in modo da sembrare due sposi che si tenevano per mano; coppie di anatre mandarine che nuotavano beate; coppie di draghi e fenici che si libravano in cielo. Festoni di seta rossa pendevano dalle travi. In fondo a ognuno il tessuto era stato raccolto in un pompon grande come un'anguria. Ampi nastri dello stesso colore drappeggiavano le colonne e tutti gli ingressi. Annegavo in un mare di rosso. Quei motivi nuziali sembravano prendersi gioco del mio fidanzamento perduto e dovetti fare appello a tutto il mio autocontrollo per tenere a bada l'amarezza e concentrarmi sul compito da svolgere. Cedere alla disperazione mi avrebbe portato su un sentiero distruttivo e mi ero ripromessa che non avrei più visitato quel luogo oscuro.

Con uno sforzo immenso costrinsi la mia mente ad allontanarsi dal vortice dei sogni perduti e a strisciare sulle rive della realtà. Quando mancavano solo tredici giorni alla partenza per Tianjin, Rosso Ciliegia mi annunciò che era giunto il momento di imparare ad acconciare i capelli in uno chignon da donna sposata. Ci riunimmo tutte e quattro nella camera da letto della signora Fong. La signorina Linjing e sua madre sedevano l'una accanto all'altra sugli sgabelli davanti a un grande specchio a tre ante che si trovava sopra la toeletta. Rosso Ciliegia e io eravamo in piedi dietro le nostre padrone. Su uno scaffale c'era una bacinella di acqua fresca a cui avevo aggiunto una manciata di trucioli di prezioso nanmu e gocce di olio di semi di tè. Rosso Ciliegia e io prendemmo le due piccole spazzole che erano state immerse in quella miscela per un quarto d'ora. Cominciammo a pettinare lentamente i capelli delle nostre padrone dalle radici alle punte per permettere alla lozione di penetrare nei follicoli. Ma la miscela faticava a domare i capelli crespi intorno alle tempie della signorina Linjing. Dovetti bagnare la spazzola altre due volte prima di riuscire a renderli lisci. La sua agitazione non aiutava, perché si grattava distrattamente i lati della testa mentre lottava per cucire alla suola la tomaia di una scarpa. Finora lei aveva finito il paio di scarpette della signora Li, e io tre paia. Per raggiungere il nostro obiettivo, avrei dovuto sacrificare altro sonno e farmi carico anche di parte del suo lavoro. I progressi della mia padrona erano troppo lenti: non si interrompeva spesso per intrattenere le parenti, ma la tensione rendeva le sue dita più maldestre del solito. Le si accavallavano i punti ed era costretta a disfare il lavoro, come stava facendo ora. Si grattò la testa, scompigliandosi di nuovo i capelli.

«Signorina» dissi, «forse dovreste prendervi una pausa dal cucito.»

«Non posso perdere tempo!» obiettò lei. «Oltre a questa, mancano ancora tre paia di scarpe!»

La sua voce, che di solito era bassa e ferma, assumeva un tono stridulo e isterico ogni volta che parlavamo delle scarpe. In momenti come quello, riuscivo quasi a perdonarle il furto della mia libertà. La sua insistenza per trattenermi con sé aveva certo motivazioni egoistiche, ma non era una cattiva persona: aveva agito per paura. Comunque aveva mantenuto la promessa di trattarmi bene e con il massimo rispetto che una signora potesse concedere a una schiava.

«Piccolo Fiore non può pettinarti, se non tieni la testa ferma» intervenne la signora Fong. «Deve imparare a fare l'acconciatura di una donna sposata prima della partenza.»

«Finiremo prima se non vi muovete» aggiunse Rosso Ciliegia, «e, per favore, cercate di tenere le mani in grembo.»

Con un sospiro rassegnato, la signorina Linjing mise da parte il lavoro e adottò la posizione suggerita.

Rosso Ciliegia divise i capelli lunghi fino alla vita della signora Fong in tre sezioni, con una riga centrale; io feci lo stesso con quelli della signorina Linjing. Legai le sezioni anteriori in due ciocche, tenendole scostate mentre lavoravo la parte posteriore dei capelli. Imitando Rosso Ciliegia, appuntai un grande cuscinetto di crine di cavallo a forma di fagiolo sulla sommità della testa e vi distribuii sopra i capelli naturali, ottenendo una notevole altezza. Con dieci dita abili, Rosso Ciliegia era riuscita a girare più volte i capelli della signora Fong formando uno chignon perfetto. Non potevo sperare di fare lo stesso. Presi un paio di bacchette d'avorio pulite. Rosso Ciliegia mi lanciò un'occhiata interrogativa.

«Voglio usarle per fare uno chignon intrecciato per la signorina Linjing» spiegai, «come quello che la signorina Hart portava qualche volta.»

«Non è tradizionale» disse Rosso Ciliegia. «Lo chignon di una donna han deve essere liscio.»

«Siete contraria a uno chignon intrecciato?» chiesi alla mia padrona.

«Non mi interessa quello che fai, purché tu finisca in fretta, così possiamo tornare alle scarpette. Mancano solo tredici giorni e il servitore dei Li verrà a ritirarle!»

Rosso Ciliegia aprì la bocca per obiettare, ma la signora Fong disse: «Vediamo cosa riesce a fare Piccolo Fiore».

Mi rivolse un sorriso incoraggiante, che io ricambiai di cuore. Anche se a volte faticavo a trattenere il rancore nei confronti di Linjing, non nutrivo alcun risentimento verso sua madre, e mi addolorava la prospettiva di separarmi da lei. Anch'io temevo i maltrattamenti che ci avrebbero riservato dai Li. Come *muizai* sarei magari sfuggita alla padrona di casa, ma le altre serve si sarebbero adeguate al trattamento riservato alla mia signora. Se, come tutti temevano, Linjing avesse passato dei guai, nemmeno io avrei avuto vita facile.

Inserii una bacchetta nella parte centrale del cuscinetto di crine e posizionai la seconda orizzontalmente sotto, lasciando uno spazio di un dito tra le due, e poi feci una treccia a quattro ciocche spostando le bacchette per tutta la lunghezza dei capelli. Le bacchette funzionarono come una terza mano, mantenendo le ciocche al loro posto. Infine arrotolai la treccia su se stessa e la fissai sulla nuca, usando diverse forcine per appuntarla. L'effetto era molto più intricato ed elegante di quanto avessi osato sperare. Presi uno specchio e lo tenni dietro la testa della signorina Linjing. Lei lanciò un'occhiata distratta e lo allontanò.

« Sbrigati » disse. « Per favore, finisci, così possiamo continuare a cucire. »

« Rosso Ciliegia, puoi andare a prendere il mio regalo per Linjing? » chiese la signora Fong. Costrinse la figlia a girarsi in modo da guardarla negli occhi, e disse: « È ora che ti dia una lezione importante ».

Rosso Ciliegia aprì un cassetto e consegnò alla mia padrona una scatola lunga e stretta, laccata. Linjing la aprì: conteneva un fermaglio ornamentale d'oro con un motivo a fenice, identico a quello che ornava la sommità della testa della madre.

« L'ho fatto fare al miglior orafo di Canton » spiegò la signora Fong. « Tua nonna materna fece lo stesso per me, e sua madre prima di lei. È un simbolo del tuo status di prima moglie. Alle mogli minori di tuo padre non è consentito portare la fenice o copiarmi l'acconciatura.

« Tua nonna materna mi ha detto che non basta avere il titolo di signora Fong o, nel tuo caso, signora Li: devi trovare il modo di ricordare alle tue sorelle-mogli che sei tu la moglie principale. Solo così riuscirai a mantenere il controllo su di loro. Ti suggerisco di seguire il mio esempio e di stabilire le stesse regole appena entreranno nella vostra casa. »

« Ma è solo l'acconciatura dei capelli... »

« È un segno della loro sottomissione a te. »

La mia padrona sembrava scettica.

« *Aiya*, signorina Linjing! » esclamò Rosso Ciliegia. « Non dovete dubitare della saggezza di vostra madre. La vostra *maa maa* era molto più severa. Siete troppo giovane per ricordarlo, ma la vedova Fong ha sempre proibito alle mogli minori del vecchio padron Fong di usare capelli posticci, sebbene entrambe ne avessero a malapena per farsi uno chignon semplice. Voleva essere l'unica ad avere un aspetto dignitoso.

«Ho esortato vostra madre a fare lo stesso. Ma lei è di buon cuore. Per questo le altre *taai taai* sono libere di fare come vogliono, purché non imitino o mettano in ombra la pettinatura della mia signora.»

Linjing capì e annuì solennemente. Io invece provai un senso di disagio nel ricordare un'osservazione che Pioggia di Primavera aveva fatto pochi giorni prima. Aveva accennato all'improvviso interesse mostrato dalla Seconda taai taai nell'imitare lo stile della signora Fong con un fermaglio simile al suo. Le era parso strano, visto che non si era mai preoccupata dei suoi capelli, che portava raccolti in uno chignon semplice con una frangia corta sulla fronte ampia. Non aveva mai nemmeno usato un'imbottitura di crine per dare volume alla chioma.

Né io né Pioggia di Primavera eravamo al corrente degli accordi tra la signora Fong e le sue sorelle-mogli, quindi avevamo pensato che fosse una fissazione innocua da parte della Seconda taai taai, forse un modo per distrarsi dall'imminente perdita del giovane padron Fei. Ora il suo comportamento mi sembrava sospetto. Qualunque cosa stesse progettando, non poteva essere un bene per la signora Fong. Dovevo condividere le mie preoccupazioni con Pioggia di Primavera.

Con soli sette giorni a disposizione, avrei preferito lavorare alle scarpette di loto, ma spesso c'era bisogno di me altrove. Trascorrevo ore nella camera da letto della signorina Linjing insieme alle altre *muizai* delle giovani signore, ad ascoltare le cugine parlare dei loro problemi matrimoniali. Chiarezza, una donna dai polsi grossi e dalle dita come salsicce, se ne stava adagiata su un lettino, con il ventre gravido che tendeva le cuciture della tunica. Accanto alla signorina Linjing sedeva Lavanda, una donna con numerosi tic. Dall'altra parte del semicerchio, Armonia si mordicchiava le unghie. Tutte e tre le signore erano sposate da meno di un anno.

«Oh, Linjing» disse Chiarezza, «devi fare tesoro di questi ultimi giorni di fanciullezza. È una benedizione dormire da sola.

Mio marito ha un appetito insaziabile. Anche se sono incinta, non mi dà tregua.» Rabbrividì prima di continuare: «Sono stufa di quelle sue manacce. Lo supplico di lasciarmi stare, almeno fino alla nascita del bambino, ma non mi ascolta».

Linjing e le cugine nubili fissavano Chiarezza con gli occhi spalancati e le guance paonazze. Come me, anche le altre *muizai* fecero una smorfia, ma sembrarono anche sollevate. Forse c'era qualche consolazione nel rimanere schiave.

«Non pensavo fossimo tenute ai doveri coniugali durante la gravidanza...» commentò la signorina Linjing.

«Nemmeno io!» strillò Chiarezza. «Mi sono lamentata con mia suocera, ma lei dice che è mio compito soddisfare suo figlio.»

«Mia suocera mi dice la stessa cosa» intervenne Lavanda. «Obbedisci. Obbedisci. Obbedisci. Non sento ripetere altro tutto il giorno. Ma per quanto io cerchi di compiacerla, non è mai abbastanza. Critica il mio lavoro di cucito, mi rimprovera se servo il tè perché o è troppo caldo o è troppo freddo, e mi picchia ogni volta che mi arrivano le mie cose. L'anniversario di matrimonio si sta avvicinando. Se non rimango incinta presto, potrei essere scacciata.»

«Almeno siete entrambe la prima moglie di un erede» disse Armonia in tono sconsolato. «Linjing, anche tu sei fortunata: quando sarai la matriarca, tutta questa sofferenza sarà valsa la pena. Mio marito è il figlio più giovane, quindi devo accontentare la suocera e tutte le cognate più anziane. A tavola posso mangiare la carne solo quando tutti gli altri si sono saziati, e spesso per me non avanza niente. Inoltre, il mio mantenimento è il più basso. Riesco a malapena a pagarmi gli articoli da toeletta, figuriamoci i regali.»

Le cugine e le sorelle adolescenti della signorina Linjing si dispersero in piccoli gruppi mentre noi servivamo il rinfresco. La signorina Linjing prese in disparte Lavanda e Chiarezza, e parlò con loro sottovoce. Mentre versavo il tè e tornavo con vassoi di dolci e frutta, colsi alcuni frammenti della conversazione. La mia padrona chiese a Lavanda dei rimedi che potessero aiutarla a concepire un bambino più velocemente, ma l'altra rispose che non c'era niente che funzionasse. Poi chiese a Chiarezza di condividere ulteriori dettagli sui doveri coniugali. Ascoltando i racconti delle cugine, la carnagione della mia padrona passò dal rosso al bianco mortale. A un certo punto mi sembrò di capire che Chiarezza avesse dovuto far entrare il marito dall'entrata posteriore, ma non ne ero sicura, perché avevo colto solo la parte finale della storia e non avevo mai sentito parlare di una cosa del genere. Presi il bollitore vuoto e uscii di corsa dalla stanza. Per certi versi, una moglie sopportava più umiliazioni di una *muizai*.

Al pozzo incontrai Piccola Erba, la cameriera di Armonia, che stava attingendo l'acqua per riempire una vasca. L'*ou* sbiadito le ballava sul corpo magro. Dal modo in cui aveva deglutito guardando le nostre padrone mangiare, capii che doveva essere affamata. Poverina, mi ricordava com'ero da bambina. Cercai nella tasca il pacchetto che Linjing mi aveva regalato quando avevo finito il quinto paio di scarpe di loto.

«Vuoi un pezzo di croccante?» le chiesi.

Lei me lo strappò di mano, lacerò l'involucro e se lo cacciò tutto in bocca. Non parlò finché non ebbe ingoiato. «Ne hai ancora?» domandò.

«Neanche un grazie?» feci io.

«Perché ti dovrei ringraziare?» replicò, leccando le briciole sull'involucro.

«Perché sei così ostile?»

«Non fare la finta tonta, sei una privilegiata» ribatté in tono di scherno.

La guardai accigliata.

«La signorina Linjing diventerà una matriarca» disse. «Significa che tu diventerai la governante e comanderai tutte le *muizai*. Io invece rimarrò sempre una schiava di basso rango. Perché dovrei essere gentile con te?»

Senza aspettare la mia risposta, mi spinse via e se ne andò. Nonostante la maleducazione, aveva detto la verità: le mie prospettive erano più rosee delle sue, soprattutto se fossi riuscita ad aiutare Linjing a sfuggire alle trappole della signora Li.

21

Linjing

I discorsi di Chiarezza e Lavanda mi avevano gettata nello sconforto: il matrimonio sembrava molto peggio di quanto avessi immaginato. Mi era capitato di entrare in contatto con i giovani gentiluomini che si erano trattenuti a casa nostra – figli di colleghi di mio padre o lontani parenti –, ma non avevo alcuna idea del carattere degli uomini. Quanto al mio futuro sposo, avevo visto solo una sua fotografia, che non mi era di nessun aiuto per capire che tipo fosse. Sarebbe stato gentile, oppure brutale come il marito di Chiarezza? Altri sei giorni e il servitore della signora Li sarebbe venuto a ritirare le scarpette di loto, e io avrei lasciato per sempre la famiglia per andare incontro al mio destino.

Continuavo a fissare il mio ricamo con la morte nel cuore. Avrei dovuto rifinire il motivo dei petali sulla tomaia della scarpa, ma mi bruciavano gli occhi. Posai il cucito e uscii fuori. Avevo bisogno di camminare. A quell'ora la maggior parte degli ospiti stava riposando, quindi avevo il giardino tutto per me. Scesi di corsa il pendio che portava al lago, mi tolsi scarpe e calze e immersi i piedi nell'acqua fresca. Non avrei potuto farlo se avessi avuto i loti d'oro e, sebbene li desiderassi ancora, quella gioia era un piccolo ma delizioso risarcimento.

Una delle carpe dorate si avvicinò e mi sfiorò le dita dei piedi con la bocca. Quando infilai una mano in acqua si allontanò.

Se solo avessi potuto rimanere a casa! Il mio pensiero tornò al consiglio della signorina Hart di non sposarsi o farlo soltanto se si incontrava un uomo meritevole. All'epoca l'avevo liquidato come una follia. Ora non desideravo altro. Dovevo affrontare l'argomento con Aa De? No, rifiutare il matrimonio, soprattutto arrivati a questo punto, era impossibile. E se invece mio padre fosse stato di mentalità aperta come aveva suggerito la signorina Hart? Dovevo provarci. Per lo meno, avevo bisogno di essere rassicurata sul fatto che mi avrebbe protetto, in caso di problemi. Mi asciugai i piedi e mi affrettai a raggiungere il suo studio.

Lo trovai alla scrivania che leggeva. Sollevò lo sguardo e sorrise con gli occhi che brillavano. Quel tipo di sorriso lo riservava solo a me e a mio fratello.

«Ah, Linjing, sei arrivata in tempo per prendere il tè con me» disse, alzandosi e dirigendosi verso il tavolino. «Il mio servitore tornerà presto con i dolci.»

Sedetti su uno sgabello accanto a lui. Mi sentivo la gola secca.

«Hai l'aria preoccupata, tesoro mio. Dimmi cosa ti affligge. Forse posso aiutarti.»

«Ho paura del matrimonio» esordii.

«È normale» mi rassicurò. «Tutte le giovani signore rispettabili lasciano a malincuore la casa paterna.»

«Aa De... sarebbe... potrei rimanere nubile?» chiesi tutto d'un fiato.

Mi guardò incredulo e si scostò dal tavolo, prendendo le distanze da me. Anticipando il suo rimprovero, dissi: «Il matrimonio mi terrorizza! Preferirei dedicare la mia vita a servire te. Ti prego, Aa De, lasciami restare a casa».

A quella dichiarazione i suoi occhi si addolcirono e sorrise con indulgenza, tornando ad avvicinare il suo sgabello al mio. «La tua lealtà verso di me ti fa onore» disse, accarezzandomi la mano, «e il tuo timore per il matrimonio è la prova della tua modestia e della tua educazione.»

«Esaudirai il mio desiderio?» chiesi, afferrandogli un braccio.

«Oh, Linjing» fece lui con il tono carico di affetto che mi aveva riservato fino all'arrivo di Fei. «Il matrimonio è la strada migliore per te. Sarei un pessimo padre se impedissi le tue nozze per proteggerti da queste paure che, seppur naturali, sono del tutto ingiustificate.»

«Ma sono certa che la signora Li mi tormenterà...» Gli raccontai delle otto paia di scarpette di loto lunghe dieci centimetri e della lettera che le aveva accompagnate. «Sicuramente questa è la prova del suo pregiudizio nei confronti dei piedi naturali.»

«Una moglie deve sottomettersi al marito. Questa regola si applica anche alla signora Li: poiché il viceré Li sostiene i piedi naturali, lei dovrà cedere e accoglierti. Mostrarsi ostile sarebbe un atto di insubordinazione. Nessuna signora di alto lignaggio disobbedirebbe a questa regola.»

Le sue parole non mi furono di conforto. Abbassai gli occhi sulla tovaglia, toccando le perline del tessuto mentre cercavo di trovare un modo per fargli capire la complessità e i pericoli del regno delle donne.

«Valoroso Li sta per diventare un ambasciatore della Cina» disse lui, spingendomi tra le mani una tazza di tè. «Tra qualche anno lo accompagnerai in una splendida città moderna come Londra o New York. Non sarà meraviglioso?»

«Mi piacerebbe andare all'estero» ammisi, intrecciando le dita intorno alla tazza. «Ma... se le cose dovessero andare male...» Deglutii. «Se ci saranno problemi nel mio matrimonio, se per esempio non potrò avere un figlio, tu mi proteggerai?»

«Piccola mia» disse lui. «Io ti proteggerò sempre.»

22

Piccolo Fiore

Pioggia di Primavera mi aveva raccontato che la sua crudele padrona aveva iniziato a copiare l'acconciatura della signora Fong, anche se solo tra le quattro mura della sua camera da letto. La mia amica era ansiosa di scoprirne il motivo, e sperava di smascherarla. Avevamo pensato di riferirlo alla signora Fong, ma sarebbe stata la parola di una *muizai* contro quella di una seconda moglie. Non potevamo permetterci passi falsi, quindi Pioggia di Primavera decise di tenere gli occhi aperti e cercare eventuali oggetti sospetti.

Intanto il tempo per portare a termine il ricamo delle scarpette di loto stava per scadere. La vedova Fong aveva convocato una compagnia di artisti per mettere in scena tre giorni di spettacoli in chiusura dei festeggiamenti prematrimoniali, che tennero la signorina Linjing confinata nel padiglione della Bella Vista da metà pomeriggio a notte fonda. L'avvicinarsi della scadenza mi teneva sveglia fino a tardi, e i mal di testa causati dalla stanchezza rallentavano il mio lavoro.

Ero talmente esausta che dovevo essermi appisolata mentre aspettavo Pioggia di Primavera in un angolo riparato del giardino roccioso, per farmi raccontare ciò che aveva scoperto sulla Seconda taai taai. Mi svegliò scrollandomi per le spalle.

«Ho trovato qualcosa» disse.

Dalla tasca interna della casacca estrasse un foglio ripiegato; il sigillo di ceralacca rossa era spezzato. «Era nel doppio fondo della scatola di trucchi.» Mi diede la lettera. «Dev'essere importante, se l'ha nascosta.»

Aprii il foglio e cercai di decifrare i caratteri. Negli ultimi due anni, nel tentativo di conquistare la mia lealtà, la signorina Linjing aveva cominciato a insegnarmi a leggere e a scrivere. Era un privilegio molto raro per le schiave. Ma tra i miei doveri di *muizai* e il tempo che avevo dedicato a rieducare la mano offesa, ero riuscita a imparare ben poco.

«Allora?» chiese lei. «Cosa c'è scritto?»

«Riesco a distinguere solo pochi caratteri» dissi. Indicai quelli che capivo e li lessi per lei: «buoni progressi», «madre», «figlia», «ricerca», «servitore», «pagamento» e «Fenice».

«È una strana accozzaglia di parole» disse lei, sistemandosi le trecce.

«Parla della signora Fong, questo è certo. Ma il resto non sembra minaccioso. Magari è una lettera innocente tra la Seconda taai taai e la sua famiglia d'origine, con alcune banali lamentele sul conto della prima moglie.»

«Ma se è davvero una lettera innocente, che motivo aveva per nasconderla nel cassetto segreto? Devi farla vedere subito alla signora Fong. La prenderà sul serio se sarai tu a metterla in guardia. Se la mia padrona ha fatto qualcosa di malvagio, voglio vederla punita.»

Sfilò dall'*ou* la bambolina, estrasse uno spillone dalla fronte e lo usò per pungersi un dito, poi macchiò col suo sangue la testa senza volto. «E se la lettera non dovesse bastare, gliela farà pagare la magia.»

Mi guardò con aria di sfida. Nonostante la sua fede nelle bamboline, alla Seconda taai taai non era ancora successo niente di male, ma non avevo il coraggio di provare a dissuaderla dal crederci. Un'ondata di tristezza mi investì quando paragonai la ragazza piena di odio che avevo davanti con la persona gentile che avevo conosciuto tanti anni prima.

Pioggia di Primavera pensava che la schiavitù non potesse privarci dell'anima, ma si sbagliava: aveva rovinato la sua con l'amarezza. La vita era stata crudele con lei, e io potevo comprendere la sua rabbia. A volte la provavo anch'io. Un tempo avevo pensato alla vendetta come a una bestia dall'appetito insaziabile. Adesso mi sembrava più un'edera velenosa, capace di uccidere i sostegni a cui si avvinghiava. Se avessi abbassato la guardia, avrebbe potuto trovare un punto d'appoggio anche in me, perché c'erano momenti in cui piangevo ancora la perdita della mia libertà.

«Fagliela vedere stasera» mi incalzò Pioggia di Primavera.

Sebbene a malincuore, accettai.

Quella sera, quando tutta la casa dormiva, andai nella camera da letto della signora Fong. Dovetti bussare diverse volte prima che venisse ad aprirmi.

«Che cosa succede?» chiese. «È per Linjing?»

«No, signora, devo dirvi una cosa importante. Posso entrare?»

Con un cenno solenne mi condusse verso l'alcova e mi disse di sedermi su una chaise longue. Dopo aver acceso la lampada sul tavolino, spense la candela e prese posto accanto a me. La preoccupazione le increspava la fronte.

«È per la Seconda taai taai» dissi. «Pioggia di Primavera ha trovato una lettera nascosta nel doppio fondo della scatola di cosmetici.» Raccontai che la mia amica aveva notato l'improvviso desiderio della Seconda taai taai di imitare la sua acconciatura di prima moglie, e le riferii i pochi caratteri della lettera che avevo decifrato.

«Hai portato la lettera?» chiese.

Me la sfilai dalla tasca e gliela posai sulle ginocchia. Lei rimase immobile a fissarla come se fosse una vipera addormentata che alla minima vibrazione poteva svegliarsi e attaccarla. Alla fine la prese e la lesse in silenzio. Il suo volto rigido tradì ben poco dei suoi pensieri; una volta finito appallottolò il foglio, chiuse gli occhi e si lasciò sfuggire un lungo sospiro. Quando li riaprì vi lessi la rassegnazione, sfumata da un'altra emozione che non riuscivo a decifrare. Ma non sembrava arrabbiata e nemmeno sorpresa.

«State bene, mia signora?» chiesi.

«Nessuno deve sapere niente di quanto è accaduto» disse lei, «e implora Pioggia di Primavera di mantenere il riserbo. Non dovete raccontarlo a nessuno, soprattutto a Linjing. Non dobbiamo aumentare le sue preoccupazioni.»

«Cosa...» Esitai, temendo di essere inopportuna, anche se la lettera l'avevo portata io. Ma la curiosità ebbe la meglio. «Cosa c'è scritto?»

«Andrà tutto bene» si limitò a rispondermi. «Me ne occuperò io.» Cercò di rassicurarmi con un sorriso, ma le sue labbra tremanti non mi diedero alcun conforto. Guardò alle mie spalle, verso le ombre, come se lì ci fosse una risposta. «Possiamo fidarci del silenzio di Pioggia di Primavera?»

«La Seconda taai taai la maltratta. Vuole solo rendersi utile e so che obbedirà ai vostri ordini. Tutto ciò che chiede in cambio è di essere riassegnata a una padrona più gentile.»

«D'accordo. Ne sono felice. Ora va' a dormire.»

«Vi prego, mia signora. Non volete dirmi cosa c'è scritto?»

Per tutta risposta lei si avvicinò al tavolino, gettò il foglio appallottolato in una ciotola, accese un fiammifero e lo bruciò. In un attimo le fiamme lo divorarono. A quel punto mi ordinò di andarmene. Vedendo che non mi muovevo fece un passo avanti, soffermandosi ai margini del cerchio di luce proiettato dalla lampada.

Con il volto in ombra disse: «Mi dispiace per la tua libertà perduta, però spero che tu possa perdonare Linjing. È una richiesta ingiusta, lo so, ma te la faccio da madre impotente. Presto non potrò più proteggerla e tu sarai la sua unica alleata. Linjing non lo sa, ma è debole. Il tuo spirito invece è forte e indomabile. Il suo è fatto di vetro, luminoso e fragile: forse è la maledizione di un'educazione privilegiata e di un padre troppo indulgente». Si chinò in modo che i nostri occhi fossero allo stesso livello. «Promettimi che sarai leale e buona con mia figlia» implorò, «anche se non sempre se lo merita.»

Stupita, non riuscii a rispondere subito. La signora Fong mi aveva incoraggiato spesso mentre lottavo per riaddestrare la mano destra, ma non aveva mai condiviso pensieri simili con me. In quel momento mi sembrò di non essere una schiava. Tuttavia, sulla figlia si sbagliava. Aveva una forza di volontà potente, capace di spazzare via ogni ostacolo che osasse mettersi sulla sua strada. Non aveva forse infranto tutte le mie speranze di libertà pur di raggiungere il suo obiettivo? Avrei voluto dirglielo. Ma sapevo di dover promettere: era il mio regalo per la sua bontà d'animo.

«Sarò per vostra figlia quel che Rosso Ciliegia è per voi» dissi. E intendevo mantenere la mia parola, finché la signorina Linjing avesse continuato a rispettare la sua parte dell'accordo trattandomi con rispetto.

«Allora posso dormire tranquilla» rispose lei, allungando una mano per sfiorarmi la guancia. «Ora dobbiamo riposare» disse poi, in tono più leggero. «Domani ci aspetta un'altra giornata impegnativa.»

Avrei voluto ancora delle risposte, ma la fermezza sul suo volto mi diceva che non avrebbe aggiunto altro. Aveva parlato con convinzione e volevo crederle. Eppure dietro la sua allegria forzata avvertivo un senso di pericolo.

23

Linjing

Ancora una notte e poi io e Piccolo Fiore saremmo partite alla volta di Tianjin.

Nonostante i miei sforzi, ero riuscita a cucire soltanto due paia di scarpe, lasciando a lei le altre. L'ultimo paio aveva ancora bisogno di alcune finiture al ricamo prima di fissare le tomaie alle suole. Piccolo Fiore aveva promesso di rimanere sveglia tutta la notte, se necessario. Temendo che potesse ammalarsi per la fatica, le avevo fatto bere molto brodo di pollo e ginseng. Povera ragazza, aveva gli occhi rossi ed era pallida. Non mi piaceva pesare così tanto su di lei, ma nessuno oltre a lei poteva salvarmi dalla signora Li.

Poiché le nostre ospiti si erano ritirate nei loro appartamenti per il riposino pomeridiano, io tornai nella mia camera da letto per cucire la tomaia a una suola, mentre Piccolo Fiore terminava il ricamo dell'altra scarpa. Fummo interrotte da energici colpi alla porta.

Era Pioggia di Primavera. Ansimava e aveva la frangia appiccicata alla fronte sudata.

«Signorina Linjing, la mia padrona e padron Fong vi vogliono. Dovete venire subito.»

Feci segno a Piccolo Fiore di accompagnarmi.

«Mi dispiace molto, signorina» disse Pioggia di Primavera con gli occhi bassi. «Solo voi.»

Varcai la soglia della sala di ricevimento di Aa De e mi trovai davanti una scena incomprensibile. Mio padre sedeva da solo al tavolo rotondo che usava per rifocillarsi nel pomeriggio. Al posto della teiera, delle tazze e del piatto di dolci, c'erano delle ciotole di riso piene d'acqua disposte in cerchio. Al centro, la lama affilata di un coltello brillava al raggio di luce che filtrava dalla finestra.

Mio padre aveva un'aria tesa, come un cavallo che sta per imbizzarrirsi. Un muscolo della guancia destra si contraeva senza sosta.

La Seconda taai taai era appollaiata su un divano, circondata dalle sei figlie. Aleggiava su di loro un'agitazione generale, sembravano uno sciame di api. Lei aveva le guance paffute tutte arrossate e la fronte umida. In genere non si rivolgeva mai in tono duro alle mie sorellastre, mentre in quel momento le beccava come una gallina arrabbiata. Prima disse a Meilian che aveva i brufoli perché mangiava troppi fritti, poi rimproverò un'altra per le trecce disordinate. Prese a schiaffi le più piccole e requisì le bambole di cartapesta per le quali stavano litigando.

«Andate a sedervi sugli sgabelli» disse infine, «e non voglio sentir volare una mosca.» Fei le salì in grembo, chiedendo di essere allattato. Lei lo spinse via e gli ficcò in bocca un dolcetto per impedirgli di protestare.

Mia madre era accasciata su una sedia nell'ombra, come un fiore appassito. Un fermacapelli a forma di martin pescatore penzolava dal suo chignon scomposto e il fermaglio con la fenice che aveva portato per tutta la durata dei festeggiamenti giaceva ai suoi piedi, con alcuni denti rotti. Una macchia scura imbrattava il loto bianco sull'*ou* stropicciato. Sangue? Mi precipitai al suo fianco.

«Aa Noeng, stai male?»

Non rispose.

Mi guardai intorno. Dov'erano gli schiavi? Il servo di Aa De doveva essere lì, pronto a prendere ordini dal padrone. E perché Pioggia di Primavera non mi aveva seguito dentro? Aa De fissava il vuoto con occhi spenti.

La Seconda taai taai entrò in azione, con aria calma e determinata, e quell'improvviso cambiamento aumentò i miei dubbi. «Mettetevi intorno al tavolo» ordinò alle figlie. «Anche tu, Linjing.»

Guardai mia madre, che rimase immobile.

«Svelta» ripeté la Seconda taai taai, e mi trascinò di mala grazia al tavolo.

Meilian issò Fei su uno sgabello e ci affollammo tutti lì intorno.

«Cosa stiamo facendo?» chiese Meilian.

«Zitta!» la rimproverò la madre. «Le brave ragazze non fanno domande.»

Il piccolo Fei fece per prendere il coltello. La madre gli schiaffeggiò la mano e gli torse il lobo di un orecchio. Lui strillò e chiamò la mia Aa Noeng che continuava a fissarci, inerte come una bambola.

«Che cosa sta succedendo?» chiesi ad Aa De. «I bambini sono spaventati.»

«Marito» intervenne la Seconda taai taai. «Dobbiamo cominciare.»

Mio padre annuì e poi si alzò dalla sedia, a fatica, come se d'un tratto fosse un vecchio fragile. Tenendo la mano sinistra sopra la ciotola più vicina, afferrò il coltello e si tagliò la mano. Una goccia di sangue schizzò nell'acqua. Io, le mie sorelle e il fratellino sussultammo. Fei frignò e anche qualche bambina piccola si mise a piangere. Solo la Seconda Aa Noeng non sembrava minimamente turbata.

Mi aggrappai alla manica di Aa De e dissi: «Ci stai spaventando. Che cos'è questa storia?»

Lui mi lanciò un'occhiata preoccupata, ma non parlò.

«Aa Noeng è ammalata? Forse tu?»

Invece di rispondere, lui porse il coltello a Meilian. «Tagliati» ordinò, «e fai colare il sangue nella stessa ciotola.»

Guardando la madre, Meilian implorò: «Mi farà male. Ti prego, no!»

La Seconda taai taai afferrò il coltello e, senza darle il tempo di protestare, tagliò il dito della sua figlia maggiore. Meilian era così esterrefatta che non riuscì nemmeno a gridare. Le gocce del suo sangue si unirono a quelle di nostro padre nell'acqua. La Seconda taai taai la premiò con un largo sorriso di approvazione. L'espressione di mio padre rimase tesa e concentrata mentre faceva cadere un'altra goccia di sangue nella ciotola successiva. Peonia, con espressione determinata, afferrò la mano della sua seconda figlia. La mia sorellastra cercò di sottrarsi, ma i suoi sforzi non servirono a nulla. Con la rapidità di un macellaio sua madre le fece un taglio nel dito, e anche il suo sangue andò a mescolarsi con quello di mio padre.

Ripeté lo strano rituale con tutte le altre bambine, e ogni volta il sangue di Aa De si mescolò al loro. Nemmeno il mio fratellino fu risparmiato, anche se Peonia dovette tagliarlo nel tallone, perché quando lei cercò di afferrargli la mano lui la morse. Il piccolo guardò furibondo sua madre e poi corse dalla mia. Pensavo che la Seconda taai taai gli avrebbe ordinato di tornare, invece non distoglieva lo sguardo dalle ciotole. Fei nascose il viso nella sottana di mia mamma e lei gli posò una mano sulla testa. Spaventata, feci per avvicinarmi ad Aa Noeng per chiederle spiegazioni. Ma la Seconda taai taai non me lo permise: mi afferrò il braccio e la punta affilata delle sue unghie mi trapassò la manica.

«Ora tocca a te.»

Il sangue sul taglio di Aa De aveva cominciato a rapprendersi, perciò lui riaprì la ferita e fece cadere una nuova goccia nell'ultima ciotola. Poi mi diede il coltello.

Strinse forte la mia mano, come se mi stesse consegnando nel palanchino nuziale e non sapesse quando ci saremmo incontrati di nuovo.

La Seconda taai taai scrutava la ciotola con grande interesse mentre mi tagliavo il palmo e facevo cadere una goccia rossa. Anche papà sembrava incantato. Mi aspettavo che il nostro sangue si mescolasse, com'era successo con quello delle mie sorelle e di Fei.

Invece no.

La mia goccia nuotò lontano dalla sua.

«Che cosa significa?» chiesi.

Il volto di Aa De era una maschera di ira e vergogna. La vergogna cercò di soffocare l'ira, ma quest'ultima non glielo concesse. Consumò gli occhi di mio padre, trasformandoli in due minuscole sfere di purissimo e gelido odio. Una rabbia spaventosa e implacabile. Che cos'avevo fatto per provocarla?

D'un tratto ebbi il primo sentore di ciò che era appena accaduto. No, non poteva essere. Era impossibile. Scacciai quel pensiero spingendolo giù, giù, giù. Mio padre aprì la bocca, ma la richiuse di scatto.

«Guardami, sono io» dissi con voce flebile, «la tua figlia prediletta.»

Lo fissavo, desiderando che chiarisse quel malinteso, qualunque esso fosse, che continuasse a volermi bene e a stimarmi, che non dicesse o facesse nulla di avventato.

Invece lui rovesciò il tavolo, scaraventando le ciotole sul pavimento.

Dopo la reazione violenta di Aa De, mia madre raddrizzò la schiena, si sistemò le ciocche ribelli e rassettò la gonna e la tunica. Io ero per terra, paralizzata. I campanelli e le chiavi della châtelaine tintinnarono ritmicamente mentre lei si dirigeva verso di me. Afferrai la mano che mi tendeva e mi rialzai. Con voce ferma e rassicurante, disse: «Linjing, ascoltami bene, adesso. Torna immediatamente in camera tua e rimani lì fino al mio arrivo».

«Perché?»

«Devo parlare con tuo padre.»

Aa De era accasciato su una sedia, il corpo girato verso la finestra e il viso nascosto tra le mani.

Una strana calma era scesa sulla Seconda taai taai, che seduta a un tavolino sorseggiava una tazza di tè come se nulla fosse. Doveva aver accompagnato i bambini fuori, o forse le loro amah erano venute a prenderli, perché nella stanza eravamo rimasti solo noi quattro.

«Linjing» ripeté Aa Noeng. «Devi andare.»

«Voglio restare.»

«Devi andare, adesso. Ti spiegherò tutto stasera.»

Mi strinse a sé in un abbraccio e ripeté l'ordine. Rabbrividii. Stava accadendo qualcosa di terribile. Ancora una volta la spiegazione di quanto era successo si fece strada tra i miei pensieri, ma mi costrinsi a respingerla mentre mi affrettavo a tornare al mio alloggio.

Aa Noeng mi raggiunse dopo il tramonto in camera mia.

Con sgomento mi resi conto che le mancava la châtelaine. Il simbolo dello status di prima moglie che l'aveva accompagnata ovunque, da sempre, non c'era più. Avrei voluto chiederle dove fosse, ma avevo troppa paura della risposta.

Ci sedemmo a un tavolo.

«Prima... Quel rituale con il sangue» cominciai. «Credo di sapere...» Mi interruppi senza riuscire a portare a termine la frase. «Aa Noeng, ho paura.»

«Mi dispiace di non averti potuto proteggere» disse.

Mi strinse la mano e mi guardò con un'espressione carica di dolore. Anche alla luce della candela, mi accorsi che il suo viso era completamente struccato. Non l'avevo mai vista senza belletto e rossetto, e questo mi agitò ancora di più. Aveva un'aria vulnerabile.

Il resto non fece che accrescere il mio sgomento. Portava i capelli raccolti in uno stretto chignon fermato da un semplice bastoncino di legno. Era vestita di seta bianca e solo un bordo di crisantemi gialli distingueva l'abito da quelli del lutto.

«Perché sei vestita così?» chiesi.

«Figlia mia, adesso ascolta attentamente la storia che sto per raccontarti» disse, «e non interrompermi finché non avrò finito. D'accordo?»

Una parte di me voleva pregarla di non parlare. Se fosse rimasta in silenzio, avrei potuto fingere che non fosse successo nulla. Ma sapendo che la verità non poteva aspettare, non avevo altra scelta che annuire.

«Ogni sposa spera di rimanere incinta il giorno dopo le nozze. La sua vita è piena di umiliazioni, e l'unica speranza di salvezza è partorire un maschio. Ho condiviso questa speranza quando ho sposato tuo padre, ma è passato un anno, poi due, senza alcun segno. Maa Maa ha cominciato a dire che ero sterile, sfortunata e maledetta. Mi costringeva a bere ogni sorta di pozione per la fertilità, ma niente. Nell'estate del terzo anno mi ha dato un ultimatum: dovevo rimanere incinta prima dell'anno nuovo, oppure suo figlio mi avrebbe ripudiata. Tuo padre non si è opposto. Sembrava che fossi condannata a tornare alla mia casa natale in disgrazia, a vivere il resto della mia vita nel disprezzo e nella derisione.

«Un giorno Rosso Ciliegia mi ha spiegato che a volte il *qi* della fertilità di una donna non è compatibile con quello del marito, ma questo non significa che sia sterile. Ero disperata, e ho capito che cosa dovevo fare.»

La sua voce si incrinò quando riprese il racconto. «Sono tornata nella mia casa natale per la Festa della Luna d'Autunno. Durante il viaggio, Rosso Ciliegia e io abbiamo discusso a lungo su quale dei miei lontani parenti maschi avrebbe avuto maggiori probabilità di aiutarmi e, soprattutto, di mantenere il segreto. Abbiamo fatto la nostra scelta. Non c'è bisogno che ti dica il suo nome. Rosso Ciliegia ha fatto da sensale e lui ha accettato.»

«Non...» mormorai. «Non sono figlia di Aa De?»

«No» confermò lei.

La confessione di Aa Noeng fu come un terremoto che scuoteva il mio mondo dalle fondamenta. Tutte le certezze della mia vita si fondavano su bugie.

In quel momento non avrei avuto alcuna difficoltà a credere che il sole potesse sorgere a occidente e tramontare a oriente, che i fiumi risalissero la corrente e che l'acqua versata potesse tornare indietro: tale era l'incertezza della mia fede nell'ordine del mondo.

Nel corpo di mia madre esistevano due donne: una aveva dedicato la sua vita alle regole, alla disciplina e alla virtù; l'altra aveva gettato al vento ogni cautela, commettendo un adulterio, il peccato più grave per una donna. Io ero stata cresciuta dalla prima, e la sua fissazione per le regole e le virtù femminili ci aveva tenute distanti. La seconda donna l'avevo solo intravista. Avrei potuto condividere con lei un legame più profondo? Qual era quella vera? E potevo perdonarla? Non lo sapevo. Il suo coraggio mi impressionava, ma dal rimprovero preferito di Maa Maa sapevo che anch'io avrei pagato il prezzo della sua avventatezza. *Il peccato di una figlia è responsabilità della madre, così come il peccato di una madre è il fardello della figlia*: ero stata contaminata da Aa Noeng.

Quella rivelazione, dopo i fatti di quella mattina, non mi colse del tutto di sorpresa. Nonostante mi rifiutassi di ammetterlo persino con me stessa, avevo intuito la verità. La reazione violenta di Aa De mi aveva costretto a capire che la cerimonia con il sangue era servita a verificare la mia ascendenza.

Potevo ancora chiamarlo «Aa De» o per me d'ora in avanti sarebbe diventato «padron Fong»? Non lo sapevo. Nella mia mente si agitavano molte domande sul mio futuro e sul destino di mia madre.

«Chi ti ha denunciato?» chiesi.

«Peonia.»

«Ma la Seconda Aa Noeng non farebbe male a una mosca...»

«L'ho sottovalutata anch'io. Pensavo fosse un coniglio, invece è una vipera. Per molti anni dopo la tua nascita, ho vissuto nel timore che Maa Maa si insospettisse perché non concepivo di nuovo. Se si è insospettita, non lo ha mai detto e alla fine ho pensato che il mio segreto fosse al sicuro. All'inizio dell'anno scorso una donna del villaggio natale di Peonia ha usato lo stesso stratagemma per concepire un figlio ed è stata scoperta. Sua madre le ha raccontato l'accaduto e ha insinuato il sospetto nella sua mente.

«Hanno pagato un investigatore. Insieme sono riuscite a trovare un servitore del mio lontano parente, tuo padre naturale, che conosceva la verità. Qualche giorno fa Piccolo Fiore mi ha consegnato una lettera in cui se ne parlava, e ho capito i piani di Peonia. Diceva che il servo si rifiutava di testimoniare. Aveva giurato al suo padrone di portare il segreto nella tomba. Ma la lettera era vecchia e sembra che in tempi più recenti l'uomo si sia lasciato corrompere. Quando il suo padrone è morto, ha rilasciato una dichiarazione e accettato di comparire di persona a testimoniare, se necessario. Oggi Peonia ha rivelato tutto a tuo padre, e siccome lui non le ha creduto ha insistito per il rito del sangue.

«Non mi importava di quello che sarebbe successo a me, però avevo bisogno di mettere al sicuro te. Così ho scommesso con il destino. Ho pensato che il modo migliore per proteggerti fosse non agire e sperare che tu facessi in tempo ad arrivare a Tianjin, a sposarti, prima che Peonia avesse le prove sufficienti a smascherarmi.»

Si avvicinò e prese di nuovo la mia mano nelle sue. Si bagnarono di lacrime. All'inizio non ero sicura che fossero le sue, perché non l'avevo mai vista piangere. Mi toccai le guance, ma erano asciutte.

La resistenza di mia madre si stava esaurendo; sembrava sul punto di crollare.

« Ho cercato di tenerti al sicuro » disse con voce roca. « Dopo... dopo la mia trasgressione, ho seguito ogni regola. Ero convinta che solo le regole e la forza d'animo potessero tenere al sicuro una donna. E la mia rigidità ha pian piano raffreddato l'amore di tuo padre. Mi dispiace per tutto. Hai il diritto di odiarmi. Me lo merito. »

Nonostante le parole coraggiose, lo sguardo nei suoi occhi umidi era supplichevole.

« Non ti odio » dissi. « Ma vorrei che tu avessi fatto qualcosa per fermare Peonia, o almeno che ne avessi parlato con me. Insieme avremmo trovato una soluzione. Che cosa ne sarà di noi, adesso? »

« Aspettiamo fino a domani mattina. Troveremo un modo per andare avanti. Vieni con me. »

Si asciugò il viso e mi condusse al mio letto.

« Non riesco a dormire » obiettai.

« Qualche ora di riposo ti farà bene. »

Le obbedii e lei mi coprì fino al mento con la trapunta, rimboccandola sotto il materasso come faceva quand'ero piccola. In quel bozzolo accogliente potevo fingere che tutto sarebbe tornato a posto.

« Chiudi gli occhi. »

Li chiusi, perché le mie palpebre si erano fatte improvvisamente pesanti.

Mia madre continuò ad accarezzarmi i capelli mentre cantava sottovoce una ninna nanna che avevo dimenticato da tempo. Le parole mi riportarono a un'epoca in cui tutto era semplice e non avevo preoccupazioni.

Appena prima che mi addormentassi, la sentii sussurrarmi nell'orecchio: « Sistemerò tutto ». Il sonno mi colse prima che potessi chiederle come intendesse fare.

24

Linjing

Mi sentii scuotere per le spalle. Un tintinnio di campanelli e chiavi accompagnava ogni movimento, e io aprii gli occhi aspettandomi di vedere mia madre. Invece trovai la Seconda taai taai che mi scrutava con la faccia tonda e un'espressione carica di disprezzo, e la châtelaine che penzolava dal nodo superiore della tunica. Dietro di lei una *muizai* reggeva una lanterna. Mi alzai a sedere, spaventata. La sera avevo notato l'assenza della châtelaine; adesso sapevo che Aa Noeng l'aveva dovuta cedere alla seconda moglie. Come stavano precipitando in fretta le cose! Non pensavo che mia madre sarebbe stata privata del suo status prima ancora che gli invitati alle mie nozze fossero partiti. Una morsa di paura mi strinse il petto. Lo avevano già saputo tutti? Prima che potessi fare domande, la Seconda taai taai mi schiaffeggiò tre volte. «Alzati!» ordinò. «Mettiti in piedi davanti a me.»

Rassegnata, obbedii. Era così vicina che potevo sentire il lezzo del suo sudore.

«Chi ha costretto mia madre a cederti la châtelaine?» chiesi.

«Fenice non te l'ha detto?» rispose con un sogghigno. «Maa Maa l'ha strappata a quella svergognata non appena le ho riferito lo scandalo. La vecchia strega voleva farle incidere 'puttana' sulla fronte, ma mio marito si è opposto dicendo che era troppo crudele. Gli uomini sono così deboli!»

Un'altra ondata di panico mi assalì e sentii le ultime parole di mia madre risuonarmi nella mente: *Sistemerò tutto.* Che cosa voleva dire? Mi rimproverai di essermi addormentata quando avrei dovuto rimanere sveglia e aiutarla a risolvere la nostra situazione.

«Dov'è mia madre?»

«Sono venuta a prenderti per portarti da lei.»

Il contrasto tra il tono mellifluo e lo sguardo minaccioso mi fece rabbrividire. Perché mia madre non era venuta di persona? Cercai di non esprimere nessuna emozione e di parlare con pacatezza. Avevo bisogno di risposte da Peonia e l'isteria non mi avrebbe aiutata a ottenerle.

«Il mio matrimonio si farà?»

«Certo che no» rispose lei con una risatina. «L'ingenuità della tua domanda mi sorprende. Abbiamo detto a tutti che tu e tua madre avete il vaiolo. Gli ospiti se ne andranno domattina.»

«Cosa direte ai signori Li?»

«Mio marito dirà che non sei sopravvissuta alla malattia.»

«Che ne sarà di noi?»

Mi rispose con un sorriso di scherno, e nonostante le mie insistenze si rifiutò di spiegare. Più mi agitavo, più lei sembrava divertirsi. Stupita dal fatto che il carattere di una persona potesse cambiare nel giro di così poco tempo, rimasi in silenzio, incapace di conciliare quel volto malvagio con la donna mite che avevo conosciuto. Non potevo più pensare a lei come alla mia seconda Aa Noeng. La donna che mi stava davanti era Peonia, una spietata estranea che temevo più di Maa Maa, forse anche più dei demoni. Tuttavia, siccome avevo bisogno di risposte che soltanto lei poteva fornirmi, provai un approccio diverso.

«Credi che un segreto di questa portata possa essere mantenuto?» chiesi.

Fece una smorfia e capii di aver toccato un nervo scoperto. Insistetti: «Sai che a un uomo che non riesce a controllare la sua famiglia non si potrà mai affidare il governo di una provincia. Aa De potrebbe perdere l'incarico, se il signor Li scoprisse la verità. Eppure hai scelto di esporci in questo momento delicato. Perché?»

A quella domanda Peonia spalancò gli occhi, mostrando così tanto bianco da sembrare completamente folle. «Al diavolo la sua carriera! Al diavolo tua madre e tutte le prime mogli! Perché dovrei rinunciare a mio figlio, sangue del mio sangue?» Degli schizzi di saliva mi finirono sul viso. Provai ad arretrare, ma lei mi fermò. «La maggior parte delle mogli minori sono deboli» continuò, «ma non io. I figli non sono frutti maturi che chiunque può cogliere. Mio marito e suo fratello erano figli di mogli minori, e le loro madri li hanno ceduti a Maa Maa senza combattere. Ecco perché quella megera ci tiene tanto a mantenere i privilegi della prima moglie. Ho sopportato undici gravidanze per avere un figlio maschio. Preferirei soffocare il mio Fei piuttosto che consegnarlo a tua madre.»

La confessione spense il fuoco di follia che l'aveva animata poco prima. Mi fissava, ma aveva ritrovato la calma. Mi sentii sopraffare da un'ondata di commiserazione: per Aa Noeng, per me stessa e persino per lei. Non avrei mai potuto perdonare la sua crudeltà, ma capivo che cosa l'aveva spinta sull'orlo della pazzia. Tutta quell'angoscia, quel dolore e quella tragedia erano stati scatenati dal desiderio di un figlio. Aa Noeng era poi così diversa da lei? Entrambe avevano corso rischi estremi per proteggere se stesse, e il ciclo sarebbe continuato con me, dopo il matrimonio.

Non sapevo che Maa Maa non fosse la madre naturale di Aa De. Le cose sarebbero potute andare diversamente, se non si fosse sentita in dovere di schierarsi con Aa Noeng. Se tutti i bambini fossero stati lasciati alle cure delle loro madri biologiche, allora Peonia non sarebbe stata costretta a correre ai ripari per tenere suo figlio con sé, e io sarei stata ancora l'amata figlia di Aa De. Avrei dato qualsiasi cosa per annullare quello scherzo del destino, ma ero impotente. Svuotata, non protestai quando chiamò due guardie perché mi scortassero all'appartamento di Aa Noeng. Volevo solo stare con lei, adesso.

Non riconobbi i servi che mi spinsero oltre la soglia, chiusero la porta e la sprangarono mettendosi di guardia fuori. Silenziose e incombenti, le loro ombre riempivano i pannelli di carta della porta. Dato che Maa Maa aveva requisito la châtelaine con tanta rapidità, mi aspettavo che avesse anche privato la camera di mia madre dei mobili. Invece non era cambiato niente: un mazzo di camelie dentro un vaso antico, un telaio con un paio di enormi occhi di tigre ricamati a metà, da trasformare in un cappello a forma di animale per Fei. Una coperta giaceva stropicciata sul divano e da sotto spuntava un libro. Su un tavolino c'era una teiera con due tazze. Tutti i consueti oggetti domestici erano rimasti intatti. Ma dov'era mia madre?

«Linjing.»

Sobbalzai e per poco non lasciai cadere la candela.

«Linjing» ripeté la voce, «vieni. Ti aspettavo.» Il richiamo sommesso proveniva dal fondo dell'alcova in cui dormiva mia madre, ma la voce non era la sua. C'era una donna seduta su uno sgabello alla testa del letto, il volto nascosto nell'oscurità.

«Vieni» disse ancora.

Quando mi avvicinai, la luce della candela rischiarò il volto di zia Zaffiro. Sembrava sofferente. Vidi la sagoma addormentata di Aa Noeng. Giaceva sulla schiena sotto una pesante trapunta, che era ben stretta sotto il mento, e aveva gli occhi semichiusi, come se stesse per svegliarsi. Le toccai la guancia e la chiamai più volte, ma la paura mi assalì vedendo che restava immobile. Pietrificata, guardai mia zia.

«Ha bevuto la cicuta circa quattro ore fa» disse. «Sono rimasta con lei fino al suo ultimo respiro, poi ho comunicato la notizia della sua morte a Peonia e alla tua *maa maa.*» Allungò la mano verso di me, ma io mi allontanai, facendo cadere la candela sulla trapunta. Mia zia la raccolse prima che la stoffa prendesse fuoco e la posò su un tavolo. La stanza si inclinò. Mi aggrappai alla spalliera del letto finché il pavimento non smise di girare. Non riuscivo a credere alle parole di mia zia. Mi allungai sul letto e premetti con entrambi i pollici sul punto meridiano *jan zung* di mia madre, come avevo visto fare alla *muizai* della Quarta taai taai quando la sua padrona era svenuta. Sperai che anche lei si riscuotesse, invece non si mosse. Mia zia mi posò le mani sulle spalle e mi allontanò delicatamente.

«Perché non l'hai fermata?» le chiesi. «Perché non hai mandato a chiamare un *daai fu*?»

«Siediti, ti racconterò tutto.»

Scossi la testa.

«Devi sapere la verità.»

«Ho già sentito troppo. Non posso sopportare altri orrori.»

«Ti prego, fallo per lei.»

Mi offrì di nuovo la mano e allora la presi. Mi condusse al divano e si sedette accanto a me, accarezzandomi la schiena. La debole luce dell'alba filtrava dalla finestra.

« Fenice è venuta da me subito dopo la sua conversazione con Piccolo Fiore » spiegò. « Voleva il mio consiglio e io... »

« Da quanto tempo eri al corrente del suo segreto? »

« Fenice e io eravamo insieme nella nostra casa natale durante la Festa della Luna d'Autunno, quando sei stata concepita. Si è confidata con me, dopo il fatto. »

« Oh, Aa Noeng! Se solo lo avessi saputo prima, se solo... » Il senso di colpa, la pietà e la gratitudine mi strinsero la gola, e cominciai a piangere in silenzio mentre tornavo verso il letto e mi accasciavo sul corpo di mia madre, premendo la guancia umida contro il suo petto. Per tutta la vita avevo desiderato la sua approvazione e il suo affetto, e sofferto della sua rigidità. Ma lei aveva sopportato da sola un pesantissimo fardello per risparmiare me. Se la sera prima mi fossi comportata in modo più deciso, se l'avessi rassicurata sul mio sostegno, forse non si sarebbe tolta la vita. Invece mi ero addormentata, lasciandola sola ad affrontare Peonia e Maa Maa. Ormai era troppo tardi per salvarle la vita, ma potevo ancora facilitarle il cammino nell'aldilà, garantendole i mezzi per convincere i demoni dalla testa di bue ad aiutarla. Sarebbe stato il mio ultimo regalo per lei. Mi alzai, mi asciugai il viso con le maniche e mi avvicinai alla zia.

« Parlerò con Aa De » dissi. « Solo lui può assicurare ad Aa Noeng un'onorata sepoltura, con tutti i sutra necessari, le offerte e banconote di carta in quantità sufficiente a salvaguardare il suo passaggio attraverso le corti dell'Inferno. »

Mia zia si alzò, mi cinse le spalle con un braccio e mi fece sedere sul divano. Poi si girò verso di me, afferrandomi le mani.

« Devo sbrigarmi » dissi, divincolandomi, ma lei si rifiutò di mollare la presa. « Non c'è tempo da perdere, la veglia dovrebbe essere già iniziata. Per favore, lasciami andare. »

Ma lei continuava a trattenermi e con un profondo sospiro disse: « Tuo padre non ti riceverà ».

Mi ritrassi bruscamente, e questa volta lei mi lasciò andare.

« Ti sbagli » dissi. « Mi ha promesso che mi avrebbe sempre protetto. »

« Mi dispiace, Linjing. Tuo padre si è liberato di ogni dovere nei tuoi confronti. »

«Liberato...» ripetei tra me e me. «Si liberano i criminali dalla prigione, si congedano i soldati dall'esercito, si dimettono i pazienti dalle infermerie, ma ci si libera di una figlia?»

«Eppure ha detto proprio così. Si è liberato di ogni dovere nei tuoi confronti.»

«Non ha detto altro?»

Lei scosse la testa.

Lo avevo sempre venerato, malgrado la sua indifferenza nei confronti di Aa Noeng, e anche malgrado il suo cambiamento dalla nascita di Fei. Lui invece mi aveva usato: per la sua carriera aveva sacrificato il mio diritto ad avere i loti d'oro e ignorato le mie paure. Mi lasciai cadere sul pavimento, schiacciata dal peso della sua insensibilità e della fiducia che avevo mal riposto in lui.

La zia si inginocchiò accanto a me e mi posò una mano sul braccio.

«Oggi ti sembra di aver perso tutto, ma non è vero» disse. «Hai ancora me e le sorelle nubili. Peonia voleva confinarti in un monastero lontano da tutto. Tua madre ha usato la sua morte per costringere la tua *maa maa* a impedirglielo. Ha scritto in una lettera che avrebbe perseguitato questa famiglia se la vedova Fong non avesse accettato di affidarti a me. Col tempo, potresti vedere questa svolta degli eventi come un'inaspettata benedizione.» Mi irrigidii e mi scostai da lei, che in fretta aggiunse: «No, no. Non mi riferisco alla morte di tua madre. È ovvio che non avrei mai voluto perderla».

«Allora perché sei rimasta a guardarla morire?»

«Perché non vedevo nessun'altra strada per lei. Quando una donna ha perso la sua virtù ed è stata scoperta, la morte è l'unico modo per espiare.»

«Come fai a dire una cosa simile?»

«Non posso biasimare Fenice per il rischio che ha corso. Non aveva scelta. Una donna sterile può essere cacciata dalla famiglia del marito. Se la sua famiglia d'origine si fosse rifiutata di riaccoglierla, sarebbe finita per strada. E così ho appoggiato la sua decisione di mettere fine alla sua vita in modo onorevole.»

«Le hai dato tu il veleno?» chiesi.

«Sì. Gliel'ho procurato io. Avevamo deciso che il miglior piano fosse aspettare senza agire. Come ti ha spiegato, sperava che tu facessi in tempo a sposarti e metterti al sicuro prima di essere smascherata. Ma voleva avere la cicuta a portata di mano per il giorno in cui le fosse stata indispensabile. Purtroppo quel giorno è arrivato troppo presto.»

Balzai in piedi e gridai: «L'hai spinta alla morte! Avrei ancora una madre se tu non le avessi dato il veleno. Non sei meno colpevole di Peonia!»

Con un pesante sospiro, zia Zaffiro rovistò nella giacca e tirò fuori una lettera.

Allungai una mano per prenderla. I tratti di pennello erano tremolanti e c'erano delle sbavature nell'inchiostro: nulla a che vedere con la calligrafia nitida e ordinata di mia madre.

Mia cara Linjing,
prego che tu non pianga troppo a lungo la mia scomparsa. Non sprecare la tua vita rammaricandoti di cose che non puoi cambiare. Non posso sopportare di vivere in disgrazia, ma la mia morte non sarà vana, perché ti salverà dal monastero, dove saresti rinchiusa dietro alte mura, isolata dal mondo esterno e costretta a recitare sutra fino alla fine dei tuoi giorni: la monotonia minerebbe la tua salute mentale.
Oh, figlia, come vorrei aver accettato il mio destino, invece di combatterlo. Ricordati della mia storia e tienine conto: in questa vita possiamo trovare pace solo se obbediamo e accettiamo la nostra sorte. Vai con tua zia; ora è lei la tua protettrice. La vita nella Confraternita delle nubili non sarà facile. Dovrai scendere a compromessi e sopportare molte difficoltà, ma sono convinta che ti offrirà più libertà rispetto al monastero. Guadagnerai un salario e, se sarai disciplinata, col tempo potrai accantonare abbastanza risparmi per fare quello che vuoi, magari anche andare all'estero. Ti prego di accettare il tuo destino e di vivere una vita lunga e felice. Abbi cura di te.
Con amore, tua madre,
Fenice

Mi sentii travolgere dall'amore di Aa Noeng. Nel suo momento più buio, aveva cercato di proteggermi.

25

Piccolo Fiore

«Ieri mi preoccupavo delle scarpette e oggi mia madre non c'è più» mormorò la signorina Linjing.

Mi fissava con occhi enormi e sconcertati, come un bambino che cerca rassicurazioni dopo essersi svegliato di soprassalto da un incubo. Avrei tanto voluto dirle che era solo un brutto sogno. La sua mano si muoveva sul viso della signora Fong, come una marionetta sospesa. Quando strinse il pugno, dal telo di lino si liberarono delle gocce d'acqua profumata che scesero sulle labbra di sua madre. Una. Due. Tre. Quattro. Cinque. Contai ogni goccia, sperando contro ogni ragionevole dubbio che la successiva avrebbe svegliato la signora Fong. Sebbene Madam Zaffiro avesse raccontato tutto a me e a Rosso Ciliegia appena le guardie ci avevano fatto entrare, non riuscivo ad accettare la realtà. Il braccio della signora Fong, che stavo infilando nel primo strato dei suoi abiti funerari, era rigido ma ancora tiepido.

«Rosso Ciliegia, fermati!»

A quel grido io e la signorina Linjing ci girammo. Sul tappeto giacevano sparse delle ciocche di capelli e Madam Zaffiro lottava per strappare un paio di forbici dalle mani di Rosso Ciliegia. La *muizai* si divincolò e si tagliò un'altra ciocca, avvicinandosi così tanto alla pelle da ferirsi.

«Perché ti fai del male?» le chiese Madam Zaffiro.

«È tutta colpa mia!» urlò, battendosi il petto con la mano libera. «La signora Fong sarebbe ancora viva se non le avessi suggerito quel piano maledetto!»

«Non è colpa tua.» Madam Zaffiro le toccò la spalla. «Fenice era una donna intelligente. Conosceva i rischi che correva.»

La *muizai* scosse la testa e scoppiò a piangere. «Non era solamente la mia padrona, eravamo amiche, ci volevamo bene come sorelle di sangue. Adesso sono sola...» Rabbrividii davanti al suo dolore e abbassai gli occhi sulle mie mani, evitando lo sguardo indagatore della signorina Linjing. Anche se la mia padrona taceva, sapevo qual era la sua domanda silenziosa: *Mi vuoi bene come Rosso Ciliegia voleva bene a mia madre?* Naturalmente mi dispiaceva per lei, e ancora una volta i nostri destini erano uniti come gli anelli di una catena, ma di certo non eravamo come la signora Fong e Rosso Ciliegia. Io ero la sua *muizai* perché non avevo scelta, e l'avrei seguita nella Confraternita delle nubili per lo stesso motivo.

Madam Zaffiro avvolse un braccio intorno alle spalle tremanti di Rosso Ciliegia. «Perché non ti unisci a noi?»

«No, devo espiare.» Si asciugò gli occhi con la manica e prese alcuni profondi respiri. «Dopo che sarete partita con le ragazze, io mi ritirerò in un monastero.»

«Fenice non ti biasima, ne sono certa.» Madam Zaffiro si appellò alla mia padrona. «Linjing, per favore, aiutami a convincerla.»

«Se vuole andare, perché dovrei trattenerla?» La voce della signorina Linjing era spenta e dura come il peltro. Si voltò verso la madre e riprese a lavarle il viso e il collo.

Con un sospiro Madam Zaffiro smise di insistere con Rosso Ciliegia. La condusse al tavolino da toeletta e l'aiutò a tagliarsi i capelli. Il triplice specchio moltiplicava il volto addolorato della *muizai*. Non potevo più sopportare di guardarla, perché l'immagine mi riportava al giorno in cui noi quattro ci eravamo sedute davanti a quello stesso specchio mentre lei mi insegnava a pettinare la signorina Linjing. Nel giro di due settimane, le nostre vite erano cambiate fino a essere irriconoscibili, come un deserto rimodellato da una tempesta di vento. Avevo promesso alla signora Fong che sarei stata leale e buona con Linjing a casa Li, ma adesso non ero più la sua ancella della dote. Una parte di me rimpiangeva la sicurezza di quel futuro perduto, perché ero arrivata ad accettarlo e persino a sperare di diventare un giorno la governante della casa, e di esercitare il mio modesto potere per alleviare la vita delle altre *muizai*. Ma un'altra parte di me si chiedeva se la Confraternita delle nubili mi avrebbe portata più vicino alla libertà e, sebbene non sapessi cosa aspettarmi da quella nuova vita, speravo almeno di essere sullo stesso piano di Linjing.

Madam Zaffiro fece in modo che la signora Fong ricevesse un rito di purificazione dell'anima. Discusse con le guardie, minacciandole di maledire la loro stirpe, finché quelle non accettarono di scortarla negli alloggi della vedova Fong, dove convinse la vecchia matriarca a mandare a chiamare due monache. A prima vista, quelle due anziane e taciturne religiose sembravano senza cuore, ma quando strinsero le mani di Linjing, vidi nei loro occhi una compassione e una saggezza che trascendevano la comprensione mortale. I loro poteri misteriosi mi diedero speranza: se qualcuno poteva perdonare l'anima della signora Fong, erano loro. Per i sette giorni successivi si presentarono ogni mattina e rimasero fino al tramonto, recitando i sutra buddhisti che avrebbero viaggiato nell'aldilà e liberato la signora Fong da alcune delle sofferenze che l'attendevano.

Il quarto giorno, quando i servitori portarono via la bara per la sepoltura, lasciando solo la tavoletta dello spirito della signora Fong, il vuoto calò su di noi. Linjing si rifiutava di parlare del futuro, ma durante la nostra ultima cena in quella casa Madam Zaffiro affrontò di nuovo l'argomento della Confraternita delle nubili.

«Tua madre ti ha mai raccontato perché mi sono unita alla Confraternita?» domandò.

La signorina Linjing scosse la testa.

«Il mio fidanzato morì la settimana prima del nostro matrimonio» disse. «Aveva contratto una febbre cerebrale e tutti incolparono me della sua sorte. La gente diceva che il mio *qi* era troppo forte, che avevo troppo *yang* nel mio spirito, che lo avevo maledetto. Mio padre era abbastanza ricco da assicurarmi un altro matrimonio, sebbene con una famiglia meno importante. Ma io non volevo più avere a che fare con un marito e una suocera. Scelsi di vivere una vita libera come sorella nubile. Ora tu seguirai le mie orme. Ecco cosa intendevo dicendo che forse un giorno avresti considerato questa tragedia come una benedizione.»

«Ti sei mai pentita della tua scelta?» chiese Linjing.

«Non cambierei la mia libertà con niente al mondo.»

«Io non ho un altro posto dove andare, ma non vedo come potrei essere felice nella filanda. Ho sentito dire che il lavoro è molto faticoso. È una vita da contadine.»

«È dura, lo so. Lunghe ore di lavoro. La filanda è calda e umida. Le operaie addette alla trattura devono essere coordinate e avere un tocco delicato. Ogni sorella deve contribuire all'economia della comunità. Non tolleriamo l'indolenza, però ci sosteniamo a vicenda.»

La signorina Linjing guardò i loti d'oro della zia. «Come fai a lavorare per molte ore?»

«Io non devo lavorare. Ho contribuito con abbastanza argento da far costruire un altro edificio accanto al nostro santuario.»

«Io non ho niente da offrire.»

«Non preoccuparti» le disse la zia. «Sei giovane e forte. Sono sicura che ti abituerai al lavoro.»

La signorina Linjing guardò me. «Almeno ci sarai tu ad alleviare il mio fardello.» Mi strinse il braccio. «Penso che affronterai il lavoro nella filanda come hai imparato a ricamare con due dita, e mi aspetto che tu possa svolgere anche la mia parte di lavoro.»

«Be', signorina, non sono sicura che...» Stavo per aggiungere *che rimarrò la vostra muizai*, ma il sorriso incerto sul suo volto mi fermò. Dopo la tragedia, non aveva quasi più parlato né dormito, e la gonna le ballava sui fianchi. Potevo aspettare a parlarle.

QUARTA PARTE

26

Piccolo Fiore

Era passata una luna da quando Linjing e io avevamo iniziato il nostro apprendistato di trattura della seta nel villaggio Chan. Nella filanda il vapore usato per alimentare i motori delle macchine rendeva l'aria soffocante e la puzza dei bachi da seta bolliti mi chiudeva lo stomaco. Intorno a me lunghe file di sorelle nubili vestite di nero lavoravano alle loro postazioni individuali. Alcune ripescavano con dei colini i bozzoli dalle vasche; altre erano chine sulle macchine per la trattura, la torcitura o la binatura, che trasformavano la seta di sei, otto o addirittura dieci bozzoli in un unico filamento pronto per passare dagli aspi ai rulli di porcellana. A prescindere dalle mansioni che svolgevano, i loro volti arrossati e sudati erano concentrati proprio come il mio. La pelle intorno alle unghie era spaccata e dolorante, e quella tra le dita, a causa della frequente esposizione all'acqua, coperta di sfoghi rossi e pruriginosi. Madam Zaffiro ci aveva dato un unguento oleoso mescolato a gusci di cicala frantumati da spalmare sulle mani infiammate, che io mi applicavo con cura prima del lavoro, durante la pausa di mezzogiorno e al momento di andare a letto. Ma il sollievo era temporaneo, perché le nostre ferite non avevano il tempo di guarire.

Dal mio cesto raccoglievo una manciata di bozzoli, li gettavo nel colino di rame e li immergevo nell'acqua bollente. Con una spazzola di saggina li mescolavo in cerchi lenti e larghi finché i fili di seta non si srotolavano e si impigliavano alle estremità della spazzola. Poi distribuivo i bozzoli bolliti tra le tre vasche d'acqua calda sul banco di lavoro. Selezionandone dieci alla volta, li immergevo in un bagno di acqua fredda che correva da un'estremità all'altra della postazione, trovavo i fili di tutti i bozzoli, li strofinavo tra il pollice e il mignolo finché non si fondevano in un unico filo e li facevo passare attraverso un piccolo foro al centro di un aspo di porcellana. Infilavo il filo in una serie di fori fino a raggiungere l'estremità della bobina, strofinavo il filo esistente con quello nuovo per unirli e accendevo la macchina. I dieci bozzoli si muovevano nel bagno trascinati in una danza ordinata dal movimento della bobina. Quando passavo alla seconda bobina e ripetevo il processo, a volte il filo di seta si spezzava, rallentandomi mentre riparavo la rottura. Adesso, prima di passare alla terza bobina, diedi un'occhiata alla postazione della signorina Linjing.

Stava impiegando troppo tempo a prendere i bachi dal capannone e aveva lasciato di nuovo l'aspo incustodito. Tre dei sei bozzoli nel suo bagno avevano smesso di muoversi, ma l'aspo continuava a girare; un segmento del filo di seta era più sottile del resto. Se continuava così, le sue bobine non avrebbero superato il controllo di qualità alla fine della giornata, poiché l'uniformità dello spessore era un requisito fondamentale. Stringendo i denti, mi precipitai alla sua postazione a spegnere la macchina. Recuperai tre bozzoli dalle mie scorte per sostituire quelli morti e ne strofinai i fili con quelli della signorina Linjing prima di riattivare l'aspo. Pochi istanti dopo lei arrivò con un cestino appeso al braccio come se fosse andata a raccogliere fiori, anziché a lavorare in una filanda. Mi avvicinai.

«Ci avete messo troppo tempo!» le gridai, al di sopra del rumore del motore.

Lei scrollò le spalle. «Sapevo che avresti badato tu alla mia bobina.»

Ispezionai il suo cestino e tirai fuori cinque bozzoli che tenni nel palmo della mano indicandole le macchie beige, segno di punture di insetti.

«Se usate questi, il vostro filo si spezzerà di continuo» dissi. «Ve l'ho già spiegato molte volte.»

«Non è colpa mia, e non dovresti rimproverarmi.»

Mi guardò aspettandosi delle scuse. Ne avevo abbastanza di fare il suo lavoro e il mio. Avevo intenzione di dirle che non potevo più essere la sua *muizai*. Ma il rumore assordante rendeva impossibile la conversazione. Inoltre mi frenavano la pietà per lei e la mia promessa alla signora Fong. Mi voltai e gettai i bozzoli difettosi in un cestino. Lei si avvicinò di scatto, bloccandomi la strada mentre cercavo di tornare ai miei aspi.

«Stasera ti devo parlare» mi disse in tono minaccioso.

«Anch'io ho qualcosa da dirvi.»

Adesso che le parole erano state pronunciate, sapevo che era arrivato il momento di fare il salto. Linjing non sarebbe mai stata pronta a lasciarmi andare, quindi dovevo liberarmi da sola.

«Che cosa vuoi dire?» chiese lei.

Senza rispondere tornai alla mia postazione e ripresi a lavorare sulla terza bobina. Con la coda dell'occhio colsi l'irritazione di Linjing, ma mi rifiutai di preoccuparmene. Mentre stavo infilando un nuovo capo nel foro, una voce maschile, bassa e autoritaria, mi interruppe. Alzai lo sguardo e vidi un uomo che mi sovrastava. Il suo viso mi ricordava i pannelli di legno di una parete, con linee rigide e ombre cupe. Sotto le sopracciglia aggrottate, i suoi occhi gravi mi scrutavano con sdegno.

«Devo parlarti» gridò sopra il frastuono.

Stupita, non seppi come rispondere, perché non ero abituata a parlare con gli uomini, soprattutto con uno della sua classe.

«Come ti chiami?» volle sapere.

«Piccolo Fiore.»

«Vieni fuori con me» ordinò.

Si diresse verso il capannone dove si allevavano i bachi, che affacciava su un canale. Per stare al passo con le sue lunghe e impazienti falcate dovetti correre. Al molo arrivava una fiumana di contadini con ceste di bozzoli appese a una pertica tenuta in equilibrio sulle spalle. Una lunga coda serpeggiava fuori dalla porta laterale nel cortile. Le barche si litigavano lo spazio sulla stretta via d'acqua. Giovanotti che indossavano semplici vesti di cotone senza maniche remavano su canoe cariche di contenitori colmi di foglie di gelso o bozzoli. Una dopo l'altra le imbarcazioni attraccavano al molo e scaricavano. Ogni nuovo arrivato attendeva che il suo carico fosse pesato da un caposquadra. Dopo aver pesato le ceste, il caposquadra annotava le cifre in un registro e contava le monete di rame con cui pagava la merce.

L'uomo mi condusse lontano dalla filanda, all'ombra di un'acacia con i rami coperti di cascate di piccoli fiori bianchi. A quella distanza il fetore dei bachi da seta bolliti giungeva attenuato, e venne sostituito da un soffio profumato quando la brezza fece frusciare l'albero diffondendo l'aroma dei fiori. Inspirai con sollievo, e così fece anche lui. Per un attimo il suo viso si rilassò, ma quando si voltò verso di me l'espressione tornò cupa.

«Io sono Nobile Chan» disse, «tuo datore di lavoro e padrone della filanda. Puoi chiamarmi Nobile *siu je.*»

«Come posso aiutarvi, signore?»

«Ci aspettiamo che tutte le nostre operaie addette alla lavorazione della seta abbiano dita abili. La tua mano destra è...» Fece un gesto imbarazzato per indicare la mia infermità.

«Storpia» conclusi io.

Si schiarì la voce e abbassò lo sguardo. Dopo aver regolato l'orologio da tasca che pendeva dagli alamari della sua veste viola, mi fissò con aria decisa. «Non potrai raggiungere la quota richiesta senza due buone mani» disse. «Il tuo apprendistato non può continuare.»

Trovai la sua supposizione ingiusta e offensiva, e mi passò la timidezza. Presi un respiro profondo e raddrizzai la schiena, pur rimanendo ancora molto più bassa di lui, obbligata a inclinare la testa all'indietro per guardarlo negli occhi. «Signore, vi prego di non giudicare la mia mano destra dal suo aspetto» risposi con fermezza. «La ferita è vecchia e le tre dita storpie non provocano dolore. Ho rieducato il pollice e il mignolo per compensare.»

«Non assumiamo donne con problemi di salute. Il mio impiegato, Ming, non avrebbe dovuto fare un'eccezione per te. Non l'avrei permesso, se fossi stato qui quando sei stata assunta.»

«Ming non mi ha parlato di questa regola e io gli ho mostrato la mia infermità durante il nostro colloquio. Madam Zaffiro può confermarlo.»

«La mia decisione è definitiva. Posso licenziarti senza preavviso. Ma per il rispetto che nutro nei confronti di Madam Zaffiro sono disposto a offrirti un lavoro nel capannone, se riesci a maneggiare una mannaia con l'altra mano.»

Vidi i grassi bachi da seta bianchi strisciare e rabbrividii; i loro corpi segmentati mi facevano ribrezzo. Oltre a tagliare le foglie di gelso per nutrire i bachi, le addette all'allevamento raccoglievano anche gli escrementi. Il pensiero di usare le mani nude per rovistare tra quei mucchi di vermi mi dava la nausea. Quelle orrende creature non avevano solo sei zampe vere e proprie, ma anche cinque paia di zampe false sulla parte posteriore del corpo. Mi sentii avvampare al pensiero che una di loro potesse strisciarmi sul braccio. Ma dubitai che condividere il mio disgusto con Nobile *siu je* avrebbe potuto aiutare la mia causa.

Invece dissi: «Sarebbe la metà del salario che posso guadagnare con la trattura».

«È la cifra giusta per un lavoro non qualificato. Molte donne finiscono lì quando diventano miopi.»

«La mia vista è ottima e imparo in fretta. Vi prego, signore, datemi una possibilità.»

«Il ritmo di lavoro delle apprendiste è più lento del normale. Una volta diventata operaia dovrai produrre una quota completa e lavorare molto più rapidamente.»

«Sono qui da un mese e posso già lavorare su tre bobine. Domani passerò a quattro. Secondo Madam Zaffiro sono veloce.»

«Ho deciso. Puoi accettare la mia offerta o andartene.»

Determinata a salvare il mio posto di lavoro, il primo che premiava la mia abilità e le mie fatiche, cercai un argomento per controbattere e lo trovai nella reputazione della filanda.

«Mi è stato detto che la vostra filanda è orgogliosa di comportarsi in modo giusto con le operaie» gli ricordai, «e io non ho fatto niente per meritare un licenziamento o una retrocessione. Lasciate che vi dimostri i miei progressi.»

Lui fece un passo avanti, occupando lo spazio che ci separava. Dalla cintura estrasse un ventaglio, ma non lo aprì. Socchiuse gli occhi indagatori mentre batteva il ventaglio contro la coscia. Avrei voluto allontanarmi dal suo sguardo, ma mi costrinsi a non muovermi.

«Molto bene» disse alla fine. «Puoi restare. Ma se non riesci a tenere il passo, non sarò clemente una seconda volta.»

«Grazie, signore.»

Dopo un rapido inchino tornai in fretta alla filanda. L'avvertimento di Nobile *siu je* mi imponeva di smettere di sobbarcarmi anche parte del lavoro di Linjing. Tuttavia, il senso di colpa e la pietà mi tormentavano. Abbandonando Linjing, non solo avrei ignorato di nuovo le parole di addio di mia madre, ma anche infranto la promessa fatta alla signora Fong. Ero solo una bambina quando avevo accettato di seguire le indicazioni della mia Aa Noeng, però la promessa alla signora Fong aveva appena due lune. Potevo davvero voltare le spalle a sua figlia?

27

Linjing

Ogni giorno era un purgatorio senza via d'uscita. Lavoravo dalle sette del mattino fino al tramonto e trascorrevo quasi ogni momento di veglia in compagnia di altre persone; ero persino costretta a condividere il dormitorio con nove donne. L'unica ricompensa per la perdita di ogni intimità era che mi soffermavo meno sulla mia infelice condizione.

Quando la sirena annunciava la fine della giornata di lavoro, i miei piedi avrebbero dato qualsiasi cosa per riposare. Nella mia vecchia vita avevo implorato di essere liberata dai confini della stanza del cucito, mentre adesso mi sembravano il paradiso. I miei desideri si erano ridotti a mangiare e dormire. Nella luce che si affievoliva, mi unii alla fiumana di sorelle che uscivano dal cancello principale della filanda. Vestite con casacche e pantaloni di seta nera, sembravano scarabei stercorari che zampettavano attraverso una piccola crepa nel muro. Le donne che non appartenevano alla Confraternita si distinguevano per i loro abiti colorati. Anche io e Piccolo Fiore ci distinguevamo con i nostri indumenti di cotone bianco, perché non avremmo preso i voti, diventando *so hei* a tutti gli effetti, né adottato casacca e pantaloni neri fino alla fine dell'anno di lutto.

Trascinando i piedi, con la schiena ingobbita, percorremmo il chilometro che ci separava dalla Sala dell'Eterna Purezza, il nostro santuario. Lungo la strada, altre povere creature chiudevano bottega per la sera: la venditrice di noodle, una donna con le macchie sotto le ascelle della tunica rattoppata, gettò un secchio di acqua sporca – la stessa che aveva usato per sciacquare le ciotole e le bacchette – nel canale che scorreva lungo la strada principale. Giurai che non avrei mai mangiato alla sua bancarella. Più avanti, uno scriba sbadigliava mentre raccoglieva i pennelli e la pietra da inchiostro. Un pescivendolo spostava cesti di bianchetti salati dalla bancarella all'interno del negozio; il codino arrotolato intorno alla sua testa si era allentato, scivolandogli sulla fronte sudaticcia. Sembravano tutti stanchi, ma nessuno lo era quanto noi.

Anche noi avevamo i capelli umidi incollati alla fronte e persino Gioia, la novizia più giovane, camminava ingobbita mentre si sfilava dalle trecce rametti di gelsomino e li gettava a terra. Piccolo Fiore si strofinava gli occhi gonfi, ma questo non faceva che aggravare l'irritazione e presto si arrese. La sua infelicità mi fece passare un po' della frustrazione che avevo provato poco prima: povera ragazza, la trattura della seta sarebbe stata estenuante anche se non avesse dovuto sobbarcarsi la mia parte di lavoro, ma lei si prodigava per alleggerire il mio fardello, rendendomi la vita nella filanda meno faticosa. Nonostante il nostro piccolo diverbio, mi sentivo di nuovo bendisposta. Senza dubbio avrei dovuto rimproverarla, ma non ci sarei andata pesante. Non volevo rovinare l'armonia che si era creata negli ultimi anni, e inoltre era la mia unica amica... Se avessi potuto, avrei comprato un'altra schiava per fare il lavoro duro, lasciando lei libera di occuparsi di me, ma non potevo permettermi una camera da letto tutta mia, figuriamoci un'altra *muizai*.

Tornata al santuario, mi lasciai cadere su una panchina di pietra in un angolo appartato del cortile, sotto un kapok. Pur non vedendo il rosso fuoco dei suoi fiori, lo apprezzavo comunque, soprattutto dopo una giornata passata nell'aria soffocante della filanda. Roteai la testa e mi stiracchiai le spalle mentre aspettavo che Piccolo Fiore mi portasse una bacinella d'acqua con fiori di frangipane e foglie di pomelo. Essendo una delle ultime arrivate, Piccolo Fiore doveva aspettare il suo turno al pozzo dopo le altre diciotto sorelle. Anche se eravamo tutte stanche, non saltavamo mai il rituale del lavaggio. Niente riusciva a liberarci dalla puzza orrenda che ci si insinuava sottopelle, ma la dolcezza inebriante del frangipane e il sapore agrumato delle foglie di pomelo aiutavano a mascherarla.

Quando finalmente Piccolo Fiore tornò con l'acqua profumata e un asciugamano, raccolsi una manciata di fiori dalla bacinella e me li premetti contro il naso. Per un attimo la fragranza mi fece dimenticare la mia situazione. Mi aspettavo che come sempre Piccolo Fiore cominciasse con le spugnature sul viso, sul collo e sulle braccia, prima di togliermi gli zoccoli per lavarmi e massaggiarmi i piedi. Invece rimase immobile, mordicchiandosi un angolo del labbro inferiore.

«Ho piedi e polpacci indolenziti» le dissi. «Ho un disperato bisogno di un lungo massaggio. Lavali in fretta, così potrai dedicare più tempo a massaggiarli prima che Nuvola *ze* suoni il gong per la cena.»

«No» disse lei.

«No?» ripetei, incredula.

«Non vi laverò più i piedi.»

«So che sei stanca, ma questo non significa che puoi sottrarti ai tuoi doveri. Io sono ancora la tua padrona.»

«Sono felice che abbiate sollevato l'argomento. Perché ci sto pensando da un po'.»

Sedette sulla panchina di fronte alla mia, una cosa che non aveva mai fatto senza ricevere prima il mio permesso. Una delle lanterne del vicino refettorio proiettava una pozza di luce sul suo volto determinato.

«La nostra situazione è cambiata» disse. «In memoria della signora Fong, e per aiutarvi a superare il lutto, nell'ultimo mese ho continuato a prendermi cura di voi. Ma questo deve finire.»

«Ma tu sei la mia migliore amica» dissi. «Siamo come mia madre e Rosso Ciliegia. Perché dovresti metterti contro di me?»

«La signora Fong e Rosso Ciliegia non sono mai state amiche.»

«Se non erano amiche, allora perché Rosso Ciliegia si è ritirata in un monastero per il dolore?»

Piccolo Fiore raddrizzò la schiena, inclinò il mento e disse: «La signora Fong impartiva ordini e Rosso Ciliegia obbediva. Questa non è amicizia».

«Ma io non ti do ordini...» Lei alzò un sopracciglio. «Be'» feci io, arrossendo nel ricordare come mi comportavo a Taiyuan, «non più. Mi rivolgo a te con cortesia, sono anni che non ti urlo contro.» Piccolo Fiore scosse la testa e io continuai: «Prima stavo pensando che, se potessi permettermelo, comprerei un'altra *muizai* per fare il lavoro faticoso e coprire il mio turno nella filanda, così tu dovresti occuparti solo della mia toeletta». A questo punto lei chinò la testa e si strofinò le mani. Sospettando che dubitasse della mia sincerità, aggiunsi: «Ho ancora qualche gioiello. Non valgono molto, ma se vendessi un anello forse potremmo assumere una domestica per una settimana. Non sarebbe una bella pausa per te?»

«Linjing» disse lei, con un gran sospiro. Prima che potessi obiettare all'uso del mio nome senza l'onorifico, aggiunse: «Questo gesto, per quanto gentile, non riuscirebbe a colmare l'abisso che ci impedisce di essere amiche». Prese un profondo respiro e continuò, senza più formalità: «Finché ti vedrai come la mia padrona, non potremo essere amiche... e comunque io non posso più farti da cameriera».

Mi alzai e, arrivata davanti a lei, infilai una mano sotto il mio *ou* e tirai fuori il suo contratto di vendita. Dalla scomparsa di Aa Noeng avevo preso l'abitudine di tenere sempre con me quel documento. Era diventato una sorta di talismano per allontanare la disperazione, perché il fatto di possedere una *muizai* era l'unica cosa che mi impediva di sprofondare nella miseria più totale. Mostrandoglielo, dissi: «Sembra che tu abbia dimenticato questo contratto di compravendita; anche se ciò potrebbe danneggiare la nostra amicizia, devo ricordarti che sei di mia proprietà».

Mi aspettavo di vedere i suoi occhi inumidirsi per il senso di colpa e mi addolorava l'idea di farla soffrire.

Invece Piccolo Fiore afferrò il foglio e lo strappò. I pezzi volarono a terra prima che avessi il tempo di reagire. Aprii la bocca e la richiusi senza dire una parola. Lei si alzò in piedi e mi prese le mani. Io non riuscii a sottrarmi. Con un tono gentile che contrastava in maniera beffarda con quel gesto di ribellione, disse: «Mia madre mi ha venduto alla famiglia Fong, ma tu non sei una Fong». Le sue parole erano più brucianti degli schiaffi di Peonia. Stringendomi le mani, aggiunse: «Sono addolorata per la tua perdita, ma è ora che io viva la mia vita. Non posso più fare il tuo lavoro. Se lo desideri, però, potremo aiutarci a vicenda, da amiche e pari».

«Come ti permetti?» balbettai. Tremavo mentre mi scioglievo

dalla sua stretta. «Tu» la indicai «sei soltanto una zoticona. Io sono una signora. Questi fatti sono solidi come la terra su cui camminiamo.»

Piccolo Fiore mi fissò per un lungo istante. Mi aspettavo delle scuse, invece si girò e se ne andò senza aggiungere altro. Mi lasciai sprofondare sulla panchina, il fiato corto. Quante volte ancora le fondamenta del mio mondo sarebbero andate in frantumi? Avevo già subito più umiliazioni e disonore di quanto qualsiasi persona ragionevole potesse sopportare. Eppure, sembrava che il destino avesse in serbo per me altri tormenti. *Oh, Aa Noeng, se avessi saputo della fatica del lavoro nella filanda e della ribellione di Piccolo Fiore, avresti scelto lo stesso di mandarmi qui?*

Quello che credeva lei non aveva alcuna importanza, doveva pur sempre sottomettersi alla mia volontà: avevo soltanto bisogno dell'aiuto della zia per ricordarle l'ordine delle cose.

Mi affrettai verso l'ala sud, che ospitava l'appartamento di zia Zaffiro. Era l'unica persona della Confraternita a disporre di uno spazio tutto per sé. L'oscurità che proveniva dall'interno mi disse che non c'era. Poco male, avrei aspettato il suo ritorno. Entrai, lasciando la porta socchiusa, e guidata dalla luce della luna trovai la lampada e l'accesi. Sebbene quella stanza fosse molto più piccola dell'alloggio di Aa Noeng, e grande solo la metà della mia precedente camera da letto, sembrava una reggia rispetto al dormitorio del piano superiore, con le due file di brande, dove dormivo ora. Una piccola cassettiera separava ogni letto, ma bastava allungare il braccio per toccare quello di Piccolo Fiore, cosa che avevamo fatto al nostro arrivo, quando io singhiozzavo fino a notte fonda ricordando le ultime parole di mia madre. Se quella non era una prova di vera amicizia, allora che cosa poteva esserlo? Sospirai e tornai a concentrarmi sul luogo in cui mi trovavo. Lì mia zia poteva intrattenere gli ospiti in un salotto arredato con un tavolo rotondo e quattro eleganti sgabelli, mentre lungo ogni parete c'erano alcune sedie accanto a un tavolino quadrato. Sul pavimento dell'alcova c'era uno spesso tappeto e, al di là di un arco, si intravedeva il letto.

Feci scorrere la mano sul piano del tavolo laccato e mi tolsi gli zoccoli per sentire il tappeto tra le dita dei piedi. Tutte quelle comodità un tempo mi erano appartenute. Adesso non avevo più niente. Mi accasciai su una sedia e piansi coprendomi la faccia con le mani. Avrei fatto qualsiasi cosa per vivere di nuovo come una signora.

Al rumore di passi alzai la testa.

« Piccolo Fiore mi ha raccontato quello che è successo » disse mia zia, avvicinandosi. « La tua delusione è comprensibile, ma non tutto è perduto. È ancora disposta ad aiutarti finché non sarai in grado di cavartela da sola. »

« Non puoi ordinarle di rimanere la mia *muizai*? » chiesi.

« Temo che sia impossibile. »

« Ma qui la tua parola conta come quella dell'imperatrice! »

Posò il ventaglio di piume sul tavolino e sedette sulla sedia accanto alla mia.

« Le sorelle sono contadine, ma non sono di mia proprietà. Se qui non si trovano bene, possono andare a unirsi a una delle altre confraternite. Nel peggiore dei casi, potrebbero votare per mettermi da parte e scegliere un'altra direttrice. Senza i loro guadagni non potrei mantenermi. Piccolo Fiore ha la logica dalla sua parte e tutte prenderebbero le sue difese. Qualsiasi tentativo da parte mia di interferire con la tua situazione sarebbe visto come una parzialità, nonché una violazione di uno dei nostri voti di *so hei*. »

« Quale? »

« Il sesto. Ho giurato di amare e rispettare la mia Confraternita trattando tutte le sorelle alla pari. A prescindere dalle origini, una volta che una donna diventa una *so hei*, ha gli stessi diritti di qualsiasi altra sorella... e questo privilegio vale anche per le novizie. Non ho interferito finché Piccolo Fiore sembrava disposta a servirti, però adesso lei non vuole più essere la tua *muizai*. Chi potrebbe biasimarla? »

« Ma noi non siamo tutte alla pari! » obiettai. « Tu vivi in questa bella camera, mentre tutte noi siamo stipate in due dormitori. »

« È il privilegio della direttrice. Se vuoi vivere come me, cerca di ereditare la mia posizione. »

«E come? Non ho una dote.»

«Non tutte le direttrici arrivano al santuario con una borsa di monete d'argento. La donna che mi ha preceduto era una contadina, ed è riuscita a diventarlo grazie alla sua diligenza e alla sua oculata gestione economica. Per più di dieci anni ha fatto guadagnare molti soldi a questa Confraternita, prima che si ammalasse per l'umidità sofferta dentro la filanda e i suoi polmoni smettessero di funzionare. A quel punto si era già assicurata il rispetto e il sostegno delle sorelle.»

Dieci anni. Rabbrividii. «Non mi piace la trattura della seta! È una tortura, soprattutto per una signora. Non diventerò mai brava.»

«Devi imparare a mettere da parte l'orgoglio e accettare la situazione difficile che stai vivendo.»

«Facile per te dirlo. Non hai mai passato un'ora in quel posto puzzolente. E non condividi un tugurio con altre nove donne. Non accetto la tua ipocrisia.»

«Allora vattene.» Indicò la porta. «Cerca il tuo destino. Ma ascolta le mie parole: quello che hai sopportato qui non è niente in confronto a quello che troverai là fuori.»

Le sue parole mi risvegliarono dal torpore come una secchiata d'acqua gelida. Capii subito di aver sbagliato a indispettirla. Senza la sua protezione, in strada, sarei sopravvissuta pochi giorni. Temendo di aver perso il suo affetto, mi inginocchiai e le strinsi i loti d'oro. «Ti prego, zia, perdonami. Il dolore e la stanchezza offuscano il mio giudizio.»

«Alzati» mi ordinò, «prima di turbare lo spirito di Fenice.»

La sua voce suonava ancora infastidita, ma si era ammorbidita abbastanza da darmi il coraggio di insistere. Rimasi inginocchiata. «Aiutami. Avere una schiava è l'unico privilegio che mi resta. Sono stata cresciuta come una signora, non sono fatta per il lavoro di fatica.»

Lei mi guardò con un misto di gravità e compassione. «Ascoltami bene, Linjing, perché quello che sto per dirti non lo ripeterò. Dandoti rifugio io onoro la richiesta di tua madre. Le ho promesso che con me saresti stata al sicuro, al caldo e nutrita. Ma non le ho promesso che ti avrei dato una vita di agi. Sarebbe stato un errore e non potevo mentirle. Devi imparare ad accontentarti del tuo nuovo destino.»

Per placarla chinai il capo fingendo sottomissione. Potevo fare affidamento soltanto su me stessa per sfuggire a quel luogo desolante. Ma come?

28

Piccolo Fiore

Non avevo pianto per la signora Fong come una figlia – nessuno poteva sostituire Aa Noeng nel mio cuore –, ma per un certo periodo la sua morte mi rattristò quasi quanto rattristava Linjing. Entrambe le nostre madri mi avevano raccomandato di obbedirle, di essere la sua ombra, e nessuna delle due si era preoccupata dei miei sentimenti. Ai loro occhi era l'ordine naturale delle cose. Ma nella Confraternita delle nubili quella gerarchia non contava più, e mi consolava pensare che, se fossero state qui, almeno mia madre – se non anche la signora Fong – avrebbe approvato la mia decisione.

Quando il dolore per la morte della signora cominciò a diminuire, misi a fuoco un'altra cosa: se lei aveva avuto il coraggio di sfidare il suo destino, forse avrei potuto farlo anch'io, perché, nonostante la sua tragica fine, per anni aveva vissuto godendo dei privilegi di prima moglie. Il suo coraggio mi dava la speranza di potermi ritagliare un futuro diverso. La libertà avrebbe dovuto bastarmi, invece volevo di più e, a differenza delle altre sorelle, non mi accontentavo di un'indipendenza ottenuta con orari estenuanti e un lavoro massacrante. La Confraternita mi sembrava un altro tipo di prigione, anche se molto più grande di casa Fong.

Quel giorno Gioia avrebbe preso i voti, e Madam Zaffiro era riuscita a ottenere la giornata libera per tutte. La sala principale – una grande stanza rettangolare che fungeva da refettorio all'ora dei pasti e da salotto una volta sparecchiati i tavoli – era di solito uno spazio cupo, senza l'abbellimento di quadri, tappezzerie o tappeti. Gli sgabelli e le sedie, benché intagliati in palissandro di prima qualità, non avevano cuscini; sembrava che Madam Zaffiro avesse scelto i mobili per scoraggiare la pigrizia. Quel giorno, invece, c'era ogni comodità. Ci sedemmo su morbidi cuscini ricamati con fili d'argento e d'oro, e uno spesso tappeto copriva il pavimento. Le pareti erano tappezzate con arazzi che elogiavano le virtù della castità: *Benedette le donne pure come la giada. Una figlia casta onora i suoi genitori e porta gloria alla sua famiglia. Meglio vivere una vita semplice e libera che rischiare di ritrovarsi con un marito brutale in una casa di pazzi.*

Ghirlande scarlatte con le nappe decoravano travicelli e travi portanti. Tovaglie di raso cremisi con lunghe frange coprivano i nostri due tavoli; altri cinque erano stati noleggiati e sistemati intorno al cortile per accogliere la famiglia di Gioia e gli altri ospiti del banchetto pomeridiano. Sui tavoli laterali si trovavano vasi di peonie rosse. A parte i ritagli di carta rossa – che raffiguravano la dea della misericordia e i fiori di loto, invece della doppia felicità e delle anatre mandarine –, le decorazioni erano simili a quelle delle nozze. Mi parve ironico che una cerimonia che precludeva il matrimonio ne scimmiottasse la festa, perché sembrava insinuare che dietro le apparenze le sorelle desiderassero sposarsi, ma tenni quei pensieri per me per non offenderle. L'effetto complessivo avrebbe dovuto essere festoso, ma a me ricordava troppo le sfortunate nozze di Linjing. Dopo il nostro scontro, lei mi aveva a malapena rivolto la parola e si era chiusa in se stessa. Come una bambina smarrita, vagava tra le decorazioni, battendo rapidamente le palpebre. Sapendo che avrebbe interpretato la mia compassione come un insulto, non provai a confortarla. Però decisi che se mi avesse parlato per prima avrei avuto un atteggiamento amichevole.

Mi aspettavo che Gioia fosse emozionata, dato che Madam Zaffiro e le altre mi avevano detto che il giorno in cui ci si impegnava in una vita indipendente dagli uomini era il più bello della vita di una sorella. Invece Gioia mangiava di malavoglia e rispondeva alle felicitazioni con un sorriso rigido. Le voci stridule delle altre sorelle riempivano la stanza mentre ci riunivamo intorno ai due tavoloni rotondi per il pasto celebrativo del mattino, la prima fase della cerimonia. Erano impegnate a spiegare perché avevano deciso di entrare a far parte della Confraternita. Dopo che Madam Zaffiro ebbe raccontato la sua storia, una sorella con gli occhi piccoli e spiritati disse: «Mia madre è morta di febbre puerperale. E due delle mie sorelle maggiori sono morte partorendo il primo figlio. Hanno sopportato un lungo e doloroso travaglio... per niente. Questo santuario mi ha salvato dallo stesso destino».

«Hai sempre voluto entrare nella Confraternita?» chiesi io a Gioia.

«Mio padre mi ha affidato a zia Nuvola quando ero piccola» rispose lei in tono monocorde. «Non ho mai avuto altra scelta.»

Perplessa, guardai i tratti delicati di Gioia e poi Nuvola *ze*. Con il suo viso rubicondo e le narici dilatate, non le assomigliava per niente.

«È un'usanza del nostro villaggio» spiegò la donna. «La maggior parte degli uomini che hanno più figlie ne danno una a una sorella nubile. Mio fratello maggiore aveva cinque figlie e Gioia era la più piccola. Quindi ci si aspetta che anche le nipoti delle *so hei* prendano i voti.»

«Ma...» azzardai «...una nipote potrebbe rifiutarsi di prenderli?»

«Che sciocchezze» disse Nuvola *ze*. «Chi non vorrebbe diventare una sorella nubile?»

Gioia si ficcò in bocca un po' di riso. Cercai la verità sul suo volto, ma aveva tirato una tenda sugli occhi per non rivelare niente, e continuò a masticare. La sua espressione assente mi ricordò la maschera che Pioggia di Primavera mi aveva insegnato a indossare, quella che tutte noi schiave usavamo quando eravamo costrette a obbedire alle nostre padrone. Mi mancava la mia amica e sospettavo che le fosse successo qualcosa di terribile. Comunque nessun altro sembrava accorgersi della tristezza di Gioia.

«Voglio essere rispettata» dichiarò una sorella con la mascella squadrata, picchiando il pugno sul tavolo. «Nei giorni di festa il capovillaggio dà alla mia famiglia una porzione extra di maiale arrosto in mio onore, come se fossi un maschio. Nessun'altra donna gode dello stesso rispetto.»

«È vero!» riconobbe Bing Bing, una sorella che non aveva peli sulla lingua. «Alla filanda guadagniamo così tanti soldi che persino padri e fratelli devono inchinarsi davanti a noi. In famiglia, quando vado a trovarli, comando io.» I suoi occhi sembravano danzare di gioia. «Vengo trattata come una suocera venerata. Solo che è molto meglio, perché non ho dovuto soffrire prima per vent'anni come nuora. Mia madre cucina tutti i miei piatti preferiti. Mio padre e i miei fratelli mi parlano da pari a pari. Quanto alle mie cognate...» Ridacchiò. «Quelle povere disgraziate! In mia presenza tremano di paura.»

«Perché hanno paura di te?» chiesi io.

«Sono il loro albero dei soldi! Le mie cognate sono bocche in più da sfamare. Mentre il mio stipendio, da solo, è quasi pari ai guadagni di tutti i membri della famiglia. Se vivono nell'agiatezza è grazie a me. I miei fratelli non esiterebbero a picchiarle, se le loro mogli osassero irritarmi. Ogni mio capriccio è un ordine.»

Rabbrividii. Il suo atteggiamento non era migliore di quello della vedova Fong, e violava la solidarietà tra sorelle che pensavo fosse il fondamento della Confraternita delle nubili. Io non avevo una famiglia con cui condividere i frutti del mio duro lavoro, ma Bing Bing avrebbe potuto essere più gentile con le cognate, trattandole con il rispetto di cui godeva lei, in modo che il suo percorso di indipendenza portasse gioia anche ad altre donne. Mi aspettavo che Madam Zaffiro la rimproverasse, invece la guardò con approvazione. Forse le interessava soltanto che le donne prendessero i voti, indipendentemente da come trattavano le altre?

All'ora propizia del cavallo formammo un cerchio intorno a Gioia, che offriva bastoncini di incenso alla dea della misericordia, inchinandosi nove volte. In seguito, Madam Zaffiro la guidò verso una sedia che si trovava di fronte a un piccolo specchio. Accanto c'erano una bacinella d'acqua, due pettini e un nastro rosso. Il nostro cerchio si allargava e si stringeva. Due sorelle anziane, convocate da un'altra Confraternita, iniziarono a scioglierle le trecce.

«Siamo molto fortunate ad avere con noi Luk *ze* e Hei *ze*» disse Madam Zaffiro. «Queste sorelle benedette hanno gentilmente accettato di pettinare Gioia. Le doneranno la loro longevità e la costanza dei loro voti di castità.»

Luk *ze* e Hei *ze* sorridevano; a entrambe mancava la maggior parte dei denti superiori.

«Prima di continuare» riprese Madam Zaffiro, «devo sottolineare la serietà dei voti di Gioia. È importante che anche mia nipote e Piccolo Fiore ascoltino.» Ci fissò con occhi severi. «Riguarda anche voi. Finché siete novizie potete cambiare idea e lasciare la Confraternita, con il mio permesso, ma se mentre vivete con noi ci disonorerete, sarete punite con la stessa severità riservata a una sorella a tutti gli effetti.»

Linjing e io rispondemmo con un cenno solenne.

«La punizione per aver perso la virtù è l'annegamento» scandì lentamente, facendo correre lo sguardo tra Gioia, Linjing e me. «Non c'è clemenza, qualunque sia il motivo. Dovete proteggere la verginità con la vita.»

Noi la fissammo stupefatte.

«*Aiya!*» esclamò Luk *ze*. «Così le spaventi...»

«È meglio che siano informate» rispose Madam Zaffiro. «È mio dovere far comprendere loro tutto fino in fondo.»

«Non con toni così spaventosi...» replicò Hei *ze*. «E poi nel nostro villaggio non c'è mai stata un'esecuzione da quando sono nata. L'ultima sorella rimasta incinta è stata mandata in esilio dalla nostra defunta direttrice.»

Madam Zaffiro aprì la bocca, forse per protestare, ma Luk *ze* la zittì alzando una mano e disse: «Diamo inizio alla cerimonia per non perdere l'ora propizia».

Dallo specchio il riflesso del mezzo sorriso vacuo stampato sul viso di Gioia ci fissava mentre Hei *ze* e Luk *ze* si alternavano nel pettinarla. Ogni colpo di spazzola simboleggiava un voto o una speranza. Luk *ze* e Hei *ze* cantavano:

Il primo colpo è per la buona sorte.
Il secondo chiede convinzione.
Il terzo dà libertà e pace.
Il quarto vincola alla castità.
Il quinto auspica determinazione e costanza del cuore.
Il sesto è un impegno ad amare e a rispettare la tua Confraternita.
Il settimo assicura buone novelle, e l'ottavo prega per una vita senza sofferenze.

Giunte all'ottavo colpo, la frangia di fanciulla era sparita dalla fronte di Gioia e le due donne le avevano raccolto i capelli in un semplice chignon sulla nuca, fermato con un nastro rosso. Lei incurvò le spalle vedendo il proprio riflesso austero. Ignorando il suo stato d'animo le sorelle esultarono e applaudirono, e Madam Zaffiro si avvicinò per dare alla festeggiata le buste rosse portafortuna.

Mangiammo tutte fino a scoppiare. Il ricco banchetto comprendeva un maialino da latte, pollo e anatra arrosto. A metà pomeriggio gli ultimi ospiti si congedarono, lasciandoci libere per il resto della giornata. Madam Zaffiro, Linjing e alcune sorelle si ritirarono per un riposino; altre andarono in cortile a giocare a *maa-zoek* e io tirai fuori il mio materiale da ricamo. Durante le lunghe ore in fabbrica pensavo spesso alla mia passione, ma alla fine di ogni giornata avevo gli occhi troppo stanchi per dedicarmici. In quel momento avevo una gran voglia di ricamare, anche se avrei avuto solo il tempo per un mazzolino di fiori su un fazzoletto. Una volta pulito il tavolo all'interno della sala principale, disposi due piccoli telai, tre aghi, un paio di forbici, della seta grigio chiaro, alcuni modelli che avevo disegnato e una manciata di fili color indaco, albicocca, cremisi e muschio. Mi dispiaceva non avere più il mio grande telaio, ma la Seconda taai taai Fong aveva confiscato la maggior parte dei nostri effetti personali e quel telaio era troppo grande perché potessi nascondermelo addosso. Ero riuscita a portare via di nascosto solo quello scarso materiale e il ritratto della dea della misericordia. Lo tolsi dalla tela con cui l'avevo protetto e lo mostrai a Gioia e ad alcune altre sorelle, che non vedevano l'ora di dare un'occhiata al mio lavoro da quando avevo parlato loro dei miei progetti pomeridiani.

Gioia seguì il contorno dell'immagine con la punta delle dita. «Ma davvero l'hai fatto tu?»

Anche le altre sorelle rimasero stupite. Felice di vedere Gioia distratta dalla sua tristezza, tagliai un pezzetto di seta grigia e lo sistemai in un telaio, poi divisi la matassina color albicocca in sei fili singoli e ne infilai uno nella cruna dell'ago.

«Ho fatto questo ritratto combinando dei punti diversi» spiegai. «Se volete vi faccio vedere.» Gioia e le altre sorelle mi osservarono ricamare. Eseguii un campione grande come una moneta con punti spino, punti raso sfumati e punti raso obliqui.

«La chiamo pittura ad ago» dissi, mentre inclinavo il telaio verso la luce. «Vedete come i punti riflettono o assorbono la luce? Riuscite a immaginare come sarebbe, se il campione fosse fatto solo a punto raso? È la luce che rende viva un'immagine, ma anche il contrasto della trama è fondamentale.» Presi fiato, pronta a dire di più, ma una delle sorelle alzò la mano.

«Va' piano» disse. «Non riesco a seguirti.»

«Scusa.» Arrossii. «Non dovrei parlare così in fretta.»

«Dovresti offrire i tuoi servizi a Nobile *siu je* per il suo progetto degli scialli!» dichiarò Gioia. «Ho sentito che sta cercando delle amah brave nel cucito per aiutarlo a realizzare qualcosa di speciale per il mercato dei fantasmi bianchi. Altro non so. Ma dopo aver visto come ricami sono certa che potresti fargli qualcosa di bello.» Le altre sorelle annuirono.

Sentendo nominare Nobile *siu je*, mi tornò in mente il suo volto spigoloso. Da quando l'avevo affrontato, quindici giorni prima, avevo saputo che era il primogenito della famiglia più importante del villaggio Chan, che infatti prendeva il nome dai suoi antenati fondatori, e che aveva solo ventisei anni, sebbene il suo portamento solenne lo facesse sembrare più vecchio. Il pensiero di un altro incontro con lui mi gettò nello sconforto, ma il mio cuore palpitò all'idea di poter creare nuovi disegni e sfuggire al lavoro nella filanda.

29

Linjing

Mi arrovellavo ogni giorno per trovare un modo per fuggire dalla filanda, ma avevo bisogno di un'alternativa alla vita di strada. L'orgoglio mi costringeva a rifiutare il supporto di Piccolo Fiore, perché ormai mi sembrava carità. Però mi mancavano sia il suo aiuto sia la sua compagnia. Avrei voluto riallacciare quel legame, ma se l'avessi trattata come mia pari, non sarei diventata una contadina anch'io? Come potevo ancora pretendere di essere una signora, se mi piegavo ai capricci della mia *muizai*? Dopo aver saputo del nostro litigio, le sorelle si erano schierate dalla sua parte e mi evitavano. Lavoravo da sola, durante le pause per i pasti le sorelle e Piccolo Fiore si radunavano insieme, chiacchierando e ridendo, mentre io me ne stavo ai margini del cortile. Al santuario nessuno mi degnava di una parola se non era strettamente necessario, e persino zia Zaffiro si rivolgeva a me in tono brusco. Mi sentivo più sola che mai.

La mancanza di sonno mi appannava la mente, rendendomi le dita maldestre. Alla postazione di lavoro dovetti combattere contro un nodo alla gola quando l'ennesimo filo di seta irregolare si spezzò mentre cercavo di infilarlo nell'aspo. Il mio difetto alla vista si aggiungeva agli altri problemi: in un mondo di grigi, blu e gialli, non era facile distinguere le macchie beige sui bozzoli che indicavano la scarsa qualità dei fili. Come avrei fatto a gestire la quota completa di venticinque bobine? Se non ci fossi riuscita, mi sarebbe rimasta una sola alternativa: l'allevamento dei bachi. Al pensiero di toccare quelle ributtanti creature, dovetti reprimere un conato di vomito. Corsi verso la porta laterale più vicina. Nella fretta, i miei zoccoli di legno scivolarono su un viscido baco schiacciato e caddi all'indietro, agitando le braccia mentre mi preparavo a sbattere contro le piastrelle sudice. Un paio di mani forti mi afferrarono per le spalle, impedendomi di cadere. Ritrovato l'equilibrio respirai profondamente, per calmarmi, poi mi voltai verso il mio soccorritore. Era Nobile Chan. Arretrò di un passo, e con una mano dietro la schiena e l'altra sulla fascia che portava intorno alla vita mi sembrò avere un'aria aristocratica. Ricambiò i miei ringraziamenti con un sorriso cortese, senza mostrare i denti. Fino a quel momento lo avevo visto solo da lontano e non avevamo mai parlato. Da vicino notai che il petto e le spalle larghe riempivano alla perfezione la veste elegante, proprio come una mano calza un guanto. Se stavo ben dritta, i nostri occhi si trovavano quasi alla stessa altezza. Mi chiesi se gli piacesse cavalcare, come a me.

«Signorina Linjing, conosco bene vostra zia, quindi è un piacere fare la vostra conoscenza. Mi rendo conto che dev'essere difficile per voi adattarvi alla vita di fabbrica.»

Di fronte a quella gentilezza inaspettata, i miei occhi si riempirono di lacrime, che cercai invano di trattenere. Mi offrì un fazzoletto, un quadrato di lino candido e ben stirato. Riconoscente, lo accettai con la mano tremante.

«Venite» disse.

Tenendomi una mano posata sulla scapola, mi guidò passando dalla porta sul retro nel cortile dove di solito consumavamo il pasto di mezzogiorno. Tirò fuori uno sgabello da sotto un tavolo e mi invitò a sedermi, dicendomi che sarebbe tornato presto con una bevanda calmante. A poco a poco i miei singhiozzi si attenuarono e quando tornò avevo gli occhi quasi asciutti. Versò due tazze di tè e me ne offrì una. Inspirai il dolce profumo del crisantemo e ne bevvi un lungo sorso, lasciando che i delicati petali indugiassero sulla mia lingua. Nel frattempo lui tamburellava le unghie sul piano del tavolo con un ritmo costante, fissando un punto sopra la mia testa. Nonostante i miei limitati incontri con gentiluomini, avevo visto abbastanza opere per sapere che la sua discreta preoccupazione era perfettamente decorosa.

«Come fate a sapere di me?» domandai.

«Discuto spesso di affari con Madam Zaffiro» rispose lui. «Durante uno dei nostri recenti incontri mi ha parlato di voi e mi ha chiesto di essere clemente con le vostre prestazioni professionali. Mi dispiace per la vostra disgrazia e vi prego di farmi sapere se posso essere d'aiuto.»

Allarmata, chiesi: «Che cosa vi ha detto?»

Cielo, pensai tra me, *ti prego, fa' che mia zia non sia stata così sciocca da rivelare il disonore di Aa Noeng.*

«La vostra zia materna mi ha spiegato che siete caduta in disgrazia, ma non mi ha raccontato i particolari.»

Smisi di trattenere il respiro.

«Vi invito a riposare qui tutto il tempo che vi serve» disse, «io devo tornare in ufficio.»

Volevo che rimanesse, ma prima che potessi dire qualcosa di più, lui si inchinò e rientrò nella filanda. Dalla finestra lo vidi prendere la scala che portava al suo ufficio sopra le nostre postazioni di lavoro. La mia tristezza si alleggerì mentre lo guardavo salire due gradini alla volta.

Il piacere fugace che avevo provato per la premura di Nobile svanì già quella sera, quando immersi uno straccio in un secchio d'acqua torbida, trasalendo per il calore e il sapone che mi irritava le mani e gli avambracci. Mi grattai fino a far scoppiare le vesciche. Al santuario ci alternavamo per pulire il refettorio, un lavoro noioso che doveva essere svolto ogni sera dopo che tutte erano andate a letto. Piccolo Fiore aveva sempre fatto anche il mio turno, ma adesso toccava a me. Mi faceva male la schiena mentre mi spostavo carponi sul pavimento piastrellato, percorrendo su e giù tutta la lunghezza del corridoio. A denti stretti, completai un'altra sezione prima di gettare via lo straccio e dare un calcio al secchio, rovesciandolo. L'acqua si riversò sul pavimento. Mi accasciai nella pozzanghera e scoppiai a piangere, senza curarmi del fatto che i miei pantaloni si stessero inzuppando e avrebbero dovuto essere lavati, un altro compito che era diventato parte del mio misero destino.

Piccolo Fiore si avvicinò dal cortile, un'espressione di pietà sul volto. Mi girai perché non volevo che vedesse le mie guance rigate di lacrime. Si inginocchiò accanto a me e mi cinse le spalle. Avrei dovuto respingerla, invece nascosi il viso nel suo collo, singhiozzando. Mi accarezzò la schiena, proprio come aveva fatto quando ero stata presa dal panico per la richiesta della signora Li di cucire otto paia di scarpette di loto; l'abitudine era troppo confortante per resistere. «Oh, Piccolo Fiore, questa vita è troppo orribile» mormorai quando finalmente riuscii a parlare. «Non posso farcela senza una serva. Ti prego, aiutami.»

Lei si sciolse dall'abbraccio e si alzò in piedi, pronta ad andarsene. Guardandomi, disse: «Sono venuta a offrirti il mio aiuto perché non riesco a vederti così infelice. Ma non posso essere di nuovo la tua *muizai*».

Il suo tono non era astioso, però era inflessibile. Mi rialzai e le presi le mani. Le sue dita si contrassero e lei aggrottò la fronte, ma non si ritrasse.

«Grazie» dissi, stringendogliele. «Avrei dovuto accettare la mia situazione molto tempo fa. Invece ho continuato a vivere come una signora a tue spese. Non ho capito quanto ti fossi di peso finché non sono stata costretta a fare io stessa questo duro lavoro. Ti prego di perdonarmi. Ricominciamo come amiche. Mi sono sentita così sola. Sei l'unico legame con il mio passato, mi manchi.»

Lei fece un passo indietro e mi scrutò. «Sediamoci un momento» suggerì.

Annuii e la seguii fino a una panchina nel cortile.

«Se vogliamo essere amiche» esordì, «devo parlare con franchezza e mettere le cose in chiaro.»

«Naturalmente. Ti tratterò con rispetto, da pari a pari.»

«Sono felice di aiutarti finché non ti sarai abituata alla fatica del lavoro in filanda e di quello domestico. Ma deciderò io quando, e quanto aiuto offrirti. Non puoi più darmi ordini.»

«Ho capito. È tutto?»

«Linjing» disse lei con un profondo sospiro. «Spero che tu non mi stia mentendo.»

«Sono sincera.»

Si alzò in piedi, fissandomi con uno sguardo indagatore. «Appena due settimane fa dicevi che ero ancora la tua schiava, adesso dici che siamo alla pari. Sei davvero capace di un cambiamento così drastico?»

Con la mano destra alzai le tre dita centrali e sollevai il braccio sopra la testa. «Lo giuro sugli dèi. Il cielo mi sia testimone, se la mia promessa di amicizia è falsa, che mi lascino morire di una morte dolorosa e tornare nella prossima vita come schiava. No, peggio ancora, come ragazza di una casa di piacere.»

Gli occhi di Piccolo Fiore si allargarono, non so se per l'incredulità o per lo sgomento. Abbassai il braccio e sfilai dalle mie trecce un fermaglio per capelli. Lo usai per pungermi un dito, premendo finché non comparve una goccia di sangue. Poi glielo porsi, ma lei nascose le mani dietro la schiena.

«Facciamo un giuramento di sangue» dissi. «Hai sentito la mia promessa, ti chiedo solo di accettare la mia amicizia.»

Ma lei non prendeva il fermacapelli.

«Ti prego, Piccolo Fiore. Dobbiamo dimenticare i nostri rancori e diventare amiche.»

Invece di avvicinarsi a me, andò a mettersi dalla parte opposta di un tavolo, in modo che ci dividesse.

«No» disse. «Sono successe troppe cose tra noi. Non posso fare una promessa così solenne... non ancora. Ma cercherò di essere tua amica, se tu accetterai un'altra condizione.»

«Qualsiasi cosa.»

«Non devi crogiolarti nel tuo dolore. So che detesti la filanda quanto me. Ma sta a noi trovare qualcos'altro, un modo migliore per sostenerci e contribuire all'economia della Confraternita.»

«Dimmi cosa devo fare e lo farò.»

«Non so cosa consigliarti.»

«Hai un piano per te?» le chiesi. Con il suo ingegno mi aspettavo che avesse già intravisto una via d'uscita.

Mi raccontò del suo confronto con Nobile e dell'intenzione di rivolgersi a lui per la posizione di amah del cucito. Sorrisi, ricordando la sua gentilezza, e le parlai del nostro incontro.

«Strano» disse lei. «L'uomo che descrivi non corrisponde al padrone autoritario che voleva licenziarmi.»

«Forse è perché...»

Stavo per dire: *Forse è perché mi vede come una signora*, ma riuscii a trattenermi. Quella frase mi avrebbe inimicato Piccolo Fiore mandando in frantumi la nostra amicizia prima ancora che nascesse. Potevamo essere simili per età ed essere cresciute insieme, ma i nostri destini erano diversi come il rame e l'oro: un metallo era destinato agli utensili da cucina, l'altro ai gioielli preziosi. Piccolo Fiore era nata per faticare, invece io potevo ancora aspirare a una vita migliore. Non potevo modificare le mie convinzioni, ma mi sarei comportata in modo diverso, esteriormente. L'avrei trattata come una mia pari... certo questo contava molto per lei. Per evitare che Piccolo Fiore mi leggesse nel pensiero, mi avviai verso il refettorio dicendo: « È meglio che finiamo il lavoro al più presto ».

30

Piccolo Fiore

Il pentimento di Linjing mi aveva lasciata al tempo stesso diffidente e speranzosa. Volevo crederle, ma il nostro passato rimaneva una cicatrice che non credevo potesse scomparire del tutto. Accantonai quei pensieri mentre salivo le scale che portavano all'ufficio di Nobile *siu je* stringendo al petto il mio cestino da ricamo.

Bussai alla porta e aspettai, con i nervi a fior di pelle. Sentii un rumore di passi che si avvicinavano. Mi sistemai la giacca e presi un respiro profondo, decisa a mantenere un atteggiamento composto anche sotto il suo sguardo severo. Ma fu Ming a uscire sul pianerottolo e a salutarmi con un caldo sorriso.

Mi inchinai leggermente. «Temo di averti messo nei guai con il padrone. Ti ha rimproverato per avermi assunto?»

Ming liquidò la mia preoccupazione con un gesto della mano.

«Sembrava seccato che avessi trascurato la mia infermità» continuai. «Ti sono molto grata per la tua gentilezza e spero che tu non ne abbia sofferto.»

«Nobile *siu je* e io ci co-conosciamo da tanto tempo» rispose Ming, e rise. «La mia fa-famiglia lavora per i Chan da tre ge-generazioni. Noi siamo stati compagni di gioco. Il vecchio padron Chan non voleva un impiegato ba-balbuziente, ma lui si è ri-rifiutato di scartarmi, quindi non preoccuparti per me.»

Annuii mentre riflettevo su quelle nuove informazioni sul conto del padrone della filanda. Era la terza testimonianza sul suo carattere. Secondo Ming e Linjing era tollerante e premuroso. Nutriva forse del rancore personale nei miei confronti?

«Cosa posso fare per te?» chiese Ming.

«Vorrei un colloquio con il padrone sul progetto degli scialli.»

Lui, perplesso, inarcò le sopracciglia e guardò le dita rigide della mia mano destra.

«Ti prego, Ming. Dammi la possibilità di parlargli. Non chiedo altro.»

Socchiuse gli occhi per alcuni secondi. Quando li riaprì, mi fece cenno di entrare. Le pareti dell'ufficio erano rivestite di pannelli di legno, scuri e cupi come i modi di Nobile *siu je* nei miei confronti. Una volta che Ming ebbe chiuso la porta, il frastuono della filanda si attenuò. Il fumo che saliva dai bruciatori di incenso copriva la puzza con un profumo dolce e rinfrescante. C'erano opere d'arte e fotografie appese ai muri e avrei desiderato studiarle, ma non ne avevo il tempo, anche se notai che una ritraeva Nobile *siu je* in abiti occidentali, con un cappello alto. Seguii Ming oltre la tenda che separava la piccola sala d'attesa dagli ambienti interni. Nobile *siu je* sedeva alla scrivania, e con la testa china su un abaco ne spostava le sfere con forza eccessiva. Tac, tac, tac. Le perline di legno battevano l'una contro l'altra come per protestare.

«Perdonami, Nobile *siu je*» annunciò Ming. «Piccolo Fiore, della Confraternita di Madam Zaffiro, desidera parlarti.»

L'altro aggrottò le sopracciglia e Ming, con aria un po' imbarazzata, si strinse nelle spalle e si ritirò dietro la sua piccola scrivania.

Nobile *siu je* allontanò l'abaco e si appoggiò alla sedia con un gomito su ciascun bracciolo, congiungendo le mani. Sulla sua fronte aggrottata mi parve di vedere una fila di nubi minacciose, e la mia sicurezza vacillò. Per mantenere i nervi saldi strinsi forte il manico del cestino, e le nocche mi diventarono bianche. Con tutta la compostezza che riuscii a racimolare, dichiarai: «Ho sentito che state cercando dei disegni unici per un progetto di scialli. Sono un'artista del ricamo e posso aiutarvi».

Incrociò le braccia. «Sono colpito dalla tua ambizione.»

La fila di nuvole si diradò e io sorrisi.

«Però hai la spudoratezza di credere di potermi ingannare. Solo le donne con i loti d'oro sono capaci di ricami squisiti. È una verità indiscutibile. Mentre tu hai i piedi grandi.»

Per soffocare un sospiro di frustrazione, strinsi le labbra, chiusi gli occhi e mi preparai alla battaglia.

«Il vostro dubbio è ragionevole» risposi, riaprendo gli occhi,

« ma ho lavorato come ancella personale di Linjing dall'età di sei anni fino a poco tempo fa. Sua madre è stata una tutrice generosa con me, e mi ha incoraggiata a esercitarmi nel ricamo. »

« Le domestiche della mia casa hanno tutte i piedi fasciati, per quanto non piccolissimi. Tuttavia, i loro ricami sono inferiori a quelli di mia madre e delle mie sorelle. Inoltre, i loti d'oro sono solo un requisito; per eccellere nel ricamo, una signora ha bisogno anche di avere un occhio artistico. Tu non hai certo ricevuto la stessa educazione e le stesse opportunità. »

Dal mio cestino estrassi una cornice rotonda e gliela porsi.

« Ho fatto io il ritratto della dea della misericordia » dissi. « Ho disegnato il motivo e inventato la tecnica di pittura ad ago per imitare i dipinti a olio occidentali. Vi prego, signore, vi sarei grata se lo guardaste. »

Lui prese il ritratto e lo studiò. Con il polpastrello toccò la superficie e gli sfuggì un sussulto di stupore. Il mio cuore batté più forte.

« È straordinario! Non ho mai visto niente del genere. »

« Grazie, signore. La vostra stima significa molto per me. »

Posò il ritratto sulla scrivania e mi fissò. « Sarei tentato di crederti, ma questa non può che essere opera di una signora nobilissima. Non c'è niente di simile né nelle case signorili che ho visitato né sul mercato d'esportazione. Vorrei conoscere questa incredibile artista. »

« Signore, sono io. »

Nonostante la mia volontà di mantenere la calma, la voce mi tremava per l'indignazione e diventai paonazza. Lo folgorai con un'occhiata. La sua altezzosità vacillò davanti alla mia determinazione. Afferrò il ritratto e lo esaminò di nuovo, girandolo da una parte e dall'altra mentre le sue dita continuavano a tastare i punti raso che davano vita all'effetto di chiaroscuro.

« È l'espressione di un notevole estro artistico » insistette, « e può essere stata prodotta solo da una mente elegante, quella di una signora di alto lignaggio. Una contadina non è capace di una simile finezza, soprattutto se non ha i loti d'oro. »

Presi una collezione di modelli dal mio cestino e li posai sulla sua scrivania.

«Questi sono campioni dei miei schizzi» gli dissi. «Tra i disegni di fiori troverete le varie bozze che ho fatto per decidere la posa migliore per la dea. Vi prego di esaminarli.»

Sentivo la pelle che mi bruciava mentre Nobile *siu je* sfogliava i modelli e studiava quelli relativi al ritratto: nel primo la dea era in piedi su un loto galleggiante; nel secondo si librava sopra le onde da cui saltava fuori una carpa dorata; in un altro, un bambino paffutello sedeva sulle sue ginocchia. Era diverso anche il volto: in uno guardava l'osservatore e in altri il suo sguardo era rivolto al bambino. Ogni volta che passava da un disegno all'altro, Nobile *siu je* mi fissava con un misto di serietà e scetticismo. Il mio coraggio cominciò a vacillare. La ex *muizai* che era in me desiderava solo fuggire, ma mi costrinsi a rimanere, perché era giunto il momento di inseguire i miei sogni e smettere di arrendermi ai ruoli che la società e il destino mi volevano imporre.

«Questi schizzi sono già opere d'arte e sono convinto che siano stati disegnati dalla stessa mano» disse infine. «Ciò non prova però che tu ne sia l'autrice. Ti ho visto al lavoro. È vero che sei piuttosto abile con l'aspo, ma mi riesce impossibile credere che con tre dita danneggiate tu possa eccellere nel ricamo fino a questo punto.»

«Posso ricamare davanti a voi. Adesso! Ho il materiale nel cestino. Mi basta mezz'ora. Io...»

«Non sarà necessario.» Indicò la pila di scialli su un tavolo vicino. Alcuni avevano un bordo di nappe, altri una frangia di nodi finemente intrecciati; quello in cima raffigurava un giardino con peonie, ponti di pietra e un'alta pagoda. «Ho bisogno di qualcosa di nuovo che superi questi campioni e che incontri il gusto occidentale, per il mercato delle esportazioni. Dubito che tu abbia una soluzione per me.»

«Non ce l'ho» ammisi. «Ma sono sicura che se mi darete una possibilità non vi deluderò.»

«No.» Ciò detto balzò in piedi e si diresse verso una libreria; da uno scaffale prese un volume rilegato in seta nera e si mise a sfogliarne le pagine. Sempre dandomi le spalle si rivolse a Ming. «Accompagna fuori Piccolo Fiore. In futuro, non permettere alle operaie di interrompermi. Se una di loro ha qualche lamentela o delle domande, dille di parlarne con Madam Zaffiro.»

Affranta, seguii Ming fuori dall'ufficio. Lui mi diede una pacca sulla spalla e promise che se si fosse presentata l'occasione mi avrebbe aiutata. Lo ringraziai, anche se le sue parole non mi furono di grande conforto. Una volta superata la soglia, le mie gambe si trasformarono in due blocchi di tofu. Mi lasciai cadere su una panca del pianerottolo, sotto una finestra aperta. Mentre cercavo di ricompormi, i toni secchi e taglienti di una discussione penetrarono nella nebbia dei miei pensieri. Erano le voci di Ming e Nobile *siu je* che arrivavano fino a me dall'ufficio.

«Cosa hai detto?» Nobile *siu je* suonava arrabbiato.

«Perché hai scacciato co-così Piccolo Fiore?» chiese Ming. «Io le credo.»

«Tu non sei imparziale, quando si tratta di persone con qualche disabilità.»

«Ammetto di avere un debole per gli spiriti affini.»

«Basta così!»

Il mio polso accelerò: sapevo che era sbagliato origliare, ma la curiosità ebbe la meglio sugli scrupoli.

«Ho in-infranto la tua regola perché ho avuto pietà di-di lei, lo ammetto. Ma ci scommetterei un me-mese di salario sul fatto che non è una bugiarda.»

«Soltanto le signore con i piedi fasciati sanno ricamare» affermò Nobile *siu je*.

«Ha dato ampia pro-prova della sua abilità. Non è un po' antiquato da parte tua dubitare di lei solo perché ha i piedi na-naturali?»

«La correlazione tra eccellenza nel ricamo e loti d'oro è una verità universale. Persino le amah che sanno cucire mediocremente hanno piedi rispettabili. Tua madre e tua moglie sarebbero dalla mia parte in questa disputa.»

«È vero, le donne della mia famiglia adorano ancora i lo-loti d'oro. Ma, a differenza nostra, non sono state a Londra. Le signore inglesi hanno tutte i piedi na-naturali, eppure ho visto squisiti lavori d'ago che sono alla pari con i ricami cinesi.»

«Il ricamo cinese è molto più complesso di quello occidentale. Ma non si tratta solo di questioni estetiche. Per una donna cinese, il ricamo è l'espressione della sua cultura, della sua pazienza e della sua forza d'animo, qualità che non potrebbe ottenere senza avere i piedi fasciati.»

«Sei sicuro di aver rifiutato Piccolo Fiore solo perché è una co-contadina?» chiese Ming.

«Cosa diavolo stai insinuando?» sbraitò Nobile *siu je*.

«Non voglio offendere» disse Ming. «Però non voglio n-nemmeno che tu ti perda un'artista di raro talento, tutto qui.»

«Piccolo Fiore non può essere l'artista» insistette Nobile *siu je*, «perché non ha i loti d'oro.»

La voce di Nobile *siu je* suonava dura per ricordare a Ming chi comandava. Tuttavia, sotto il tono autoritario, l'inflessione era vuota come quella di un insegnamento mandato a memoria. Sospirai. Era chiaro che solo qualcosa di eccezionale gli avrebbe permesso di superare un pregiudizio così radicato. Implorare non sarebbe servito a nulla, e sospettavo che non sarebbe bastato neppure il sostegno di Madam Zaffiro. Che cosa ci voleva?

31

Linjing

Dopo la gentilezza dimostrata da Nobile nei miei confronti, non riuscivo a smettere di pensare a lui. Era diventato l'unica luce in quella squallida esistenza. Per saperne di più sul suo conto tesi le orecchie alle chiacchiere nella filanda e feci qualche domanda alle compagne di lavoro. A sentir loro, le sue visite nello stabilimento non duravano mai più di un quarto d'ora, e raramente parlava con i dipendenti. La sua aria seria e severa spaventava molte giovani fanciulle, mentre le donne più anziane si lamentavano della sua arroganza. Se non era soddisfatto del rendimento di un'operaia, incaricava il suo impiegato di prendere provvedimenti disciplinari. Quando un problema si aggravava, Nobile si rivolgeva alla direttrice, responsabile della Confraternita a cui faceva capo la ragazza, e ne discuteva con lei. Di rado parlava con una contadina, il che spiegava perché avesse liquidato Piccolo Fiore in quel modo.

Naturalmente ero dispiaciuta per lei. Poveretta, il rifiuto di Nobile l'aveva talmente depressa che la qualità dei suoi rocchetti di seta ne aveva risentito. Per alcuni giorni molte sue matasse non passarono il controllo di qualità. Distratta dal progetto degli scialli, spesso trascurava di unire il primo con i fili nuovi quando i bozzoli nel suo bagno d'acqua avevano esaurito la seta. Per comportarmi da amica mi sforzai di compatirla, ma era difficile visto che mi sentivo allegra per la prima volta dopo la perdita di Aa Noeng. Non potevo ancora esserne certa, quindi non osavo rivelare a nessuno le mie supposizioni, ma pensavo che Nobile venisse più spesso in fabbrica per vedere me.

Per trovare conferma alle mie speranze lo tenni d'occhio. Fissava spesso il banco di lavoro che condividevo con Piccolo Fiore, ma c'era una netta distinzione tra lo sguardo accigliato che riservava a lei e gli inchini cortesi che rivolgeva a me quando alzavo la mano per salutarlo. Inoltre, se le nostre strade si incrociavano, si fermava a parlarmi. In un'occasione mi chiese quando io e Piccolo Fiore avremmo preso i voti; un'altra volta volle sapere quando avevo conosciuto Piccolo Fiore e se il nostro era ancora un rapporto padrona-*muizai*. Sembrava molto interessato e preoccupato per il mio benessere.

Quando entrai con Piccolo Fiore nel capannone dei bozzoli lui stava parlando con il suo impiegato e si fermò a metà frase. Fece un passo nella nostra direzione ma, con uno sforzo visibile, si voltò e riprese la discussione. Ming aggrottò le sopracciglia, interrogandosi sullo strano comportamento del suo superiore. Mentre i due uomini conversavano, lo sguardo di Nobile si spostò verso l'angolo in cui noi selezionavamo i bozzoli da mettere nel nostro cesto da lavoro. Quando i nostri occhi si incontrarono, lui distolse rapidamente lo sguardo e si voltò verso il canale. Stava forse lottando contro i suoi sentimenti per me? Forse desiderava parlarmi, ma si sentiva inibito dal mio status di novizia. Mi avvicinai io.

«Buongiorno a voi, Nobile *siu je*» dissi. «La brezza è un sollievo.»

Lui rispose con un profondo inchino e convenevoli adeguati al mio saluto. Sorrisi, incoraggiandolo a continuare la conversazione, ma lui tacque. Rimase in piedi, con le mani strette dietro la schiena e lo sguardo rivolto a un punto lontano. Spesso le persone non sono all'altezza del loro nome: la mia povera Aa Noeng, per esempio, non era riuscita a rinascere dalle ceneri della sua disgrazia come una fenice, e io ero tutt'altro che una giada serena. Ma l'aristocratico profilo di Nobile, con la sua mascella squadrata e il naso pronunciato, era degno del nome che portava. Sperando di approfondire la nostra conoscenza, mi avventurai nell'unico argomento che avevamo in comune.

«Avete riconsiderato la possibilità di far lavorare Piccolo Fiore al progetto degli scialli?» chiesi.

«Non ho questa intenzione» rispose, in tono teso e scontento.

Mi maledissi per aver sollevato una questione che lo irritava. «Non voglio intromettermi» aggiunsi in fretta. «Solo che Piccolo Fiore è molto turbata dal vostro rifiuto e mi rattrista vederla così infelice. Ho pensato che forse potreste darle una possibilità.» *Per amor mio*, avrei voluto aggiungere.

Nobile strinse la bocca in una linea rigida, guardò Piccolo Fiore e scosse la testa prima di inchinarsi a me. «Perdonate i miei modi rudi, signorina Linjing. Non avevo intenzione di offendervi. Suppongo che vi abbia chiesto di parlare in suo favore.»

«Oh, no...»

«Ho preso la mia decisione. Vi sarei molto grato se voleste comunicarle la mia parola definitiva. Ancora buona giornata, signorina Linjing. Vi prego di portare i miei saluti a vostra zia.»

E dopo un brusco cenno del capo Nobile si avviò all'uscita, tallonato dal suo impiegato. Mi fermai sulla soglia, riparandomi gli occhi dal sole, a guardarlo allontanarsi lungo il sentiero che costeggiava il canale. Aveva il portamento fiero e determinato di un generale. Al molo successivo si voltò, ma la distanza mi impediva di decifrare la sua espressione. Mi rimproverai per il nostro scambio maldestro, comunque i miei sforzi non erano stati inutili: avevo un'ulteriore conferma che mi considerava una signora, degna della sua gentilezza.

L'indomani, sollevando il viso per scacciare una mosca fastidiosa che non voleva saperne di lasciarmi in pace, vidi Nobile affacciato a una delle finestre dell'ufficio. Di nuovo sembrava scrutare la nostra piccola postazione. Si strofinava la mascella come se si stesse scervellando su un enigma. Gli feci un cenno con la mano, ma era troppo assorto per rispondere.

Poteva stimarmi nonostante i piedi naturali e la perdita dello status sociale? Stava forse pensando agli ostacoli che avrebbero reso difficile il nostro cammino? Dopo la disgrazia di Aa Noeng, una parte di me aveva tirato un sospiro di sollievo per essere stata liberata dalle pressioni matrimoniali che avevo tanto temuto... ma adesso era cambiato tutto. A differenza di Valoroso Li, che era un estraneo, sentivo di conoscere Nobile, di ammirarlo, persino di desiderarlo, e il matrimonio con lui avrebbe ripristinato il mio status. Quanto avrei voluto che anche lui provasse lo stesso sentimento, ma avevo bisogno di altre prove della sua stima prima di osare esprimere la mia speranza a Piccolo Fiore.

Non mancava molto alla festa delle Sette Sorelle, il settimo giorno del settimo mese. Zia Zaffiro ci convocò in refettorio per una riunione e si rivolse a noi dalla parte anteriore della stanza, in piedi sotto una targa nera larga due metri con la scritta «Sala dell'Eterna Purezza». Le parole avrebbero dovuto servire a ricordare gentilmente il nostro mantra, ma i caratteri spessi sembravano fissarci come una suocera sprezzante.

«La festa delle Sette Sorelle si terrà tra ventitré giorni» ci disse zia Zaffiro. «Sono passati quattro anni dall'ultima volta che abbiamo ottenuto il titolo di Confraternita d'eccellenza. Quest'anno vorrei che battessimo gli altri nove santuari di Shuntak e ci aggiudicassimo il primo premio di... ben trenta tael!»

Un sussulto collettivo riecheggiò nella stanza. Sapevo che il premio in denaro sarebbe stato molto utile per la Confraternita, ma ero più interessata al prestigio della vittoria. Se le mie congetture sui sentimenti di Nobile erano vere, l'appartenenza a una Confraternita d'eccellenza avrebbe potuto elevare il mio status agli occhi della sua famiglia. Sedetti più dritta e prestai attenzione, e vidi che Piccolo Fiore mi imitava.

«Sono dieci tael in più dell'anno scorso!» esclamò Nuvola *ze*. «Ogni Confraternita farà di tutto per vincere.»

«La concorrenza sarà agguerrita» convenne mia zia. «Ma siamo degne quanto loro della vittoria e, se ci impegniamo al massimo, sono certa che potremo centrare l'obiettivo. Come sempre, in caso di vittoria le tre sorelle che produrranno le migliori miniature si prenderanno la fetta più grande del premio in denaro.»

«E il concorso di ricamo?» domandò Bing Bing. «Non credo che dovremmo occuparcene. Il premio per la Lega delle Popolane non vale la pena.»

Piccolo Fiore alzò la mano e chiese a Bing Bing: «Chi può partecipare a questo concorso?»

«Ogni anno la direttrice di ogni Confraternita nomina una rappresentante per il concorso di ricamo, che viene ospitato dalla signora Chan nella loro residenza, poiché sono la famiglia più importante di Shuntak. Madam Zaffiro di solito seleziona la sorella che realizza la statuetta più bella per le offerte alle sorelle celesti.» Bing Bing scosse la testa. «La signora Chan e le padrone delle altre filande si riempiono la bocca parlando di equità e opportunità, dicendo che ogni fanciulla può partecipare al concorso della Lega delle Dame o della Lega delle Popolane. Ma nessuna di noi ha le capacità per competere con le ragazze ricche. La Lega delle Dame riceve come premio un fermacapelli d'argento ornato di rubini o di giada, mentre noi riceviamo una squallida imitazione fatta di *baak tung* a buon mercato. Dovreste vedere la faccia condiscendente della signora Chan quando consegna il premio alla vincitrice della lega inferiore. È così offensivo!»

«Bing Bing ha ragione» fece eco Nuvola *ze*. «Mi fa venir voglia di boicottare il concorso.»

«Sì!» gridò una terza sorella. «Io dico di non partecipare e di chiedere alle altre consorelle di fare altrettanto.»

«Cosa serve per entrare nella Lega delle Dame?» domandò Piccolo Fiore.

«Le concorrenti devono essere abili nel ricamo doppio su due lati» spiegò Bing Bing. «Nemmeno alcune signore sono in grado di farlo, figuriamoci noi.»

«È la disonestà che non sopporto» disse Gioia. «Perché la signora Chan non può ammettere apertamente di voler escludere le contadine dalla possibilità di vincere un bel premio?»

«Posso rappresentarci io» disse Piccolo Fiore.

«Garantisco per lei» intervenni subito. «Il suo ricamo doppio non è secondo a quello di nessuna signora. Con lei vinceremo di sicuro.»

Mia zia acconsentì prontamente e le sorelle applaudirono e si rallegrarono. Mi voltai verso Piccolo Fiore e sorrisi. All'inizio mi guardò confusa, ma la sorpresa lasciò presto il posto alla felicità. Per la prima volta dal progetto delle scarpette di loto avevamo lo stesso obiettivo.

Nelle settimane successive, la Sala dell'Eterna Purezza si trasformò in un alveare di attività, mentre la Confraternita dedicava ogni momento libero ai preparativi per la festa.

La maggior parte delle donne lavorava sulle miniature, replicando la scena in cui Zikneoi, la più giovane delle sette principesse celesti, viene separata dal suo amante, un mandriano mortale. Zikneoi tende le braccia verso l'amato, mentre due soldati la trattengono incrociandole le lance sul petto. Sopra di loro c'è l'Imperatore di Giada dalla barba bianca su una piattaforma di nuvole, che punta un dito accusatore contro la figlia ribelle che si è abbassata a sposare un umano. Alla sua sinistra, la Regina Madre dell'Occidente stringe un lungo fermacapelli, pronta a scalfire un Fiume d'Argento nel cielo per separare gli amanti. Oltre a questi personaggi chiave, la scena richiedeva un seguito di ancelle, guardie divine a cavallo e il bue magico che si sacrifica per permettere al mandriano di volare sulla sua pelle verso il cielo nel tentativo di salvare la sua sposa.

Mentre la maggior parte delle sorelle era impegnata a realizzare quella scena dettagliata, io e Piccolo Fiore ci dedicammo alle statuine che ritraevano le Sette Sorelle nelle loro rispettive mansioni: Zikneoi davanti a un grande telaio, la sorella maggiore con un telaio rotondo da ricamo, la successiva con una cetra, un'altra confezionava vestiti e così via. Le figurine e gli oggetti di scena erano di cartapesta e i loro abiti fatti con scampoli di seta donati dalle padrone delle diverse filande. Ogni statuina andava completata con un minuscolo paio di scarpette di loto.

Mentre eravamo sedute insieme su una panchina in fondo al cortile, a cucire nella luce estiva che si affievoliva, il mio cuore scoppiava dal desiderio di confidarsi con Piccolo Fiore. Mi avvicinai di più a lei, guardandomi intorno e dietro le spalle, poi sussurrai a bassa voce: «Voglio sposare Nobile *siu je*».

Piccolo Fiore sussultò e la sua mano si fermò a metà del punto.

Soppressi una risatina. «So che sembra ridicolo, ma stammi a sentire...» Le raccontai tutto quello che avevo osservato negli ultimi quindici giorni. Mentre parlavo, lei giocherellava con i fili del ricamo. «Non pensi anche tu che io gli piaccia?» conclusi.

«Ho notato le sue attenzioni» riconobbe lei, «ed è chiaro che ti tratta come una signora.»

Raggiante, la abbracciai, ma lei si sottrasse. Aggrottò la fronte con aria dubbiosa.

«Che ti succede?» le chiesi.

«Non sono convinta che sia interessato a te da un punto di vista romantico.»

«Il nostro primo incontro è già una prova del suo affetto... solo un uomo innamorato avrebbe agito con tanta considerazione.»

«Sono d'accordo che è stato molto gentile. Però negli incontri successivi non ha mai alluso a un desiderio segreto. Il suo volto è indecifrabile, difficile capire cosa pensa, ma temo che stia cercando di trovare un appiglio per liberarsi di me.»

«È vero, ti guarda spesso con aria minacciosa. Ma questo non smentisce la mia ipotesi. Lavoriamo fianco a fianco, quindi non può fare a meno di vederti mentre cerca me, no?»

Piccolo Fiore riprese a cucire, e dopo qualche punto alzò lo sguardo con un sorriso ironico e disse: «Attenta a ciò che desideri: è già troppo serio per la sua età. Immagina come sarà da vecchio!»

«Oh, sembra cupo solo perché cerca di essere il più corretto possibile. Non sarà certo così nell'intimità della nostra camera da letto.»

Lei inarcò un sopracciglio e spalancò gli occhi.

«Non mi riferivo a...» Mi interruppi, troppo imbarazzata per continuare. Infine conclusi: «Ai doveri coniugali...»

«Io non ho detto niente» ribatté lei, con una risata. «Anche se l'idea non sembra dispiacerti.»

«È affascinante...» ammisi, mentre mi coprivo con le mani le guance in fiamme. «È muscoloso e alto.»

Lei rispose emettendo un suono indecifrabile.

«E anche se fosse un noioso sempliciotto» proseguii, «il matrimonio con lui rappresenta per me l'unica possibilità di fuggire da questo squallore.» Agitai le braccia e diedi un calcio alla terra; non sopportavo più la vista di quel cortile spoglio che avevo detestato fin dal primo giorno. Aggiunsi: «Voglio vestirmi di seta, dormire fino a tardi, andare a cavallo, essere di nuovo una signora».

Piccolo Fiore, che aveva continuato a cucire a intermittenza, posò il telaio e si girò verso di me, con aria mogia. «So che sei infelice e disperata» mi disse con dolcezza, «ma questo forse ti rende vulnerabile, spingendoti a vedere affetto dove c'è solo educazione.»

«Non sono una sciocca! Mi guarda e mi parla perché gli piaccio, lo so.»

«Anche se tu avessi ragione» disse, «è impossibile che ti sposi. La sua famiglia è molto tradizionalista. Tutte le signore Chan e le loro ancelle hanno i loti d'oro. Non accetterebbero mai una nuora con i piedi naturali, soprattutto se con un passato non limpidissimo.»

«Ci sono ostacoli sulla nostra strada, è vero, ma lui è un uomo corretto e pieno di risorse. Inoltre, io ottengo sempre ciò che voglio. Niente è impossibile, se mi ci metto d'impegno.»

«Come fai a dire com'è il suo carattere?»

«Lo capisco dai suoi occhi seri, dal suo modo di parlare e dalla sua aria in generale. E poi padron Chan non gli permetterebbe di gestire l'azienda di famiglia alla sua età, se mancasse di buon senso o di coraggio.»

Piccolo Fiore fece una smorfia che esprimeva scetticismo.

«Ho sentito che ha soggiornato a Londra per un anno ed è tornato in Cina solo da pochi mesi. Forse è per questo che i miei piedi non lo preoccupano» aggiunsi.

«A me sembra che stiamo parlando di due uomini diversi. Per te Nobile *siu je* è l'eroe giusto e valoroso di un'opera romantica. Per me un padrone severo e irascibile. Una delle due si deve sbagliare.»

Per proteggere la nostra giovane amicizia, mi trattenni dal dire quel che pensavo davvero: era evidente che le incoerenze di Nobile non dipendevano dal suo carattere, ma dalla differenza di ceto tra me e lei.

«Sai che è già fidanzato?» continuò. Dopo una pausa, aggiunse: «Ho sentito che le nozze si terranno nel decimo mese di quest'anno. Anche se riuscissi a sposarlo, non saresti la prima moglie».

«Lo sanno tutti che è promesso da sempre a Prudenza Tsui» risposi. «I pettegoli dicono che l'unione è stata voluta dai due padri, che desiderano rafforzare i legami tra le famiglie. Ma la signora Tsui ha avuto una figlia quando Nobile *siu je* aveva già dieci anni, il che spiega perché non sono ancora sposati. Tutto questo non mi preoccupa. La signorina Prudenza potrebbe essere la prima moglie, ma io sarei quella che lui preferisce.»

Vedevo che Piccolo Fiore non era convinta.

«Se diventassi la seconda moglie provvederei anche a te» le ricordai. «Magari potresti vivere con me, non come *muizai* ma come una sorella, e potrei convincerlo a darti una possibilità con il progetto degli scialli. Questa è la mia unica via di fuga... la mia unica opportunità di tornare a far parte dell'aristocrazia. Aiutami a trovare un modo per ottenere l'approvazione della sua famiglia.»

Piccolo Fiore abbassò gli occhi, mentre pizzicava la stoffa che aveva in grembo.

«Aiutami» ripetei. «Sei la mia sola alleata. Ho bisogno di te.»

«Non è che non ti voglia aiutare» rispose lei. «È che non vedo come potrei farlo. Però ho un consiglio da darti. Se sei davvero decisa, trova un modo per conquistare sua madre.»

A quel punto ci scambiammo una smorfia, e scoppiammo a ridere.

32

Piccolo Fiore

Quando Madam Zaffiro mi convocò per un colloquio, i miei pensieri volarono al piano disperato di Linjing. Aveva forse scoperto l'assurdo desiderio della nipote? Se così era, speravo che non mi considerasse sua complice. Per proteggere i sentimenti di Linjing non le avevo detto che ritenevo folli le sue convinzioni. La speranza è potente anche quando è campata in aria. Linjing aveva bisogno di un appiglio a cui aggrapparsi finché non fosse riuscita ad accettare la sua nuova vita e non avevo avuto il coraggio di opprimerla con il peso della realtà.

Seduta al tavolo rotondo al centro della sua sala di ricevimento, Madam Zaffiro esaminava alcuni conti, controllando le registrazioni con l'abaco. Quando si accorse della mia presenza, posò gli occhiali e mi fece cenno di sedermi sullo sgabello di fronte. Obbedii e strinsi le mani sul piano del tavolo, chiedendomi cosa avesse in mente, mentre versava due tazze di tè e ne spingeva una verso di me. Soffiammo sul nostro infuso fumante e lei continuò a studiarmi con uno sguardo che mi faceva sentire come se fossi seduta troppo vicino a un braciere. Cambiai posizione, a disagio, senza distogliere lo sguardo, per non offenderla. Alla fine disse: « Piccolo Fiore, nutro grandi speranze per te ».

« Perché? » chiesi stupita.

Lei elencò le mie virtù, contandole a una a una sulle dita. « Sei abile nella trattura della seta e nel ricamo » esordì, alzando il pollice sinistro. Poi alzò l'indice e disse: « Hai avuto coraggio per affrancarti da Linjing ». Infine, battendo sul dito medio: « E, cosa ancora più importante, non te ne sei vantata. Tutte queste sono qualità da capo, che forse un giorno potranno tornarti utili per succedermi ».

Cominciai a tossire, spruzzando alcune gocce di tè sul libro contabile. Inorridita, usai la manica per pulirlo. Madam Zaffiro rise, una risata allegra che mi rassicurò: non era tipo da offendersi per simili sciocchezze.

«Signora, voi mi sopravvalutate» dissi. «Non so niente su come si dirige una Confraternita.»

«Sono brava a giudicare le persone» rispose lei, «e ti dico che possiedi le virtù essenziali. L'esperienza arriverà con il tempo. Ma sono anche franca e prudente, quindi spero che non ti dispiacciano le mie domande.»

Battei le palpebre e scossi la testa.

«Non ti preoccupare» continuò lei, accarezzandomi il braccio. «Voglio solo aiutarti a esaminare i tuoi pensieri. Proteggerti dal pericolo è il mio dovere principale.»

«Sì, certo» mormorai, seppure perplessa.

«Sono al corrente del tuo desiderio di collaborare al progetto degli scialli di Nobile *siu je*. Se ci riuscirai, ti troverai spesso in sua compagnia.»

Mi guardò con espressione fiduciosa.

«Volete mettere una buona parola per me?» domandai, speranzosa.

«Ha detto chiaro che non vuole assumere una ex schiava, ma è probabile che cambierà idea, se vincerai il concorso.»

Di nuovo mi guardò fiduciosa. Vedendo che rimanevo in silenzio, mi chiese: «È questo il tuo modo di conquistare Nobile *siu je*?»

Sobbalzai e scossi la testa con convinzione.

«Non saresti la prima novizia ad abbandonare la nostra comunità per sposarsi» continuò lei. «Sebbene non approvi questa scelta, se chiedessi la mia benedizione e non ci disonorassi prima di aver lasciato la Confraternita, la considererei una trasgressione perdonabile. Ma hai meno buon senso di uno scemo del villaggio se pensi che un uomo del suo ceto ti farebbe un'offerta decente, o semplicemente un'offerta qualsiasi. Sua madre è una donna orgogliosa e superba: non accetterebbe mai una ex *muizai*, nemmeno come *cip si* di rango inferiore.»

Con voce bassa e misurata, dissi: «Signora, io non desidero diventare la concubina di nessuno. Tutto ciò che voglio è il tempo e lo spazio per dedicarmi alla mia arte in modo da garantirmi una vita rispettabile qui al santuario. Se possibile, spererei di guadagnare di più di un'operaia e quindi di contribuire maggiormente all'economia della Confraternita».

Madam Zaffiro prese la tazza e bevve un lungo sorso di tè senza smettere di scrutarmi. Ancora una volta l'intensità del suo sguardo mi innervosì, ma non osai distogliere gli occhi. Congiunsi le mani e aspettai.

«Voglio essere chiara» riprese. «Lavorare con Nobile *siu je* è una violazione della consuetudine. Le sorelle nubili non lavorano mai a stretto contatto con gli uomini, anche se si tratta di gentiluomini di comprovata rettitudine. Io stimo il giovane *siu je*. Ma è pur sempre un uomo, con pulsioni maschili.» L'ultima parola rimase ad aleggiare nell'aria come uno spirito maligno. Mi vennero in mente le lamentele delle cugine di Linjing: *stufa di quelle sue manacce, far entrare il marito dall'entrata posteriore*... Scacciai il ricordo e feci una smorfia. Madam Zaffiro inarcò un sopracciglio e, nonostante il sorriso di approvazione, continuò la sua predica. «Sei una bella ragazza, il tipo che può tentare un uomo. Sono certa che lui si comporterà in modo onorevole, ma, se non ci riuscirà, toccherà a te farti rispettare. Se ci sarà uno scandalo, la colpa ricadrà su di te e io sarò la prima a denunciarti per salvare la reputazione del nostro santuario. Non avrò pietà, e non farò eccezioni. Considerato il mio avvertimento, devi riflettere attentamente. Sarai in grado di rimanere fedele ai principi della nostra Confraternita?»

«Il ricamo è la mia ragione di vita. Non posso vivere senza.»

Madam Zaffiro non si fermò. «Se nel tuo cuore c'è un briciolo di dubbio, o un fremito di tentazione, è il momento di abbandonare le ambizioni e ripiegare sulla sicurezza del lavoro nella filanda.»

«Amo la mia arte» insistetti. «Per me non conta nient'altro.»

Madam Zaffiro si girò verso la finestra aperta. Guardava pensierosa l'orizzonte, muovendo le dita avanti e indietro sulla tovaglia come se contassero sull'abaco.

«Molto bene» disse, riportando l'attenzione su di me. «Se riuscirai a convincerlo ad assumerti, io sarò felice di negoziare le condizioni per te. È uno scaltro affarista, quindi dobbiamo fare attenzione che le condizioni siano favorevoli a te e alla Confraternita.»

Mi alzai e la ringraziai con un profondo inchino. Mentre tornavo al refettorio, ripensai alle parole di Madam Zaffiro. I suoi timori erano fondati, almeno per il male che i pettegolezzi potevano fare a una donna. Per quanto riguardava Nobile *siu je*, invece, ero fiduciosa che tra noi non sarebbe successo niente. L'unica cosa che mi auguravo era che potesse trovarmi un po' meno irritante.

33
Linjing

Il giorno della festa delle Sette Sorelle, il cortile centrale della tenuta dei Chan venne trasformato in una sala d'esposizione. Tavoli a cavalletto correvano lungo le pareti nord e sud. Ogni miniatura era sorvegliata dalla rappresentante della Confraternita che l'aveva creata. Le perline e i fili metallici dei costumi delle figurine scintillavano al sole del primo pomeriggio. Su un palco rialzato, una giovane donna suonava con la cetra una melodia leggera le cui note delicate si sentivano appena sopra il chiacchiericcio generale. Mentre Piccolo Fiore si dedicava alla gara di ricamo della Lega delle Dame, io aspettavo con impazienza un'occasione per rivolgermi a Nobile, a sua madre e alle due sorelle che passavano da un tavolo all'altro rendendo omaggio a ogni Confraternita.

Quando finalmente la famiglia si riunì in un padiglione vicino, presi un respiro profondo e mi diressi verso di loro. La signora Chan era seduta a un tavolo rotondo, accanto a lei c'erano Nobile e la signorina Yi Yi, la figlia maggiore, che seguiva i progressi del concorso con il binocolo. La signorina Pui Pui sedeva vicino alla sorella, sbocconcellando un dolcetto. Vedendo che mi avvicinavo, mi fissarono.

«Nobile *siu je*» dissi, salutando con un inchino all'occidentale e rivolgendomi a lui in inglese, «ho sentito dire che la signorina Yi Yi è promessa sposa a un gentiluomo di Hong Kong, e ho pensato...»

«Che cosa sta dicendo questa contadina?» mi interruppe la signorina Pui Pui.

«Questo padiglione è riservato alla nostra famiglia» disse la signora Chan, prima che il figlio potesse tradurre. «Chi ha invitato qui quest'intrusa?»

La loro ostilità era tangibile e mi pentii di aver ostentato il mio inglese. Troppo mortificata per parlare, strinsi il fazzoletto tra le mani. Forse non sarebbero state così scortesi se, come un tempo, avessi indossato uno dei miei vestiti di damasco, ma Peonia aveva confiscato tutti i miei abiti eleganti, lasciandomi solo un *saam fu* di cotone a buon mercato, e, anche se non portavo più il bianco del lutto, quel semplice *ou* azzurro con pantaloni abbinati non aveva nulla a che vedere con le sete ricamate delle signore Chan.

«Madre» rispose Nobile, «questa è la nipote di Madam Zaffiro, la signorina Linjing. Credo che abbia voluto dimostrare la sua conoscenza dell'inglese e che desideri rendersi utile.» Mi rivolse un cenno e disse: «Prego, continuate».

La signora Chan e le sue figlie mi squadrarono sconcertate dalla testa ai piedi senza neppure tentare di celare il disprezzo sui loro volti.

«Ma ha i piedi da schiava» obiettò la signorina Yi Yi. «Come mai la nipote di Madam Zaffiro non è una signora?»

«Ho nobili natali, signorina Yi Yi» spiegai, e mi voltai per incrociare lo sguardo della signora Chan. «Ma mio padre mi aveva promessa in sposa a una famiglia progressista che voleva una nuora dai piedi naturali.»

«Una di quelle famiglie di meticci?» chiese la signora Chan. «Sembra che negli ultimi tempi ci siano sempre più unioni di questo tipo.»

«No. Il mio promesso sposo era cinese, ma la sua famiglia era progressista.»

«Hai fatto qualcosa di scandaloso?» chiese la signorina Pui Pui.

«È per questo che ora sei una novizia?» aggiunse la signorina Yi Yi.

Le loro domande crudeli mi fecero adirare. Nei loro occhi vedevo la voglia di pettegolezzi.

«È da maleducati fare simili domande» le rimproverò Nobile. «La signorina Linjing merita simpatia, non sospetti.»

Oh, come si preoccupa per me!

Le sue sorelle, intimorite ma niente affatto dispiaciute, misero il broncio, mentre la madre continuava a guardarmi con diffidenza.

Per ingraziarmi Nobile, misi a tacere il mio orgoglio e continuai, mentendo: «Il mio fidanzato è morto poco prima del nostro matrimonio per un'improvvisa febbre cerebrale. Anche mia madre è stata uccisa dal vaiolo, e la seconda Aa Noeng ha cercato di convincere mio padre a mandarmi in un monastero, con la scusa che nessun'altra famiglia aristocratica avrebbe voluto una ragazza con i piedi grandi. Aveva sempre aspirato a essere la prima moglie, e a liberarsi di me».

Con mio grande sollievo, il volto della signora Chan si addolcì in un'espressione empatica. Guardai Nobile, sperando che il mio racconto lo rendesse ancora più bendisposto nei miei confronti, invece lui stava seguendo la gara di ricamo. Ero infastidita ma non lo diedi a vedere.

«Povera ragazza» commentò la signora Chan. «Le mogli minori di mio padre erano altrettanto intriganti. Ringrazio il cielo che, a differenza dei miei cognati, padron Chan non abbia mai preso una seconda moglie. Come sei riuscita a sfuggire alla malvagia trama della tua seconda Aa Noeng?»

«Zia Zaffiro mi ha salvato dandomi rifugio qui. Le sarò sempre debitrice, ma non sono stata cresciuta per i lavori pesanti. Vorrei guadagnarmi da vivere insegnando l'inglese ad altre ragazze, e vi sarei molto grata se la vostra famiglia fosse il mio primo datore di lavoro.»

«Che tragedia!» esclamò la signorina Pui Pui, portandosi le mani al petto. «Una fanciulla perseguitata dalla sfortuna. Proprio come l'eroina di un'opera. Naturalmente non dovresti essere intrappolata in quella brutta fabbrica.»

«Oh, madre» sussultò la signorina Yi Yi. «Sarebbe un tale diversivo per me. Per favore, possiamo assumere Linjing?»

«Dite di sì!» fece la signorina Pui Pui. «Mi piacerebbe tanto imparare l'inglese. Le mie amiche saranno così invidiose... Nessuna di loro conosce una parola di quella lingua scivolosa, nemmeno quell'arpia della signora Guo, che si crede migliore di noi.»

«Non so bene come pensarla sull'inglese» rispose la signora Chan. «Non vorrei che veniste corrotte dalle idee moderne.» Mi guardò i piedi. «Soprattutto non voglio che le mie figlie vengano indottrinate con argomenti perversi contro i loti d'oro.»

Alla fine Nobile voltò le spalle alla gara di ricamo e si rivolse alla madre. «Il nuovo secolo appartiene all'Occidente» disse. «L'inglese sarebbe un'ottima opportunità per le mie sorelle, soprattutto per Yi Yi, che potrebbe frequentare gli espatriati inglesi a Hong Kong.»

Per esprimere la mia gratitudine, lo guardai negli occhi e gli sorrisi. Lui annuì e un mezzo sorriso gli piegò le labbra. Ancora una volta, la sua pacatezza esaltava il suo fascino e la sua nobiltà, rendendolo sempre più attraente ai miei occhi. Con uno sforzo distolsi i miei pensieri da lui per ammansire la signora Chan, che non sembrava ancora del tutto convinta.

«Vi prego di darmi una possibilità, signora» la implorai. «I piedi naturali mi hanno rovinato la vita, quindi sono l'ultima persona che potrebbe predicare contro la virtù dei loti d'oro. Se voleste unirvi alle nostre lezioni, ne sarei onorata. Non ci sarà nulla di ciò che dirò alle vostre figlie che non possa essere ripetuto a voi.

«Inoltre, siete la signora più illustre del distretto. Mia zia mi ha detto che nessun'altra proprietà di Shuntak è paragonabile alla residenza Chan quanto a grandezza o eleganza. Tutte le altre signore guardano a voi in cerca di una guida.»

«Linjing ha ragione, madre» convenne Yi Yi. «Quando detti una linea, le altre *taai taai* la seguono sempre. Non otterrà mai un posto in una casa signorile se non la assumiamo noi per primi.»

«Se non altro» dissi, «vi prego di considerarlo un atto di carità. Il cielo ricompenserà la vostra gentilezza con fortuna e longevità.»

«Una signora non dovrebbe lavorare in una filanda» aggiunse Nobile, «e Madam Zaffiro è una donna d'affari che stimo. Consideratelo un favore a lei.»

La signora Chan alla fine acconsentì. Avrei voluto mettermi a saltare dalla gioia: conquistare la sua approvazione poteva non essere così difficile come avevo temuto.

Il mio cuore era leggero quando mi unii alle sorelle per osservare i progressi di Piccolo Fiore nel suo motivo doppio del pesce rosso. La seta era talmente sottile che sembrava il filamento di una ragnatela. Con un rapido movimento del polso, Piccolo Fiore infilò l'ago e lo guidò attraverso la stoffa color crema. Ancora una volta la sua grazia mi stupì, perché, nonostante potessi contare su tutte e cinque le dita, io non ero brava neppure la metà di lei. Il pesce rosso che appariva sulla superficie della seta era più vivo di un pesce vero. Una delle pinne sembrava salutarci e il movimento della coda dava l'impressione di essere giocoso. Se quel pesce fosse stato una persona, sarebbe stato intelligente e pieno di malizia, proprio com'ero io da piccola.

Al suono del gong, che segnava la fine delle due ore a disposizione, Piccolo Fiore e le signore si alzarono e consegnarono i loro lavori alla *muizai* della signora Chan, che li sistemò, insieme a un cartoncino con il nome della ricamatrice, su un lungo tavolo nella parte anteriore del cortile. Le concorrenti formarono una fila e noi ci accalcammo davanti a loro.

Nobile e le sue sorelle seguirono la madre mentre lei e altre due signore giudicavano i dieci lavori esposti, iniziando con il campione della signorina Prudenza. La promessa sposa di Nobile non era come me l'aspettavo: il suo incarnato pallido e umidiccio tradiva una costituzione debole. Il sudore le imperlava la fronte e il naso, e i suoi occhi sfrecciavano dal fidanzato ai giudici e alla folla; mi faceva pensare a un topolino impietrito, intrappolato in un cerchio di gatti. Pur rendendomi conto di non essere caritatevole, non potei fare a meno di sentirmi sollevata: difficilmente, se fossimo diventate sorelle-mogli, avrebbe rappresentato una minaccia per me.

«Prudenza» esordì la signora Chan, «il tuo pesce rosso è squisito, impeccabile! Non c'è un solo nodo, né un filo allentato. Hai combinato i colori in modo perfetto. Complimenti! Potrei anche dare subito il premio a te e risparmiare tempo.»

Piccolo Fiore spalancò gli occhi in preda all'ansia.

«Oh, no, signora» protestò la giovane. «Non sarebbe giusto nei confronti delle altre.» Guardò nervosamente Nobile in cerca di sostegno.

«Madre» disse lui, «vi prego di non affliggere Prudenza. È troppo premurosa per meritare di attirarsi l'antipatia delle altre concorrenti.»

La signora Tsui, anche lei giudice della gara di ricamo, disse: «Non dovete mostrare tanta parzialità nei confronti di mia figlia. Anche le altre concorrenti si sono impegnate duramente. Prima di decidere dobbiamo esaminare il lavoro di tutte». Il suo modo di fare calmo era in contrasto con l'indole nervosa della figlia.

«Molto bene, Prudenza» disse la signora Chan. «Seguirò il consiglio tuo e di tua madre.» Rivolgendosi alla signora Tsui, aggiunse: «Il talento e la modestia di Prudenza vi fanno onore».

«Niente affatto» rispose l'altra. «Prudenza è in debito con voi. Senza la vostra tutela in tutti questi anni, non sarebbe diventata brava. Le mie mediocri capacità nel ricamo non le sono servite a molto.»

La terza giudice, una donna grassottella con la testa larga e lucida, si dichiarò d'accordo. «Oh, sì, signora Chan. La signorina Prudenza ha preso da voi. Non c'è mai stata una coppia suocera-nuora meglio assortita!»

Trovai tutta quell'adulazione fastidiosa e mi sembrò di vedere anche Nobile fare una smorfia, ma in compenso la signora Chan era soddisfatta. *È meglio che mi abitui a leccarle i piedi*, pensai. Eppure non potevo ignorare del tutto le sue parole: se quanto affermava era vero, dovevo prepararmi a incontrare molti pregiudizi nei miei confronti, sotto il suo dominio.

«Siete troppo generosa» disse, ridendo. «Di grazia, smettetela con le lusinghe e continuiamo a giudicare i lavori. Sono sicura che le signorine siano ansiose di conoscere il loro destino.»

La signora Tsui e la terza giudice la imitarono, esaminando gli altri ricami, ma nessuno, a parte quello di Piccolo Fiore, era raffinato come l'esemplare di Prudenza: alcuni erano rovinati da nodi sulla parte inferiore della seta, altri avevano degli stacchi di colore troppo netti e due erano addirittura incompiuti. Nobile si soffermò sul lavoro di Piccolo Fiore, tracciando con la punta del dito il profilo del pesce, ma non riuscii a capire se ne fosse soddisfatto. La signora Chan si accigliò quando lo prese in mano.

«Questo non è convenzionale» annunciò. «Qui da noi non si ricama un pesce rosso in questo modo. C'è qualcosa di impertinente negli occhi, e nelle pinne.» Si avvicinò a Piccolo Fiore e disse: «Avevo chiesto un pesce rosso, però il tuo ha l'aria di un demonio. Sembra una creatura capace di risucchiare il *qi* di un uomo nel tentativo di diventare umana, come uno spirito volpe. Stai forse cercando di stregarci? »

« Non ho questa intenzione, signora » rispose Piccolo Fiore. « Volevo solo realizzare un pesce che fosse piacevole alla vista. Avevo capito che dovevamo farne una versione vivace. »

« Sì » rispose la signora Chan, « ho detto 'vivace', non 'feroce'. Tecnicamente il tuo ricamo non è secondo a nessuno, lo ammetto. Però il motivo classico realizzato da Prudenza è il vincitore. »

« Sono d'accordo » commentò la terza giudice. « Il ricamo è l'espressione della mente di una fanciulla. » Guardò i piedi di Piccolo Fiore e aggiunse: « Questa ragazza non è una signora. Dal suo pesce rosso si capisce che la sua mente non è pura ».

« Voi che cosa pensate? » chiese la signora Chan alla madre di Prudenza.

La signora Tsui abbassò lo sguardo sul ricamo di Piccolo Fiore. « Il lavoro di questa ragazza ha un tocco artistico che manca a quello di mia figlia. Ha una qualità tridimensionale che lo fa sembrare vivo, capace di nuotare in uno stagno. Ma... » Guardò Piccolo Fiore. Vidi che anche Nobile la studiava, e temetti che fosse d'accordo con sua madre, perché aprì la bocca come se fosse pronto a obiettare. Poi la signora Tsui concluse frettolosamente: « Ma sono d'accordo con voi. Il motivo è troppo anticonvenzionale per questo concorso ».

Prudenza lanciò uno sguardo di incomprensione alla madre. Nobile, rispecchiando la mia confusione, sembrava altrettanto sconcertato. Per un attimo i nostri occhi si incontrarono e nei suoi lessi la preoccupazione. Forse ricordava la nostra conversazione nel capannone dove si allevavano i bachi e temeva che io mi arrabbiassi per quel trattamento ingiusto riservato a Piccolo Fiore. Che gentiluomo!

« Non è giusto! » gridò Nuvola *ze*.

« Le regole non dicevano che doveva essere convenzionale » strillò Bing Bing.

« Che vinca il miglior lavoro d'ago! » dichiarò Gioia.

« Signora Chan, per amore dell'armonia, vi imploro di essere imparziale » intervenne mia zia.

La signora Chan sorrise, ma la ignorò.

Piccolo Fiore si appellò alle altre giudici: «Vi prego, signore. Ho seguito tutte le regole. Vi supplico di trovare nei vostri cuori il coraggio di scegliere secondo giustizia».

Con mio grande stupore, Nobile si fece avanti.

«Madre» disse, «chiedo perdono per la mia interferenza. Ma devo esprimermi in favore di Piccolo Fiore e della sua Confraternita. È evidente che sia lei la legittima vincitrice. Lo dico per amore dell'imparzialità, anche se questo ferisce Prudenza.»

Fece alla fidanzata un sorriso di scuse, che lei non ricambiò.

«La nostra decisione è definitiva» replicò la signora Chan, «e l'opinione di un uomo non ha alcun peso in questo concorso.»

Nobile attirò la madre in disparte e le disse qualcosa sottovoce. Lo scetticismo sul volto della signora Chan non si attenuava mentre lui le parlava lanciando ogni pochi secondi un'occhiata alla folla chiassosa. Ormai le sorelle della nostra e anche di altre comunità avevano iniziato a scandire: «Vogliamo giustizia! Giustizia! Giustizia!» Madre e figlio continuarono a parlottare per alcuni minuti prima che lei tornasse a rivolgersi a noi e annunciasse che Piccolo Fiore era la vincitrice del concorso della Lega delle Dame.

La mia convinzione che lui l'avesse fatto per cortesia nei miei riguardi era confermata. Prima aveva implorato la madre di assumermi come insegnante di inglese. Ora, per il mio bene, l'aveva sfidata pubblicamente facendo persino arrabbiare la promessa sposa. Ma più di ogni altra cosa, a infiammarmi era la sua prontezza a difendere la giustizia e la correttezza.

34

Piccolo Fiore

Era l'ultima persona che pensavo avrebbe preso le mie difese. Mi ero spaventata quando l'avevo visto squadrarmi con sguardo minaccioso appena prima dell'inizio della gara. Temevo che mi chiamasse ciarlatana e mi impedisse di partecipare.

Nonostante la convinzione di Linjing e lo strano comportamento di Nobile *siu je*, non ero ancora sicura del suo interesse per lei. Eppure, il suo sostegno nei miei confronti contrastava con la cocciuta antipatia che mi aveva mostrato durante il colloquio in ufficio. Quali che fossero i motivi che lo avevano spinto a intervenire, ero grata per l'aiuto e, dovevo confessarlo, avevo visto la sua solennità e la sua determinazione sotto una luce diversa, quando le aveva rivolte alla madre anziché a me. Dopo aver capito che era dalla mia parte, avevo cominciato ad apprezzare la fermezza della sua voce, lo sguardo acuto e la sua notevole altezza, una combinazione che gli conferiva un'aria di inconfutabile autorevolezza. Averlo avuto dalla mia parte era confortante, e il modo in cui si era scusato con un'occhiata con la signorina Prudenza dimostrava che sapeva anche essere premuroso. Non c'era da stupirsi che Linjing ne fosse rimasta affascinata! Il carattere di Nobile *siu je* era come un palazzo assai sorvegliato, con moltissime stanze interne. Nascosto da alte mura di orgoglio e tristezza, sembrava esserci un uomo capace di apprezzare l'arte, l'integrità e tanto altro. Speravo che accettasse di ascoltare la mia proposta per il suo progetto degli scialli.

In quel momento, vedendolo percorrere il corridoio nella filanda dove si trovava la nostra postazione, mi feci coraggio e con un cenno gli chiesi di avvicinarsi. Lui si fermò davanti a me e inarcò un sopracciglio con aria interrogativa. Lasciai cadere il colino dei bozzoli nell'acqua e mi schiarii la gola.

«Nobile *siu je*, posso parlarvi?»

«D'accordo» rispose. «Seguimi fuori.»

Dalla nostra postazione, il sorriso di Linjing diventò troppo ampio e servizievole. Mi sentii in imbarazzo per l'eccessiva disponibilità che mostrava; avevo visto civettare abbastanza *muizai* e servitori da sapere che avrebbe dovuto comportarsi in modo più riservato. Colsi lo sguardo di Gioia mentre mascherava una risata con uno sbadiglio. Che cos'era successo alla mia fiera e dignitosa padrona? Nobile *siu je* la salutò con un inchino e un breve cenno, ma dal volto impassibile non riuscii a capire se avesse notato i suoi occhi dolci.

Mi affrettai per stare al passo con le sue lunghe falcate. Non si fermò sotto l'albero davanti al capannone dei bachi come avevo pensato. Continuò a camminare finché non raggiungemmo un'ansa più tranquilla del canale. A quella distanza, la brezza fresca e il corso d'acqua facevano quasi dimenticare l'esistenza della filanda. Sedette su una panchina di pietra sotto un frangipane e mi fece cenno di imitarlo. Esitai. Avevamo già attirato l'attenzione dei contadini che stavano scaricando le ceste di bozzoli e di foglie di gelso dal molo per portarle nel capannone. Sebbene fossimo ormai fuori dal loro campo visivo, potevamo ancora essere osservati dalle imbarcazioni di passaggio. Sapendo che Nobile *siu je* non si era mai degnato di sedersi accanto a una di noi, non volevo diventare argomento di qualche pettegolezzo.

«Siediti, Piccolo Fiore» disse lui. «Immagino che tu voglia discutere di affari con me. Sono abituato a parlare da pari a pari con i miei soci.»

Ancora in piedi, chiesi: «Signore, perché mi avete difeso?»

«Forse mia madre ha ragione. Il tuo pesce rosso mi ha fatto un incantesimo.» Sorrise, ma il suo tono distaccato mi confuse.

«Non sono una strega, signore» risposi. «Altrimenti avreste accettato subito la mia proposta.»

Per la prima volta sorrise apertamente mostrando una bella fila di denti bianchi, e l'espressione seria del suo viso diventò affabile. Nel mio cuore fece capolino la speranza. Con un po' di timidezza, ricambiai il sorriso.

«Non sono uno che rompe con la tradizione» disse. «Soprattutto per quanto riguarda le regole che governano il regno femminile. Ma la tua innovazione mi ricorda gli impressionisti, pittori che hanno dovuto affrontare moltissime critiche, nel momento in cui hanno introdotto il loro nuovo modo di dipingere. Succede sempre così, quando si sfidano le consuetudini e le convenzioni. Io e mio padre stiamo affrontando un dibattito simile. Vorrei aprire il primo grande magazzino del paese, ma lui ha paura delle idee occidentali e non sono ancora riuscito a convincerlo a fornirmi il capitale necessario.»

«Cos'è un grande magazzino?» chiesi.

«Immagina un edificio di tre, quattro o cinque piani pieno di ogni possibile oggetto di lusso: abiti di seta, porcellane, profumi, cosmetici, gioielli e molto altro ancora. E non è tutto. Questi meravigliosi edifici dispongono anche di ristoranti, a volte persino di un'orchestra. Tutto sotto lo stesso tetto. Il pavimento di ogni piano è rivestito di tessuto. Non c'è più bisogno di percorrere strade polverose o di preoccuparsi del maltempo. Una persona può trascorrere lì dentro mezza giornata senza accorgersi del tempo che passa. Quale donna non vorrebbe andare in un posto del genere?»

L'eccitazione riempiva il suo viso di gioia, incoraggiandomi a dire la mia.

«Penso che tutte lo apprezzerebbero» commentai. «Se ci saranno anche stanze private per le signore, con poltrone reclinabili per riposare, dato che i loti d'oro non permettono di camminare a lungo. Potrebbe anche essere utile offrire qualche sedia a carriola, e per questo avrete bisogno di personale femminile robusto per spingere le signore in giro. La presenza di servitori sconosciuti potrebbe scoraggiare le madri dal permettere alle figlie nubili di accompagnarle.»

Nobile inarcò le sopracciglia e spalancò gli occhi per la sorpresa, e per qualcos'altro che non riuscii a decifrare. Spostai il peso da un piede all'altro, incapace di capire se apprezzasse o no i miei suggerimenti. «È difficile credere che nelle tue vene scorra sangue contadino» disse infine.

«Parlate come se essere una contadina fosse vergognoso, ma la lavorazione della seta dipende da donne come me. Nessuna signora può sopportare il caldo, la puzza e le lunghe ore di fatica.

Senza contadini, l'attività della vostra famiglia crollerebbe. Dov'è la vergogna in questo?»

Sebbene io stessa fossi stupita della mia audacia, ero contenta di aver detto la verità. Lui mi guardò. Aveva la fronte aggrottata, ma non era arrabbiato. Eppure, non riuscivo a decifrare l'espressione sul suo volto.

«Come sei diventata una *muizai*?» mi chiese.

«La mia è una storia di disgrazie, uguale a quella di tante altre *muizai*.»

«Racconta.»

Vedendo che il suo interesse era sincero, cominciai: «Mio padre si ammalò e morì, ancora giovane, quando avevo sei anni. La mia Aa Noeng mi vendette per salvare se stessa e mio fratello e diventai l'ancella di Linjing. È il destino di innumerevoli ragazze, quando la sfortuna si abbatte sulle loro famiglie». Non accennai alla perdita dei miei loti d'oro.

«Per quanto comune sia, mi rammarico per la tua sorte.» Mi guardò negli occhi un attimo di troppo.

Innervosita, riportai la conversazione sulle mie qualità di ricamatrice. «Avete paragonato il mio pesce rosso all'arte impressionista. Che cos'è?»

«Hai mai visto un dipinto a olio occidentale?»

«Sì.»

«E guardandolo sei forse riuscita a distinguere una pennellata dall'altra?»

Prima di rispondere chiusi gli occhi e tornai indietro con la memoria. «No. La superficie di quelle immagini era liscia, ed erano molto realistiche.»

«Quello che hai visto è probabilmente un dipinto a olio tradizionale. Gli artisti del movimento impressionista usano invece pennellate brevi e spezzate che rispettano a malapena le forme. Da vicino, le immagini risultano spesso sfocate, ma quando le si guarda da un paio di metri di distanza accade una magia. In qualche modo tutto si fonde per creare un'immagine fresca e vibrante che è uguale, se non migliore, dello stile più antico. Comunque la mia spiegazione non rende loro giustizia. Dovresti vedere quello che ho appeso in ufficio.»

Trascinata dal suo entusiasmo, finalmente mi sedetti accanto a lui. «Le pennellate che descrivete assomigliano ai punti raso casuali, lunghi e corti, che uso nella pittura ad ago per creare profondità e luce: sembra che sia necessario un po' di disordine per superare i limiti dell'arte.»

«Infatti!» Rise apertamente. «L'ho pensato mentre studiavo il tuo ritratto della dea.»

«Dunque alla fine mi credete. Spero che il vostro orgoglio non vi impedisca di scusarvi per quello che mi avete detto durante il nostro primo incontro.» Stupita ancora una volta della mia audacia, strinsi le labbra. Non avevo mai parlato con tanta disinvoltura.

«Sarei un ipocrita a non crederti. Ma non posso scusarmi per il mio dubbio iniziale. A ruoli invertiti, non saresti stata meno scettica di me.»

«Mi assumerete per il progetto degli scialli?» chiesi.

«Hai un talento straordinario» ammise lui, «ma non posso fare alcuna promessa finché non mi mostri qualche disegno. E prima ancora dobbiamo discutere nel dettaglio i termini e le condizioni di un potenziale impiego. Vieni nel mio ufficio domani alle dieci.»

Io e Madam Zaffiro ci presentammo all'ora stabilita, e Nobile *siu je* ci accolse di cattivo umore. «Madam Zaffiro, non mi aspettavo il piacere di vedervi oggi» disse in tono brusco. «Ho riservato quest'ora per un incontro con Piccolo Fiore. Magari Ming potrebbe fissare un altro appuntamento per voi?»

«Piccolo Fiore è una mia novizia. Tutto quel che fa mi riguarda.» Senza aspettare l'invito si accomodò sul divano d'angolo e mi fece segno di avvicinarmi. Mi appollaiai sul bracciolo accanto a lei, lottando per tenere le mani ferme.

Nobile *siu je* sedette sulla poltrona di fronte e fece cenno a Ming di servire il tè, continuando a guardarci contrariato. Cos'era cambiato dal giorno prima?

«Cominciamo» disse Madam Zaffiro «discutendo delle vostre intenzioni nei riguardi di Piccolo Fiore.»

«Intenzioni?» ripeté lui.

Ming tossì, lanciando un'occhiata divertita al suo amico e posando la teiera prima di ritirarsi alla propria scrivania.

«Come pensate di remunerarla?»

La domanda cancellò la nube di allarme dagli occhi di Nobile *siu je*. Si rilassò, appoggiando il piede destro sul ginocchio sinistro, e si accese la pipa, sbuffando una nuvoletta di fumo che riempì lo spazio tra noi con l'aroma inebriante del tabacco.

«Intendo pagarle lo stesso salario che percepirebbe come operaia specializzata per tutta la durata del periodo di progettazione.»

«Cioè trecento monete di rame al giorno?» chiese Madam Zaffiro.

«No. Quella è la paga massima. Pochi lavoratori guadagnano tanto. Ne offro duecentosettanta. Una cifra generosa, se si considera che una bobinatrice ne guadagna mediamente duecentocinquanta.»

«La vostra offerta è un insulto.»

«La mia offerta è equa.»

«Uno scialle di seta viene venduto a tre o quattro volte il prezzo di una bobina. Come minimo dovete pagare a Piccolo Fiore un tael d'argento al giorno.»

«Impossibile! Nessuna delle amah riceve neppure la metà di questa cifra.»

«Quelle amah non vi hanno fornito un progetto soddisfacente» intervenni io. «Se lo avessero fatto, non saremmo qui a discutere.»

«Forse è così» ribatté lui, «ma nemmeno tu l'hai fatto.»

«Datemi sette giorni e ve lo consegnerò. Inizierò oggi stesso, se accetterete le nostre condizioni e mi spiegherete nel dettaglio gli obiettivi del progetto.»

«Posso darti tre giorni.»

«Me ne servono almeno cinque, soprattutto se volete che ricami dei campioni.»

«Molto bene» disse lui. «Accordiamoci per cinque giorni e un pagamento di un tael d'argento al giorno, ma solo se creerai un disegno che incontrerà la mia approvazione. Nel caso in cui mi aggiudichi il cliente americano, ti pagherò altri cinque tael d'argento come bonus, ma da quel momento in poi i tuoi disegni mi apparterranno e non avremo più obblighi reciproci.»

«Questa trattativa sta andando nella giusta direzione» disse Madam Zaffiro, «ma Piccolo Fiore non è interessata a una sola transazione.» Senza distogliere lo sguardo dal volto di Nobile *siu je*, bevve un sorso di tè e osservò la sua reazione. Lui raddrizzò la schiena, allargò le gambe e appoggiò i palmi delle mani sulle cosce. Mi sentivo come un cervo intrappolato tra due tigri.

«Ecco la mia proposta» riprese la direttrice. «Piccolo Fiore accetterà i cinque tael d'argento per i suoi cinque giorni di lavoro. Ma se voi vi assicurate il contratto, dovete accettare di assumere le mie sorelle per ricamare gli scialli, con Piccolo Fiore a supervisionare. Nel nostro santuario possiamo organizzare un laboratorio in quattro e quattr'otto. Voglio che ognuna delle mie donne riceva cinquecento monete di rame al giorno. A Piccolo Fiore spetterà il venticinque per cento dei vostri profitti.»

La risata di Nobile *siu je* risuonò stridente. «Questo è un furto!» esclamò. «Inoltre, non ho intenzione di collaborare con Piccolo Fiore a lungo termine.» Rivolgendosi a me, chiese: «È una tua idea o una macchinazione di Madam Zaffiro?»

«Il ricamo è la mia passione» risposi, «l'unica cosa che mi dà gioia. Non sto cercando un diversivo temporaneo. Voglio guadagnarmi da vivere ricamando tanto quanto voi desiderate aprire un grande magazzino.»

Avevo parlato con convinzione, eppure mi sembravano le parole di un'estranea. Soltanto tre mesi prima ero una *muizai* senza diritti, mentre adesso una signora molto rispettata, abile negli affari, stava negoziando per me. Se avessimo avuto successo, i miei disegni sarebbero diventati una fonte di reddito a lungo termine. La fortuna stava davvero cominciando a sorridermi?

Nobile *siu je* si chinò in avanti e mi studiò. Il suo sguardo penetrante mi fece sentire come se mi fossi persa in un labirinto di vicoli, il cui percorso cambiava ogni volta che pensavo di aver trovato la strada. Il cuore accelerò mentre aspettavo che parlasse, ma lui si alzò e si mise a camminare per la stanza. Alla finestra, si voltò verso di noi ed emise un lungo sospiro.

«Nobile *siu je*» disse Madam Zaffiro, «ricordo che mi avete detto che questo progetto degli scialli è fondamentale per il vostro piano di aprire un grande magazzino. Oppure la mia memoria mi inganna?»

«È così» rispose lui seccamente, tornando a sedersi. «Dipendo da questo cliente americano per convincere mio padre a fornire il capitale. Se avessi saputo che avreste usato la mia confidenza contro di me, non ve l'avrei fatta.»

«Nel quadro generale» continuò Madam Zaffiro, «cinquecento monete di rame e il venticinque per cento del vostro profitto sono una goccia nell'oceano. Ma se non scommetterete su Piccolo Fiore, temo che vostro padre non scommetterà su di voi.»

«Mi avete preso in trappola» ammise lui, «ma la cifra che proponete è troppo alta. La mia offerta finale è di quattrocento monete per le sorelle cucitrici e il quindici per cento per Piccolo Fiore.»

«Quattrocentocinquanta e il venti per cento» ribatté lei, alzandosi. «Se non accettate, le proibirò di aiutarvi.»

Madam Zaffiro lo scrutava dall'alto in basso. Allarmata dal suo ultimatum, mi avvicinai e le afferrai un polso, desiderando che vedesse la mia sofferenza inespressa, mentre lottavo per continuare a mostrarmi calma. Avrei accettato volentieri il quindici per cento, o anche il cinque, se questo significava sfuggire alla filanda. Sicuramente Madam Zaffiro sapeva quanto aspirassi a quella posizione: perché faceva tanto la difficile? Con la coda dell'occhio mi sembrò di vedere, dietro la maschera distaccata di Nobile *siu je*, un velo di preoccupazione.

«Siete una formidabile negoziatrice» disse infine in tono rassegnato, «ma accetto le vostre condizioni, a patto che Piccolo Fiore consegni la sua proposta tra cinque giorni, entro le sei di sera.»

Ricominciai a respirare.

Mentre mi forniva indicazioni dettagliate sul progetto degli scialli, Nobile *siu je* sembrava inseguito da uno spettro: parlava di getto, senza quasi fare pause per riprendere fiato. Poi, quando Ming finì di redigere il contratto, mise per primo il suo sigillo di firma, quindi toccò a Madam Zaffiro aggiungere il suo per convalidare l'accordo. Mentre aspettavamo che la pasta di cinabro si asciugasse, lei fece uno strano commento.

«Abbiamo trattato in molte occasioni» osservò, «ma non vi ho mai visto negoziare tanto duramente per una somma così piccola.»

«Qualsiasi uomo d'affari degno di questo nome avrebbe fatto lo stesso.»

«Ma il progetto degli scialli è solo un trampolino di lancio per la vostra vera ambizione» disse lei. «Siete sicuro che siano gli affari la vostra unica preoccupazione?»

«Gli affari e l'onore della famiglia sono di primaria importanza per me. Nient'altro conta.»

La sua risposta sembrò soddisfare Madam Zaffiro che annuì, si alzò per uscire e mi ordinò di seguirla.

35

Piccolo Fiore

La nostra conversazione sulla riva del canale mi aveva tratto in inganno, ma la dura contrattazione cui avevo appena assistito mi aveva fatto tornare con i piedi per terra. Tra me e Nobile *siu je* c'era un abisso: sorrisi e idee condivise non significavano niente, solo un progetto straordinario lo avrebbe spinto ad assumermi.

Madam Zaffiro mi aveva esonerato dal lavoro alla filanda perché potessi dedicarmi al progetto. Nobile *siu je* mi aveva prestato la sua collezione di scialli, per permettermi di studiarli nel dettaglio.

Li aprii e li drappeggiai sugli stenditoi di bambù, poi arretrai di qualche passo per guardarli e fare il punto su ogni disegno. Il primo era un motivo di peonie e fenici, ricamato in bianco su fondo indaco. La scelta del bianco sembrava strana, perché il disegno era troppo allegro per uno scialle da lutto, ma poi ricordai che la signorina Hart una volta aveva spiegato a Linjing che in Occidente il bianco è il colore che si usa nei matrimoni. Il secondo raffigurava un giardino in cui madri, neonati e bambini giocavano sullo sfondo di padiglioni, ponti e alberi. Nel terzo una gru spiegava le ali su dei fiori di loto.

Sebbene i soggetti fossero molto diversi tra loro, richiedevano tutti svariate settimane di lavoro. Nobile *siu je* mi aveva dato tre indicazioni. Primo: i disegni dovevano essere innovativi. Secondo: dovevano essere più semplici di quelli che avevo davanti (per essere competitivi, dovevano infatti costare meno rispetto a quelli attualmente sul mercato). Terzo: la maggiore semplicità, però, non doveva andare a scapito della bellezza. Queste richieste contrastanti mi si agitavano nella mente, forti e insistenti, reclamando la mia attenzione come venditori ambulanti, e ciascuna pretendeva di essere più importante delle altre. Come avrei fatto a trovare una soluzione in tempo per rispettare la scadenza?

Camminavo nel cortile, troppo inquieta per prendere la matita e il quaderno. La tunica mi si appiccicava alla schiena e al petto, e i capelli alla fronte. Desideravo che scendesse la sera, nella speranza che l'aria fresca mi portasse l'ispirazione. Ma il sole del tardo pomeriggio ardeva, caldo e prepotente, e sembrava non avere intenzione di lasciare il posto al crepuscolo.

Il mio triste stato d'animo peggiorava di giorno in giorno. Non mi veniva in mente nessuna immagine adatta. Avevo sempre trovato facile ideare dei modelli di ricamo, mentre adesso la mia mente era arida come il deserto. Me ne stavo seduta con la matita appoggiata sulla carta, a volte mi pareva di avere un'idea ma fuggiva via subito, e rimanevo a scarabocchiare l'abbozzo di un crisantemo, di una coppia di anatre mandarine, di un grappolo di melograni, di una coda di pavone... ma il problema restava lo stesso: come potevo creare un disegno eccezionale che fosse abbastanza semplice da essere completato in metà o addirittura in un quarto del tempo abituale?

Cercavo una risposta mentre spazzavo il refettorio, mentre strizzavo il bucato, mentre camminavo sulle rive del canale, mentre Linjing ciarlava senza sosta di Nobile *siu je*.

Eppure l'ispirazione continuava a sfuggirmi, portandosi dietro l'appetito e il sonno.

Di notte mi rigiravo senza sosta nella branda, fissando l'oscurità in attesa di addormentarmi. I rumori delle altre sorelle non mi avevano mai infastidito prima – la stanchezza era un potente sedativo –, ma adesso i loro sospiri e lo scricchiolio dei telai di bambù quando si rigiravano sui materassini di paglia rimbombavano nel mio cervello sovraccarico, svegliandomi di soprassalto appena riuscivo ad appisolarmi. Avevo gli occhi rossi e secchi.

Sprecai tre giorni in quel modo. Al mattino del quarto mi girava la testa, la nausea mi chiudeva lo stomaco e dovetti stringere la coulisse dei pantaloni per evitare che cadessero. Non riuscendo a stare seduta a causa delle vertigini, mi sdraiai di nuovo, sperando che mi passasse il capogiro. Le sorelle erano andate al lavoro, e nel dormitorio era scesa la pace. Chiusi gli occhi e i miei respiri si allungarono mentre scivolavo nel sonno.

A un certo punto qualcuno chiamò il mio nome e mi sentii scuotere. Mi strofinai gli occhi, ma ero ancora troppo assonnata per aprirli. La voce mi chiamò di nuovo. Quando riuscii a socchiudere le palpebre trovai Gioia china su di me, con la fronte aggrottata dalla preoccupazione e un mucchio di stoffa drappeggiata su un braccio.

«Stai male?» mi chiese.

Mi ci volle qualche istante per capire che si trattava degli scialli di seta di Nobile *siu je*. Mi alzai di scatto.

«Che ora è?» domandai.

«Quasi le sette di sera» rispose lei.

Diventai tutta calda, poi fredda. Mi schiaffeggiai. «Come ho potuto dormire tutto il giorno?» gridai. «La scadenza è domani!»

Gioia indietreggiò, e uno scialle le scivolò sul pavimento.

«Scusami» dissi. «Non è colpa tua.» Avrei voluto rassicurarla con un sorriso, ma non ci riuscii.

«Ecco, prendi questi» disse, porgendomi gli altri scialli.

Non capivo.

«Li hai lasciati appesi fuori e hanno qualche macchia di guano, non volevo che si sporcassero ancora di più.»

Presi il mucchio di seta e lo gettai sulla mia branda. Gioia si chinò a raccogliere quello caduto e lo accarezzò. «Questi scialli sono così belli... Vorrei averne uno, anche se magari non così elegante. Con qualcosa di così occidentale, le altre ragazze sarebbero tutte invidiose. Ma sono troppo cari per quelle come me.»

Di colpo, l'ispirazione tornò in volo come un'oca migratrice, facendo il nido nella mia mente. Abbracciai di slancio Gioia, stringendola forte e facendola piroettare con me. Lei si scostò e mi guardò con aria interrogativa, poi mi toccò la fronte.

«Hai un attacco di febbre cerebrale?» chiese.

«Oh, Gioia! Mi hai dato una soluzione.»

«Davvero?»

«Sì! Grazie. Grazie. Grazie! Se Nobile *siu je* mi prende a lavorare con lui, ti dimostrerò la mia riconoscenza in modo più significativo.»

« Insegnami a ricamare » disse subito lei. « Anch'io vorrei sfuggire al lavoro in filanda. »

Le promisi che sarebbe stata la mia prima apprendista, se avessi avuto successo. Raccolsi le mie matite, il mio album da disegno, la stoffa e il cestino da cucito. Non avrei avuto pace finché non avessi fermato su carta e seta la mia visione.

36

Linjing

La pazienza non è mai stata uno dei miei punti forti. Per tutta la vita mi avevano ordinato di stare tranquilla, seduta, ad aspettare. Be', ne avevo abbastanza di aspettare. Ora che Nobile pareva disposto a offrire una possibilità a Piccolo Fiore, ero sicura che mi amasse. Secondo il racconto di Piccolo Fiore, aveva accettato solo dopo una lunga trattativa. Per quale ragione assumere la mia ex *muizai* se non per compiacermi? Poiché per un uomo affrontare un argomento del genere con una novizia era indecoroso, spettava a me fare i passi necessari per avviare un contratto matrimoniale. E sempre io dovevo chiedere a mia zia il permesso di lasciare la Confraternita. Misi a tacere i dubbi e decisi di procedere. Sarebbe stato umiliante scoprire di essermi sbagliata sui suoi sentimenti, ma mi faceva più paura la prospettiva di perdere la possibilità di tornare a essere una signora.

Non volendo sprecare un solo minuto, aspettai al cancello del santuario il ritorno di zia Zaffiro da una vicina Confraternita.

Man mano che il suo palanchino si avvicinava, mi sentivo invadere dall'ansia. Non appena i portatori abbassarono la lettiga a terra, scostai le tende e feci capolino all'interno. Zia Zaffiro inclinò la testa perplessa. Prese la mia mano e scese appoggiandosi a me. «Santo cielo, Linjing. Che cosa succede?»

«Oh, zia! Devo parlarti immediatamente di Nobile *siu je.*»

Nel sentire quel nome, due dei portatori alzarono gli occhi lucidi e attenti, pronti ai pettegolezzi. Mia zia li mandò via e si rivolse a me scuotendo la testa con disappunto. «Un giorno la tua avventatezza ti metterà in guai seri» mi avvertì. «I pettegolezzi si attaccano alle donne come il fango. Devi imparare a essere più prudente.»

«Non voglio più essere una novizia» sbottai.

«Silenzio! Non possiamo parlare di queste cose in pubblico.»

Mi lanciò un'occhiata esasperata, ma non protestò quando la presi per un braccio per aiutarla ad affrettarsi verso il santuario. Camminava alla massima velocità consentita dai loti d'oro, ma era troppo lenta per me e, in momenti come quello, ero felice di avere i piedi naturali. Sembrò passare un'eternità prima che entrassimo nei suoi alloggi.

«Non voglio diventare una *so hei*» dissi, appena chiusa la porta. «Nobile *siu je* mi ama e voglio diventare la sua seconda moglie. Ti prego, zia, vuoi aiutarmi e liberarmi?»

Lei inciampò nella frangia del tappeto, e barcollò. Allungai una mano per sostenerla e la accompagnai a sedersi. Si lasciò cadere sulla sedia più vicina e si strofinò le tempie. In piedi davanti a lei io mi tamburellavo le dita sulle cosce sforzandomi di aspettare in silenzio. Alla fine mi guardò, prese un respiro profondo e parlò: «Linjing, sei forse impazzita?»

«Per niente! Nobile *siu je* tiene a me, ne sono sicura, e anch'io lo amo.» Mi inginocchiai davanti a lei e le strinsi le mani. Alzai gli occhi e proseguii: «Ti prego, zia. Non respingere la mia richiesta finché non avrai sentito tutto quello che ha fatto per me». Visto che non obiettò e non ritirò le mani, mi lanciai nel mio racconto. Mentre parlavo, lei scuoteva la testa e teneva gli occhi chiusi. Li riaprì per scrutarmi con pietà, come si guarda un mendicante che vaneggia. La sua crescente incredulità non solo mi ferì e mi fece arrabbiare, ma scosse anche le mie convinzioni: lei e Piccolo Fiore erano intelligenti, e nessuna delle due era d'accordo con me. Mi stavo forse sbagliando? No. Non dovevo permettere al dubbio di ostacolare la mia salvezza.

«Non ho bisogno che tu mi creda» dissi. «Ti chiedo solo di avvicinare la signora Chan e di fare da sensale.»

Lei mi spinse via e sbuffò. Stanca di implorare, balzai in piedi e mi misi le mani sui fianchi. «Hai fatto una promessa ad Aa Noeng e hai accettato di prenderti cura di me» le ricordai. «Onorala.»

«Come ti ho già detto, ho promesso a Fenice di tenerti al sicuro e di darti una casa. Non ho accettato di appoggiare i tuoi piani assurdi. E di certo non ho giurato di rischiare la mia reputazione per te.»

«In che modo metteresti a rischio la tua reputazione? Come hai detto tu, non sarei la prima novizia a cambiare idea.»

«Se pensassi che hai una reale possibilità di sposare Nobile *siu je*, non avrei nulla in contrario a permetterti di lasciare la Confraternita. Ma sono certa che né padron Chan né sua moglie accetterebbero una nuora dai piedi grossi. Inoltre, le tue sono solo congetture: fantasie di una giovane viziata, troppo orgogliosa per accettare le sue condizioni attuali e per lavorare per vivere. Nobile *siu je* non tiene a te più di quanto tenga a me.»

«Se non mi ama, allora perché mi parla così spesso? Perché guarda male Piccolo Fiore e si inchina a me?»

«Per rispetto nei miei confronti.»

«E quando mi ha aiutata a diventare insegnante di inglese delle sue sorelle?»

«Lo ha fatto perché ammira le idee occidentali e le invenzioni straniere. Avere un'insegnante di inglese aiuterà la sua famiglia conservatrice a entrare nella modernità.»

«E Piccolo Fiore?»

Zia Zaffiro fece un enorme sospiro.

«Vedi? Nemmeno tu puoi negare che l'ha assunta per compiacermi!»

«Smettila, Linjing. È assurdo. Nobile *siu je* vuole disperatamente accaparrarsi il contratto per gli scialli e Piccolo Fiore è la candidata più promettente. Si tratta solamente di affari.»

«Non siamo obbligate a pensarla nello stesso modo. Però ti prego, fammi questo favore... non ti chiedo altro. Fallo in memoria di Aa Noeng.»

Invece di rispondere, lei si avvicinò al tavolino e prese un mandarino, soppesandolo prima in una mano e poi nell'altra. Con l'unghia del pollice ne incise la buccia e si mise a sbucciarlo metodicamente, una striscia alla volta. Poi prese uno spicchio, tolse il nocciolino, se lo infilò in bocca e lo masticò lentamente. Io pensavo solo a strapparglielo dalle mani e pretendere una risposta.

Alla fine la risposta arrivò: «Se mi rivolgessi alla signora Chan, la famiglia mi giudicherebbe una sciocca o, peggio, una vecchia che sta perdendo il contatto con la realtà, non più adatta a guidare la nostra Confraternita. Il dovere di direttrice è la mia priorità. Nemmeno il nostro legame di sangue viene prima. Non chiedermelo più».

Rimasi a bocca aperta. Mi aspettavo una lezione sui vantaggi del nubilato, dell'indipendenza, magari un severo avvertimento contro le trappole del matrimonio, ma non un rifiuto. Senza di lei a farmi da sensale, ero senza risorse.

37

Piccolo Fiore

Finii di ricamare l'ultimo campione appena mezz'ora prima della scadenza, poi corsi per arrivare in tempo in ufficio. Avevo il fiato corto, le guance arrossate e la fronte sudata. Non avendo tempo da perdere, mi sistemai alla bell'e meglio i capelli dietro le orecchie ed entrai, il cuore che mi batteva all'impazzata per l'euforia, e il terrore che mi marciava nel petto.

« Stavi per non arrivare in tempo » commentò Nobile *siu je*.

Si alzò dalla scrivania, si aggiustò il panciotto, ripiegò i polsini delle maniche e si avvicinò a me. I suoi occhi brillanti e ansiosi contraddicevano il commento sprezzante. Nel vedermi, la sua espressione si era rilassata.

« Perdonatemi, signore » risposi, ancora senza fiato. « L'idea mi è venuta soltanto ieri sera. Sono stata sveglia tutta la notte e ho appena finito i campioni. Poi sono corsa qui. »

Nobile *siu je* mi indicò il divano. « Siediti. »

Mi ci lasciai cadere e appoggiai il cestino che stringevo vicino ai miei piedi. Lui guardò verso il posto accanto al mio, ma alla fine si accomodò sulla poltrona di fronte. Per calmarmi inspirai dal naso ed espirai dalla bocca. Una ciocca sfuggita dalle trecce mi fluttuò davanti alla bocca. La sistemai, ma subito se ne liberò un'altra. Nobile *siu je* mi osservava; tese una mano, la fermò a mezz'aria per poi ritrarla bruscamente sopra la testa e schioccare le dita tre volte. « Ming, per favore, servi il tè e qualcosa da mangiare. »

Ming versò il tè dalla teiera già sul tavolino, ma ce n'era solo per una tazza, così Nobile *siu je* gli ordinò di servire prima me. Accettai e lo bevvi con gusto. Per tenere ferme le mani le strinsi nervosamente intorno alla tazza vuota che tenevo appoggiata sulle ginocchia. Ming si scusò, promettendo di tornare presto con dell'altra acqua.

« Mostrami i tuoi progetti » disse Nobile *siu je*.

« Ho studiato per molte ore gli scialli che mi avete prestato » esordii, « e sembra che ci sia poco spazio per le innovazioni. Non è possibile ridurre il tempo necessario per produrli senza abbassarne la qualità. Ma una cosa che mi ha detto la mia amica Gioia mi ha fatto venire un'idea. Lei desidererebbe moltissimo possederne uno, però il loro costo è proibitivo e vorrebbe che ce ne fosse una versione più abbordabile. »

« Non vedo come questo possa aiutarmi a vincere l'appalto » mi interruppe lui.

« Signore, è importante che ascoltiate il mio ragionamento, prima di vedere i campioni. »

Mi fece cenno di continuare.

« Linjing aveva un'insegnante americana per l'inglese e il galateo degli occidentali » ripresi. « Da lei ho imparato che, a prescindere dalla classe, le donne occidentali indossano indumenti più o meno simili. L'unica vera differenza sono i materiali; le cameriere, le sarte, le cuoche e le altre lavoratrici comprano tessuti più economici, come il cotone e il calicò. Lo scialle, soprattutto quello di seta, ha uno scopo estetico per le signore che se lo possono permettere, ma per le donne del popolo è un capo pratico, spesso in semplice lana marrone o grigia, senza decorazioni. Eppure anche il cuore di una lavoratrice batte con passione e desiderio. Anche le operaie desiderano l'amore, il lusso e la bellezza. I miei modelli richiedono un quarto del tempo per essere realizzati, e soddisfano comunque il desiderio di lusso. Il prezzo di vendita sarebbe alla portata delle donne delle classi umili; non merce per signore, ma per le cameriere che le servono. »

« Anche tu desideri queste cose? » chiese lui, protendendosi verso di me.

La mano mi tremava un po' mentre posavo la tazza da tè. « Come dite, signore? »

Lui si schiarì la gola, si spostò sulla poltrona, distolse gli occhi e poi tornò a guardarmi. « Vorrei sapere se anche tu e Gioia desiderate queste cose » disse, « visto che siete due affidabili rappresentanti della classe contadina. Vi struggete per le cose che appartengono al mondo di una signora? »

«Non posso parlare per Gioia» risposi guardinga.

«E tu?»

«Cerco di non desiderare cose che sono fuori dalla mia portata. La realtà risulterebbe insopportabile.»

Le sue domande mi davano le vertigini. Avrei voluto che la smettesse, però non potevo fare a meno di rispondere.

«Quindi non sei una sognatrice?»

«Ho imparato a fare attenzione a ciò che sogno.» Dopo una pausa, aggiunsi: «Tengo a bada le mie aspettative, un po' come si pota un *pun zoi* per impedirgli di crescere. I pensieri ambiziosi sono pericolosi, forse addirittura fatali, per una donna nella mia posizione. È tenendoli a bada che sono sopravvissuta alla schiavitù».

«La maggior parte delle persone nasconderebbe una menomazione, invece tu non ti vergogni. Che cosa ti è successo?»

«Ho cercato di scappare e sono stata catturata. La matriarca mi ha fatto spezzare le dita per punizione.»

«Raccontami di più.»

Scossi la testa. «Dubito che possa interessarvi.»

«Lascia giudicare a me.»

Gli parlai di quello che era successo nello Shanxi, dal fidanzamento annullato al coinvolgimento della signorina Hart nella mia fuga, passando per il tradimento dei Tung e il momento in cui il martello mi aveva fratturato la mano. Omisi di dirgli che era stata la mia abilità nel ricamo a compensare i miei piedi sfigurati e assicurarmi l'offerta di matrimonio. Si trattava di dettagli troppo intimi per essere condivisi con un uomo, tanto meno con lui.

«La vedova Fong voleva spezzare il tuo spirito, invece hai trionfato. Ne sono felice.»

«Ci è quasi riuscita» ammisi, mentre alzavo la mano e guardavo le mie tre dita fratturate per la prima volta dopo tanto tempo. «Per quasi due anni le ho tenute fasciate, prima per il disgusto e la disperazione, poi per praticità, per abituarmi a ricamare con pollice e mignolo. Una volta imparato, non ho più sentito la necessità di nasconderle.»

Nobile *siu je* attraversò lo stretto spazio che ci separava e sfiorò la punta delle mie dita offese. Aprii la bocca per la sorpresa, mentre un'ondata di desiderio mi scendeva fino al ventre.

«Mi fa piacere che non le fasci più» disse. «Sono un ricordo della tua forza.»

La sua voce calda come il sole di mezzogiorno e la sua empatia mi scombussolarono. Ci scambiammo un lungo sguardo intenso. Nei suoi occhi scuri vidi un'emozione che corrispondeva al battito sempre più accelerato del mio cuore. Senza volerlo, in testa mi risuonò l'avvertimento di Madam Zaffiro: *Sono certa che lui si comporterà in modo onorevole, ma, se non ci riuscirà, toccherà a te farti rispettare.* I guai erano dietro l'angolo, perciò abbassai lo sguardo e mi chinai sul cestino per estrarre tre campioni grandi come fazzoletti. Mi tremava la mano quando li posai sulle ginocchia. Sollevai il primo e cominciai a parlare rapidamente.

«Per questo modello ho messo a punto un disegno molto semplice di fiori di pruno che può essere eseguito anche da una ricamatrice alle prime armi, il che contribuirà a ridurre i costi di produzione.» Spostando lo sguardo sul secondo campione, continuai: «Qui, invece, l'attenzione è catturata da una coppia di anatre mandarine. Entrambi i disegni sono facili e veloci da realizzare».

Non osai incontrare di nuovo gli occhi di Nobile *siu je*, ma riuscivo comunque a percepire l'intensità del suo sguardo. Il colletto stringeva troppo, l'aria nella stanza sembrava densa e avevo un po' di affanno. Ricominciai a parlare ancora più in fretta, senza mai distogliere gli occhi dai campioni.

«Il terzo scialle ha negli angoli due disegni diversi, un loto e una peonia. In questo modo, a seconda di come lo piega, chi lo indossa può scegliere tra due motivi.»

Dal cesto presi un altro scialle in miniatura, fatto di due triangoli: uno in crêpe di seta avorio, l'altro in una più resistente seta blu. Il bordo della parte avorio era decorato con loti bianchi e peonie. Quello blu invece con fiori e farfalle colorate. Mi sforzai di mantenere un'impassibilità adeguata a una trattativa d'affari e quindi alzai lo sguardo. Nobile *siu je* continuava a fissarmi con un'intensità penetrante, come un giocatore di *zoeng kei* che valuta la sua prossima mossa. Qualunque cosa avesse in mente, con ogni probabilità sarei stata una pedina sacrificabile.

«Proprio come nel terzo campione» continuai, «in base a come si piega, si hanno due scialli diversi. Ma il punto di forza di questo modello è che il lato con i fiori di loto può essere considerato un grazioso accessorio da sposa. Questo concederà alle lavoratrici occidentali un tocco di lusso che in genere possono permettersi soltanto le loro padrone. Se volete, posso anche mostrarvi degli schizzi per dei bordi alternativi, con diversi gradi di complessità, per soddisfare diverse fasce di prezzo.»

Aspettai che facesse un commento, ma visto che continuava a tacere proseguii: «Il mercato degli scialli di seta costosi è saturo. Se volete distinguervi dai vostri concorrenti, dovreste presentare questa linea economica. Il minor prezzo sarà compensato dalle vendite molto più alte: ci sono almeno dieci lavoratrici per ogni signora.

«Oh, e un'altra cosa. Forse questi scialli nuziali potrebbero essere proposti come capi preziosi da passare di madre in figlia. Ciò invoglierà le donne a risparmiare per qualcosa che altrimenti non si sognerebbero di comprare.

«Cosa ne pensate, signore?» dissi a conclusione della mia presentazione, e raddrizzai le spalle per guardarlo in faccia.

Seguì una lunga pausa. Mentre parlavamo, avevo dimenticato la filanda sotto di noi. Adesso il rumore dei macchinari riempiva la stanza. Nobile *siu je* guardò prima me e poi i campioni che tenevo sulle ginocchia. Io mi mordicchiai il labbro, aspettando.

«Non pensavo che una ex *muizai* potesse insegnarmi qualcosa» disse in tono rispettoso ma sommesso, «eppure in una settimana ho imparato da te ben due strategie commerciali.»

«Presenterete i miei progetti nella vostra offerta?» chiesi.

«Sono ingegnosi» ammise lui. «Non posso far altro che assumerti.»

Non riuscendo a trattenere la gioia, sorrisi e battei le mani. A lui tremavano le dita, quando si accese la pipa.

38

Linjing

Una volta Aa De aveva detto che avevo uno spirito da guerriera e, sebbene in seguito avesse dimostrato di non tenere minimamente a me, questo non cambiava la fondatezza del suo giudizio. Non mi sarei arresa al destino malvagio, proprio come Aa Noeng. Anche se nella sua lettera mi aveva consigliato di accettare la mia sorte, il coraggioso piano che aveva architettato per salvaguardare la sua posizione di prima moglie aveva avuto l'effetto opposto su di me, spingendomi a fare di tutto per riconquistare la mia vita signorile.

La grinta di Aa Noeng e persino la sua morte mi avevano insegnato una lezione fondamentale. Signora o novizia, la vita di una donna era come un carretto a due ruote: inutile, se non veniva legato a un cavallo robusto. Sposare Nobile equivaleva ad assicurarsi un cavallo di razza. Senza un fidanzamento ero condannata a una vita di lavoro e di oscurità.

Forte di questa consapevolezza, non potevo ignorare il torto che avevo fatto a Piccolo Fiore. L'avevo sempre negato, ma sapevo che, insistendo perché diventasse la mia ancella della dote, l'avevo privata della possibilità di avere una vita migliore. Ero stata insensibile, forse anche egoista, ma non malvagia, non come Peonia. Ero terrorizzata dalla signora Li e dal matrimonio, e avevo visto in lei la mia unica salvezza. Sicuramente qualsiasi altra giovane donna disperata avrebbe commesso lo stesso errore. Be', il rimorso era inutile. Una volta diventata moglie di Nobile, avrei trovato il modo di farmi perdonare da Piccolo Fiore, l'avrei portata con me e le avrei dato le comodità che meritava. Poiché mia zia si rifiutava di aiutarmi, avrei ignorato le regole e quel giorno stesso avrei dichiarato il mio amore a Nobile.

Mi lavai i capelli con acqua profumata al gelsomino. Avevo già avuto cura di lavarmi e strofinarmi con una saponetta alla lavanda che mi ero procurata impegnando uno dei miei ultimi anelli d'oro. Una volta certa di non avere più addosso la puzza della filanda, indossai il *saam fu* fresco di bucato e mi pettinai i capelli in due trecce ordinate. Detestavo occuparmi personalmente della mia toeletta. Avevo imparato ad apprezzare l'amicizia di Piccolo Fiore più dei suoi servizi, ma questo non rendeva meno difficile vivere senza una domestica. Comunque non aveva più importanza, quei fastidi sarebbero scomparsi, una volta che fossi diventata moglie di Nobile.

Nel pomeriggio avrei dato la mia prima lezione alle signorine Pui Pui e Yi Yi, e Nobile aveva accennato che in seguito mi avrebbe incontrato per conoscere la mia prima impressione sulla capacità di apprendimento dell'inglese delle sorelle.

Non avrei potuto immaginare un'occasione migliore per parlargli. Quando avevo offerto ai Chan i miei servizi durante la festa delle Sette Sorelle, avevo seguito il consiglio di Piccolo Fiore di cercare di entrare nelle grazie della signora Chan e indurla a considerarmi una nuora desiderabile. Ma chi poteva dire quanto tempo ci sarebbe voluto? Inoltre, ogni madre ha un debole per i figli, soprattutto per l'erede maschio. Se Nobile l'avesse implorata di accettare la nostra unione, lei lo avrebbe sicuramente assecondato.

Durante le due ore di lezione d'inglese mi ero voltata spesso verso l'orologio a muro nello studio dei Chan e, anche quando non lo guardavo, prestavo attenzione al suo ticchettio. Il tempo sembrava non passare mai in compagnia di quelle sciocchine. Nessuna delle due aveva la pazienza di studiare l'alfabeto. Il loro unico interesse era imparare degli insulti da lanciare alle loro nemiche senza essere capite. Traducevo in inglese le frasi che mi chiedevano, aiutandole con la pronuncia imprevedibile: «Il tuo profumo odora di sterco di mucca»; «Quello che hai sul viso è un neo o una macchia di salsa secca?» e così via. La signora Chan non ci perdeva d'occhio, e questo mi innervosiva. Sentivo il suo sguardo su di me anche quando le davo le spalle. Yi Yi e Pui Pui continuavano a ridacchiare mentre inciampavano nelle parole. Repressi un sospiro, all'idea che presto sarebbero diventate mie cognate. Forse, sotto la mia influenza, sarebbero state più ragionevoli.

Finalmente l'orologio batté le quattro.

Nobile entrò nella stanza e si inchinò prima alla madre e poi a me. Mi parve turbato. Non tanto per l'espressione del suo viso, che come al solito rivelava poco, ma per il modo in cui strappava le foglie da un *pun zoi* schiacciandole tra le dita. Tuttavia, non potei fare a meno di ammirare le sue spalle larghe e il bel portamento.

Cercai di attirare la sua attenzione con un sorriso, ma era sovrappensiero e non tratteneva lo sguardo su nessuna di noi. Avevo i nervi a fior di pelle mentre cercavo di capire se fosse disinteressato o se stesse cercando di rispettare le apparenze, ma siccome interrogarmi era inutile, smisi subito. Nonostante i frequenti sorsi di tè avevo la bocca asciutta, mentre mi sforzavo di scambiare noiosi convenevoli con le altre signore fino a quando non si congedarono.

Una volta che la porta si fu chiusa dietro di loro, mi asciugai le mani umide sulla gonna e mi alzai.

Mi avvicinai a Nobile e gli sfiorai delicatamente un braccio. Lui sobbalzò, ma io lo toccai di nuovo, e questa volta lasciai indugiare la mano. Con aria corrucciata lui la sollevò con gentilezza e la scostò, chiaramente preoccupato del decoro, benché nella stanza non ci fosse nessun altro. Finora non avevamo mai trascorso del tempo proprio da soli, ma i miei sentimenti per lui erano diventati più profondi ogni volta che ci eravamo incontrati dopo la festa delle Sette Sorelle, quando mi aveva difeso con coraggio dai modi sgarbati della sua famiglia. Ero convinta che il dio dei matrimoni avesse legato le nostre anime con un magico filo rosso.

«Signorina Linjing» cominciò. «Io...»

«Nobile *siu je*» lo interruppi, «siamo onesti e abbandoniamo le insopportabili regole dell'etichetta. Poiché credo che voi siate innamorato di me, voglio assicurarvi che io provo per voi gli stessi sentimenti.»

Con un balzo andò a mettersi dietro il *pun zoi*, in modo che ci separasse.

Ferita e confusa balbettai: «Io... pensavo che vi foste affezionato a me».

«Affezionato a voi?» ripeté, incredulo. Il volto composto e dignitoso che amavo tanto andò in frantumi: lo sconcerto gli aveva stravolto i lineamenti.

Le mie guance bruciavano per la vergogna, l'incomprensione e la rabbia, ma decisi di rischiare il tutto per tutto e proseguii con le domande. «Perché mi avete indotto con l'inganno a innamorarmi di voi?»

«Non ho fatto nulla del genere!»

«Nobile *siu je*, mi avete protetta fin dalla prima volta che ci siamo incontrati. Avete dimenticato come mi avete salvato da una brutta caduta?»

«È stato un normale gesto di gentilezza. Anche una donna avrebbe potuto aiutarvi.»

«Ma voi mi avete guardata con compassione. Vi siete commosso per le tristi condizioni in cui verso e mi avete offerto del tè. Nessuno mi ha trattato con tanto rispetto e gentilezza dopo la mia caduta in disgrazia. Da quel momento mi sono innamorata.»

«Sono dispiaciuto per il malinteso, ma sappiate che ho chiesto di voi solo per rispetto nei confronti di vostra zia, che stimo.»

«Perché avete convinto vostra madre ad assumermi come insegnante di inglese per le vostre sorelle?» domandai.

«Sapendo che non eravate adatta al lavoro nella filanda, Madam Zaffiro mi ha chiesto di aiutarvi, se possibile. Ho accettato e ho mantenuto la promessa quando si è presentata l'occasione. Niente di più.»

«Perché mia zia non mi ha mai detto di avervi chiesto aiuto?»

«Forse voleva farvi pensare che aveste raggiunto questo risultato da sola.» Il tono era premuroso, e il sorriso pieno di compassione, ma quello di cui io avevo bisogno era il suo amore, non la sua pietà.

Niente di tutto ciò aveva il minimo senso. Ero sempre stata la più intelligente della famiglia, la preferita di Aa De. Com'era possibile che avessi frainteso il suo comportamento e i suoi sentimenti fino a quel punto?

«Ma... avete difeso Piccolo Fiore e le avete dato una possibilità per far piacere a me, non è forse così?»

Nobile *siu je* si mise a studiare un paesaggio appeso alla parete, come se non avesse mai visto niente di più interessante. Mi precipitai davanti a lui bloccandogli la visuale, e me ne pentii subito, perché l'espressione di imbarazzo e di pietà sul suo volto mi fece sentire piccola e stupida. Ma perché biasimavo me stessa, se il mascalzone era lui? Continuò a evitare il mio sguardo mentre infilava il pollice tra la fusciacca e la veste, attirando la mia attenzione sulle estremità di una nappa che spuntava. Dimenticando le buone maniere, strappai l'oggetto dal suo nascondiglio, ritrovandomi tra le mani un nodo d'amore intagliato nella giada.

«Chi vi ha rubato il cuore?» chiesi, facendoglielo oscillare davanti agli occhi.

Lui lo riprese con aria truce, e lo rinfilò nella fusciacca.

«Ditemelo!»

«Signorina Linjing, vi prego, per il vostro bene, di smetterla con queste domande inutili. Avete la mia compassione, questo è tutto.»

Quelle parole mi sprofondarono ancora di più nella vergogna: mi stavo comportando come una povera disperata che nessun gentiluomo avrebbe mai trovato attraente. Eppure non riuscii a trattenermi. «Non voglio la vostra pietà!» strillai. «Voglio che mi sposiate, che mi salviate da...»

Mi interruppe con una risata secca ed esasperata. «Il matrimonio con una donna dai piedi grandi è fuori questione. Nella mia cerchia, l'unica persona coraggiosa che ha agito contro il decoro prendendo una *cip si* con i piedi naturali ha perso amici e opportunità di lavoro. È una benedizione per lui che i suoi genitori siano entrati da tempo nell'aldilà, perché sarebbe stato sicuramente diseredato.»

«Ma io sono una signora, vostra pari. Se non siete innamorato di me, allora chi vi ha stregato?»

«Se volete saperlo, ve lo dirò» fece, però i suoi occhi mi avvertirono che la risposta non mi sarebbe piaciuta.

Ignorando una vocina di protesta interiore, dissi: «Voglio sapere!»

Con un tono completamente diverso, mormorò: «Sono affascinato da una donna che non potrò mai avere. La mia famiglia la riterrebbe indegna, anche come *cip si*, a prescindere dalla sua intelligenza e dalla sua grazia».

«Chi è questa volpe incantatrice?»

Invece di rispondere, lui spalancò le porte e chiamò un domestico perché mi scortasse all'uscita.

39

Piccolo Fiore

Nobile *siu je* mi informò che il mercante americano aveva approvato la linea economica che avevo proposto; gli aveva assegnato l'appalto e fatto un ordine di mille scialli con un assortimento di miei disegni, da completare in dodici settimane. Non avevamo tempo da perdere e dovevamo andare a cercare altre amah nei villaggi vicini. L'etichetta mi impediva di viaggiare da sola con lui. E, dato che il ricordo di quel momento di intimità nell'ufficio continuava a turbarmi, accolsi con piacere la notizia che Ming e Gioia ci avrebbero accompagnati.

Il primo paesino che visitammo si trovava lungo il canale Coda Bianca, uno dei corsi d'acqua che si diramavano dall'affluente Dunggaa, circa quindici chilometri a nord-est del villaggio Chan. Il paesino, un pugno di case disposte a ferro di cavallo intorno a un pozzo, aveva visto giorni migliori, soprattutto la prima casa che incontrammo: la coppia di divinità dipinte sulla porta era sbiadita dalle intemperie e doveva essere piuttosto vecchia, benché in genere le pitture venissero sostituite a ogni nuovo anno lunare. I villaggi sparsi nelle vicinanze erano altrettanto poveri, e in ognuno c'erano fin troppe giovani donne bisognose di lavorare. Se avessi potuto, avrei dato a tutte una possibilità, ma i pochi posti da apprendista erano stati destinati da Madam Zaffiro alle nostre consorelle. Inoltre, soltanto cinque delle speranzose candidate che avevamo incontrato quel giorno possedevano l'abilità necessaria.

Dopo una lunga giornata di incontri, finalmente risalimmo sulla nostra imbarcazione e tornammo al villaggio Chan. Il cielo sereno della fine dell'ottavo mese si apriva sopra le nostre teste, come una distesa di seta blu. I raggi del sole si riflettevano sull'acqua color smeraldo mentre i due barcaioli remavano e la prua solcava la superficie piatta del fiume. Eravamo tutti e quattro sul ponte quando Nobile *siu je* suggerì a Ming e Gioia di scendere in cabina a giocare a carte per non annoiarsi durante le due ore di viaggio. Loro accettarono volentieri e io mi accinsi a seguirli. Posandomi una mano sul braccio, Nobile *siu je* disse: « Resta, Piccolo Fiore. Ti vorrei parlare ». Gioia mi guardò meravigliata e Ming gettò al suo padrone un'occhiata che nascondeva un mezzo sorriso complice.

Sebbene Nobile *siu je* mi avesse parlato in tono professionale, mi sentii opprimere il petto da un senso di disagio. Eppure, dopo quel momento di strana intimità che avevamo condiviso settimane prima, l'avevo visto molte volte e non c'erano stati altri incidenti. Mettendo da parte la preoccupazione, guardai avanti verso la curva del fiume.

« Ti piace andare in barca? » chiese.

« Qui fuori l'aria è molto dolce » dissi, sollevata dal fatto che volesse parlare del paesaggio. « Immaginate tutti i luoghi a cui porta questo fiume, tutte le città e i villaggi che alimenta e tutte le vite che influenza. Eppure è così tranquillo. Sento solamente lo sciabordio dell'acqua contro lo scafo. »

« Sì » ammise lui. « In questo momento ci siamo solo noi due. Come desideravo. »

Sebbene la barca avanzasse placidamente, io vacillai. Prima che potessi riprendermi, lui colmò la distanza tra noi. C'era appena un palmo tra i nostri volti e mi ritrovai premuta contro il parapetto. Ancora una volta, mi risuonò nelle orecchie l'avvertimento di Madam Zaffiro. Abbassai la testa e studiai il disegno della nuvola d'argento sul bavero indaco della sua casacca.

Con delicatezza, mi sollevò il mento, costringendomi a rialzare il viso e incrociare il suo sguardo. Rimasi impietrita davanti al desiderio nei suoi occhi, lo stesso desiderio di un uomo che dopo aver attraversato il deserto finalmente scopre una fontana favolosa. Tolse la mano, ma io non riuscivo ancora a muovermi. La prudenza e il decoro mi imponevano di allontanarmi, di affrettarmi verso la prua e poi scendere la scaletta che mi avrebbe portato al sicuro nella cabina. Ma un'altra voce, sottile e insistente, rivelava una verità sconcertante: il suo desiderio mi sbalordiva e mi turbava, ma non mi spaventava come avrebbe dovuto, come richiedevano i voti. Nonostante la brezza, la mia pelle ardeva e i miei pensieri sembravano impigliati dentro una rete di confusione.

Da sotto la fusciacca lui prese un ciondolo scolpito e me lo premette sul palmo della mano. I miei pensieri si schiarirono all'istante e il tocco freddo della giada mi risvegliò dal sogno.

«È un nodo d'amore» sussultai, chiudendo le dita intorno al ciondolo.

«Piccolo Fiore» disse lui, «questa non è che una povera imitazione del mio cuore, che tu hai stregato.»

«Signore, sono una contadina, una donna insignificante. Me lo avete detto innumerevoli volte. Che cosa intendete, con questo dono?»

«Non posso offrirti il matrimonio, ma, se vorrai, avrai il mio amore e la mia protezione. Per molte notti insonni ho girato per la nostra biblioteca fino alle ore piccole cercando un precedente nei nostri archivi. Ma non ho trovato niente che potesse convincere i miei genitori ad accettarti.» Fece una pausa, gli occhi si abbassarono sul ponte dell'imbarcazione, prima di tornare a guardarmi. «Ti voglio come mia amante.» Fece una smorfia, come se quella parola avesse un sapore amaro.

«Amante» ripetei, con diffidenza. Anche se non conoscevo fino in fondo il significato di quella parola, la sua natura oscura mi respingeva. A parte gli avvertimenti di Madam Zaffiro, mi balenarono in mente gli occhi intelligenti della signorina Hart. Cosa avrebbe pensato di una simile proposta? Cercai di richiamare i suoi vecchi consigli, ma non ci riuscii, eppure sentivo che persino lei, con i suoi valori moderni, mi avrebbe esortato a tenermi alla larga da quella situazione. Mi avviai verso destra, ma lui mi trattenne afferrandomi il polso. Girai il braccio per sottrarmi alla sua presa.

Lui alzò le mani e arretrò, la fronte aggrottata per la preoccupazione. «Non avere paura, Piccolo Fiore» si scusò. «Non ti farei mai del male.» Indicò una panchina in un angolo riparato del ponte. «Ti prego, siediti e ascoltami, almeno.» Tese un braccio per invitarmi a precederlo. La sete nei suoi occhi era sparita e al suo posto vedevo lo sguardo di un uomo ansioso di farsi ascoltare. Non avevo spesso desiderato io stessa di poter esprimere i miei sentimenti?

Mi avviai guardandomi alle spalle ogni pochi passi. Lui si tenne a distanza e, quando raggiungemmo la panchina, anziché sedersi rimase in piedi.

«Il fidanzamento con Prudenza è stato deciso alla nostra nascita» esordì. «È un'unione tra le famiglie che non può essere annullata senza creare una grave spaccatura. È mio dovere rafforzare questo legame. Credo che tu lo possa capire.»

«Non ho chiesto niente» risposi io, dolce ma anche ferma, e passando a un tono più confidenziale. «Sei tu che pretendi qualcosa da me, qualcosa da cui il mio istinto mi mette in guardia.»

«Mi dispiace. Ti prego di perdonarmi. Non ti biasimo. Solo che mi sento frustrato, legato come sono a vincoli e tradizioni.» Parlava a scatti, soffocato dall'emozione. Pur essendo commossa dalla profondità dei suoi sentimenti, non riuscivo a compatirlo, perché godeva già di una libertà maggiore di quella che io avrei mai conosciuto.

«Una contadina, ex *muizai* con i piedi naturali e novizia: dovrebbe bastare una soltanto di queste definizioni a respingermi» disse. Camminò sul ponte e si avvicinò al parapetto sporgendosi sull'acqua. Quando si girò, il suo volto sembrava una tavola di *zoeng kei* con i pezzi disposti a casaccio. Mi raggiunse in tre passi, strinse a pugno la mano destra e la strofinò sul palmo dell'altra mano. «Mio malgrado, mi sono innamorato di te. Senza di te non posso essere felice, non posso trovare pace.»

Di fronte al mio silenzio, continuò: «Se vivessimo in un altro mondo, tu mi basteresti. Non desidero un'altra moglie. Non ho bisogno di un'altra compagna. La tua pacata dignità, la tua prontezza e la tua determinazione: tutte queste qualità mi hanno affascinato. Per proteggere il mio cuore, ti ho trattato con freddezza e ho resistito ad assumerti. Ma non ha funzionato. Dobbiamo però sottostare alle convenzioni di questo mondo. Tutto ciò che ti posso offrire è il mio amore e una casa. Piccolo Fiore, accettami come tuo marito nello spirito, se non nel nome».

Nell'ultima frase la sua voce aveva riacquistato una cadenza sicura, come un cavaliere che si stabilizza nel ritmo del trotto. Mi fissava, implorandomi di capire. Studiai il suo volto e vi lessi onestà, ma anche la presunzione che avrei ceduto subito. Strinsi forte la mascella.

«Il tuo silenzio è un timido sì?» chiese con un sorriso speranzoso.

Sollevai il mento. «Non posso accettare un accordo che non capisco.»

Lui rise e si sedette accanto a me. Mi spostai verso il bordo della panchina, con la spina dorsale rigida.

«Sei saggia a chiedere spiegazioni» disse, inconsapevole del mio riserbo o deciso a ignorarlo. «Non mi sarei aspettato niente di meno da te.»

Mi parlò del suo progetto di sistemarmi lontano dalla filanda e dagli occhi indiscreti di parenti e soci. Canton ci avrebbe garantito anonimato e indipendenza ed era abbastanza vicina da permettere a lui di venire a trovarmi spesso. Lì avrei vissuto in una grande casa circondata da mura imponenti per offrire il massimo livello di riservatezza. Nell'angolo meridionale della casa, Nobile *siu je* progettava di costruire una stanza con le portefinestre di vetro in stile francese, che si aprivano su una corte centrale piena di vasi dei miei fiori preferiti, per darmi luce e ispirazione nel ricamo. Non avrei mai più dovuto fare un lavoro faticoso. Sarei stata la padrona di casa, con un generoso appannaggio. Avrei avuto cameriere e servitori in abbondanza per svolgere tutte le mansioni domestiche, lasciandomi libera di abbozzare disegni e ricamare. Se mi avesse fatto piacere, mi sarei potuta dedicare anche ad altre attività artistiche come la pittura, la scultura e la musica: da parte sua, niente sarebbe stato troppo costoso per la sua amata.

Era un'offerta generosa, forse il sogno di mille *muizai* che non avevano niente da perdere. Ma io non ero più una schiava. *Se ci sarà uno scandalo, la colpa ricadrà su di te e io sarò la prima a denunciarti per salvare la reputazione del nostro santuario.* L'ammonimento di Madam Zaffiro era un laccio che mi teneva con i piedi per terra mentre la tentazione minacciava di farmi commettere un passo falso. In quel momento stavo per cedere alla dichiarazione di Nobile *siu je*. Tuttavia, l'esperienza mi aveva insegnato che non si poteva fare affidamento sulle promesse degli aristocratici, perché il mio benessere sarebbe sempre venuto dopo i loro interessi personali. Forse anche lui, come la Seconda taai taai Fong, era un maestro d'astuzia. Lei era riuscita a ingannare una donna prudente come la signora Fong facendole credere di essere un agnellino; chi mi assicurava che lui non volesse ricorrere a uno stratagemma simile per approfittarsi di me?

Le sue dita percorsero la lunghezza della panchina, colmando la distanza tra noi. «Ti soddisfa il mio piano?»

Mi alzai di scatto. Fino a quel momento avevo quasi dimenticato il nodo d'amore che stringevo nel pugno. Lo posai sulla panchina e feci un passo indietro. «Non posso accettare la tua proposta.»

Per la prima volta da quando eravamo rimasti soli, l'ombra di un dubbio gli fece corrugare la fronte. Restò a bocca aperta, e si strofinò la base del collo.

«Devo raggiungere Ming e Gioia» dissi, voltandomi per andarmene.

Lui afferrò il ciondolo e si alzò. «Aspetta.» Fece un passo verso di me, ma quando io indietreggiai si fermò. «Piccolo Fiore, non ti prenderei mai con la forza. Se accetti, sarai sempre sotto la mia protezione. Non ti accadrà più alcun male. Non puoi fidarti di me?»

Le sue parole erano confortanti come un porto in una tempesta. Sebbene una parte di me volesse arrendersi, risposi: «La fiducia arriva con il tempo e con le prove». Incrociai le braccia sul petto. «E io ti conosco appena.»

«È vero, sono troppo impaziente» ammise lui. «Ti prego, prenditi il tempo che ti serve per pensarci.» Mi offrì di nuovo il nodo d'amore. «Tienilo, finché non avrai deciso. Se me lo restituirai, saprò che la tua risposta è definitiva e non ti importunerò più.»

Fissai la giada sul suo palmo aperto, una lucentezza in netto contrasto con le linee del destino che attraversavano la sua mano. Scossi la testa, anche se le mie dita avrebbero tanto voluto prenderla. Forse lui lo percepì, perché disse: «Lasciala solo se non provi niente per me».

Verso sera, mentre tornavamo dal molo alla Sala dell'Eterna Purezza, Gioia si avvicinò e staccò alcuni rametti da un cespuglio di azalee rosse che cresceva lungo il sentiero. Con un sorriso malizioso me ne infilò uno dietro l'orecchio. «Un omaggio alla futura *cip si* di Nobile *siu je.*»

Mi girai di scatto verso di lei, facendo cadere il fiore sul sentiero d'erba calpestata.

«Non preoccuparti» disse senza smettere di sorridere. «Non lo dirò a nessuno, ma promettimi di portare via anche me, una volta che ti sarai sistemata a Canton. Posso essere la tua dama di compagnia finché...»

Le misi una mano sulla bocca. Lei cercò di divincolarsi, ma io non la lasciai finché non smise di borbottare e di dimenarsi. Mi guardai intorno, prima lungo l'estremità meridionale del sentiero che conduceva al nostro santuario, poi alle mie spalle, verso il molo. Fortunatamente eravamo sole, per quanto riuscissi a vedere. Tuttavia parlai comunque a voce bassissima. «Come lo sai?» Prima che potesse rispondere, aggiunsi: «Anche Ming ha origliato?»

«Ci siamo stancati di giocare a *waat faa paai* e volevamo iniziare una partita a *maa diu*, così sono salita sul ponte a chiamarvi per essere in quattro. È stato allora che ho visto...» Strappò un petalo da un fiore e lo soffiò dal palmo della mano, come un bacio. Afferrai il rametto di azalea e lo gettai nell'erba.

«Gioia, ti prego, non scherzare» sibilai. «Non è successo nulla di sconveniente. La faccenda è seria: potrebbe causare uno scandalo e mettere in pericolo la mia vita. Non ti ricordi cos'ha detto Madam Zaffiro durante la tua cerimonia?»

I suoi occhi persero ogni luce e mi fissarono colmi di amarezza. «Io non ho scelto di prendere i voti e nemmeno tu vuoi farlo, vero?» Girai il viso verso l'acqua. Il riflesso luminoso del sole al tramonto mi faceva male agli occhi. Gioia mi si parò davanti. «Nobile *siu je* ti piace, non è così?»

«Io... io gli sono grata per l'aiuto che mi ha dato nella gara di ricamo.» Giocherellai con una treccia, attorcigliandone l'estremità. Gioia mi guardava, in attesa. «Lavoriamo bene insieme. Sono una collaboratrice. Tutto qui.»

«Bugiarda» mi schernì lei. «Nobile *siu je* ha detto di lasciare il nodo d'amore solo se non provavi niente per lui.» Indicò la mia tunica. «Ti ho vista metterlo nella tasca interna, quindi deve piacerti.»

Appoggiai la mano sulla sua spalla e la guardai dritto negli occhi. «Gioia, che cosa vuoi da me?»

«Voglio che tu colga l'opportunità della tua vita, così un giorno potrai aiutare anche me a fuggire.» Mi strinse la mano. «Darei il braccio destro per diventare la concubina di un uomo ricco e importante come Nobile *siu je*: la sua posizione è molto, molto al di sopra della nostra. E per di più è bello. Perché non hai accettato subito?»

Mi allontanai. «Un'amante non è una *cip si*: è molto meno. Non ha niente di ufficiale.»

«Perché la fai tanto lunga?»

«Non è una questione da poco: mogli e *cip si* sono protette dalla legge. Un'amante è una... è qualcosa che una donna rispettabile non vorrebbe essere.»

«Lui ti ama e vuole provvedere a te. Perché non dovrebbe bastare?» chiese Gioia, esasperata.

«Come fai a essere sicura che dica la verità?»

«È un uomo d'onore. Questo lo dicono tutti.»

«Non posso rischiare la vita sulla base di un sentito dire. Se accetto la sua proposta potrebbe prendersi delle libertà, e Madam Zaffiro mi affogherà se perdo la verginità mentre sono ancora al santuario. Non capisci il pericolo?»

«Io capisco che c'è una differenza tra sopravvivere e vivere. I voti di *so hei* ci condannano a una vita di stenti senza affetti.» Unì le mani e poi le puntò verso di me. «Hai la possibilità di vivere l'amore. La maggior parte delle donne, anche quelle che provengono da famiglie nobili, vengono date in sposa a estranei che in genere sono molto più vecchi, e in molti casi sgradevoli per aspetto o carattere. Eppure devono sopportare, soffrire e sperare che un figlio porti un po' di conforto nella loro vecchiaia. Tu invece puoi passare la vita con un uomo ricco, bello e generoso, che ti ama. Inoltre ha promesso di lasciarti libera di dedicarti alla tua arte. Cosa possono sperare di più le donne come noi?»

«Nobile *siu je* mi ha prospettato una vita felice» ammisi. «Ma cosa ne sarebbe di me, se un giorno smettesse di amarmi?»

«È innamorato. Quel giorno non arriverà mai.»

«Non sarò sempre giovane o affascinante. Cosa succederebbe se si stancasse di me?»

«Ti preoccupi troppo» tagliò corto lei. «Molte persone non arrivano neanche ai quarant'anni. Perché non godersi il presente?»

«E se dovessimo avere dei figli?»

«Certamente provvederebbe anche a loro. Inoltre non saresti nemmeno tenuta a dargli un erede.»

«E quale nome porterebbero questi ipotetici figli?»

«Sarebbero dei Chan.»

«Ma non entrerebbero mai nel registro delle nascite della sua famiglia» replicai. «Non potrebbero venerare gli antenati durante le feste, né adempiere ai loro doveri nel Giorno della Pulizia delle Tombe, non sarebbero mai veramente riconosciuti. Vivremmo una vita nell'ombra e nella vergogna.»

«Piccolo Fiore, fino a poco tempo fa eri una *muizai*, e hai i piedoni!» Con un grugnito, Gioia strappò un rametto da un albero basso, si voltò verso il canale e lo gettò nell'acqua, poi tornò a guardarmi. «Nobile *siu je* offre amore, sicurezza e libertà dalle fatiche» disse accompagnando ogni voce dell'elenco con il colpo di una mano contro l'altra. «Cosa ti fa pensare di poter pretendere anche la legittimità?»

Raccolsi un ramoscello e lo usai per scuotere l'erba alta fino alle ginocchia.

«Perché ti comporti come se meritassi più di me, più di Linjing, più di una signora?» Gioia mi afferrò il braccio, con gli occhi ardenti.

«Hai ragione. Forse dovrei accettare la sua proposta. Ma devo essere sicura che mi ami e che non mi abbandoni nel giro di qualche mese.»

«Credo che dovresti accettare subito, prima che perda interesse.»

«Se i suoi sentimenti sono sinceri, aspetterà. Altrimenti, non avrò perso niente.»

Qualcuno si stava avvicinando. Anche se ancora irritata dalla mia risposta, Gioia accettò di interrompere la conversazione, ma non prima di avermi dato un ultimo avvertimento: « L'occasione perduta è come l'acqua versata. Non la si può riavere ».

Percorremmo il resto della strada in silenzio. Non potevo negare la fondatezza del suo consiglio pragmatico: probabilmente accettare la proposta di Nobile *siu je* era una scelta sensata. Dopo che mi aveva ricordato le mie umili condizioni, ogni ulteriore obiezione non suonava particolarmente convincente. Dopo tutto, non avevo forse inseguito il progetto degli scialli per sfuggire alle fatiche della filanda? Come amante di Nobile *siu je*, sarei stata libera di dedicarmi alla mia arte. Non doveva bastare?

40

Linjing

Stupida, idiota, imbecille: nessun insulto esprimeva appieno il mio disprezzo per me stessa. Una vecchia megera mezza cieca aveva una visione della realtà molto più chiara della mia. Mortificata dallo shock e dall'umiliazione, non avevo detto a nessuno quello che era successo tra me e Nobile. Nemmeno lui doveva averlo fatto, perché la signora Chan mi permetteva ancora di dare lezioni alle figlie, e la zia non mi aveva convocato per punirmi, cosa che senza dubbio avrebbe fatto, se l'avesse saputo. Almeno mi era stata risparmiata quella vergogna.

Ma se Nobile si aspettava che gli fossi grata per la sua discrezione, sarebbe rimasto molto deluso. Aveva commesso un grave errore accennandomi a una donna che non era libero di amare: forse ero cieca ai suoi veri sentimenti, ma non stupida. Durante la nostra conversazione, ero troppo ferita e stordita per identificare la donna graziosa e intelligente a cui alludeva, ma non ci avevo messo molto a capire che non poteva essere altri che Piccolo Fiore. Per tutto quel tempo non aveva corteggiato me: i suoi sguardi languidi erano per lei, una schiava che non avrebbe nemmeno riconosciuto i caratteri del proprio nome, se io non fossi stata tanto generosa da insegnarglieli. Come aveva potuto preferire una *muizai* a me? E lei, come aveva osato rubarmelo? La scaltra traditrice proteggeva i suoi interessi, quando cercava di scoraggiarmi.

Nonostante fossero passate settimane dal giorno in cui ero stata umiliata, ero ancora furiosa quando mi nascosi dietro un albero in un cortile che si affacciava sul nuovo laboratorio nell'ala orientale del santuario. Le mie unghie artigliavano la corteccia ruvida mentre osservavo Nobile e Piccolo Fiore attraverso una finestra semiaperta. Con la schiena rivolta verso di me, lei era seduta con l'avambraccio destro appoggiato sul supporto di legno che si trovava tra le sbarre orizzontali del grande telaio da ricamo rettangolare. Stavano parlando, ma da quella distanza non riuscivo a sentirli. Lui era alla sua sinistra, appoggiato al telaio. Mentre lei parlava, lui si chinava, inclinando la testa verso di lei in modo che le loro guance arrivassero quasi a sfiorarsi. Eppure non erano soli! Davanti a Piccolo Fiore, due file di telai occupavano la lunga stanza, rivolti verso di lei. Le teste delle due dozzine di amah, compresa quella di Gioia, erano chine sul lavoro. I loro aghi scivolavano tra le sete tese, sopra e sotto, sopra e sotto, sopra e sotto, un incantesimo ipnotico che le rendeva cieche alla relazione illecita che si consumava davanti ai loro occhi.

Non potendo più sopportare oltre, mi voltai. Mi sfilai dalle trecce un bastoncino fermacapelli, lo stesso che avevo usato per suggellare il patto di sangue tra me e Piccolo Fiore, e mi infilzai la parte inferiore dell'avambraccio fino a sanguinare. In qualche modo il dolore mi aiutò a contenere la furia, abbastanza da permettermi di pensare. Dalla morte di Aa Noeng, lo status di Piccolo Fiore non aveva fatto altro che migliorare: prima aveva incantato mia zia, poi aveva convinto Nobile ad aiutarla a vincere un concorso di ricamo destinato solo alle signore, poi si era fatta assumere per il progetto degli scialli e adesso erano amanti. Nel frattempo, io ero sprofondata sempre di più nelle privazioni, e tutto ciò per cui mi battevo mi scivolava tra le dita come sabbia.

D'un tratto un pensiero mi attraversò la mente. Forse Piccolo Fiore aveva usato la magia per rubare tutta la mia fortuna e mi aveva maledetto riversando su di me la sua malasorte. Dopo tutto, la signora Chan aveva definito «un demonio» il suo pesce rosso. Non era forse una prova della cattiveria e dell'astuzia della mia ex schiava?

Una parte di me – quella razionale, che aveva studiato l'inglese, il galateo occidentale e il pensiero moderno – respingeva quell'accusa inverosimile. Sembrava più probabile che Piccolo Fiore fosse un'altra Peonia, che nascondeva il suo risentimento in attesa di avere i mezzi per vendicarsi. Del resto, l'avevo costretta a fare a pezzi la sua trapunta da sposa e le avevo annullato il fidanzamento, fornendole una buona motivazione per farmi del male. Ma se la stregoneria non c'entrava, non riuscivo a capire come Nobile avesse potuto considerare una *muizai* più degna del suo amore. Quando niente ha senso, bisogna prendere in considerazione tutte le possibilità, per quanto improbabili possano sembrare. Se Piccolo Fiore stava praticando la magia nera, dovevo trovare le prove della sua cattiveria. Solo allora sarei stata vendicata.

Tornai al dormitorio e mi misi a frugare tra i suoi effetti personali. L'unica cosa che sapevo riguardo alla magia era che dovevo cercare una mia effigie fatta con paglia o stracci, imbottita con i miei capelli o con pezzetti delle mie unghie. Cominciai dai cassetti, svuotandoli sul pavimento. Trovai solo innocui oggetti di uso quotidiano: unguenti per le mani, forcine per capelli, un pettine, una piccola lente che le avevo regalato io, i suoi vecchi vestiti, la biancheria intima e un mucchio di pezzuole per le visite della «zia rossa». Scossi la trapunta, ma non ne cadde fuori niente. Passai il sottile materasso di paglia palmo a palmo senza successo; lo rovesciai persino, ma la struttura di bambù sottostante era nuda. Per cercare nello stretto spazio sotto la branda, mi sdraiai e premetti una guancia contro il pavimento, tendendo la mano verso l'angolo più lontano. Nessuna bambola in vista.

Battei un pugno contro i cassetti.

Mancava solo il cuscino di Piccolo Fiore. Lo avevo ignorato perché quel rettangolo di porcellana non poteva nascondere un'effigie. Lo sollevai, più per scrupolo che nella speranza di trovarvi qualcosa. E invece sotto il suo fondo curvo, in uno spazio così stretto che a malapena riuscivo a infilarci l'indice, c'era un sottile nodo d'amore di giada. Lo stesso che avevo visto alla cintola di Nobile.

Lo strinsi nel pugno così forte che se fosse stato di vetro si sarebbe frantumato e mi avrebbe tagliato il palmo. Il dolore mi sarebbe risultato gradito. Invece la giada rimase solida e inflessibile, facendosi beffe della mia rabbia. Una parte di me avrebbe voluto correre da mia zia con quella prova. Ma un'altra, quella che stava iniziando a svegliarsi solo ora dal torpore che aveva annebbiato la mia capacità di giudizio, mi esortava ad aspettare.

Mi accasciai sul pavimento.

Per me, quel nodo d'amore era la prova inconfutabile di una relazione tra Nobile e Piccolo Fiore. Tuttavia, zia Zaffiro avrebbe potuto non credermi. Dopo tutto, non potevo dimostrare di averlo trovato tra gli effetti personali di Piccolo Fiore. Avevo bisogno di un testimone, ma il dormitorio era deserto. Potevo rimetterlo nel suo nascondiglio e convocare mia zia per una perquisizione. Ma anche così sarebbe stata la mia parola contro quella di Piccolo Fiore. La zia avrebbe potuto facilmente negare di averlo visto e accusarmi addirittura di aver piazzato delle prove false, proprio come Aa Noeng si era schierata dalla parte di Piccolo Fiore quando aveva scambiato i fili di seta. Agli occhi di mia zia Piccolo Fiore era perfetta, irreprensibile, proprio come a quelli di mia madre. Se solo fossi stata abile come lei nel fingere, allora sarei potuta apparire anch'io servizievole e affidabile, e avrei potuto ottenere l'appoggio e la fiducia di mia zia. Avrei voluto che Nobile fosse stato così sentimentale da incidere il suo nome o quello di lei nella giada, invece non c'era niente che li rivelasse.

Significava forse che voleva Piccolo Fiore come concubina o moglie minore? L'unione era così al di sotto delle sue possibilità, così assurda, che se si fosse trattato di qualcun altro avrei riso. Ma adesso non potevo ridere.

Perché Nobile non aveva voluto me?

Come aveva potuto preferire lei?

Ero una signora di alto lignaggio, educata, parlavo e scrivevo cinese e inglese. Dubitavo che fossero in molte a poter vantare le mie capacità. Eppure Nobile si era innamorato di una schiava con i piedi deformi. L'ingiustizia era un pugnale conficcato nel mio cuore. Un'ondata di stanchezza mi investì; tremavo dalla testa ai piedi. Sarebbe stato più facile ammettere la sconfitta e seguire l'esempio di Aa Noeng. Guardando le travi del soffitto, immaginai di formare un cappio con una corda e di mettermelo al collo. In pochi istanti la mia angoscia si sarebbe dissolta nell'oblio. Avrei potuto raggiungere mia madre e lei si sarebbe presa cura di me.

No!

Aa Noeng si era tolta la vita per la vergogna e il senso di colpa, e per salvarmi dall'esilio in un monastero. Io non mi trovavo nella stessa situazione. Inoltre, se fossi morta, le cose per Piccolo Fiore sarebbero diventate addirittura più semplici. Era lei a doversi vergognare, non io. Si era spinta ben oltre la sua posizione a mie spese. Sebbene le mie ricerche non avessero rivelato alcuna prova del suo ricorso alla magia, ero ancora convinta che avesse scambiato con qualche trucco il suo destino con il mio. E se avesse sempre fatto finta di essermi amica e di avermi perdonata? Oh, che sciocca ero stata! Certo che voleva vendicarsi: le avevo rubato i loti d'oro, un crimine imperdonabile, malgrado avessi agito nel pieno rispetto dei miei diritti di padrona. Mi rifiutavo di lasciarla vincere! Se io non potevo diventare la moglie di Nobile, certo non lo sarebbe diventata lei!

41

Piccolo Fiore

«Seguimi, Piccolo Fiore» disse Prudenza. «Abbiamo molte cose di cui discutere.»

Mi passò accanto ondeggiando sui minuscoli loti d'oro. Un pesce rosso tra i fiori di loto adornava le tomaie di seta delle sue scarpette e sulle punte ricurve c'era una piccola nappa con un campanellino che tintinnava a ogni passo, un incantesimo che metteva in risalto i suoi piedi perfetti. In confronto, le mie scarpe indaco, enormi e prive di ricami, erano un pugno nell'occhio. Nobile *siu je* poteva anche pensare di amarmi, ma forse uno sguardo ai miei piedi nudi lo avrebbe fatto ritrarre inorridito, soprattutto perché la sua promessa sposa aveva degli splendidi loti d'oro. Se avessi accettato la sua proposta, sarei stata bandita dalla Confraternita. Dove sarei andata, se lui avesse cambiato idea?

Nella camera da letto della signorina Prudenza c'era un forte odore di medicine. L'intruglio di erbe mescolate all'asprezza della canfora e del mentolo era soffocante. Pensavo che la signorina mi avrebbe condotto al telaio da ricamo vicino alla finestra aperta, dove il pulviscolo turbinava in un cono di luce. Invece superò la tenda di perline dell'alcova e andò a sedersi su un divano-letto, con l'avambraccio appoggiato su un cuscino a rullo e i loti d'oro adagiati su uno sgabello.

«Siediti.» Indicò il posto accanto a sé.

«Perdonatemi, signorina Prudenza, ma pensavo che mi aveste invitato qui per una lezione di ricamo.»

«Oh, sì. Ho dovuto usare un pretesto, perché altrimenti come avrei potuto convincerti a venire senza destare sospetti?» Indicò di nuovo il sedile del divano. «Siediti.»

Avvertii una stretta allo stomaco. Lei prese un respiro profondo come se si preparasse a un lungo discorso, ma un attacco di tosse soffocò le sue parole. Si strinse il petto, stropicciando la casacca mentre ansimava in cerca d'aria.

«Cosa posso fare per aiutarvi?»

Indicò una fiala di vetro marrone sullo scrittoio. Mi precipitai a prenderla e la stappai. Con le mani tremanti lei la portò alle labbra. Dopo il primo sorso, uno spruzzo del liquido marrone macchiò il suo fazzoletto e il mio *ou*. La tosse si attenuò solo dopo tre sorsi e lo sforzo le lasciò una patina di sudore sulla fronte, sul naso e sul labbro superiore.

«Ho i polmoni deboli» spiegò, ancora senza fiato. «Probabilmente sarei già morta, se non fosse per questo intruglio di *ling zi* e liquirizia.»

«Mi dispiace per la vostra salute.»

«Sei abbastanza dispiaciuta da restituirmi il cuore di Nobile *go go*, il mio fidanzato?» Mi prese la mano nella sua, fredda e umida, trascinandomi di nuovo sul divano. Cercai di allontanarmi, scioccata, ma lei mi afferrò l'altra mano, trattenendomi con una forza sorprendente.

Non potendo incontrare i suoi occhi, fissai lo sguardo sulla punta del suo orecchio mentre mentivo. «Signorina Prudenza, non so di che cosa state parlando.»

«Piccolo Fiore, ti prego di liberarlo dal tuo incantesimo.» Mi attirò a sé finché i nostri visi non furono a pochi centimetri e potei sentire il suo alito terroso, come di fango bagnato. «La signora Chan dice che sei una *wu lei zing*. Anche la mia saggia madre comincia a pensarla come lei.» Mi scrutò. «Lo sei?»

Mi sfuggì una risata incredula.

«Lo sei?» chiese, stringendomi le mani.

«Uno spirito volpe si lascerebbe vendere in schiavitù?» ribattei io. «Se sapessi usare la magia, lavorerei in una filanda puzzolente?»

Il dubbio le fece allentare la presa. Mi allontanai da lei e poi mi alzai in piedi.

«Nonostante tutto, però, hai catturato il cuore di Nobile *go go*. Ho visto come ti guardava durante la festa. Era così incantato che è persino arrivato a sfidare sua madre, in pubblico, per di più. E non riesce a smettere di lodare i tuoi disegni! Prima del tuo arrivo, mi trattava come un tesoro, scherzava e parlava con me. Ora viene a trovarmi solo di rado, e quando è qui è come un guscio vuoto. Nobile *go go* non potrà mai sposare una ragazza dai piedi grandi, eppure dalla festa delle Sette Sorelle si è innamorato di te.» Si alzò in piedi e si protese in avanti, con le mani giunte in un gesto di supplica. «Ti prego, Piccolo Fiore. Restituiscimi il suo cuore.» Cercò le mie mani, ma io le nascosi nelle tasche e feci un passo indietro scuotendo la testa.

«Io lo amo» continuò lei in tono implorante, e vulnerabile come una ferita aperta. «Ti supplico, liberalo, e ti sarò debitrice per sempre.» Si sfilò dalle dita due anelli d'oro, uno con un rubino e l'altro con una tormalina, e me li lanciò. «Se non è abbastanza, posso darti di più.» La pelle sotto il braccialetto di giada si scurì mentre cercava di sfilarlo dal polso.

«Signorina Prudenza, vi prego di fermarvi, prima che vi facciate del male.»

«Amo Nobile più della mia vita.» Cominciò a piangere, e le tremavano le labbra. «Ma non sono all'altezza della tua astuzia. Ti prego, ti prego, ti prego, restituiscimi il suo cuore!»

Non potendo sopportare la sua angoscia, corsi fuori dalla stanza. Mentre tornavo al santuario mi girava la testa. Se il temperamento della signorina Prudenza fosse stato come quello di Linjing, avrei potuto ignorare le sue suppliche senza pensarci. Invece lei mi commuoveva. A parte l'accusa di essere una *wu lei zing*, aveva ragione a rimproverarmi, anche se ignorava la verità. Accettando la proposta di Nobile *siu je* l'avrei ferita. Le sue implorazioni mi riecheggiavano nelle orecchie, aumentando i miei sensi di colpa. Sebbene fossi cresciuta sapendo che la maggior parte di noi avrebbe condiviso il marito con le sorelle-mogli, adesso quella pratica mi sembrava un furto. Tutte desideravano la posizione di prima moglie, ma nemmeno quel titolo poteva risparmiare le sofferenze a una donna costretta a vedere il marito trascurarla per una rivale più giovane. Nel matrimonio erano vittoriosi soltanto gli uomini.

Lo sguardo di fuoco dell'uomo passò sul mio viso, sul mio corpo e sui miei piedi mentre si rivolgeva a Nobile *siu je*. Mi allontanai dalla scrivania dove stavo esaminando insieme a lui alcuni nuovi progetti prima che lo sconosciuto irrompesse, e andai ad aspettare dietro un paravento. Li osservai dagli interstizi tra i pannelli.

«Di che cosa hai bisogno, Yip?» chiese Nobile *siu je*, accigliato.

«Non è questo il modo di salutare un membro della nostra gilda, Chan.» L'altro allungò una mano verso il piatto di litchi al centro della scrivania, ma Nobile *siu je* gliela allontanò con uno schiaffetto. Yip sedette sulla sedia di fronte a lui e fece un cenno con la testa nella mia direzione. «Si sentono raccontare molte storie sulla tua stilista dai piedoni. Adesso capisco perché tutto questo clamore: è davvero una tentatrice. Quelle...» Non riuscii a vedere l'espressione di Yip o cosa indicasse con le mani, ma dal fremito nella guancia sinistra di Nobile *siu je* capii che doveva essere offensivo.

«Suppongo che con 'storie' intendi le falsità che tu stesso hai diffuso per farmi dispetto, perché sono riuscito ad aggiudicarmi il contratto con l'americano.» Nobile *siu je* si alzò e indicò la porta. «Non ho tempo da perdere. E a meno che tu non abbia questioni ufficiali da discutere, ti devo accompagnare fuori.»

Yip si alzò e affrontò Nobile *siu je* con un sorriso untuoso. «Vedo che stai cercando di tenere per te quella sgualdrina.» Si coprì la bocca con la mano, come se stesse per confidare un segreto. «Be', fammi sapere quando ne hai abbastanza: siamo così abituati alle prelibatezze che non possiamo fare a meno di essere curiosi di provare un piatto da poveri, soprattutto se un altro gentiluomo sembra andarci matto.»

«Tieni per te le tue volgarità.» Nobile *siu je* afferrò la veste di Yip, stringendo le chiusure nel pugno. L'altro sbarrò gli occhi spaventato e cercò di liberarsi. «Piccolo Fiore è un'artista di grande talento e una ragazza virtuosa. Non tollererò insulti né da te, né da nessuno.» Il mio cuore ebbe un moto di gratitudine e arrossii, provando una nuova sensazione, quasi un risveglio.

Quando Nobile *siu je* lo lasciò andare, Yip barcollò all'indietro e agitando scompostamente un braccio fece cadere il lungo porta-pennelli sulla scrivania.

«Idiota» borbottò, ma non appena ritrovò l'equilibrio si precipitò verso la porta. Sulla soglia si fermò, e sogghignando disse:

«Sta' attento, o farai la fine di Lee. Anzi, peggio: almeno quello scemo si era preso una *cip si* che aveva solo i piedoni, non era pure una *muizai*. Di te si riderà addirittura di più».

Furioso, Nobile *siu je* si lanciò verso di lui, ma il codardo scappò e lui non poté far altro che chiudere la porta con violenza e appoggiarvi contro la testa. Le sue spalle sussultavano e sembrava ansimare. Uscii da dietro il paravento e mi avvicinai. Gli toccai la manica e presi un respiro profondo, pronta a ringraziarlo per avermi difeso. Quando si voltò verso di me non aveva l'espressione affettuosa a cui ormai mi ero abituata dal giorno in cui si era dichiarato, ma dura, e carica di rimprovero.

«Piccolo Fiore, non dovresti essere tu a supervisionare le ricamatrici?» chiese in tono di biasimo. Non gli ricordai che era stato lui a convocarmi nel suo ufficio.

«Vado subito, signore.» Le parole faticarono a superare il groppo in gola e mi uscirono stentate, quasi un balbettio. Bastava un'insinuazione, un commento sprezzante, per far vacillare il suo affetto per me?

Feci per aprire la porta ma lui me lo impedì. «Aspetta, ti chiedo scusa.»

Io continuavo a fissare la porta. Mi girò delicatamente il viso affinché lo guardassi. Mi liberai della sua mano.

«Ti prego di perdonarmi, Piccolo Fiore. Non avrei dovuto sfogare la mia rabbia su di te.»

«Ci saranno altri come Yip. Mi tratterai male ogni volta che qualcuno ti insulterà?»

«No, non succederà.» Rise, un po' a disagio, e si strofinò il lobo dell'orecchio. «Una volta che ti sarai stabilita a Canton, nessuno saprà più niente di te. La nostra casa sarà un santuario, al riparo da ogni volgarità. Non permetterò che nemmeno un sussurro offensivo varchi quei cancelli. Lì dentro, sarai trattata con tutto il rispetto dovuto a una moglie.»

«Supponiamo di incontrare Yip o un altro membro della gilda per le strade di Canton. Cosa farai allora?»

«La nostra dimora avrà tutto ciò di cui puoi avere bisogno, e ci saranno servitori per esaudire i tuoi desideri. Tu non avrai alcun bisogno di uscire.» Le sue dita seguirono dolcemente la curva del mio collo. Non osavo respirare. «Ma ti prego di accettare presto la mia proposta, perché come hai sentito si parla già di noi. Da anni Yip è una spina nel fianco, e ora che ha perso l'asta contro di me sospetto che cercherà un modo per ferirmi e diffondere voci ancora peggiori. Voglio che tu te ne vada da qui prima che i pettegolezzi minaccino la tua reputazione e la tua sicurezza.»

Aveva buone intenzioni e si era scusato, il che mi sarebbe dovuto bastare. Eppure avevo provato una stretta al cuore. Sotto la parvenza della libertà, il paradiso che mi aveva descritto nascondeva un altro tipo di prigione. Solo se non avessi mai grattato sotto la superficie avrei potuto essere contenta, e forse nemmeno in quel caso. Ma aveva ragione lui: già circolavano pettegolezzi sul nostro conto, e c'era il rischio che presto non venissero soltanto da Prudenza e dalla corporazione dei sericoltori. Se Madam Zaffiro si fosse messa contro di me, sarei stata condannata a lavorare in filanda, alla trattura o peggio, sorvegliata a vista. Dovevo accettare la sua proposta. Dovevo. Però non aveva ancora visto i miei piedi!

42

Linjing

Un latrato basso e feroce segnalò l'arrivo del *dou si*. Zia Zaffiro, Piccolo Fiore e io ci voltammo verso il cortile. Lo sciamano, un uomo magro con i baffi sottili e lunghi fin sotto il mento, lottava per trattenere il cane al guinzaglio. Dietro di loro, la signora Chan e le figlie, con le labbra strette per lo spavento, oscillavano sui loro loti d'oro cercando di tenersi alla larga dall'animale, una belva minacciosa con i muscoli che guizzavano sotto la corta pelliccia nera. Mi sforzai di rimanere impassibile quando entrarono nel nostro refettorio, perché non dovevo permettere a mia zia di pensare che ero stata io a istigare quel processo. Anche se, a dire il vero, era bastato metterle la pulce nell'orecchio perché la signora Chan decidesse subito di mandare a chiamare un *dou si*: avevo solo accelerato l'inevitabile. Nelle ultime settimane, le donne Chan, e talvolta anche la signorina Prudenza, mi avevano interrogato su Nobile e Piccolo Fiore. Io avevo fatto del mio meglio per alimentare i loro sospetti, allo stesso tempo fingendo di essere preoccupata per la reputazione di Piccolo Fiore.

«Zaffiro» disse la signora Chan, «sono molto contenta che tu abbia accettato questo processo. Ti assicuro che non riterrò la Confraternita responsabile, perché sono certa che anche tu sia stata ingannata da questa *wu lei zing*.»

«Ho assoluta fiducia nell'innocenza di Piccolo Fiore.»

«Giudicherà il *dou si*.» La signora Chan lanciò un'occhiata allo sciamano. «Forza, cominciamo.»

Mia zia posò una mano sulla spalla di Piccolo Fiore. «Accetta questa prova con coraggio. Il cielo proteggerà le donne pure e caste.»

Con un sorrisetto nervoso Piccolo Fiore annuì, ma vidi i suoi occhi balenare di paura mentre camminava verso il centro della stanza. Ci scambiammo qualche parola: mi considerava ancora un'alleata. Mi sentii assalire dal senso di colpa, ma lo respinsi. Tutte noi ci ritirammo dietro la sicurezza di un tavolo, mentre lo sciamano liberava il mastino che ringhiò e latrò, digrignando zanne affilate quanto pugnali. Piccolo Fiore, pallida come un cencio, lottava per rimanere immobile. Al segnale del *dou si* il cane scattò; puntò le zampe anteriori contro le spalle di Piccolo Fiore e le premette il muso sul mento. Lei tremava, respirando a fatica, ma non gridò.

«Volpe?» chiese il *dou si*. «Attacca la volpe!» Al suono della voce del suo padrone, la belva girò la testa. Lo sciamano sganciò una coda di volpe dalla cintura e la tenne sospesa davanti al cane, che l'annusò più volte e ringhiò, ma non accennò a mordere Piccolo Fiore. Anzi, le tolse le zampe dalle spalle e si allontanò trotterellando verso il cortile, dove si accucciò sotto l'albero di pomelo. Le spalle di Piccolo Fiore si rilassarono e il suo respiro si calmò.

«È umana?» chiese la signorina Yi Yi, con la voce che grondava delusione.

«C'è ancora la possibilità che la ragazza sia una *wu lei zing*, ma in questo caso sarebbe molto antica. Quelle più giovani puzzano di paura e urlano non appena il mio cane le annusa. Comunque non abbiamo ancora finito.» Dalla sua bisaccia tirò fuori una lunga carta gialla per gli incantesimi. «Se non è umana suderà e forse avrà le convulsioni.» Incollò la carta sulla fronte di Piccolo Fiore e iniziò a cantare in una lingua incomprensibile, mentre le girava intorno e scuoteva una campana.

Piccolo Fiore rimase impassibile.

Mia zia sbadigliò e la delusione spense la luce negli occhi della signora Chan e delle figlie. Sebbene sospettassi che la mia ex *muizai* si dilettasse di magia nera, non credevo che fosse davvero uno spirito volpe. Tuttavia mi ero augurata che il *dou si* seminasse abbastanza dubbi in quella testarda di mia zia da farle cambiare opinione nei confronti di Piccolo Fiore. Invece si stava dimostrando soltanto un ciarlatano.

«È chiaro che non c'è niente di malvagio nella ragazza.» Le parole di mia zia rimbombarono nella sala, mettendo a tacere lo sciamano.

« Non così in fretta, signora. » L'uomo alzò una mano. « Non abbiamo ancora fatto la prova Ta Chi. »

Esistono molte storie sulle origini della fasciatura dei piedi, ma probabilmente il *dou si* aveva scelto quella per rafforzare il suo caso contro Piccolo Fiore. Forse non era inutile, dopo tutto.

« Che cos'è? » chiese con impazienza la signorina Pui Pui.

« Molto tempo fa » spiegò lui, « l'ultimo imperatore della dinastia Shang si invaghì della consorte Ta Chi, una perfida tentatrice che aveva sedotto l'imperatore con i suoi loti d'oro, che all'epoca non possedeva nessun'altra dama. Consumato dai vizi, lui trascurò i suoi doveri e alla fine perse il regno a causa di banditi e ribelli. Molti storici concordano sul fatto che Ta Chi fosse una *wu lei zing* che inventò la fasciatura dei piedi per nascondere le sue zampe di volpe, alle quali solo lo spirito volpe più antico e potente poteva dare una forma umana convincente. »

La signora Chan indicò i piedi di Piccolo Fiore. « Togliti le scarpe e i calzini. »

Lei raddrizzò la schiena e chinò il mento. « Non davanti a un uomo. »

« Sciocchezze. Un *dou si* è come un monaco. » La signora Chan si rivolse a mia zia. « Se vuoi convincermi, ordinale di obbedire. »

Piccolo Fiore si inchinò a mia zia. « Vi prego, signora, non chiedetemi di rinunciare alla mia dignità. »

« È spaventata » disse la signorina Yi Yi.

« È colpevole » replicò la sorella.

Mia zia chiuse gli occhi per un momento. Quando li riaprì disse: « Mi dispiace, Piccolo Fiore, per salvaguardare la tua reputazione devi sopportare questa mortificazione ».

Lei prese un lungo respiro tremulo. Con aria mesta si lasciò cadere su uno sgabello e si tolse le scarpe e le calze. Alla vista dei suoi piedi deformi tutte sussultammo. Il dubbio e la confusione spinsero la zia a socchiudere gli occhi e guardare Piccolo Fiore come se fosse un'altra persona. Io avevo intravisto le sue dita deformi solo una volta, quando le aveva esaminate la sensale. Al tempo avevo distolto rapidamente lo sguardo, mentre in quel momento non riuscivo a smettere di fissarle, tormentata dall'indecisione. Sapevo che cosa mi avrebbe chiesto lei. Una vocina mi esortava a essere sincera, ma io desideravo soltanto farle ancora più male.

« *Zung ziu!* » Il *dou si* sorrise e batté le mani. « Non c'è dubbio che ci troviamo davanti a una *wu lei zing* abbastanza potente da superare le prime due prove, ma non abbastanza forte da completare la metamorfosi dei piedi. »

« Linjing. » Piccolo Fiore mi guardò. « Racconta la verità. »

« Non so a cosa ti riferisci. »

Lei si alzò e mi si avvicinò. « Di' loro che a sei anni ho dovuto slegare i miei loti d'oro perché me lo hai imposto tu. » Girai la testa e guardai altrove. Lei mi si parò davanti e mi affrontò. « Linjing, mi devi la verità! » Il dolore e la confusione le increspano la fronte, mentre mi scrutava cercando di capire il motivo del mio silenzio. Io sostenni il suo sguardo, mantenendomi impassibile. Di nuovo la mia coscienza mi sussurrò di parlare, ma una voce più forte la soffocò: *Ti ha rubato Nobile, fagliela pagare!* Mi raddrizzai in tutta la mia altezza e la guardai dall'alto in basso. « Non ricordo proprio niente del genere. » Con la coda dell'occhio vidi mia zia scuotere la testa. Mi credeva, o si fidava ancora della sua protetta?

« Cosa dobbiamo fare con questa *wu lei zing*? » chiese la signora Chan allo sciamano. « Dobbiamo sbarazzarci di lei, prima che prenda il pieno controllo del cuore di mio figlio. »

« Bruciatela: il fuoco è l'unico modo per distruggere questi demoni. »

« È una barbarie! » obiettai. « Non potete farlo. » Volevo che condannassero Piccolo Fiore come tentatrice, non che la uccidessero.

« Basta con queste accuse infondate! » Mia zia batté un colpo sul tavolo. « Mi fido di Piccolo Fiore, e a meno che non si trasformi in una volpe sotto i miei occhi, non permetterò a nessuno... » Si girò a guardare la signora Chan con occhi che erano due sfere di selce, e con voce solida come la roccia continuò: « Con tutto il rispetto, non permetterò a nessuno, nemmeno a te, di fare del male a una ragazza del mio gregge. La Confraternita è al mio fianco e, se ci sarà bisogno, agiremo ».

La signora Chan gonfiò il petto. Senza degnarci di un'altra

parola, chiamò le figlie e se ne andarono tutte insieme. Lo sciamano e il suo cane le seguirono. Prima di uscire dalla sala, mia zia mi guardò con lo stesso disgusto che mi riservava Maa Maa, come se fossi sterco di vacca. Sul volto di Piccolo Fiore vidi la disillusione per il mio tradimento. Non si sarebbe mai più fidata di me, ma non me ne importava niente. Mi morsi l'interno della guancia fino a sentire il sapore del sangue.

43

Piccolo Fiore

« Ho saputo del *dou si* » disse Nobile *siu je*, guardandomi le scarpe.

Mossi i piedi, desiderando di poterli nascondere.

Dopo la visita di Yip non eravamo più rimasti soli. Ero andata nel suo ufficio con il pretesto di discutere di nuovi progetti. Quel giorno avrei preso una decisione riguardo alla sua proposta: la prova della *wu lei zing* era stata un terribile avvertimento e dovevo agire al più presto per salvaguardarmi. Se l'avessi rifiutata, avrei chiesto subito a Madam Zaffiro il permesso di prendere i voti nel primo giorno propizio. Era l'unico modo per spegnere la brace del pettegolezzo e ripagare la sua incrollabile fiducia in me. La sua voce che si era alzata in mia difesa contro la condanna dello sciamano era un faro che illuminava la mia nebbia di indecisione. Dovevo scegliere un percorso di luce e sorellanza, non un'esistenza nell'ombra: ne ero quasi certa.

Sotto la tunica il nodo d'amore pesava come un macigno. Restituirlo a Nobile *siu je* sarebbe stato come chiudere la porta a una vita di agio e amore, e gettare la chiave in un abisso. Il dovere mi spingeva ad agire, ma davanti a lui la mia sicurezza vacillava. Avrei voluto tornare al dormitorio, riporre la giada sotto il cuscino e guadagnare altro tempo.

« Mia madre è stata crudele e ingiusta » disse lui. « Non succederà più, me ne sono assicurato. » Mi prese la mano, la sua stretta era calda e sicura. Avrei dovuto allontanarmi, ma non ci riuscii. Adesso che ero sul punto di rifiutarlo sembravo incapace di resistere al suo tocco. Lo seguii fino al divano e non mi opposi quando lui, stringendomi ancora la mano, mi invitò a sedermi. « Mia madre mi ha detto che hai raccontato di aver avuto i loti d'oro. Che cosa è successo? »

Nel suo sguardo vidi preoccupazione e dolcezza, non lo scetticismo che mi aspettavo. Subito i miei occhi si riempirono di lacrime. Fino ad allora non mi ero resa conto di quanto avessi bisogno che mi credesse, che sapesse che la mia Aa Noeng mi aveva amata tanto da sognare per me una vita migliore. Nella filanda sotto di noi suonò la sirena della pausa mattutina, e quando le operaie si diressero verso il cortile centrale seguì uno sferragliare di zoccoli sul pavimento bagnato, poi i rumori svanirono. Con i motori a vapore spenti, il silenzio scese nella stanza, teso come la pelle di un tamburo.

Lui mi accarezzò il viso e mi asciugò le guance bagnate dal pianto. «Cosa ti è successo, Piccolo Fiore?»

«Mia madre aveva cominciato a fasciarmi i piedi quando avevo quattro anni, come una signora» cominciai. Gli raccontai le sue ultime raccomandazioni, le sue speranze per me, infrante dall'egoismo di Linjing. Le parole ruppero gli argini come un fiume in piena. Gli parlai della bontà della signora Fong, dell'offerta di matrimonio che Linjing aveva fatto respingere e gli parlai anche di Pioggia di Primavera. Ma non gli rivelai le ragioni della caduta in disgrazia della signora Fong: non spettava a me condividere quel segreto. Per tutto il tempo lui mi strinse la mano, tenendo le dita intrecciate alle mie. I suoi occhi erano due bussole rassicuranti, e mi pareva che avrebbero potuto guidarmi verso la salvezza, verso un luogo che avrei potuto finalmente chiamare casa. Però non aveva ancora visto i miei piedi, e quando l'avesse fatto... «Adesso sai tutto» conclusi rapidamente. «I miei piedi non sono solo grandi, ma anche deformi, quindi puoi ritirare la tua proposta. Non ti biasimerò.»

Pensavo che mi avrebbe detto di essere stato avventato, che mi ringraziasse perché lo sollevavo dal suo impegno. Invece si inginocchiò e mi prese un piede tra le mani. Io trasalii e mi sfuggì una protesta.

«Fidati di me» disse, mentre stringeva anche la mia mano storpia.

Mi irrigidii, ma non cercai di sottrarmi mentre lui sfilava prima una scarpa, poi l'altra. Dentro le calze, le dita erano rannicchiate come un branco di pecore spaventate. Chiusi gli occhi e mi coprii il viso mentre lui le denudava. L'angoscia mi opprimeva il petto: da un momento all'altro si sarebbe tirato indietro per il disgusto e mi avrebbe maledetto e ordinato di andarmene. Invece tornò a sedersi accanto a me e mi abbassò delicatamente le braccia. «Mi dispiace averti angosciato. Ma non mi avresti creduto, se ti avessi semplicemente detto che i tuoi piedi non cambiavano i miei sentimenti per te.» Mi tremava la mascella e lui mi prese il viso tra le mani. «Piccolo Fiore, ho visto i tuoi piedi. Ti ammiro per quello che hai dovuto sopportare e ti amo ancora di più per questo.» Si chinò, appoggiando la fronte contro la mia, e il suo respiro, dolce e con una nota di chiodi di garofano, mi accarezzò la guancia come una brezza autunnale.

«Anch'io ti amo.» La mia voce era un vetro fragile, pronto ad andare in frantumi. Lui mi baciò. All'inizio rimasi di pietra. Ma quando l'esitazione si sciolse, la mia bocca premette contro la sua, calda e urgente, cercandolo come se il mio desiderio fosse rimasto intrappolato sotto il ghiaccio, in attesa del disgelo, e lui fosse il sole di cui avevo bisogno, anche se mi ero abituata a cieli grigi, anche se mi ero costretta a sopportare un inverno perenne. Come avevo potuto pensare che una vita di castità potesse appagarmi? Quando finalmente mi staccai da lui, i suoi occhi lampeggiavano di piacere e vitalità, rispecchiando l'eccitazione che scorreva nelle mie vene.

«Vuoi venire via con me?» chiese.

«Metto la mia vita nelle tue mani. Ma a tre condizioni.»

«Dimmi tutto e sarà fatto» rispose, mentre mi ravviava una ciocca di capelli.

«Una volta che mi sarò sistemata, dobbiamo aiutare Gioia a fuggire. La voglio come compagna. Vorrei anche cercare Pioggia di Primavera e salvarla, se possibile.»

«D'accordo. E l'altra condizione?»

«Non dobbiamo avere schiavi. Niente *muizai*. Niente servitù debitoria. Voglio assumere personale che possa decidere liberamente se restare o andare via.»

«Come preferisci» disse lui, con una risata ironica. «Qualsiasi altra donna avrebbe colto l'occasione per chiedere dei gioielli, ma tu no.»

«La schiavitù è una crudeltà che non augurerei nemmeno al mio peggior nemico.»

Lui spalancò gli occhi. Ero sbalordita anch'io dalla mia perentorietà.

« Hai ragione » disse lui, pentito di aver riso. « Non bisognerebbe scherzare sulla schiavitù. »

Mi attirò a sé, facendomi girare di schiena in modo da farmi poggiare al suo petto. Tenne il mento sulla mia testa e mi abbracciò. In quel momento ero al sicuro, protetta, sensazioni che non provavo da quando avevo detto addio a mia madre. Se solo non ci fosse stata la parola « amante » annidata nei recessi della mia mente, sarei stata più felice di quanto potessi descrivere.

44

Piccolo Fiore

Non dubitavo più della sincerità di Nobile *siu je*. Né potevo negare i miei sentimenti.

Tuttavia, mentre aspettavo che lui ultimasse i preparativi necessari per portarmi via, un dolore sordo mi riecheggiava ancora dentro. Speravo che lo spettacolo di quella sera avrebbe colmato il vuoto, almeno per un po'. Nobile *siu je* aveva organizzato una rappresentazione in un teatro all'aperto come ringraziamento alle nostre amah del cucito per aver completato i primi cento scialli prima del previsto. Alla velocità con cui lavoravano avrebbero portato a termine il progetto con settimane di anticipo, anche senza la mia guida.

Alla mia destra c'era Gioia, china in avanti, che si infilava in bocca una manciata di noccioline bollite ancor prima di aver finito di masticare le precedenti. Accanto a lei, Linjing teneva lo sguardo assorto dritto davanti a sé, nella posa della spettatrice incantata. Nelle ultime settimane era dimagrita, tanto che gli zigomi sembravano sul punto di bucarle la pelle pallida. Andava a letto prima di me, ma sotto gli occhi aveva due cerchi scuri. Aveva smesso di parlare di Nobile *siu je* già prima del processo del *dou si* e, sebbene questo fosse un immenso sollievo per me, mi faceva venire anche qualche dubbio. Era possibile che si fosse dichiarata e che lui l'avesse respinta? Sembrava talmente infatuata e convinta del suo interesse per lei che avrebbe persino potuto osare. Forse conosceva la verità su di noi? Se non lo aveva fatto per gelosia, quale altro motivo poteva averla spinta a mentire davanti a tutti, mettendomi in pericolo? Però, se sapeva della nostra relazione, perché non mi aveva denunciato alla zia, o per lo meno non mi aveva affrontato? La padrona impulsiva che conoscevo non avrebbe esitato a denunciarmi, a punirmi. Quelle domande mi turbavano, ma ovviamente non potevo fargliele, e del resto non mi sarei fidata nemmeno se me ne avesse parlato di sua iniziativa. Mi dispiaceva lasciare Madam Zaffiro, ma non vedevo l'ora di liberarmi di Linjing.

Mentre cercavo di scacciare quei pensieri, Nobile *siu je* si alzò dalla prima fila, dove sedeva con la famiglia, e si diresse verso di me lungo la stretta navata. Quando i nostri sguardi si incontrarono, sentii le farfalle nello stomaco e il cuore battere all'impazzata. La sua mano mi sfiorò la spalla mentre passava e la mia pelle fremette. Cercai di tenere a bada il desiderio, ma il mio corpo non voleva saperne. Se avessi portato i pensieri scritti sulla pelle, a quell'ora sarei stata giustiziata.

Distratta, avevo prestato poca attenzione allo spettacolo, ma conoscevo bene la storia degli *Amanti farfalla*, quindi, quando tornai a concentrarmi sull'opera, capii subito a che punto della trama eravamo arrivati. Gli attori stavano mettendo in scena il momento in cui i giovani innamorati viaggiano dall'accademia dove studiano verso le città d'origine. Jingtoi faceva a Saanbaak ripetuti accenni sul suo vero sesso, dicendo cose come: « Saanbaak, noi siamo come anatre mandarine » e « La tua è una vera anima *yang*, la mia è sfumata di *ying qi* ». Ma il senso dei suoi accenni sfuggiva a Saanbaak, che non riusciva a vedere oltre il travestimento maschile. La situazione sarebbe presto sfociata in tragedia, con Saanbaak morto prematuramente e Jingtoi che si suicida, gettandosi nella sua tomba aperta. Non potendo coronare il loro amore come mortali, sarebbero rinati come una coppia di farfalle, per non separarsi mai più.

L'opera era una delle preferite della vedova Fong, che nel corso degli anni aveva ingaggiato diverse compagnie itineranti per rappresentarla. All'epoca, insieme alle signore Fong e alle mie compagne *muizai*, avevo riso di quel tontolone di Saanbaak e criticato l'eccessiva prudenza di Jingtoi.

Quel giorno, invece, vedevo tutto sotto un'altra luce.

Rimasi immobile, mentre la folla intorno a me si divertiva a deridere Saanbaak, lanciando manciate di semi di anguria e gusci di arachidi sul palco, prendendo in giro la sua ottusità. Alcune sorelle gridavano a Jingtoi di parlare chiaro; altre la esortavano a lasciar perdere. Io non condividevo nessuno dei loro sentimenti. La musica comica che accompagnava quella scena non era cambiata e nemmeno le battute degli attori, ma la mia reazione sì.

Gioia si voltò e mormorò: «Quello stupido non la merita!» Senza aspettare la mia risposta, tornò a seguire l'opera. Le sue parole mi punsero sul vivo, anche se non riuscivo a capire quale fosse la fonte della mia irritazione.

Quando finalmente Nobile *siu je* annunciò che l'indomani saremmo partiti per mare, gli chiesi di organizzare una sorta di rito nuziale prima di salpare, all'alba, per Canton. Avevo bisogno che la nostra unione avesse un briciolo di legittimità, anche se solo nella mia mente.

Alle nove di sera, esauste per le lunghe ore alla filatura della seta, le sorelle dormivano come sassi; anche quelle che lavoravano al progetto degli scialli russavano. Nella branda accanto alla mia, i respiri lenti e regolari di Linjing mi assicuravano il suo sonno profondo. Pian piano, senza fare rumore, scivolai fuori dal letto e mi fermai a osservare il suo volto smunto. Benché non potessi perdonarla, per un attimo sentii il mio cuore riempirsi di compassione. Non potevo immaginare come ci si dovesse sentire ad aver avuto tutto fin dalla nascita, e poi ritrovarsi senza niente. La salutai in silenzio prima di avviarmi con passo felpato sul pavimento di piastrelle del dormitorio e imboccare le scale. Al piano di sotto tutto taceva. Mi affrettai a raggiungere il cortile sul retro, feci scorrere il chiavistello di legno per aprire il cancello e uscii su uno stretto sentiero che costeggiava il corso d'acqua che mi avrebbe condotto al molo. L'erba alta lo bordava su entrambi i lati; i fili verdi ondeggiavano come mani che mi volevano afferrare le ginocchia, e più volte trasalii. La luna piena autunnale splendeva nel cielo sereno, rischiarando il mio cammino. Scosse dolcemente dalla brezza, le foglie sembravano sussurrare. In qualsiasi altra notte, quei lievi fruscii sarebbero risultati tranquillizzanti, mentre adesso mi facevano immaginare nemici accovacciati nelle tenebre. Al rumore di un ramoscello che si spezzava, mi voltai e chiesi: «Chi c'è?»

Nessuna risposta.

Tornai indietro di pochi metri, scrutando la riva del fiume alla mia destra e una fila di alberi sulla sinistra. Mi accompagnavano i ricordi della mia sfortunata fuga dalla residenza dei Fong, smorzando la mia convinzione e irrigidendomi i muscoli. Ma quella volta sarebbe filato tutto liscio perché c'era Nobile *siu je* con me. Non avevamo trascurato alcun dettaglio. Ripresi a respirare con più calma e continuai a camminare finché non scorsi la sua sagoma in piedi sul molo con una lanterna rossa in mano. Mi bastò vederlo perché la tensione nelle spalle e nella schiena si allentasse. Dietro di lui si stagliava il profilo di una casa galleggiante, le cui tende di garza arrotolate lasciavano intravedere un debole bagliore di candele all'interno. Mi affrettai a raggiungerlo.

«Qualcuno ti ha vista uscire dal santuario?» mi chiese subito.

La preoccupazione nella sua voce mi commosse. «Dormono tutte» risposi, prendendogli la mano e precedendolo. Mi diede un bacio sulla fronte mentre camminavamo insieme lungo il molo e salivamo sulla barca.

La cabina era stata allestita come una camera nuziale. Una ghirlanda di fiocchi rossi pendeva dalle travi, anatre mandarine di carta adornavano i pilastri del letto a baldacchino, una stoffa con il ricamo di un drago e una fenice intrecciati copriva il tavolo del rinfresco. Due candele scarlatte facevano da centrotavola e le loro fiamme danzavano alla brezza che entrava da una finestra vicina. Una bottiglia di porcellana con il vino si trovava accanto alle candele, affiancata da due minuscoli bicchieri. L'eleganza dei dettagli era la prova del suo amore per me, ma la tristezza che avevo lottato per tenere a bada restava in agguato ai margini della mia felicità, ricordandomi che quella scena era falsa come la scenografia di un'opera.

Per scacciare quei pensieri fastidiosi, dissi: «Sarò la tua sposa, anche se solo per una notte».

Lui mi prese una mano e se la premette sul cuore. «Piccolo Fiore, qui dentro sarai sempre la mia vera moglie.»

Sicura di scoppiare a piangere se avessi parlato, mi voltai verso il tavolo e gli feci cenno di versare il vino.

«Con questo brindisi» disse, porgendomi la piccola coppa,

«ti prometto la mia devozione e il mio rispetto. Ti prometto che condividerò le tue gioie e consolerò le tue pene. Che ti amerò e ti proteggerò.»

«Con questo brindisi» risposi io, «mi impegno a donare il mio cuore a te, a te soltanto.»

Le nostre braccia si intrecciarono, lui bevve dalla mia coppa e io dalla sua. Il vino mi scivolò in gola, riempiendomi di calore e di aspettative. Appoggiammo le coppe sul tavolo e ci girammo l'uno verso l'altra.

Lui si avvicinò e sciolse il nastro che mi chiudeva le trecce. La cascata dei miei capelli si riversò sulle spalle. Fui assalita da un impeto di audacia. Gli presi il viso tra le mani, e le nostre bocche si congiunsero. Il bacio, profondo e caldo, si prolungò all'infinito, come l'intrico di una radice di loto che sembra non avere mai fine.

Mi scostai da lui e guidai le sue mani verso l'alamaro del colletto della mia tunica. Lui lo aprì con la riverenza di chi scarta un regalo prezioso, facendo scivolare la mano sotto il tessuto per accarezzarmi la gola. Con delicatezza passò all'alamaro successivo, seguendo la curva delle chiusure che passava sul mio seno destro, sotto il braccio e finiva sul fianco. Mi fece scivolare l'*ou* dalle spalle, fino a terra. In piedi davanti a lui, con nient'altro che un *daudau* a forma di diamante a coprirmi i seni e la pancia, fremetti di eccitazione quando tracciò con l'indice la forma del petto.

Finalmente comprendevo com'è simile al dolore, il desiderio del corpo.

Mi aspettavo che sciogliesse i nastri intorno al collo e alla vita, ma li lasciò, passando invece a slegare i miei pantaloni, che caddero immediatamente. Rimaneva solo il *daudau*. Arrossii di piacere quando le sue mani scivolarono sulla mia pelle, dalle braccia, al petto, al ventre, prima di soffermarsi sulle mie parti intime. Il calore tra le mie gambe desiderava il suo tocco. Ma lui si alzò e si mise dietro di me, sciogliendo i lacci intorno alla vita e al collo. Una volta che anche il *daudau* fu a terra, mi prese in braccio e mi fece sdraiare sul letto.

Rimasi a guardarlo mentre si spogliava fino a quando, senza

vergognarmi, lo chiamai. Mi raggiunse sul letto e mi fece mettere in ginocchio, in modo che ci trovassimo l'uno di fronte all'altra. Come un esploratore che attraversa un terreno sconosciuto, le mie mani percorsero le sue spalle larghe, il suo petto e l'addome muscoloso. Non potendo più sopportare l'attesa, ricaddi sul materasso, trascinandolo con me.

Sdraiata su un fianco, lo guardavo mentre la notte scivolava via. Si svegliò una volta, sorrise e mi passò un braccio intorno alla vita, avvicinandomi a lui, poi si riaddormentò. Io rimasi sveglia a fissare il soffitto.

La nostra unione mi sembrava tanto bella, e completa... ma poi ricordai che presto avrebbe condiviso notti simili con la signorina Prudenza. Mi dava la nausea immaginare l'altra sua vita, quella pubblica, dove io non sarei esistita. Sarei stata come i segni di gesso usati per tracciare un motivo: punto dopo punto, quelle deboli linee scomparivano per sempre, sepolte sotto i fili del ricamo. Come schiava avevo vissuto una vita inutile e invisibile. Avevo combattuto quel destino per diventare una persona importante per la Confraternita. Le mie coetanee mi ammiravano e Madam Zaffiro mi aveva scelta per succederle. Come potevo gettare via tutto questo in cambio di una vita vissuta tra bugie e vergogna?

Per quanto potenti fossero quegli argomenti, anche qualcos'altro mi tormentava, qualcosa che Gioia aveva detto durante la rappresentazione dell'opera: *Quello stupido non la merita!* Jingtoi, una giovane brillante e coraggiosa, così determinata a diventare una studiosa da travestirsi da ragazzo per poter frequentare l'accademia, aveva bisogno di un suo pari, non di Saanbaak, che era talmente ottuso da non vedere il desiderio nei suoi occhi né sentire la tenerezza nella sua voce.

In altre parole, Saanbaak non era un *uomo meritevole.*

Quel semplice pensiero mi fece tornare in mente la conversazione che avevo avuto con la signorina Hart prima del mio sfortunato tentativo di fuga: erano sue, infatti, quelle sagge parole. Ricordavo il suo discorso come se l'avessi sentito pochi istanti prima: non si sarebbe sposata a meno che non avesse incontrato un uomo meritevole, un uomo che la trattasse da pari a pari, con rispetto, non come un oggetto e mai come una proprietà.

Con la chiarezza del sole che si fa strada tra le nuvole scure, trovai le parole per definire la sensazione di vuoto che aleggiava ai margini della mia coscienza da settimane.

Nonostante l'affetto per me, il suo senso dell'onore e la generosità, Nobile *siu je* non era degno del mio amore. Ai suoi occhi, pur rispettando il mio talento e il mio carattere, rimanevo una donna di una classe inferiore, indegna, da amare in segreto, dietro alte mura, segregata in una metropoli.

Non potevo provare risentimento nei suoi confronti. Era condizionato dalla tradizione, ma la vaga sensazione di disagio che mi aveva assillato da quando mi aveva proposto per la prima volta di diventare la sua amante adesso era diventata una ferita aperta.

Come amante, sarei stata una donna desiderata, padrona a casa mia, senza una suocera a cui rendere conto, eppure questa prospettiva, per quanto allettante, non mi bastava. Avevo fatto troppa strada nel mio cammino verso la libertà per accettare una vita rinchiusa in un'altra prigione. Avevo bisogno di dignità e di rispetto. E soltanto un uomo che fosse orgoglioso di essere mio marito avrebbe potuto darmeli.

Nobile *siu je* non era quell'uomo.

La Piccolo Fiore di un tempo, la schiava che c'era in me, cercava di reprimere quei pensieri perché per lei la vita da amante era l'unica via verso la libertà. Ma io ero già libera, tutto considerato. Avevo un posto in cui stare. Il progetto degli scialli avrebbe sostenuto i miei bisogni materiali e nutrito la mia anima. In un certo senso, ero diventata come la signorina Hart: una donna moderna e indipendente che non aveva bisogno della sicurezza del matrimonio.

Il cielo aveva iniziato a liberarsi del manto notturno e ben presto l'alba sarebbe arrivata. Scivolai fuori dal letto e mi vestii, poi scossi delicatamente le spalle di Nobile *siu je*. «Svegliati. Dobbiamo parlare.»

Mormorò qualcosa di incomprensibile.

«Nobile *siu je*» dissi. «La notte che abbiamo passato insieme è tutto ciò che posso offrirti. Non posso essere la tua amante.»

A quel punto, lui aprì di colpo gli occhi. Si alzò a sedere e si avvicinò a me, ma io feci un passo indietro, incrociando le braccia sul petto.

«Che cosa è cambiato?» mormorò.

«Voglio un marito che non si vergogni di me, e se non posso averlo preferisco restare sola.»

«Ma io non mi vergogno di te!» ribatté lui. «Ti ammiro e ti rispetto. Nessuna donna ha ai miei occhi più talento e coraggio di te. Non puoi non saperlo.»

«Sì, tu mi rispetti. Ma solo in privato.» Indicai la porta. «Fuori di qui sono motivo di vergogna, una vergogna che devi tenere nascosta. Ho bisogno che tu sia orgoglioso di me, non che mi venga a trovare in segreto, come si va in una fumeria d'oppio.»

«Ti sposerei, se potessi. Però la mia famiglia non accetterebbe mai una donna con i piedi naturali, nemmeno come *cip si*. Inoltre devo pensare a mio padre, a Prudenza, alla sua famiglia e alle mie sorelle. Uno scandalo danneggerebbe tutti in tanti modi diversi.»

«Non ti sto chiedendo niente. La mia decisione non è un ultimatum per costringerti a cambiare idea. Capisco che hai fatto del tuo meglio. Purtroppo non mi basta.»

«Non ti basta?» ripeté lui, battendo il palmo della mano sulla spalliera del letto.

«Pensi forse che dovrei inginocchiarmi per ringraziarti della tua offerta perché ho i piedi grandi e sono stata una schiava?»

Lui rimase in silenzio, ma la sua espressione dura era una risposta sufficiente.

«Magari tutto il mondo la pensa così» continuai, «ma io ho orgoglio, dignità e rispetto di me stessa, proprio come una signora. Ho origini umili, ma sono tua pari nello spirito. Se tu ti rendessi conto di questo, non mi chiederesti di vivere una vita di sotterfugi e disonore.»

«Piccolo Fiore, mi stai chiedendo troppo. Tu vuoi un eroe che possa rifare il mondo. Io sono solo un uomo legato al dovere e alle tradizioni. Mi dispiace.»

Nei suoi occhi tristi lessi sincerità e disperazione. La rabbia mi abbandonò, lasciandosi dietro dolore e desiderio. Tese le braccia verso di me. Sapevo che se avessi premuto il viso sul suo petto muscoloso e nudo la mia determinazione si sarebbe sgretolata, perciò mi affrettai a uscire dalla porta e a correre lungo il molo.

45

Piccolo Fiore

Mi bruciavano gli occhi per tutte le lacrime non versate, ma non potevo permettermi il lusso di assecondare i miei sentimenti e piangere. Dovevo tornare nel mio letto prima che la Confraternita si svegliasse. Con il cuore pesante corsi per i quattrocento metri che mi separavano dal santuario. All'ultima curva del sentiero mi si gelò il sangue nelle vene.

Sui gradini che portavano al cancello posteriore era seduto qualcuno. Da quella distanza non riuscivo a capire chi fosse. Dovevo nascondermi nell'erba alta? No. Scappare avrebbe confermato la mia colpevolezza. Rallentai il passo, con il respiro ancora affannoso. Tutto sarebbe andato bene se avvicinandomi a lei – adesso vedevo che era una donna – fossi riuscita a mantenere la calma: non era mica un crimine fare una passeggiata di primo mattino. Quando mi resi conto che si trattava di Linjing, e che si stava alzando in piedi con le braccia incrociate sul petto, il cuore riprese a battermi all'impazzata.

«So che hai passato la notte con lui» disse subito. «Ti ho seguita. Lui ti aspettava sul molo e ti ho vista sparire nella casa galleggiante.» Sputò le ultime parole come un gatto che soffia rabbioso, il labbro superiore arricciato.

Una lama gelida di panico puro mi trapassò il cuore. Aveva il volto contratto da un freddo furore che non le avevo mai visto, nemmeno quando le avevo detto che non era davvero una Fong.

«Da quanto tempo sospettavi di me?» chiesi con un filo di voce.

«Da parecchio. Ho trovato anche il nodo d'amore.» A quel punto, le mie mani volarono verso la taschina segreta del mio *daudau*, dove avevo nascosto il ciondolo, un ricordo che avrei dovuto abbandonare sull'imbarcazione.

«Quindi ce l'hai lì» disse Linjing. «Tanto meglio per me. Avevo bisogno di una prova concreta del tuo tradimento. Adesso ho il nodo d'amore e so che hai perso la verginità.»

«Che cosa vuoi, in cambio del tuo silenzio?» chiesi.

«È troppo tardi» fece lei. «L'ho già riferito a mia zia. Ti sta aspettando.»

Il tradimento di Linjing mi fece precipitare in un fiume ghiacciato, e rimasi impietrita. Forse potevo ancora tornare al fiume. Guardai alle mie spalle verso il sentiero che mi avrebbe riportato da Nobile *siu je*, ma avevo le gambe paralizzate e mi girava la testa. Per aggrapparmi a qualcosa di solido premetti un palmo contro il freddo muro di mattoni. I miei pensieri vorticavano mentre cercavo di dare un senso alle azioni di Linjing. Sapevo che era scontrosa ed egoista, ma nemmeno dopo la bugia detta allo sciamano l'avevo creduta capace di fare volontariamente del male. Eppure mi aveva tradito proprio come la Seconda taai taai aveva tradito la signora Fong. Era stata molto astuta, o io troppo ingenua per comprendere la sua vera natura?

Mi afferrò il polso, tirando così forte da farmi incespicare in avanti, e poi trattenendomi prima che cadessi.

«Non provarci nemmeno a scappare» ringhiò.

«Linjing, mi hai condannato a morte. Perché?»

«Non fare tante storie» ribatté in tono sarcastico, alzando gli occhi al cielo. «Mia zia ti adora, proprio come ti adorava Aa Noeng. L'hai sentita anche tu, ti ha difeso dall'accusa di essere una *wu lei zing*. Non metterai mai più piede fuori dal santuario, ma di certo non verrai giustiziata.»

«Madam Zaffiro non perdonerà questa trasgressione. Ti prego, Linjing, lasciami andare, se non vuoi vedermi annegata.»

«È la resa dei conti, mia cara.»

Marciò verso il cancello trascinandomi con sé. Mi divincolai, ma all'improvviso lei era forte come un uomo. Affondai i talloni nella ghiaia, usando tutto il mio peso per rallentarla. Lei si girò e mi schiaffeggiò con la mano libera. La mia testa scattò all'indietro; la forza del colpo mi risuonò nel cervello e sentii bruciare l'orecchio.

«Che cos'ho fatto per meritarmi questo?» chiesi.

«Non fare la finta tonta.»

« Non capisco. »

« Non mentire! » ribatté astiosa. « Non so quale magia immonda tu abbia usato... ma hai scambiato il tuo destino con il mio. »

« Come puoi credere a un'idea così assurda? »

« Da quando è morta Aa Noeng, la tua condizione non ha fatto che migliorare, mentre io, una signora, continuo a sprofondare. Nessuna educazione o pensiero moderno può spiegare questo capovolgimento delle nostre sorti. È perverso e malvagio. Se non posso biasimare te, allora di chi è la colpa? »

Non dissi niente, perché non riuscivo a pensare a una risposta che non avrebbe alimentato la sua rabbia.

« Ho fatto tutto il possibile per conquistare Nobile *siu je* » gridò, « e tu me l'hai rubato. »

« Non ti ha mai amata. »

« Me l'hai rubato con poteri soprannaturali » insistette lei. Le sue labbra scoprirono i denti e il petto le si gonfiò, eppure percepii il dubbio nel tremolio della sua voce. Dirlo non mi avrebbe aiutato, comunque.

« Se avessi potuto evocare la magia nera o qualsiasi tipo di incantesimo, avrei sopportato la schiavitù tutti questi anni? » chiesi in tono piatto, imitando la compostezza della signorina Hart quando aveva proposto a Linjing un modo nuovo di pensare che ne metteva in discussione le convinzioni. « Oppure avrei permesso al martello di fratturarmi tre dita? » Quando mi sembrò che respirasse con più calma, aggiunsi: « E dopo, avrei permesso alla vedova Fong di vivere in pace e nell'abbondanza? » Linjing rilassò le spalle. « Se avessi acquisito poteri di recente, a quest'ora sarei la prima moglie di Nobile *siu je*, non è vero? Invece mi ha offerto soltanto il ruolo di amante. »

Lei si accigliò, scosse la testa. Doveva aver pensato che lui avesse intenzione di sposarmi. Non c'era da stupirsi che mi odiasse.

« Non sarei stata nemmeno una concubina » spiegai. « Dovevamo salpare per Canton. Mi avrebbe sistemata in una bella casa con la servitù, condannata a vivere per sempre nella vergogna e nella segretezza. Gli ho voltato le spalle per amore della mia dignità. Ho preferito la Confraternita all'amore. »

La maschera di odio di Linjing si appianò. Allentò anche la

presa, ma non abbastanza da permettermi di liberarmi, e comunque non sarei riuscita a correre più veloce di lei. Un gallo cantò in lontananza. Il sole faceva capolino all'orizzonte, e il cielo grigio era diventato blu. Presto le sorelle si sarebbero svegliate. Un momento lo sguardo di Linjing era agitato, subito dopo ricettivo, poi di nuovo ostile. Era come un cavallo selvaggio sul punto di essere domato, ma bastava una mia mossa sbagliata per perderne il controllo. Con voce calma e ferma, come quella che lei usava spesso per placare i cavalli, dissi: «Linjing, tu non sei come la Seconda taai taai o la tua *maa maa*. Non sei così. Loro hanno il cuore nero e sono molto all'antica. Tu sei buona, e moderna. Ti prego di comportarti in maniera ragionevole. Mi dispiace per la sfortuna che ti è capitata. Ma in fondo al cuore lo sai che la tua caduta non dipende in alcun modo da me. Ho ferito il tuo orgoglio quando ho strappato il contratto della mia compravendita, e per questo mi dispiace. Avrei dovuto darti più tempo per adattarti alla tua nuova situazione. Ma non ti ho mai fatto del male». Allungai la mano e le toccai la spalla. «Ti prego, Linjing, lasciami andare.»

«Se non posso averlo io, non puoi averlo nemmeno tu» sibilò lei con un singhiozzo.

In un attimo la sua forza raddoppiò e mi trascinò oltre la soglia del santuario.

Mi spinse nell'appartamento di Madam Zaffiro. Insieme alla direttrice c'era una vecchia che non avevo mai visto.

«Sdraiati, Piccolo Fiore» ordinò Madam Zaffiro.

«Sul pavimento, non sul tappeto» aggiunse la sconosciuta. «Adesso.»

«Perché?» chiesi.

«Lo scoprirai presto» disse Linjing.

Non avendo altra scelta, mi sdraiai sulle piastrelle fredde.

«Alza le ginocchia» ordinò la straniera, con una voce stridula che non corrispondeva al suo viso rugoso e alla schiena ingobbita. Vedendo che non le obbedivo, mi afferrò le caviglie e mi spinse le ginocchia verso il petto, divaricandomi le gambe. Prima che avessi il tempo di reagire, la vecchia mi aveva strappato i pantaloni e infilato le mani tra le gambe. Cercai di divincolarmi, ma Linjing mi teneva le spalle bloccate a terra.

«Toglimi le mani di dosso!» gridai.

Ignorandomi, le dita della vecchia continuarono a scavare nella mia carne. Nel frattempo, Madam Zaffiro e Linjing mi scrutavano, con i volti tesi. Negli occhi della direttrice si mescolavano timore e speranza. La sconosciuta estrasse le dita e annusò.

«Sento odore di sesso» annunciò.

«Sei sicura?» chiese Madam Zaffiro.

«Signora» replicò l'altra, indignata, «ho esaminato innumerevoli ragazze nel corso della mia carriera. Vi assicuro che questa è stata di recente con un uomo, probabilmente non più di tre o quattro ore fa. Senza dubbio non è più vergine. Ora, se sarete così gentile da pagarmi, me ne andrò.»

E in effetti sparì non appena Madam Zaffiro le fece cadere alcune monete di rame nel palmo aperto.

La direttrice mi ordinò di inginocchiarmi davanti a lei. «Perché ci hai tradito?» chiese.

«Mi dispiace di avervi fatto soffrire» esordii. «Non ho scuse. Giuro però che non succederà mai più. Mi sono innamorata di Nobile *siu je*. Ma ho respinto la sua proposta di diventare la sua amante. Ho scelto di restare qui e prenderò i voti. Vi prego di darmi una seconda possibilità.»

«Oh, Piccolo Fiore, ti credevo ferma e saggia. Ma non ti sei rivelata migliore di quello che ci si poteva aspettare da te: una contadina lussuriosa.»

«Rinchiudila per sempre» suggerì Linjing, «altrimenti scapperà con Nobile *siu je*.»

«No. Piccolo Fiore deve pagare il suo peccato con la vita. È la regola della Confraternita, anche per una novizia.»

Linjing trasalì, e rimase a bocca aperta. «Abbi pietà, zia! Hai detto che volevi che Piccolo Fiore ti succedesse nella direzione della Confraternita. Non ti ricordi?»

«Le regole sono regole. Non faccio eccezioni.»

Il volto di Linjing si contorse per l'angoscia. La mia ex padrona, la mia stupida, stupida ex padrona: credeva davvero che sua zia mi avrebbe risparmiato. Avrei riso, se in gioco non ci fosse stata la mia vita.

«Piccolo Fiore ha commesso un grave errore» incalzò Linjing, «ma non merita di morire. Non l'avrei mai denunciata, se avessi pensato che l'avresti fatta giustiziare.»

«Devo dare l'esempio» disse la zia. «Il mondo ci tollera perché abbiamo fatto voto di castità. È il prezzo che paghiamo per la libertà e il rispetto. La nostra purezza ci tiene al sicuro da chi vorrebbe distruggere i nostri santuari. Se non difendo questi valori metto in pericolo la sopravvivenza della Confraternita. Basta un'anima contaminata, un atto di indulgenza, per rovinarci la reputazione.»

«Ma non è necessario che lo si venga a sapere... La trasgressione di Piccolo Fiore può rimanere un nostro segreto. La donna che l'ha esaminata può essere corrotta, ne sono sicura.»

«Mantenere un segreto di questa portata è come cercare di contenere il fuoco con un sacchetto di carta. Impossibile.»

«Allora lasciatemi andare!» implorai. «Posso andare via subito. Direte alle sorelle che sono fuggita.»

«Non posso rischiare il nostro buon nome per te.»

Linjing provò a discutere ancora. «Zia, se punisci Piccolo Fiore, coinvolgerai anche Nobile *siu je*. Vorresti esporre alla vergogna il nostro datore di lavoro?»

«Mia cara nipote» replicò lei con un tono beffardo che contrastava con le dolci parole, «potevo precipitarmi sull'imbarcazione nel momento stesso in cui mi hai detto di loro, invece ho esaminato Piccolo Fiore in privato perché non volevo mettere lui in difficoltà. Nonostante la sua follia, Nobile *siu je* è un datore di lavoro onorevole, un alleato che non posso perdere. Se il suo nome viene infangato, gli affari potrebbero risentirne.»

«Questa Confraternita è una farsa» mi sfuggì prima che riuscissi a fermarmi. «Sostiene di essere un santuario, ma è un altro tipo di prigione, non diversa dai matrimoni combinati. Il voto di castità è crudele. È innaturale sopprimere il bisogno di amore in tante giovani donne. Voi predicate contro la crudeltà maschile. Ma non è altrettanto brutale condannarmi a morte per un solo errore?» Il mio coraggio svanì non appena finii di parlare.

Gli occhi di Madam Zaffiro brillavano di freddo distacco.

« Non dice sul serio! » esclamò Linjing. « Piccolo Fiore, chiedile scusa. »

« Deve pagare per il suo peccato » disse Madam Zaffiro. « Non mi lascerò dissuadere. » Poi, rivolta a Linjing: « Ti proibisco di aiutarla. Se mi disobbedisci, sarai scacciata dal santuario ».

Madam Zaffiro mi chiuse nel nostro deposito. Mi guardai intorno alla ricerca di un angolino in cui sedermi, ma non c'era un centimetro libero. Dalle travi pendevano pesci a vari stadi di essiccazione. Un angolo era occupato dalle vasche delle verdure in salamoia, un altro dai sacchi di riso. Ordinate cataste di legna da ardere riempivano la maggior parte dello spazio rimanente. Non c'era posto per sedersi, se non sul pavimento di terra battuta. L'odore misto di legno, sale, pesce e aceto era pungente e nauseante.

Abbandonai la schiena contro una delle grandi vasche e mi rannicchiai con le ginocchia al petto. Una volta seduta, il mio ultimo brandello di coraggio si sgretolò. Senza alcuna speranza di fuga, ero artigliata dal terrore. Lacrime amare mi rigavano le guance, mi colava il naso e singhiozzavo disperatamente, rimpiangendo la mia stupidità. Singhiozzai fino ad avere gli occhi gonfi e dolenti e il cuore svuotato, come una zucca secca. Ore prima, la vita mi aveva presentato la promessa di conforto e sicurezza, e io l'avevo gettata via con noncuranza.

Perché non mi ero accontentata dell'amore di Nobile *siu je*?

Quale fanciulla godeva davvero di dignità e rispetto? Lo sapevano tutti che solo le suocere avevano questi privilegi, eppure io mi ero sentita in diritto di reclamarli per me.

Ero forse migliore di Linjing? Lei aveva distorto la realtà per adattarla ai suoi desideri, ma non avevo fatto la stessa cosa anch'io?

Mi ritrovai a invocare mia madre, cosa che non facevo da almeno dieci anni. Era ancora viva? E dov'era mio fratello? Forse la mia vita sarebbe andata in modo diverso se avessi seguito le sue raccomandazioni: *Le brave ragazze stanno zitte, seguono le regole e obbediscono* e *La vita è più facile per chi sa ingoiare l'amarezza e accettare la propria sorte*. Da che avevo memoria, mi aveva ripetuto quegli avvertimenti, e me li aveva ricordati più volte il giorno in cui mi aveva venduto alla famiglia di Linjing.

Eppure io non avevo ascoltato i suoi saggi consigli. Quando la signora Fong aveva ordinato di slegarmi i piedi, avevo cercato di nuovo di fasciarli; in seguito, mi ero opposta alla volontà di Linjing ed ero scappata, mettendo stupidamente la mia vita nelle mani di estranei, per poi perdere tre dita, e per cosa? Ma il peggio era che non avevo imparato niente da quell'errore. Avendo la possibilità di ottenere la sicurezza e la libertà che desideravo, avevo scelto di seguire gli insegnamenti stranieri della signorina Hart, lasciandomi convincere dai suoi paroloni che Nobile *siu je* non mi meritasse.

Forse ero io a non meritare niente. Se avessi ascoltato il consiglio della mia Aa Noeng di restare al mio posto, avrei ringraziato il cielo per avermi mandato un protettore premuroso e generoso come Nobile *siu je*. Forse Linjing aveva ragione: ero una *muizai* ambiziosa che si era spinta troppo oltre la sua posizione. Chi aveva mai sentito parlare di un gentiluomo che sposa una schiava dai piedi grossi e deformi?

Conoscendo la risposta a quella domanda, mi sentii travolgere dal rimpianto. Era denso come fumo, come fuliggine, e mi soffocava. Esausta, rovesciai la testa all'indietro e chiusi gli occhi, augurandomi di cadere nell'oblio. Ero una pellegrina che aveva percorso diecimila chilometri, solo per arrivare a un falso tempio. La signorina Hart aveva parlato di libertà, ma il suo nuovo mondo luminoso ammetteva solamente donne occidentali. Per le cinesi c'erano tre strade: il matrimonio, il monastero e la Confraternita delle nubili, e le ultime due erano quasi la stessa cosa. Nobile *siu je* mi aveva offerto una quarta alternativa che capitava di rado. In quel momento, se avessi potuto, avrei rinunciato volentieri al mio orgoglio per diventare la sua amante devota.

Perché Linjing era malvagia come la Seconda taai taai? Quel giorno capivo per la prima volta cosa aveva provato Pioggia di Primavera nei confronti della sua padrona. La disperazione poteva aver spinto Linjing al tradimento, ma più di una volta il suo egoismo mi era costato tutto. Eppure anche lei era una vittima: mi aveva distrutto, ma la sua vita non sarebbe diventata migliore per questo. I nostri destini sarebbero stati diversi, se padron Fong non avesse tagliato i ponti con lei senza nemmeno dirle addio. Finora non avevo capito che in questo mondo solo gli uomini avevano la libertà di agire, di viaggiare, di vivere davvero. Quella comprensione mi fece sprofondare in un baratro persino più profondo della disperazione stessa.

46

Linjing

Che cosa avevo fatto?

Potevo giurarlo davanti agli dèi: avevo sempre e solo voluto umiliare Piccolo Fiore, farla soffrire per avermi rubato Nobile, ma non avevo mai voluto la sua morte. Dopo averla vista difendere Piccolo Fiore al processo, come potevo sospettare che mia zia sarebbe stata così spietata?

Era ovvio che non avesse praticato la magia! In cuor mio non avevo mai creduto veramente a quell'accusa, ma ero furente e disperata. Non avendo altre spiegazioni per la mia caduta in disgrazia, mi era riuscito facile credere alle superstizioni. Tuttavia, non avrei mai dovuto denunciarla. Ma ero quasi impazzita, dopo il rifiuto di Nobile, quindi non era tutta colpa mia, giusto? No, la colpa era di Piccolo Fiore che aveva infranto la regola principale della Confraternita. Inoltre avevo il diritto di infuriarmi, no? Restava pur sempre vero che aveva raccolto tutte le benedizioni del cielo, mentre io continuavo a soffrire. Dovevo parlarle prima dell'esecuzione, farle capire che non ero come Peonia, assicurarmi che non entrasse nell'aldilà odiandomi.

Per parlare con Piccolo Fiore, diedi come tangente un anello alla sorella che sorvegliava il piccolo magazzino e restai a guardarla mentre lei lo mordeva per accertarsi che fosse d'oro. Soddisfatta, mi avvertì che avevo mezz'ora di tempo, poi aprì la porta e mi fece entrare. Dalla finestrella esagonale filtrava soltanto un po' di luce del primo mattino. Dopo che i miei occhi si furono abituati, notai Piccolo Fiore rannicchiata in un angolo, con gli occhi chiusi, una guancia premuta contro un tino di ceramica e ciocche di capelli che le ricadevano sul viso. Mi avvicinai e mi accovacciai accanto a lei, scuotendole il braccio.

«Non ho mai voluto che tu morissi» sbottai. «Ti prego, devi perdonarmi.»

Lei alzò di scatto la testa e si girò verso di me, con un'espressione mista di biasimo e pietà. Rise, e l'amarezza mi fece rabbrividire. Indietreggiai, ma lei mi afferrò per un braccio, strattonandomi con una forza allarmante, tanto che persi l'equilibrio e barcollai in avanti, battendo la guancia contro un tino. Ora i nostri volti si trovavano a pochi centimetri l'uno dall'altro.

« Anche tu sei una vittima di questo mondo » disse. « Quindi non ti odio, però non potrò mai perdonarti. »

« Ma devi... » la supplicai. « Io ti ho denunciata, ma sei tu che hai commesso il crimine e sei stata sciocca a cercare di tornare al santuario dopo aver perso la verginità. Non è colpa mia. »

Con il dorso delle mani legate cercò di scostarsi i capelli dal viso, sollevò il mento e mi guardò dritto negli occhi. « Per tutta la nostra vita tu mi hai preso, strappato e rubato qualcosa. »

« Non è vero » protestai. « Sei tu che mi hai rubato l'amore di Aa Noeng! E tutto questo non sarebbe accaduto se non avessi desiderato cose che sono al di sopra delle tue possibilità. Fin dal tuo tentativo di fuga ti ho trattato soltanto con gentilezza e rispetto, come se fossimo amiche del cuore, e non *muizai* e padrona. Eppure tu hai ripagato la mia benevolenza con la ribellione e il tradimento. »

« Se fossi stata una vera amica, avresti distrutto il mio documento di compravendita non appena siamo entrate a far parte della Confraternita » disse lei. « È ora che tu sappia la verità su di te. »

Non volendo più ascoltare la sua versione distorta delle cose, mi alzai per andarmene, ma i muscoli del suo collo erano corde tese quando gridò, come un ruggito: « Resta! Me lo devi! »

Stordita dalla sua rabbia, mi accovacciai di nuovo sul nudo pavimento.

« Fino a oggi » iniziò « ho sempre incolpato anche me stessa. Cominciavo a credere a quello che mi hai sempre ripetuto, cioè che i miei sogni erano troppo ambiziosi per una *muizai*. Ma il fatto che continui a non prenderti le tue responsabilità mi ricorda che gli unici colpevoli sono il tuo rancore, la tua invidia e la tua testardaggine. » Scossi la testa e aprii la bocca per dissentire, ma lei mi interruppe. Mettendomi davanti agli occhi i suoi polsi legati, mi chiese: « Sarei qui, se tu non mi avessi tradito? »

Prima che potessi rispondere, aggiunse: «Di chi è la colpa, se sono stata costretta a entrare a far parte della Confraternita?»

Le sue domande mi innervosivano, ma le risposte anche di più, perciò tornai a concentrarmi su mia madre. «Hai sempre cercato di rubarmi l'amore di Aa Noeng. Voi due eravate come madre e figlia, sempre a ricamare insieme, sedute l'una accanto all'altra, a mormorare sottovoce. Hai mai pensato a quanto mi facesse male, questo?»

«La signora Fong ti ha permesso di derubarmi dei miei loti d'oro!» replicò Piccolo Fiore, mentre si toglieva le scarpe, sollevando prima un piede e poi l'altro per mostrarmeli in tutta la loro deformità. Rabbrividii e cercai di girare la testa, ma lei mi ordinò: «Guardali bene, e a lungo! La signora Fong era una padrona compassionevole e premurosa, ma per lei io rimanevo sacrificabile. Ti voleva bene malgrado i tuoi difetti. Mi ha offerto dei brandelli di bontà, e per questo tu mi hai punito».

«No» obiettai. «Tu eri la figlia e la discepola che desiderava. Io ero quella diversa, che non riusciva nell'unica arte in cui le donne dovrebbero eccellere. Se Aa Noeng mi avesse amata più di quanto amava te, non avrebbe esitato a obbligarti a diventare la mia *muizai* della dote. Invece era pronta a lasciarti libera, anche se io avevo un disperato bisogno di te.»

«Ti aveva trovato una buona sostituta.»

«Aa Sap era tonta.»

«Ti sarebbe stata fedele. Ecco perché tua madre l'aveva scelta.»

«Ah! Quindi ammetti di non essermi stata fedele.»

«Tu mi hai derubato non una, ma due volte! Prima dei miei loti d'oro, poi del matrimonio. Saresti fedele a una padrona come te?»

«Ma sono cambiata» protestai.

Lei mi derise con una smorfia.

«Ti ho trattata come Aa Noeng trattava Rosso Ciliegia.»

«Compensa queste mani legate?» mi chiese. Trasalii quando le sue dita offese mi colpirono la guancia. «Se tu fossi al mio posto» continuò, «ti accontenteresti di poche parole gentili? Un ordine ben formulato di massaggiarti i piedi, di farti aria dall'alba al tramonto, di svuotare il vaso da notte, e così via, rende forse questi doveri meno sgradevoli?»

«Eri la mia *muizai*. Si trattava di richieste ragionevoli.»

«Se non avessi mandato a monte il mio fidanzamento, a quest'ora sarei la prima nuora di una rispettabile famiglia di banchieri, e magari avrei un figlio.»

«Tua suocera poteva essere peggiore di Maa Maa. Ti ho salvato da una vita potenzialmente infelice.» Non appena quelle parole mi uscirono di bocca, capii che si trattava di una misera scusa, di una falsità che risaliva a un periodo precedente a quello in cui l'avevo considerata un'amica. Ma se avessi ammesso l'errore, avrei dovuto accettare la colpa anche per altre cose...

«Perché una donna perfida dovrebbe volere una *muizai* per suo figlio?» Non risposi e lei continuò: «Sei stata testimone della cattiveria della signora Chan, eppure avresti voluto sposare suo figlio. Eri disposta a metterti alla sua mercé, in cambio di una vita signorile. Come puoi ancora affermare di aver agito con l'intento di salvarmi?»

Non volevo sentire altro. Le sue domande erano come mani che mi strappavano le vesti, mettendomi a nudo. Temevo quello che c'era sotto. Per la seconda volta mi alzai per andarmene, ma lei allungò una gamba, bloccandomi.

«Siediti» disse. «Non ho finito.»

Aveva i polsi legati. Con tre balzi sarei potuta arrivare alla porta prima ancora che lei riuscisse a sollevarsi in piedi. Invece mi lasciai cadere al suo fianco, con le ginocchia che premevano contro qualcosa di appuntito. Non le spostai.

«Linjing, perché mi hai condannata a morte?»

«Io amo Nobile *siu je* e tu me lo hai rubato.»

«Tra poco morirò. Merito la verità.»

«È la verità.» Non lo era, forse?

«Linjing, tu non sei capace di amare» replicò Piccolo Fiore in tono solenne.

«Io lo amo! E senza di te, lui ricambierebbe i miei sentimenti.»

«Bisogna conoscere una persona, prima di poterla amare. Dimmi tre cose sul suo conto che solo chi lo ama può sapere.»

«Lui è... So che vuole...» Deglutii e riprovai. «Gli piace...» Lo avrebbe capito, se avessi mentito. Inoltre, non potevo oltrepassare quel limite, non adesso.

«Allora lascia che ti dica io tre cose. Mi ha guardata, mi ha evitata, perché non voleva innamorarsi di una contadina. Mi ha difesa perché i miei ricami gli ricordano l'arte impressionista che ammira. Sono la prima donna che gli ha insegnato qualcosa sugli affari.»

Paragonate a questi esempi, le mie conversazioni con Nobile erano banali, ridicole. Mi bruciavano le guance. «Hai ragione» ammisi, sconfitta. «Sono attratta da lui, ma non lo amo e lui non prova alcun sentimento per me. Ho visto solo quello che volevo vedere perché ho un disperato bisogno di fuggire da questa vita miserabile. Non riesco a sopportare le difficoltà. Sono una vigliacca.»

«Perché mi hai condannata?» chiese ancora Piccolo Fiore. «Nobile *siu je* è l'oggetto della nostra rivalità, ma non ne è la causa principale.»

«Tu sei una contadina. Io una signora. Non siamo mai state rivali.»

«Allora perché ti sei sentita minacciata da me?»

Non potendo ribattere, dissi la verità. «Invidio la tua abilità nel ricamo. Hai sempre ottenuto l'approvazione di mia madre, poi la stima di mia zia e l'affetto di Nobile *siu je*. Perché dovresti essere benedetta con una qualità da signora che dovrebbe appartenere a me per diritto di nascita? Il destino mi ha inferto un colpo dopo l'altro, invece tu hai ottenuto tutto quello che volevi. Puoi biasimarmi per aver odiato i tuoi successi?»

«In effetti, essere vendute come schiave è un privilegio raro, capisco perché mi invidi» replicò in tono sarcastico. Abbassai gli occhi. Continuò: «La pancia sempre vuota, i rimproveri quotidiani, la solitudine, i piedi deformi e la mano storpia sono state davvero delle benedizioni. Dovrei essere riconoscente per tutti questi doni. Forse saresti più adattabile, laboriosa e meno egoista, se avessi avuto le mie stesse opportunità fin dalla nascita».

Il suo sarcasmo strappò l'ultimo velo alla mia volontà di negare la realtà, mettendo a nudo ciò che non potevo più ignorare. Piccolo Fiore aveva ragione: dovevo guardare alle mie manchevolezze. L'avevo sempre considerata innanzitutto uno strumento utile. Prima mi ero affidata a lei come stampella per rimediare al mio difetto visivo. Poi, nella Confraternita, avevo riversato su di lei il mio dolore e il mio risentimento.

Ma la verità era che non avevo mai cercato di imparare a lavorare, con impegno, perché lo consideravo al di sotto della mia posizione. Avevo sempre preteso che Piccolo Fiore compensasse la mia pigrizia, in modo da poter fare più pause e sedermi all'aria aperta per riposare i piedi doloranti, fingendo di essere ancora una signora. Eppure non lo ero mai stata davvero: in fondo ero una bastarda. Per tutta la vita avevo trattato Piccolo Fiore con disprezzo; anche quando cercavo di non essere maleducata, anche quando chiedevo la sua amicizia, continuavo a considerarla inferiore. Invece mi era superiore per carattere. Mi era stato concesso ogni privilegio, ma alla prima avversità mi ero arresa, mentre lei aveva lottato contro la sfortuna, le difficoltà, le ferite e i dolori, i sogni infranti e le probabilità impossibili.

Ce l'avrebbe fatta, se io non l'avessi derubata del matrimonio, se non l'avessi tradita e infine fatta condannare a morte. Ero peggio di Peonia! L'orrore di tutto ciò che avevo fatto aprì dentro di me un pozzo di disgusto e disperazione. Avrei voluto precipitarci dentro. Lacrime di rimpianto mi inondarono gli occhi mentre alzavo la testa per guardarla.

«Mi dispiace davvero» dissi tra le lacrime, «per tutto. La colpa è soltanto mia.»

«Le parole non significano niente.»

«Non mi aspetto che tu mi perdoni, perché nemmeno io riesco a perdonare me stessa. Ma voglio che tu sappia che finalmente ho capito la verità.»

Mi guardò con aria severa.

Continuai: «Non avremmo mai potuto essere amiche quando io ero la padrona e tu la schiava. Lo capisco solo adesso. Ma le cose sarebbero potute cambiare una volta arrivate qui, se avessi accettato la mia sorte e cercato di ricavare il meglio dalla situazione. E hai ragione, avrei dovuto distruggere il tuo documento di compravendita e lasciarti libera. Invece ti ho incolpato perché non riuscivo ad affrontare la verità. Però non sono un mostro! Se avessi saputo che mia zia sarebbe stata così spietata, non ti avrei mai denunciato. Ti prego, credimi».

« Linjing, sono felice che tu abbia finalmente capito la verità, e ti credo. Ma chiedere il mio perdono è troppo. »

« Lo so » singhiozzai.

Dopo un lungo sospiro, disse: « Lasciami sola. Mi restano poche ore. Non privarmi anche di quelle ».

Feci come mi aveva chiesto, annientata dall'orrore che provavo per me stessa.

Fuori dal magazzino mi accasciai contro il muro, tremando e piangendo. Alla fine la sorella di guardia mi ordinò di andarmene, e mi allontanai barcollando. I miei piedi avevano una volontà propria e mi riportarono al nostro dormitorio, dove sprofondai sul materasso e mi rannicchiai su un fianco a fissare lo spazio tra la mia branda e quella di Piccolo Fiore. Allungai un braccio, desiderando che lei fosse lì a confortarmi con una stretta, come aveva fatto tante volte durante le nostre prime settimane lì.

Avevo cercato di ingannare me stessa, ma finalmente mi rendevo conto che lei sola mi aveva dimostrato un affetto immeritato, aveva condiviso le mie pene e mi aveva sostenuta nei momenti di bisogno. Quando era arrivato il pacco con le scarpette di loto della signora Li, era stata lei ad accarezzarmi la schiena finché il panico non era passato. Alla morte di Aa Noeng mi aveva aiutato a preparare il suo corpo per l'aldilà. E qui al santuario mi aveva ancora protetto dalla durezza della nostra nuova vita. In cambio aveva chiesto solo uguaglianza e libertà: diritti che dovrebbero spettare a tutti. Ma purtroppo vivevamo intrappolate dentro una struttura gerarchica che privilegiava gli uomini. Le donne, che fossero contadine o signore, prime mogli o mogli minori, venivano messe l'una contro l'altra affinché lottassero tra loro per ottenere scampoli di potere e sicurezza. Nemmeno le *so hei* potevano sfuggire a quel destino. In caso contrario, mia zia non avrebbe mai sacrificato Piccolo Fiore per paura di compromettere il futuro della Confraternita.

Di tutte noi, solo Piccolo Fiore si era costruita un futuro diverso, che avrebbe allontanato anche altre donne, come Gioia, dall'indigenza. I successi le derivavano dalla sua intelligenza e dalla sua tenacia; a differenza di Peonia, di me e persino di zia

Zaffiro, non aveva mai sacrificato la felicità o la sicurezza degli altri per perseguire i propri obiettivi.

Io, invece, pur di ricavare un vantaggio non mi ero mai fatta alcuno scrupolo. Forse la mia rovina e la morte di mia madre si sarebbero potute evitare, se avessi parlato con Aa Noeng e l'avessi esortata a compatire Peonia e a permettere a mio fratello di stare con la madre naturale. Invece ero stata fin troppo felice di vedere Maa Maa e Aa Noeng applicare una pratica crudele che favoriva le prime mogli. Anche qui, quando avrei potuto stringere un'amicizia con Piccolo Fiore e vivere alla pari con le altre *so hei*, mi ero fissata sull'idea di riconquistare la mia posizione sociale. Affidandomi alle cure di zia Zaffiro, Aa Noeng aveva sperato di darmi i mezzi per guadagnarmi l'indipendenza, forse anche per viaggiare all'estero, invece io ero stata troppo legata ai privilegi per diventare autonoma. Per tutta la vita avevo goduto di questi vantaggi di classe senza pensare alle donne costrette a rinunciare alla loro libertà, e spesso alla loro dignità, per servire quelle come me.

Anche se questo significava essere cacciata dal santuario, era arrivato il momento di fare qualcosa per Piccolo Fiore.

Sapendo che l'unica persona che poteva salvarla era Nobile, mi precipitai nel suo ufficio ed entrai non appena Ming aprì la porta. Nobile si era sporcato la manica con il calamaio. Senza preoccuparsi della macchia, asciugò il pennello contro la pietra per rimuovere l'inchiostro in eccesso, ma la sua mano tremò mentre iniziava a scrivere. Quando lo chiamai per nome, mi guardò con espressione sorpresa e diffidente. Arrossii al ricordo del nostro ultimo umiliante incontro, tuttavia non esitai e le parole rotolarono fuori come sassolini. «Nobile *siu je*, devo parlarti urgentemente di Piccolo Fiore. Zia Zaffiro ha scoperto la vostra relazione e l'ha condannata a morire per annegamento oggi, tra tre ore.»

Lui gettò il pennello lontano, balzò in piedi, si avvicinò e mi afferrò le spalle. «Dimmi tutto» ordinò, «il più in fretta possibile.»

Gli raccontai l'accaduto. Le assi del pavimento scricchiolavano mentre lui spostava il peso da un piede all'altro. Ming smise di lavorare per fissarmi dalla sua scrivania. Perle di sudore mi scorrevano lungo la schiena mentre confessavo il ruolo che avevo avuto nella tragedia.

«Devi sposarla» conclusi. «È l'unico modo per salvarla.»

«Se fosse così facile, l'avrei presa come seconda moglie.»

«Vuoi lasciarla morire?»

«Certo che no!» replicò. «Io l'amo. Se potessi, la sposerei. Ma non posso.» Rovesciò la testa all'indietro e strinse gli occhi. Pensai che stesse per scoppiare a piangere, invece quando tornò a guardarmi i suoi occhi erano solo rabbuiati e non potei fare a meno di ammirare il suo autocontrollo.

«Devi rivendicarla pubblicamente, non c'è altra possibilità» gli dissi. «La condanna a morte per annegamento e i voti di *so hei* non sono leggi dell'impero Qing. Sono soltanto un'usanza locale. Tu sei l'erede della famiglia più importante di questa città. Puoi ignorarle.»

«Vorrei che fosse così semplice...»

«È così semplice.» Lo fulminai con lo sguardo. «A meno che il tuo amore non sia grande come dici.»

«Non ho mai provato sentimenti così forti per nessuno al mondo.» Il tono della sua voce mi convinse ulteriormente della sua sincerità. Una fitta d'invidia mi strinse il petto mentre lo ascoltavo parlare. «Senza di lei non sarò mai felice. Però un'unione matrimoniale è fuori discussione. Lo capisci, vero?» Era chiaramente disperato. «Non ho scelta.»

«È ovvio che tu non possa sposarla e continuare a vivere qui» ammisi io. «Mia zia non lo accetterebbe nemmeno se i tuoi genitori fossero d'accordo. Ma non sei obbligato a rimanere a Shuntak.»

Vacillò all'indietro, come se lo avessi colpito.

«Prendi coraggio da Piccolo Fiore e dalla sua forza. Il mondo è sconfinato e tu sei un giovane intraprendente. Se hai fiducia in te stesso, avrai successo. Tu e Piccolo Fiore potrete vivere ovunque... se sarai disposto a sacrificare qualcosa per amore.»

Lui si lasciò cadere sullo sgabello più vicino.

«La ami abbastanza da rinunciare alla tua casa e alla tua eredità?»

« Non posso sacrificare la reputazione della mia famiglia » rispose. « Non te ne rendi conto? »

Rimasi in silenzio.

« Sono legato da un fidanzamento combinato » continuò. « Sposare Prudenza è mio dovere morale. I nostri padri sono come fratelli, e il dovere filiale mi impone di onorare la loro promessa. Oltre a distruggere la loro alleanza, uno scandalo minerebbe ancor di più la salute di Prudenza e macchierebbe la reputazione delle mie sorelle. Se ci fosse una soluzione onorevole che risparmiasse gli altri, la coglierei al volo. Ma non c'è. »

« Ci vuole molto coraggio per fare ciò che è giusto per salvare chi si ama, anche se questo fa soffrire altre persone » gli dissi. « Ti manca, questo coraggio? » Lui si nascose il viso tra le mani. « Potreste emigrare in un posto lontano. Ricominciare da capo, costruire il tuo impero commerciale dove questo scandalo non può raggiungerti. Andare all'estero, se necessario. »

« Ci sarebbe Hong Kong » disse lui, raddrizzando la schiena, « una città ricca di possibilità, anche se controllata dagli stranieri. »

« Allora cogli l'opportunità! » lo esortai. « La fortuna aiuta gli audaci. »

Per un lungo momento rimanemmo in silenzio. Dalla filanda sotto di noi il sibilo delle macchine a vapore misurava i secondi che si allungavano. Ming batteva il pennello da calligrafia sul calamaio.

« Agire per capriccio potrebbe farci uccidere entrambi e distruggere altre vite innocenti » disse infine Nobile. « Ho bisogno di tempo per riflettere. »

« Non c'è, il tempo! Se muore, la sua morte ti perseguiterà per sempre. Salva lei, e salva te stesso. »

Vedevo che era ancora paralizzato dall'indecisione. Avevo un'altra strategia che avrebbe potuto convincerlo, ma rivelarla avrebbe messo a nudo la mia vergogna. Soppesando la situazione, decisi che la vita di Piccolo Fiore valeva molto più della mia dignità.

« Nobile *siu je*, sai perché sono venuta qui? » chiesi.

« Non è il momento di parlare di te. »

« Merito il tuo disprezzo, lo so. Ma stammi a sentire. La mia storia, o piuttosto la tragedia della mia Aa Noeng, merita di essere ascoltata.»

«Perché?»

«Perché la morte di mia madre è un insegnamento e un monito. Puoi ascoltarmi un momento?»

Si strofinò il collo e annuì.

«Io non sono figlia di mio padre» cominciai. «I miei genitori non erano sterili, però non riuscivano ad avere figli. Mia madre avrebbe potuto arrendersi al suo destino, e conosciamo entrambi il terribile futuro che aspetta una giovane moglie senza figli. Invece cercò di rimanere incinta di un suo parente.»

Raccontai quello che era successo dopo che Peonia aveva scoperto la trasgressione di mia madre, senza omettere alcun dettaglio, perché avevo bisogno che lui si rendesse conto di com'erano distruttive le norme sociali. Per tutta la durata del mio racconto studiai il suo volto, sperando che la mia confessione lo convincesse a voltare le spalle alla tradizione. Ma lo vidi soltanto agitarsi ancora di più. «Altre persone magari non ci possono arrivare» conclusi, «ma tu sei un uomo istruito. Sai che è possibile vivere in un altro modo.»

Dal suo volto non riuscivo a capire se le mie parole lo avessero raggiunto oppure no. Si limitava a rimanere in silenzio, rimuginando. L'avevo convinto?

47

Piccolo Fiore

All'ora stabilita Madam Zaffiro entrò nel magazzino con un vassoio di cibo. Portava i capelli pettinati come sempre, con la riga in mezzo, raccolti in un semplice chignon. Ma quel giorno le ciocche intorno alle tempie erano state tirate talmente forte che la pelle sembrava tesa al punto da spaccarsi. Mi liberò i polsi e mi mise in mano una ciotola e delle bacchette.

«Mangia» ordinò. «Meglio essere uno spirito sazio che un demone affamato.»

Dai pezzetti di coscia di pollo poco cotti era uscito del sangue che aveva macchiato il riso. Con lo stomaco in subbuglio, scossi la testa e allontanai la ciotola.

«Come vuoi» fece lei. «La tua morte sarà un monito che nessuna sorella nubile dimenticherà. Sei pentita?»

«Mi dispiace di avervi fatto del male, ma non mi vergogno delle mie azioni. Il mio corpo appartiene a me. Non ho fatto altro che condividerlo con un uomo che amo.»

«Mi fidavo di te, e tu mi hai preso in giro.»

«È giusto uccidermi perché ho ferito il vostro orgoglio?»

«Il mio orgoglio, anche se ferito dalla tua follia, ha poco a che fare con questa condanna. Avrei potuto perdonarti se mi avessi solamente mentito, ma tu hai tradito l'intera Confraternita. Pensi che sia stato facile, per la prima generazione di sorelle, unirsi e rifiutare i matrimoni forzati?»

Scossi la testa.

«Anni fa» disse, «prima dei tempi di mia nonna, non esisteva una Confraternita delle nubili. Ogni ragazza sposava l'uomo che le imponeva la famiglia, anche se era un ubriacone, un manesco o un fumatore d'oppio. Ma le fanciulle del Delta del Fiume delle Perle si sono coalizzate, minacciando il suicidio collettivo, mettendo a rischio le loro vite per salvare anche solo una di loro da un'esistenza miserabile. La loro richiesta era semplice e umile: 'Lasciateci vivere da zitelle, ma lasciateci libere'.»

Si avvicinò a un mazzo di *baak coi* secchi appeso a una trave, strappò un pugno di foglie, le schiacciò e gettò i frammenti sul pavimento polveroso.

«Tuttavia, le loro famiglie e la società non le presero sul serio, non prima che un numero fin troppo alto di anime coraggiose si fu lanciato in fiumi impetuosi, tenendosi per mano. Solo allora i capivillaggio e i magistrati locali permisero gradualmente alle donne di formare la Confraternita delle nubili che tu dai per scontata.

«In cambio di questa briciola di libertà, dobbiamo essere caste. Ritengo forse che la castità in cambio della libertà sia un buon affare? No, ma è quanto di meglio siamo riuscite a ottenere in un mondo in cui spesso un bue è considerato più prezioso di una donna.»

Madam Zaffiro si accasciò su una cassa rovesciata e incurvò le spalle. «Non sono assetata di sangue» continuò. «La tua esecuzione non mi porta nessun piacere. Ma devo fare ciò che deve fare una direttrice. Se agisco con il cuore e non con la testa, quando la verità verrà a galla i nostri nemici avranno la scusa perfetta per attaccarci e smantellare i nostri santuari.»

«Chi sono questi nemici che vogliono distruggere la Confraternita?» chiesi.

«Piccolo Fiore, tu sei intelligente, ma sei ancora giovane e ingenua. Gli uomini tollerano la nostra comunità perché costretti. Siamo protette dall'approvazione pubblica. Ma molti non sopportano la nostra indipendenza: per ogni donna che si unisce alla Confraternita, ce n'è una in meno disponibile come sposa, una figlia o una moglie in meno da controllare e sfruttare. La nostra esistenza rappresenta una minaccia per i maschi, ma finché manteniamo il voto di castità, abbiamo il sostegno della società e nessuno può colpirci.

«Come novizia, non puoi decidere da sola. La tua scelta ha conseguenze sulla collettività. Per questo motivo devo procedere con la tua esecuzione.»

Anche se sarei morta presto per mano sua, il discorso di Madam Zaffiro mi rendeva più difficile biasimarla. Per la prima volta da quando avevo deciso di diventare l'amante di Nobile *siu je*, mi sentivo in colpa, non per me stessa, ma per la nube di vergogna che avevo gettato sulla Confraternita.

Madam Zaffiro allungò la mano e mi accarezzò una guancia, prima di chiamare una delle sorelle perché mi legasse di nuovo i polsi e mi accompagnasse attraverso il cortile fuori dal santuario.

Appena fuori dal cancello fui colpita da qualcosa di maleodorante: un misto di verdure marce e frattaglie. Ebbi un conato di vomito. L'autore del lancio, un uomo di mezza età dal colorito itterico, gridò: «Puttana!» La folla mi scagliava addosso letame e insulti. Alcuni erano bambini che imitavano i genitori. Cercai di proteggermi il viso con le mani, ma era impossibile. Un grumo rancido mi finì sulla bocca. Mentre sputavo e tossivo intravidi qualcuno sbucare dalla folla e correre verso di me per proteggermi, facendomi scudo con il suo corpo e sopportando i lanci di verdure marce. Per alcuni secondi non riconobbi il mio protettore, perché, con gli occhi fiammeggianti e i capelli mossi dal vento, Linjing assomigliava a Muk Laan, la coraggiosa figlia che aveva risposto alla chiamata di leva al posto dell'anziano padre. Le altre sorelle rimanevano a guardare, non con soddisfazione come mi sarei aspettata, ma con cupezza e timore. Persino Gioia era troppo spaventata per farsi avanti.

«Ma non avete compassione?» urlò Linjing. «Piccolo Fiore sta per essere giustiziata. Non vi basta ancora?»

La folla gridò più forte i suoi insulti, completamente sorda alle parole di Linjing.

«Non perdere tempo» le dissi. «Non ti sentono nemmeno. Fatti da parte e salvati.»

Linjing si strinse a me. In quel momento percepii la sincerità del suo rammarico per aver attirato su di me un castigo tanto crudele.

«Fatti coraggio» sussurrò. «Ho parlato con Nobile *siu je*. Potrebbe ancora venire a salvarti.»

«Ha detto che sarebbe venuto?» Mi girai di scatto e dalla sua espressione capii che non l'aveva detto. Prima che potesse parlare di nuovo, aggiunsi: «Se non è riuscito a sposarmi per timore di uno scandalo pubblico, come potrebbe affrontarlo adesso?»

Con un sorriso sofferente lei mi strinse tra le braccia. Alla fine la folla esaurì la sua scorta di insulti volgari, si aprì in due ali per farci passare e poi si richiuse dietro di noi. Mentre ci avviavamo lungo la strada, altri si unirono. Dovevano esserci più di cento spettatori.

Il cielo coperto e l'umidità erano opprimenti. Ero sudata. I miei indumenti sudici attiravano le mosche. Si ammassavano intorno a noi, posandosi sulle nostre sopracciglia, sulle palpebre, sul naso, sulle labbra. Linjing le scacciava, ma era una battaglia persa. Mi leccai le labbra screpolate. *Cosa penserebbe Nobile* siu je *se potesse vedermi ora?* Avrei dovuto odiarlo, maledirlo, perché la nostra notte insieme aveva portato alla mia morte, mentre lui non avrebbe subito alcuna ripercussione. Eppure non riuscivo a odiarlo.

Dovevo aver rallentato il passo perché Madam Zaffiro ordinò: «Sbrigati. Non abbiamo tutto il giorno».

Ci affrettammo a proseguire in fila indiana. La strada lasciò il posto a un sentiero sterrato. Ero oppressa dal panico, ma cercai di controllarlo. Presto tutto sarebbe finito. Mi sentii avvampare quando posai gli occhi su un coniglio morto a lato del sentiero. Una schiera di corvi gli beccava il ventre, strappandogli le viscere. Mi chinai e vomitai bile amara. Linjing mi pulì la bocca con la manica e, capendo che mi cedevano le gambe, mi sostenne con un braccio intorno alle spalle.

«Riesci a camminare?» chiese.

«Sì.»

Ma non appena lei mi lasciò andare, qualcuno mi sferrò un calcio. Caddi, battendo le ginocchia contro la terra dura. Allungai le mani per ammortizzare il colpo e ci finii contro con la fronte. Linjing si precipitò e sua zia le permise di aiutarmi a rimettermi in piedi. La folla gridò di farmi strisciare per il resto della strada, ma Madam Zaffiro disse: «Non tolleriamo la tortura. L'esecuzione è una punizione sufficiente».

Proseguii, un passo dopo l'altro. Gli insulti e lo scherno non cessavano, ma erano un vortice di vento, un fruscio senza senso.

Proprio come nello Shanxi, io ero scomparsa, lasciando al mio posto un guscio vuoto ad affrontare il peggio.

Sulla riva del fiume Madam Zaffiro mi ordinò di inginocchiarmi davanti alla folla mentre pronunciava un discorso in cui ribadiva i miei crimini e il mio tradimento. Non ascoltai e fissai il vuoto davanti a me. Quando finì, un uomo dalle braccia muscolose si fece avanti. Mi costrinse a sdraiarmi sulla schiena e mi legò insieme polsi e caviglie. Il mio corpo era ricoperto da tagli e lividi che si fondevano in un'unica pozza di dolore. L'uomo mi sollevò la testa e il petto da terra, mentre un secondo cercava di ficcarmi dentro una gabbia per i maiali. Le mie spalle sembravano non passare attraverso lo stretto cilindro di bambù. Un terzo uomo venne ad aiutare il primo schiacciando con più forza la gabbia per forzarla a cedere. I bordi frastagliati mi tagliarono una guancia, mentre lui la sfilava dall'alto per riprovare da capo. Quella volta riuscì a incastrarmi dentro come si deve e la chiuse.

48

Linjing

Gli uomini presero la gabbia in cui avevano ficcato Piccolo Fiore ed entrarono nel fiume, tra i giunchi, immergendosi fino ai fianchi. Quando abbassarono il cilindro, l'acqua lambì il viso di Piccolo Fiore e lei inarcò il collo, boccheggiando.

«Non arrenderti» gridai disperatamente. «Quando vai sotto, trattieni il respiro.»

A poco a poco la gabbia scomparve sotto l'acqua torbida. Obbedendo agli ordini di mia zia, gli uomini rimasero di guardia, in attesa del suo segnale per tirare fuori dal fiume il corpo esanime di Piccolo Fiore e procedere alla sepoltura immediata con i rituali necessari a purificare la sua anima. Malgrado la condanna spietata, zia Zaffiro non aveva voluto privarla di quella dignità.

Quando la gabbia scomparve alla mia vista fui presa dal panico. *Uno. Due. Tre. Quattro.* Mi girai, guardando di qua e di là, alla ricerca di Nobile. Alla mia destra, zia Zaffiro stringeva al petto un rosario e mormorava una litania. Stava pregando per la sua anima o per quella di Piccolo Fiore? Accanto a lei, Gioia si premeva i pugni sulla bocca. Le altre sorelle avevano formato un gruppo muto e attonito, dalle espressioni indecifrabili.

Gli abitanti del villaggio si erano sparpagliati sull'argine del fiume. Le madri stringevano le mani dei figli, gli uomini spostavano il peso da un piede all'altro e tre giovani si erano accovacciati sul pontile. Pochi istanti prima quella folla indiavolata aveva esultato non solo per la morte di Piccolo Fiore, ma anche per le sue sofferenze. Ora un silenzio pesante come il fango era sceso sui loro volti abbattuti. Forse uccidere non era facile come avevano immaginato.

Dov'era Nobile? *Nove, dieci, undici.* Quanti secondi le restavano prima che l'acqua le riempisse i polmoni e la facesse tacere per sempre? Le lacrime mi offuscarono la vista mentre contavo.

Dodici, tredici. Caddi in ginocchio, e una pietra appuntita mi trafisse i pantaloni e la carne. Accolsi il dolore, premendo più a fondo contro la punta frastagliata del sasso, sforzandomi di accettare la sua morte anche mentre alzavo il viso al cielo infuocato implorandolo. *Quattordici, quindici.* Avrei fatto qualunque cosa, pagato qualsiasi prezzo, perché gli dèi le risparmiassero la vita.

Il cielo rispose con un soffio di vento che increspò l'acqua, e il frinire dei grilli. Era un buon auspicio o il segno che Piccolo Fiore se n'era già andata? *Venti.*

Alle mie spalle una voce limpida, e determinata, gridò: «Tirate su la gabbia!» Con passi feroci, che fendevano l'acqua come un coltello lo stucco, Nobile avanzò verso i due uomini, che lo guardavano a bocca aperta, troppo sorpresi e ottusi per comprendere l'improvvisa svolta degli eventi.

«Tiratela su!» ripeté Nobile. «Piccolo Fiore è sotto la mia protezione.»

Ancora sbalorditi, gli uomini rimasero fermi a fissare mia zia in attesa di un segno, ma anche lei sembrava confusa. Più velocemente di quanto pensavo fosse umanamente possibile, lui li spinse via e tirò su la gabbia da solo. L'acqua zampillò dall'intreccio di bambù mentre lui si affrettava verso l'argine del fiume, muovendosi come se la gabbia non pesasse più di un cuscino di piume. Mi avvicinai di corsa. Nobile estrasse dalla cintola un coltello e tagliò i legacci che chiudevano l'apertura, sfilò Piccolo Fiore e segò le corde che le legavano i polsi alle caviglie. Lei giaceva esanime tra le sue braccia. Con gli occhi chiusi e le labbra blu, non rispondeva. Ma lui continuò a chiamarla, e anch'io. Sotto la casacca inzuppata, il suo petto sembrava senza vita come quello di Aa Noeng. Accostando l'orecchio alla sua bocca e al suo naso, non sentii alcun respiro.

«Se n'è andata...» mormorai singhiozzando. «Mi dispiace tanto.»

Ignorandomi, Nobile le posò delicatamente la testa e le spalle a terra e premette il pollice sul punto meridiano *jan zung.* Il tempo rallentò mentre stringevo pugni di muschio e fango, aspettando, sperando contro ogni ragionevolezza che riuscisse dove io avevo fallito nel tentativo di rianimare Aa Noeng. Quando si fermò a inspirare profondamente, pensai che si fosse arreso, invece sigillò la bocca di Piccolo Fiore con le sue labbra e soffiò. Per due respiri non successe nulla. Poi, al terzo, lei sussultò e l'acqua le sgorgò dalla bocca. Lui la rialzò sostenendola nell'incavo del braccio, sollevandole la testa perché potesse respirare. Io mi gettai a terra, fronte e mani sul suolo muschioso, per ringraziare gli dèi.

Piccolo Fiore tossiva e annaspava. Quando le convulsioni si furono placate, lui la adagiò di nuovo a terra, scostandole i capelli bagnati dal viso e baciandole più volte la fronte.

« Mi dispiace di essere arrivato quasi troppo tardi » disse. « Mi puoi perdonare? »

Lei lo fissava un po' assente, confusa e sollevata insieme.

« Non avrei mai dovuto chiederti di diventare la mia amante » continuò. « È stato un insulto alla tua integrità e al nostro amore. Tu sei mia pari. Sarò tuo marito, il tuo amico, il tuo difensore. Nulla si metterà mai più tra di noi. »

Lei cercò di rialzarsi e gli sfiorò una guancia. « E la tua famiglia, la tua reputazione? » chiese con voce roca.

« Se non possono accettarti, non valgono il mio affetto. »

Prima che avessimo il tempo di rallegrarci, padron Chan arrivò a passo di marcia. Non l'avevo visto seguire Nobile fino al fiume, ma sapevo chi era perché lo avevo incontrato a casa sua. I lineamenti comuni e distesi mi avevano dato l'impressione di un uomo mite. Adesso, invece, due vene gli pulsavano sulle tempie mentre si protendeva ad afferrare il codino del figlio e glielo tagliava.

« Con questo gesto ti diseredo! » dichiarò, stringendo la coda di capelli. « Ma devi comunque rendermi conto di quel che hai fatto. Lascia stare quella sgualdrina e torna subito a casa con me. »

Nobile si raddrizzò e aiutò Piccolo Fiore ad alzarsi. « Se volete diseredarmi, padre, così sia. Ma non mi separerò da lei. »

Su ordine di padron Chan due robusti servitori si avventarono su Nobile, allontanandolo da Piccolo Fiore. Lui colpì uno dei due con un pugno alla mascella e si liberò dell'altro a calci; intanto arrivò la portantina della signora Chan. Il sudore le colava sul viso incipriato mentre scendeva in tutta fretta.

« State indietro! » ordinò. « Non toccate mio figlio. »

I servi arretrarono, ma rimasero all'erta. Con una mano appoggiata al braccio dell'ancella, la donna si diresse verso il marito, incurante di inzaccherare le sue delicate scarpette di loto. « So che sei arrabbiato » gli disse, « ma Nobile non ha colpa. È stato stregato! » Puntò un dito contro Piccolo Fiore. « Bruciate la *wu lei zing* e nostro figlio ritroverà il senno. »

Le parole «*wu lei zing*» risuonarono tra la folla. Ogni traccia di compassione sui volti degli abitanti del villaggio svanì, sostituita da panico e ostilità mentre con le guance arrossate e sudate ripetevano la richiesta della signora Chan. Guardai mia zia, sperando che tornasse a schierarsi dalla parte di Piccolo Fiore, ma la sua bocca rimase chiusa in una linea severa. Con il consenso silenzioso di zia Zaffiro, la signora Chan ordinò ai servitori di strappare Piccolo Fiore dall'abbraccio protettivo di Nobile.

Senza pensarci, mi fiondai sul coltello di Nobile che giaceva abbandonato a terra, lo raccolsi e mi precipitai verso i due Chan, tenendo la lama contro la mia gola.

« Piccolo Fiore è umana come tutti noi » dissi. « Sono pronta a difenderla con la mia vita. Lasciateli andare. »

Dalla folla salì un ruggito.

« Bruciate la *wu lei zing*! »

« Andate a chiamare il *dou si*! »

« Legate la sgualdrina! »

« Salvate i nostri mariti e i nostri figli! »

Un gruppo di giovani si mise a scagliare sassi.

Incoraggiati dalla folla impazzita, i servi continuarono ad avvicinarsi, girando intorno a Piccolo Fiore e a Nobile, che la teneva stretta a sé con il braccio sinistro e brandiva il pugno destro, in attesa del primo colpo.

Mi rivolsi alla folla. « Ritiratevi, o mi taglierò la gola e tornerò a maledire questo villaggio con una pestilenza o qualcosa di molto peggiore. »

Sorrisi come una folle e mi feci scorrere la lama sul collo, in modo che ne uscisse un rivolo di sangue. Non sentivo dolore. Al contrario, la mia determinazione mi teneva la mano ferma: interpretando il vero spirito della Confraternita, avrei scambiato volentieri la mia vita per la salvezza della mia amica. Mi girava la testa e avevo la vista appannata, mentre cercavo il suo volto per chiederle perdono, ma non potevo essere sicura che le lacrime che le rigavano le guance fossero per me. Quando l'oscurità mi inghiottì, mi apparve lo spirito di Aa Noeng. Mia madre allargò le braccia e con un cenno mi invitò ad avvicinarmi a lei. Sul suo volto risplendeva un sorriso orgoglioso. Finalmente avevo guadagnato il suo rispetto.

Epilogo

Marzo 1895, Concessione internazionale, Shanghai

Linjing

Cara Piccolo Fiore,
ogni mattina, dal lunedì al sabato, mi alzo e mi vesto, indossando una gonna indaco e una semplice camicetta di mussola bianca. Sul petto porto un ciondolo a forma di croce che completa l'uniforme da insegnante, perché è questo che sono diventata all'Orfanotrofio metodista per le ragazze cinesi. Mi sembra di vederti aggrottare le sopracciglia con curiosità, mentre mi leggi. Prometto che ti spiegherò tutto.

Abigail – la signorina Hart – insegna alle adolescenti, mentre io mi occupo di una delle due classi con le bambine più piccole. Sei sorpresa? Be', nessuno è più sorpreso di me. La donna che anni fa aveva cercato di liberare te ha invece aiutato me! Ma, come sempre, sono troppo precipitosa. È un difetto che faccio fatica a controllare. Lascia che ti racconti dall'inizio.

Quel giorno, sulla riva del fiume, dopo che hanno lasciato andare te e Nobile, su di me è scesa una grande chiarezza. Abigail dice che è stata una «chiamata» di Dio, però in quel momento ho capito che il mio destino non era a Shuntak, anche se zia Zaffiro non aveva messo in atto la sua minaccia di bandirmi. Per settimane, dopo la tua partenza, mi sono sentita inquieta e disperata. Volevo andarmene anch'io.

Non riuscivo a smettere di pensare al consiglio di Abigail: con il suo aiuto avrei potuto vivere come una donna moderna a Shanghai. Le scrissi, confessandole quello che era successo e implorandola di aiutarmi. Mesi dopo, quando ormai avevo quasi perso le speranze, ricevetti un biglietto da suo fratello che mi diceva che Abigail si era trasferita a Shanghai, ma che le aveva inoltrato il mio messaggio. Ci vollero altri cinque mesi, ma alla fine mi arrivò la sua risposta, insieme al biglietto della nave per Shanghai e a una lettera di presentazione per un pastore e sua moglie a Canton, che accettarono di accompagnarmi nel lungo viaggio verso nord. A quel punto, zia Zaffiro era più che felice di vedermi partire.

La nostra nave arrivò al Bund, davanti al porto sul fiume Whangpoo, alla fine dell'estate dello scorso anno. La mia prima impressione di Shanghai è stata di eccitazione e disorientamento. Non avevo mai visto tutte quelle barche sul fiume, tanta gente sugli argini, file di risciò in attesa di passeggeri e venditori ambulanti di ogni merce immaginabile, dai cocomeri ai pettini per capelli agli spolverini di piume, che giravano per le strade.

Tra la folla, la figura sbarazzina di Abigail ci individuò dall'alto di un landò. Ho pianto alla vista del suo volto familiare. Rispetto all'ultima volta che l'avevo incontrata, aveva gli occhi segnati da una ragnatela di rughette, ma nei suoi occhi brillava lo stesso ottimismo.

Il tratto inglese del Bund è un ampio viale pulito, fiancheggiato da alberi e pieno di ogni tipo di carrozza occidentale, il landò è il modello più comune. Qui uomini e donne, occidentali e cinesi, viaggiano liberamente insieme, seduti fianco a fianco in veicoli aperti. Questo spettacolo era già abbastanza affascinante, ma poi sono rimasta incantata dalle signore cinesi: parlavano con voce sicura, gesticolando con i ventagli e facendo risuonare come campanelle le loro risate cristalline mentre parlavano con i loro compagni. Quelle donne non avevano i modi riservati e pudichi di Aa Noeng o delle altre mie madri. Erano come una nuova specie femminile. Volevo essere come loro e lo dissi ad Abigail, che scoppiò a ridere e mi spiegò che erano famose cortigiane che passeggiavano con i loro clienti. Essere visti con queste bellezze era motivo di gran vanto per quei gentiluomini, che erano disposti a sborsare ingenti somme per ogni uscita, alcuni addirittura dissipando intere fortune per mantenere le amanti. Arrossii fino all'attaccatura dei capelli quando mi resi conto della mia gaffe. Tuttavia, nonostante avessi appreso la verità, continuavo ad ammirare la sicurezza che emanavano, anche se mi chiedevo quali difficoltà o compromessi dovessero sopportare quando erano lontane da queste sfolgoranti gite in carrozza.

Il nostro orfanotrofio si trova all'interno della Concessione internazionale, ma ci sono tanti cinesi perché, come me, migliaia di persone sono accorse in questo angolo di modernità in cerca di una vita migliore.

Non molto tempo dopo il mio arrivo, ricevetti una proposta di matrimonio, come prima moglie, dal proprietario di un albergo per stranieri. Ammirava il mio inglese, una competenza che gli sarebbe tornata utile nella sua attività. Con lui sarei potuta tornare a una vita da signora, un'offerta allettante. Ma non volevo abbandonare le dolci ragazze del nostro orfanotrofio. Inoltre, se mi sposerò, voglio che sia per amore, come è stato per te.

Ora ti parlo delle mie alunne. I loro faccini paffuti, i sorrisoni e i commenti vivaci mi rallegrano e, quando chiedo cosa vorrebbero diventare una volta lasciato l'orfanotrofio, non mi rispondono soltanto che desiderano essere mogli. Alcune sperano di diventare infermiere presso l'Ospedale per donne e bambini di Shanghai, altre di seguire le nostre orme e insegnare alla prossima generazione di ragazze, altre ancora di diventare segretarie in compagnie di navigazione straniere per avere la possibilità di viaggiare all'estero, e quelle che sognano il matrimonio dicono comunque che non si sposeranno finché non incontreranno un «uomo meritevole». Non c'è bisogno che ti dica chi ispira in loro queste idee rivoluzionarie.

In questa città cosmopolita, una donna ha maggiori possibilità di essere qualcosa di più che una figlia, una moglie e una madre. Tuttavia, sarei una sempliciotta se non riconoscessi che non siamo sullo stesso piano delle nostre vicine occidentali, nemmeno in questa scuola dove sono stata costretta a rinunciare ai nostri dèi e alle nostre credenze in cambio di un rifugio. Anche se sono battezzata, il mio cuore non ha ancora accettato veramente il Redentore. Lo confesso solo a te, perché anche Abigail, per quanto buona e generosa, potrebbe scacciarmi per questa ambiguità. Non so se mi dedicherò esclusivamente all'insegnamento, ma per ora sono contenta così. E se un giorno questa vita dovesse andarmi stretta, non avrò paura di tuffarmi in una nuova avventura.

Una volta che l'inchiostro si è asciugato, piego la lettera e mi guardo nello specchio del comò. La cicatrice sulla gola, un centimetro sopra la clavicola, è lucida. Ne seguo la linea con la punta delle dita. La ferita si è rimarginata da tempo, eppure basta un tocco leggero, come lo sfregamento del colletto, a irritarla. Potrei cercare un unguento per lenire e pian piano guarire il fastidio, ma non voglio. Preferisco che mi ricordi l'oscurità che si annidava nella mia anima e contro la quale ho lottato e vinto.

L'ultima volta che ho visto Piccolo Fiore è stata quando hanno cercato di annegarla. Da allora sono passate sei stagioni. Forse non le spedirò mai questa lettera, perché non conosco il suo indirizzo. Ma scrivo perché devo farlo, e poco importa se lei riceverà o meno questa prima lettera e le altre che seguiranno. Non le scrivo per scusarmi e nemmeno per senso di colpa, ma per amicizia, nella speranza che queste parole siano incantesimi che un giorno ci faranno incontrare di nuovo.

Ottobre 1896, Isola di Hong Kong

Piccolo Fiore

Continuo a credere che le donne non siano veramente libere nella società cinese e forse nemmeno in questa colonia britannica. Vivendo qui, ho imparato che le promesse di libertà e progresso della signorina Hart erano più velleitarie che reali: anche se le occidentali godono di maggiore indipendenza e sembrano non temere le suocere, anche loro sono ancora proprietà dei mariti, e nella maggior parte dei casi sono costrette a sposarsi per avere un tetto sopra la testa. Scegliere un «uomo meritevole» o rimanere sola sono lussi che poche donne possono permettersi, che siano inglesi, americane o europee. Ma con Nobile come marito – perché è così che ormai lo chiamo, non Nobile *siu je* e mai «signore» – mi sono avvicinata a questo sogno di libertà. Siamo due aquiloni che volano fianco a fianco sotto un nuovo cielo; l'orizzonte sembra più alto e i venti delle nuove possibilità ci sollevano molto al di sopra delle costrizioni sociali. Sull'isola di Hong Kong siamo uguali.

La vita non è facile, però. La povertà incombe su di noi come un avvoltoio: se Nobile si ammalasse e perdesse qualche busta paga, si avventerebbe su di noi. Nemmeno Hong Kong è la metropoli egualitaria che avevo immaginato, perché gli occidentali si sono spartiti il territorio, tenendosi i quartieri migliori. Mentre loro hanno i viali ampi e puliti e la vista sul porto, a noi rimangono i vicoli stretti e le case sgangherate, e attraversiamo strade spesso piene di rifiuti. Solo i cinesi più ricchi sfuggono a questo destino, ma anche a loro è vietato l'accesso ad alcuni quartieri. Noi due viviamo in una stretta casa a tre piani, composta da sei piccole stanze, che condividiamo con altre cinque famiglie. Abbiamo affittato una stanzetta all'ultimo piano e, anche addossando il letto contro una parete, rimane a malapena posto per un tavolino, una cassettiera e un vaso da notte.

Ma è uno spazio tutto nostro, e non ho una suocera. Per queste benedizioni sono grata.

Oggi è il nostro terzo anniversario di matrimonio. Per festeggiare, Nobile ha una sorpresa per me. Durante il tragitto in risciò insiste che io indossi una benda sugli occhi. Sento ansimare il conducente e so che stiamo andando in salita, ma non riesco a capire perché, visto che quella direzione porta ai Mid-Levels e alla base del Victoria Peak, dove i cinesi vanno di rado.

Provo a chiedere, ma per tutta risposta mio marito mi stringe la mano e attacca a raccontarmi della ditta di esportazioni estere dove lavora come impiegato.

Finalmente il risciò si ferma. Nobile mi toglie la benda e vedo che siamo alla stazione del Peak Tram. Rimango a bocca aperta. Il tram è rosso e rettangolare, grosso come una lunga sala. Lo osservo dubbiosa, chiedendomi come possa scalare la ripida montagna. Ma Nobile è troppo eccitato per percepire la mia esitazione.

«Voglio che ammiri Hong Kong dal Peak» spiega. «Si vede fino al Victoria Harbour.»

«È pericoloso?»

«È stato progettato dai migliori ingegneri e negli ultimi sette anni ha trasportato su e giù fiumi di persone. Ti piacerà molto, vedrai.»

Nobile ha ragione. All'inizio mi sento il cuore in gola quando la locomotiva a vapore del tram fischia, incollandoci ai sedili a doghe mentre si lancia con uno scossone su per la ripida salita. Con gli occhi chiusi, stringo la mano di mio marito così forte che lui si lamenta di aver perso la sensibilità alle dita. Poi, però, prendo un respiro profondo e li riapro. Con mia grande gioia, vedo la luce del pomeriggio rimbalzare sull'interno in legno verniciato del tram. Dai finestrini aperti, folate di brezza fresca ci sfiorano le guance. Il verde sfreccia via mentre il tram prende velocità. Finisce troppo presto, il viaggio dura non più di dieci minuti.

Il sole, dorato come il tuorlo di un uovo salato, indugia all'orizzonte. Tra un quarto d'ora il crepuscolo coprirà le colline.

Ma adesso vedo il porto scintillare in lontananza, i sampan e i giunchi, come giocattoli che galleggiano su uno stagno. A sinistra, i tetti del quartiere cinese si accavallano uno sull'altro, mentre le case europee di Mid-Levels e Central sono pulite e ordinate. A questa altezza, la differenza è netta. Non importa dove si vada, sembra che le differenze di classe rimarranno sempre. L'ingiustizia incatena le persone che hanno meno mezzi. Come se percepisse il mio malumore, Nobile mi cinge le spalle con un braccio. Mi stringe al petto.

«Piccolo Fiore» dice, «oggi ai cinesi è vietato vivere a Central, Mid-Levels e Peak. Ma non sarà sempre così. Un giorno ci faremo rispettare e raggiungeremo la parità con gli inglesi.»

«Come puoi esserne sicuro?»

Mi fa voltare e mi guarda negli occhi. Vorrei cadere nella profondità del loro calore. Accarezzandomi la punta del naso con il suo, risponde: «Tu mi hai mostrato come raggiungere l'impossibile. Se riusciamo a stare insieme nonostante le difficoltà, tutto è possibile, per noi e per Hong Kong, anche se ci vorrà tempo. Per ora, festeggiamo la mia promozione» sussulto «a compratore associato». Mi sorride.

Sapendo che è un obiettivo per il quale ha lavorato fin dal nostro arrivo, gli getto le braccia al collo e lo bacio.

«Con il mio nuovo stipendio» continua, la voce carica di eccitazione, «potremo trasferirci in una casa tutta nostra e tu potrai tornare a ricamare.»

A quel punto mi stacco da lui e mi guardo le mani. Una ragnatela di linee, come nella vernice screpolata, attraversa le mie nocche, e ho le dita ispessite dai calli. Tre anni di bucato e cucina le hanno rese troppo ruvide per maneggiare i fili di seta. Nobile mi prende le mani e le stringe.

«Possiamo assumere una cameriera e una cuoca» dice, «e andare dal miglior speziale a cercare un trattamento per far ritornare morbida la tua pelle.»

«Possiamo davvero permetterci tutto questo?» chiedo.

«Certo! E presto molto di più. Non ci vorrà troppo prima che io salga di grado per unirmi ai compratori senior e diventare uno dei potenti intermediari tra gli esportatori di merci cinesi e le società straniere che le acquistano. Potrei guadagnare commissioni altissime, tanto da avviare un'attività in proprio. E, col tempo, questi sono gli uomini che avranno il potere di influenzare la politica e di cambiare le leggi che attualmente ostacolano i cinesi. È così che contribuirò a creare una Hong Kong migliore e a costruire la nostra ricchezza.»

«Hai ancora intenzione di aprire il primo grande magazzino cinese?» chiedo, con un sorriso malizioso.

«Solo se sei disposta a lavorare al mio fianco, come socia.»

Mi volto e mi lascio abbracciare. Le strade lontane sono illuminate da lampioni elettrici. Mentre guardo questo fiume di stelle create dai mortali, segno di una nuova era, la mia mente va a Linjing – padrona, nemica e salvatrice – e mi chiedo se, in quest'epoca di possibilità, i nostri destini si intrecceranno ancora, non come prima, ma fusi in una nuova alleanza, un'amicizia tra pari.

Linjing, finché non ci incontreremo di nuovo, ovunque tu sia, ti auguro di vedere questo progresso meraviglioso.

Glossario jyutping

Il jyutping è un sistema di romanizzazione del cantonese, sviluppato dalla Linguistic Society of Hong Kong. Il jyutping è per il cantonese quel che il pinyin è per il mandarino. Esistono altri sistemi di traslitterazione, come lo Yale. Per il mio glossario, ho utilizzato il sistema jyutping.

Ci sono sei toni per ogni sillaba romanizzata, per esempio:

madre = *aa*^{3} *noeng*^{4}
nonna paterna = *maa*^{4} *maa*^{4}.

Per semplicità li ho omessi.

Parola/frase	**Caratteri cinesi**	**Significato**
Aa De	阿爹	padre
Aa Noeng	阿娘	madre
aiya	哎吔	esclamazione che esprime frustrazione, fastidio o sorpresa
baak coi	白菜	tipo di verdura a foglia, comunemente chiamata *bok choy* o *pak choi* in Occidente
baak tung	白銅	tipo di materiale / metallo usato per imitazioni economiche dell'argento
caa siu bao	叉燒	panino dolce con maiale cotto alla brace

Parola/frase	**Caratteri cinesi**	**Significato**
cip si	妾侍	concubina. Il sistema della poliginia in Cina variava tra famiglie e regioni. Per questo romanzo mi sono basata sulla pratica che le mie nonne hanno osservato nelle loro famiglie e nei loro villaggi. Un uomo ricco poteva avere una moglie principale e diverse mogli minori: donne che di solito provenivano da famiglie rispettabili di status simile a quello dello sposo. Una *cip si* è inferiore a una moglie e di solito proviene da una famiglia modesta; alcune erano ex prostitute o cortigiane. Entrava nella casa di un uomo senza vincolo matrimoniale. Se diventava la preferita, poteva essere promossa a moglie minore, mai a prima moglie
daai fu	大夫	dottore
daudau	兜兜	indumento intimo a forma di diamante indossato dalle donne come leggero supporto per il busto e legato intorno al collo e alla vita; alcuni potevano avere delle tasche
dou si	道十	sciamano
Gaa Faat	家法	Libro ancestrale delle regole domestiche
gaai laan	芥蘭	tipo di verdura a foglia, detta anche broccolo cinese
gan	斤	unità di misura di peso
go go	哥哥	termine affettuoso per un fratello maggiore o un fidanzato

Parola/frase	Caratteri cinesi	Significato
Gun Jam (jyutping) o *Guan Yin* (pinyin)	觀音 送子觀音	dea della misericordia, una divinità popolare venerata dalle donne. Sung Zi Gun Jam è una variazione della dea della misericordia, sempre raffigurata con un bambino e venerata dalle donne con problemi di fertilità
jan zung	人中	pronuncia cantonese per il punto di agopuntura *zenzhong* (pinyin), situato al centro dell'incavo tra la radice del naso e il margine del labbro superiore. Secondo la medicina tradizionale cinese, premendo fermamente su questo punto si può rianimare chi ha perso i sensi
Jyut Lou	月老	dio dei matrimoni, venerato dalle fanciulle
ling zi	靈芝	pianta utilizzata per scopi medicinali, si crede abbia la capacità di preservare il *qi* / *hei* (forza vitale)
loeng	兩	unità di misura di peso
lou	老	vecchio (all'epoca, essere chiamato «vecchio» era un segno di status)
maa diu	馬吊	gioco di carte
Maa Maa / *maa maa*	嫲嫲	nonna paterna
maa-zoek	麻雀	traslitterazione cantonese di *mah-jong*
muizai	妹仔	giovane schiava, in genere venduta nell'infanzia

Parola/frase	Caratteri cinesi	Significato
ou (jyutping) o *ao* (pinyin)	襖	indumento superiore a maniche lunghe, lungo fino al ginocchio (tunica) indossato dalle donne han: ha una linea ampia e viene tenuto chiuso dai bottoni che dal collo curvano verso l'ascella destra e terminano all'anca, anche se alcuni modelli hanno un'apertura centrale anteriore. Può essere abbinato a una gonna o a dei pantaloni
pun zoi	盆栽	bonsai (albero potato)
qi (pinyin) o *hei* (jyutping)	氣	forza vitale
qun kwa	裙褂	abito da sposa rosso, composto da una gonna lunga e una tunica o blusa a maniche lunghe (*ou*), entrambe ricamate
saam *saam fu*	衫 衫褲	*saam* è un termine generico per indumenti superiori per entrambi i sessi: camicia, blusa, vestaglia, abito, giacca. *Fu* sono pantaloni per entrambi i sessi. *Saam fu* è anche un completo di tunica-blusa (femminile) o tunica-camicia (maschile) e pantaloni, solitamente dello stesso tessuto, spesso cotone
saan	山	montagna o catena montuosa
siu je	少爺	giovane signore, usato per un giovane gentiluomo il cui padre è ancora vivo. Se un erede perde il padre presto, potrebbe essere ancora chiamato *siu je* fino a quando arriva alla mezza età

Parola/frase	Caratteri cinesi	Significato
so hei	梳起	sorella nubile. La traduzione letterale è « pettinata in su », ovvero una donna che viene pettinata, dopo aver preso i voti di castità, come se fosse sposata
taai taai	太太	signora / padrona
waat faa paai	挖花牌	gioco di carte
wu lei zing	狐狸精	spirito volpe, un'accusa comune per donne che si crede abbiano troppa influenza su un uomo
yang (pinyin) o *joeng* (jyutping)	陽	*qi* maschile / *hei* (forza vitale)
ying (pinyin) o *jam* (jyutping)	陰	*qi* femminile / *hei* (forza vitale)
ze	姐	termine onorifico. Segue il nome di una donna di mezza età o anziana per mostrare rispetto o familiarità
ze ze	姐姐	termine affettuoso, tipicamente usato dalle ragazze per rivolgersi alla sorella maggiore. A volte gli adulti lo usano per rivolgersi a un'amica più anziana che è come una vera sorella
zoeng kei	象棋	scacchi cinesi
zung ziu	中招	esclamazione, come «aha!» o «ti ho beccato!»

Nota dell'autrice

Molto prima di saper leggere e anni prima di scoprire *Orgoglio e pregiudizio* (il libro che ha scatenato il mio amore per i romanzi storici), adoravo sentirmi raccontare dalle mie nonne le storie di una Cina che non c'era più.

In particolare, mi ha incuriosito l'incredibile destino di Luna d'Autunno: questa mia lontana prozia nacque negli anni Ottanta del XIX secolo, in un'epoca in cui il valore di una donna era ancora giudicato quasi esclusivamente dalle dimensioni dei suoi loti d'oro. Con i piedi naturali, Luna d'Autunno non aveva alcuna prospettiva di matrimonio, se non con un contadino gentile ma povero, come suo padre. Sebbene avesse talento per il ricamo, il massimo che aveva osato sperare era un lavoro come amah di cucito, risparmiandosi così una vita di fatica nelle risaie. Invece, contro ogni previsione, la sua abilità nel ricamo le assicurò un matrimonio in una casa signorile. Il suo trionfo andò a beneficio anche delle parenti, perché ne aiutò molte a sposarsi al di sopra delle loro possibilità, e la fortuna si trasmise di generazione in generazione fino alla mia *maa maa*, che crebbe in una casa privilegiata con il lusso di ricamare tutto il giorno e dimostrò di avere lo stesso talento di Luna d'Autunno. Quand'ero piccola, la mia *maa maa* mi mostrò uno dei suoi pregiati ricami doppi, cioè su entrambi i lati della stoffa, un pesce rosso scintillante al centro di un fazzoletto di seta color crema. Purtroppo quest'opera d'arte è andata perduta quando emigrammo in Australia, ma la sua influenza si è radicata nel mio subconscio e alla fine ha ispirato *Come due fiori di loto*.

La mia nonna materna, Po Po, non ebbe una casa amorevole o confortevole. Essendo una bambina sveglia e curiosa, Po Po desiderava ardentemente frequentare la scuola, ma la sua famiglia riteneva che solo i maschi fossero degni di ricevere un'istruzione.

Le figlie non meritavano nemmeno di avere la pancia piena: il cibo scarseggiava e veniva riservato ai padri e ai figli maschi. Gli unici ricordi felici dell'infanzia di Po Po erano quelli con sua nonna, che spesso nascondeva sotto i sacchi di riso degli avanzi di carne per farglieli mangiare di nascosto. Prodotto di una simile educazione, Po Po detestava il patriarcato e desiderava prendere i voti di *so hei*, ma quando nacque, intorno al 1930 (le nascite delle femmine non venivano registrate), la Grande Depressione aveva distrutto l'industria della seta. Per sopravvivere, la maggior parte delle sorelle nubili era emigrata in luoghi come Hong Kong e Singapore, lavorando come amah, mentre le loro confraternite chiudevano una dopo l'altra. Tuttavia, Po Po le ammirava molto e, grazie a lei, mi sono appassionata a queste realtà.

Quando iniziai le mie ricerche per *Come due fiori di loto*, temevo di non trovare alcun riferimento a questo pezzo di storia femminista cinese, degno di nota e così poco esplorato. Fortunatamente, ho trovato queste interessanti fonti: *The Evolution of the Sisterhood in Traditional Chinese Society: From Village Girls' Houses to Chai T'angs in Hong Kong*, di Andrea Patrice Sankar, una tesi scritta nel 1978 all'Università del Michigan; *Daughters of the Canton Delta: Marriage Patterns and Economic Strategies in South China, 1860-1930*, di Janice E. Stockard, pubblicato dalla Stanford University Press, 1989.

Per il ricamo cinese, la fasciatura dei piedi e l'abbigliamento della dinastia Qing, queste fonti sono state molto utili: *Chinese Embroidery: An Illustrated Stitch Guide*, di Shao Xiaocheng, pubblicato da Shanghai Press and Publishing Development Co Ltd, 2018; *Every Step a Lotus: Shoes for Bound Feet*, di Dorothy Ko, pubblicato dalla University of California Press, 2001; *Chinese Dress: From the Qing Dynasty to the Present*, di Valery Garrett, pubblicato da Tuttle Publishing, Periplus Editions (HK) Ltd, 2007.

Ringraziamenti

Sebbene la scrittura sia spesso un'attività solitaria, *Come due fiori di loto* è la creazione di molte menti. Le seguenti persone mi hanno fornito consigli e sostegno per permettermi di dare forma a questa storia e farla conoscere ai lettori di tutto il mondo.

Quando papà era ancora con noi, uno dei suoi mantra preferiti era: « Ricorda sempre la fonte, quando bevi un sorso d'acqua », cioè « Non dimenticare mai le origini delle tue fortune ». La mia agente, Madeleine Milburn, ha realizzato il mio sogno di pubblicazione. Madeleine, ti sarò sempre debitrice.

Ho avuto la fortuna di lavorare con la mia editor inglese, Tilda Key, i cui intelligenti e gentili suggerimenti hanno reso il processo di editing fluido e piacevole. Grazie, Tilda. Al mio team di meravigliosi editor statunitensi e canadesi, Laura Brown, Nicole Luongo e Jennifer Lambert: sono davvero entusiasta della vostra fiducia in questo romanzo.

A Charlotte Cottier, la mia splendida guru della grammatica e della punteggiatura: le tue eccezionali capacità hanno contribuito a portare la mia prosa a un livello superiore. Nel corso del tempo, sei diventata un'amica e una preziosa lettrice beta, e sono molto grata che ci siamo incontrate.

Grazie anche al team dell'Agenzia Madeleine Milburn, in particolare a Liane-Louise Smith, Valentina Paulmichl, Georgia McVeigh, Rachel Yeoh, Amanda Carungi e Saskia Arthur. Ho apprezzato molto il vostro aiuto in questo viaggio magico ma impegnativo.

A Vincent, mio fedele fratello: sei tu che mi hai convinto che la « speranza », indipendentemente dalla fonte, è qualcosa di molto potente.

Lucas, Emmarose e Liam, non potrei chiedere figli più educati, soprattutto durante le mie telefonate serali con l'altra parte del mondo. Mi piace anche che parliate di Piccolo Fiore e Linjing come se fossero persone che conoscete!

Ultima, ma non meno importante, Tina, la mia carissima cugina: ho perso il conto delle volte in cui ti ho scritto a tarda notte, spesso con notizie entusiasmanti, ma a volte con panico o dubbi, e non importa il motivo, tu ci sei sempre stata per me.

Indice

TERZA PARTE

QUARTA PARTE

GRAFICA VENETA
GV CARBON NEUTRAL

Fabbricato da Grafica Veneta S.p.A.
con un processo di stampa e rilegatura certificato 100% carbon neutral
in accordo con PAS 2060 BSI

PEFC
PEFC/18-31-226
Certificato PEFC
Questo prodotto è realizzato con materia prima da foreste gestite in maniera sostenibile e da fonti controllate
www.pefc.it

Finito di stampare
nel mese di maggio 2025
per conto della Longanesi & C.
da Grafica Veneta S.p.A.
di Trebaseleghe (PD)
Printed in Italy